JUDE'S LAW
by Lori Foster
translation by Michie Nakamura

願いごとをひとつだけ

ローリ・フォスター

中村みちえ[訳]

ヴィレッジブックス

UFCのすばらしき格闘家のみなさんに。

とくに、大好きなランディ・クートゥア、ビトー・ベルフォート、チャック・リデルに。

あなたたち格闘家はすごい。

UFCは最高、これほどエキサイティングなスポーツはまずありません。

格闘技のルールはかなり覚えたものの、
知らないがゆえに選手を侮辱する恐れもあります。

そこで、本文中ではUFCをSBCと改名しました。

初期UFCの格闘家にして俳優、オレグ・タクタロフに謹んで黙礼を。

彼からヒントを得ました。

願いごとを
ひとつだけ

おもな登場人物

メイ・プライス	画廊のオーナー
ジュード・ジャミソン	元格闘家のハリウッドスター
アシュリー	メイの親友
デニー	ジュードの元トレーナー
ティム	メイの弟
クィントン・マーフィ	コンサルティング会社の重役
スチュワート	メイの父親
オリンピア	メイの母親
エド・バートン	カメラマン
エルトン・パスカル	ナイトクラブのオーナー

1

メイ・プライスの豊満な肉体に魅せられるようになったのは向こうのせいだ。彼女と出会う一年ほど前には、痩せ形のモデルや細身の新人女優で十二分に満足していたのに。それが今じゃ、なまめかしいミス・プライス、彼女のあの悩ましい体つきがジュード・ジャミソンの頭に焼きついて離れない。彼女がほしい。いつかものにしてみせる。でも今のところ、すんなりとはいっていない。手ごわい？　ああ、相当に手ごわい。相手がメイとなると、何ひとつ思ったようにはいかない。富と名声によって、女はこっちをひと目見るなり興味を示すのに。

それはそれでいい――メイの果敢な抵抗に遭うまではそう思っていた。彼女は金だの名声だのには頓着しない。そう、メイが好きなのは俺の絵に対する興味。それも、自分のギャラリーで扱っている絵に対する興味だ。

メイとの仲を進めようとすると十代のころを思い出す。女と寝ることがすべてに優先し、エネルギーの大半をつぎ込んだ。あのころはがむしゃらにセックスし、我が世の春だった。今でもセックスは楽しいが、追い求めるものがないといまいち興奮しない。ほとほとマンネリ化してしまった。

メイはあの興奮をよみがえらせてくれる。

それどころか、何をとっても心が沸き立つ。彼女と話すと力がわいてくる。彼女と笑い合うと気分がよくなる。彼女をただ見ているだけで喜びを覚える――彼女がほしい。いつかは警戒心をゆるめ、俺の想いを本気で受けとめてくれるだろうか。

その日のことを考えるのはこよなく楽しい――いつもの禁欲的な服や邪魔な眼鏡を取り去ったメイ。髪はほどき、意味深な目にはこの俺しか映っていない。まつげの濃いダークブラウンの瞳がたまらなくいい。こっちをじっと見つめるあの目、現実に俺を見ているかのような――たんなる空想とは思えなくなる。

だが、彼女をいざベッドへと連れ込む前に、まずはさりげないデートに誘うことだ。彼女はこれまでに知り合った女とはわけが違う。頭がかたい。奔放な男女関係などもってのほか。節操がある。

そこがいいのだが、いくら誘ってもなびいてくれない。

練りに練ったせりふも真に受けてはもらえない。ときには、自分が誘惑されていることすら気づかない。しかもこっちは腹の探り合いが得意じゃない。彼女には面くらい、そのぶんますますほしくなる。

メイは浮ついた女じゃない。かといって内気でもない。あけっぴろげ、正直、率直――それがメイだ。だけど、こっちがいくらがんばってもすげなくあしらわれてしまう。オハイオ州スティルブルックの田舎者どもは見る目がないのか、思い込みが強すぎるのか、女のこととなるとばか丸出しだ。メイには自分の魅力がてんでわかってないにしろ、やつらは目を向けてしかるべきだ。なのに見向きもしない。俺なら目を向ける――ベッドのなかで。

これでは仕事が手につかない。財産や投資、その他の企画案件、日々目を向けるべき業務はごまんとある。だがメイをものにするまでは、さっぱり集中することができない。

ジュードは両手をポケットに入れ、メイのアートギャラリーの凝ったドアフレームに肩を預けた。そして狙った獲物は逃さないとでもいうように彼女を見た。

作戦変更。彼女にはおだてもあてつけも通用しない。ならば本音をぶちまけるとするか。俺が何を望んでいるか、はっきりわかるはずだ。

メイが飛び跳ねるようにして目指す場所へと向かう姿をジュードは目で追った。颯爽《さっそう》とした足取り、屈託のないふるまいのひとつひとつに見惚れた。彼女はまだこっちの存在に気づいていない。だが今に気づく――すぐにも。

ジュードは期待に口元がほころんだ。

どこだろうが、いつだろうが、メイには俺が来たことが瞬時にわかる。何を望んでいるか否定するのもけっこうだが、わかるということは脈があるということだ。

じたばたしても無駄。

俺は勝負には勝つ。必ず勝つ。メイにも俺の経歴は知れているから、それぐらいわかるはずだ。とりあえずこっちは勝つ気でいる。

彼女が拒絶するのもわからないわけじゃない。その気はあるが怖いのか——もっともな理由がある以上。だが、それもかまったことじゃない。かまってたまるか。

そのことを考える気にはなれない。

ギャラリー内の物見高い視線をいっせいに浴び、ジュードはメイのほうへ歩いていった。こちらから横顔が見える。いつものごとく、スーツの上着が体に合わずしわになっている。あのふくよかな胸が原因と見た。膝丈のスカートは体に重量感があるのでぴちぴちだ。しかも左のストッキングの後ろが伝染している。

服フェチさながら、あの隙だらけの格好がなおさら心をそそる。

彼女が苦心惨憺《さんたん》して隠そうとしているふくよかな体のことを考えずにはいられない。ふつうは見せつけようとするのに、あの謙虚さはどうだ。露骨な誘いに慣れた身にはあの控えめなそぶりがそそられる。彼女のどこを取っても妄想がふくらむ。

色気のないあの服の下にはどんな下着をつけている？　綿、または肌に吸いつくような、穿《は》いてないに等しいような？

答えはもうすぐこの手で見つけてやる。

彼女のヒップに目を据えるうち、向こうもこちらの視線に気がついた。にぎやかな会話が途切れ、メイがぱっとこちらを向く。その拍子にワイヤフレームの眼鏡が落ちそうになった。後ろ姿もいいが、正面から見たところもまたいい。おもむろに彼は視線を移した。脚、下腹部、胸、そして上気した顔。

目と目が合い、ジュードは微笑んだ。

まわりに人がいようが、かまわない。俺は彼女がほしい。あとは彼女のほうで何とかしてもらおう。

ちらりとうれしげな表情を浮かべたものの、メイはすぐさま客を迎えるよそゆきの顔になった。そばに群がる女性客たちからすっと離れ、こちらに向かってやってきた。いつもそうだ。俺をいそいそと出迎えてくれるあのようす。だが、ギャラリー内は地元アーティストの展示作品を見にきた客でごった返している。道々、誰かに体当たりする覚悟がなければ、とてもここまでたどり着けない。

こっちは彼女のような行儀のよさはないが、覚悟のほどは二倍ある。ジュードは客を押しのけ、彼女の真ん前まで歩いていった。レモンのシャンプーとパウダーローションの匂いがひとつになって鼻をかすめる。「やあ、メイ」

「ジュード」大きな瞳を輝かせ、彼女はにっこりした。「元気？　今夜は来てもらえないかと思った。いつもは店を開ける前から待っててくれるのに。この雨じゃ無理かなって」

相手が彼だとメイは饒舌《じょうぜつ》になる。そして落ち着きがなくなる。けれどジュードにすれば、へんにもったいぶらないところがかわいく映った。

いちいちかわいい。しかもセクシー。しかも現実。

「さっきの雷すごかったわね。停電したら中止にするしかないと思ってた。スティルブルックってそういうところなの。そうなったらあっというまにお手上げよ。でもとりあえずよかった」と人差し指に中指を重ね、運のよさを示す。「嵐が早くやんでくれて。とにかく、あなたあってのことよ。こんなに人が入ったのは初めてだわ」

ジュードは静かにと彼女の唇に指を押しあてたくなった。指を触れたが最後、離すのがいやになりそうだ。「嵐などかまったことじゃない」視線は口元にくぎづけだ。「かえって興奮する」

意味がわからなかったのか、メイは目をぱちくりさせ、それから髪に手をやった。「わたしもほんとはどうでもいい。少なくとも仕事が休みのときはね。だけど湿気が多いと髪が悲惨だわ。収拾がつかなくなる」

「そんなことはない」確かに後れ毛がピンからこぼれて肩に垂れている。相変わらず今しがたまで男と寝ていたみたいな姿だ。そこがいい。「隙だらけの格好がまたいい」

彼女の唇がぴくりとした。「そう?」

ジュードは嵐にこだわった。「嵐の最中にセックスしたことは、メイ?」

露骨なせりふにメイはぎょっとした。息を呑み、目を見開いたあげく、首を振ってたしなめた。「言葉に気をつけて、ジュード」と心配そうにあたりを見渡す。「これだけ人がいるのよ。誰かに聞かれたら冗談にはとってもらえない」

「言葉に気をつけたところで何も始まらない」ジュードはこらえきれず、彼女の後れ毛を耳の後ろにかけてやった。やわらかな肌のぬくもりに魅せられ、指先がこめかみからあごへと這《は》う。今後は率直に話すと決めたんだった。「それに、俺は冗談で言ったんじゃない」

メイは動きをとめ、そのあとけらけらと笑い出した。

ひるむことなく、ジュードは声をひそめて彼女の目をのぞき込んだ。「だから、あるのか？」

「あるって……何が？」

この困ったような頼りなげな顔。たまらない。ジュードは彼女のあごを支え、顔を上向かせた。「嵐が吹き荒れるなかでしたことは？」

一瞬、メイは口をぽかんと開け、あわてて閉じた。眼鏡越しにじろりとにらむ。「そういうせりふは好きじゃない」

「行為は好き？」

彼女の目がまじまじと見開かれた。「ばかも休み休み……」

ジュードは驚いた。メイが俺に向かって毒づくとは。「難しい質問じゃない、メイ」

メイは身を引いた。片手は額にあて、反対の手は腰にやる。「そういうんじゃなくて……でも」

「でも？」彼はだめ押しした。

「ない」彼女は大きく息をつき、目線を泳がせた。「ないわね。つまり、嵐のなかでセックスしたこと」

次は訊くまでもない質問だ。「してみたい？」

メイがはっと顔を上げた。そしてまた笑った。けれど彼がじっと待つうち、その目に怒りの色が浮かび……彼女は身を引いた。ちょうどそのとき背後をウエイターが通りかかり、飲み物を載せたトレーにぶつかりそうになった。ジュードはすかさずメイの腕をつかみ、こちらに引き寄せた。

スーツの上着やブラウス越しにすら、やわらかなぬくもりが感じられる。ぎゅっとつかんだ手で腕を撫で、ふっくらした感触を堪能する。

メイが真顔でにらんだ。「あなたは絵を見にきたの、それともわたしを困らせにきたの？」

彼の手が腕から手首へと下り、指がむきだしの肌に触れた。「困ってる、メイ？」

じりじりと時間が過ぎる。彼女は唇を舐《な》め……それからゆっくりと彼の手を振りほどいた。

震える手で眼鏡の位置を直す。「ばかなまねはやめて」と上着のしわを伸ばしにかかった。「わたしはただへんなふうにとられたくないだけ。わたしにはわかっていても、ここにいる人たちはわかってない。あなたがどれだけふざけるのが好きかなんて――」

「誰がふざける？　現に嵐だ」ジュードは声を落とした。「はい、と言えばすむ」

彼女の目が疑念に曇り、声がいちだんとうわずった。「あなたとわたしはただの友だちなのよ」

それを聞いて彼がにやりとする。「メイ、子どもじゃあるまいし。男はセクシーな女とはただの友だちにはなれないよ」

メイは言い返そうとしたが、彼に以前セクシーと言われたことがあるのに気づき、口をつぐんだ。

ジュードがにじり寄る。「男がただの友だちに見えるなら、いいか、そいつはきみを手に入れるための時間稼ぎをしているにすぎない」

メイの顔をさまざまな感情がよぎり、しまいに眉根が寄った。「あなたとわたしは友だちだと思ったのに」

彼がやさしく言う。「そうだ」

頬がかっと熱くなり、彼女はうつむいて眼鏡越しにジュードを見た。「それで……あなたが今日来たのは……つまり、あなたがここにいるのは……」

ジュードは彼女の胸元に目をやった。「この一週間ずっとこれを楽しみにしていた」

メイが上着の襟をかき合わせる。「これ、って？」

「きみ」と片方の肩を上げる。「この作品展。両方」

彼女は上着をまたしっかりとかき合わせ、精いっぱい体を隠そうとした。

「そんなことをしても無駄だ」

「え？」

ジュードは彼女の胸元をしげしげと見た。「豊満すぎてビジネススーツじゃ隠せない」

メイの顔がみるみる赤くなった。ぐうの音も出ない。上着をいじるのはやめ、両腕をしっかりと体の前で重ねた。「絵の話をしない？」

話題が変わってもジュードはかまわなかった。俺がメイに求めるのはたんなる肉体関係だけじゃない。

はたして俺がいなくても、このギャラリーはもっていたか。来て早々わかったが、スティルブルックの善人どもは、よほどのことがないかぎり、芸術を重視することはない。何よりの関心事は、子どもの学校だの、地元のスポーツだの、近所のバーだのときている。ジュードは最大の顧客であるばかりか、最大の客寄せでもあった。彼をひと目見たさにわんさと人が集まってくる。ふだんは豪邸の厳重な門扉の奥で隠遁《いんとん》しているだけに、作品展となると、金の亡者には写真を撮るチャンスを、グルーピーには自分を売り込むチャンスが舞い込む。

メイの仕事には俺の存在が欠かせないはずだ。彼女にもそれがわかっている。

「俺はどっちかというと俺たちの関係について話したいね。だがどうしてもというなら……」

「何が俺たちのよ！」つい荒げた声に本人はもちろんジュードも驚いた。メイははっと口を押さえた。

かわいそうに。自分に気がある男の扱い方がまるでわかってない。性的欲求不満の扱い方も。

俺が喜んで手ほどきしてやろう。「落ち着け」ジュードはささやいた。そして彼女の手を取り、てのひらにキスすると、その手を脇に下ろした。「誰も俺たちのことなんか見ていない」

メイがむせる。「もちろん見てるわ。あなたはいつだって見られてる。みんなが——」

「この作品展はこの町の数少ないイベントじゃないか」とりあえず仕事の話なら、彼女も動揺しないだろう。メイにはもともと度胸がある。だが、見たところ、俺の気持ちにはどう対処していいかわからないようだ。

メイは見るからにほっとした様子だった。

「ありがとう。そう言ってもらえるとうれしい」と両手を組む。「それで、今夜は何かお目当てのものでも？」

ジュードはこらえきれずに言った。「きみ以外にということ？」

メイは出端をくじかれたが、言い返すまもなく絵の話題になった。

「まだ地下室の絵を選びきれていないんだ」今夜は時間もたっぷりあるし、幸い、新築のあの家には数えきれないほど壁がある。絵は十枚ほど買うことになるが、彼女ならうまく見つくろってくれるだろう。「ホームシアターとゲストルームに飾る絵がほしい。何か……親しみのあるやつ。明るいの。でかいの」

何度か深呼吸したあと、メイはうなずいた。「よさそうなのがある」

さすが。ジュードは彼女の体に目をやり、要所要所でとくと眺めた。「すばらしい」

「絵の話をしているのよ」

「もちろん」

「あなたが今言った地下室のことだけど」またひとつ深呼吸して、ただでさえ豊かな胸をふくらませる。「どんなふうか説明して」

「色の濃いレザー家具。ゲームルームとホームシアターは天然のヒッコリーの床。屋内プールの周囲は色の薄いスレート——」

「家のなかにプールがあるの？」

ジュードはためらった。いかにも信じられない、そんな彼女の口ぶりに気まずさを覚えた。

「当然よね」ふんと鼻を鳴らす。「今のは聞かなかったことにして」

何でまたこんな非難がましい言い方をされなきゃならない？「体を鍛えるためだ」

メイは口元をゆがめた。「なるほど」

何なんだ、こちらが守勢に立たされた気分だ。「きみもいっぺん泳ぎにくるといい。楽しいぞ」

彼女がぎょっとした表情を見せた。「えっ、だめ」

「なぜ？」

「よくないと思う」

ジュードはいらだたしげに目を細めた。「もう一度……なぜ？」

「わたし……つまり……」ちらちらと周囲をうかがい、ささやくような声で言う。「水着なんて長いこと着てない」

「謙虚だな」彼はまじまじとメイを見た。「わかった。だがどうせ俺たちふたりしかいない」

その言葉に彼女はますます色を失った。

「水に入ると頭がすっきりする。くつろいで、酒でも飲めばいい。きみの……考えとやらを話し合おう」

「わたしの考えというのはね、ここで、このギャラリーで、ふつうに服を着たまま話し合うってこと」

これはまた生意気な口をきく。「俺の考えのほうが楽しいよ」

おどけた表情で、メイは眼鏡の位置を正した。「でもわたしのほうが安全」

安全。その二文字が頭に鳴り響く。ジュードは体をこわばらせ、あとずさりした。ひょっとしてメイが心配しているのはビキニ姿になることではない？　ひょっとしてこの俺――過去のある男、いまだ嫌疑の晴れない男――とふたりきりになるのを危ぶんでいるのか。

信用されていないという事実が心に突き刺さる。

とはいえ、確かに世間の噂《うわさ》もある、俺の人生をずたずたにした非難の嵐もある。信用しろというほうが無理なのかもしれない。

「きみは俺が怖いんだろう」

メイは侮辱に身をかたくした。「違う」

俺につれなくすることで上得意を失うのは困る、か。その点は尊重しよう。「このあと食事でもしよう」

「今夜は遅くなるの」

「いいだろう。じゃあ、飲みにいこう」

メイがきっぱりと首を振る。「お酒は飲まない」

ジュードは唇を真一文字に結んだ。「俺はこれでも精いっぱいやってるんだ、メイ。そこまで冷たくしなくてもいいだろう？」

やけにわざとらしい笑い声がした。「あなたっておかたい俳優だと思ってたのに、それじゃコメディアンみたいよ」と彼の肩をたたく。「そんなきざなせりふにだまされるとでも？そこまで子どもじゃないの」

このばか、と自分で自分をののしりつつ、ジュードはくじけそうになるのをこらえた。つまりメイは俺とふたりきりになるのを不安がっている。だから？　新聞沙汰になって一年半、まだ世間の疑いの目は晴れない、まともな女なら誰だって慎重になる。

雰囲気をやわらげるため、そして自分の気持ちを静めるため、ジュードは肩をすくめた。

「泳ぎの件で気が変わったら、顔を見せにきてくれ」

「そうね。わかった、そうする」

彼女はまずうそはつかない。「住所はわかってるよな？」

「わかってる、わかってる」と勢いよくうなずく。

ちきしょう、俺の家は観光名所も同じだ。「愚問だな。そりゃ知ってるよな」一年前、有名人がこの町に越してくるというので大きな話題になった。タブロイド紙やゴシップ誌がこぞって非難、憶測、真っ赤なうそを書き立てるので、彼の居所はいまだに大きな話題になる。こんな小さな、地図にも載ってないような町でも、過去はついて回った。

ジュードは髪をかき上げた。「で、俺がきざだと言いたいわけだ」

メイは指で眼鏡を押し上げると、かすかに眉をひそめた。「敷地は四十エーカー。家は……そう、豪華。豪邸よ。あんな石造りの塀、ここじゃ誰も見たことがないわ。植木ひとつ取ってもそれは見事だし……」眉間のしわが消え、表情がやわらぐ。「まあ、それより何より、あなたは有名人。きっとみんな一度や二度はあなたの家に行ってみたことがあるはずよ」

「きみは？」

彼女は目をぱちくりさせた。「たまたま通りがかったと言いたいところだけれど、そんなのみえみえね。あのあたりにはあなたの家以外、農家がぽつぽつとあるだけだもの」

「つまり好奇心で行ってみた？」

メイは言葉に窮して彼をじっと見た。「先週、寄ってみたの。ちょっと見てみたくて。そうしたら防犯カメラがしっかりこっちを向いていた。何だか妙な気持ちに……」

「どんな？」

挑むように顔を上げる。「あなたに見られているような」

「インターホンを鳴らせばよかったのに。きみならなかに通したよ」俺には見られなかったが、秘書役のデニーには見られたかもしれない。メイの言いがかりを否定も肯定もせず、ジュードは答えた。「喜んで案内したのに」

「そうよね。あなたは人に来てもらいたいんだものね。そのわりにはあちこちに〈立入禁止〉の看板が立っていたけど」

「あれはマスコミ用だ」

「門は閉ざしたままなのね。防犯カメラがつねに作動していて、あたりを見張ってる」

ジュードがまた彼女に手を触れた。今度は親指であごをなぞる。「どれもきみは適用外」

「何だか、特別扱い……みたい」

きみは特別だよ、自分で思っている以上に。人の追及をあくまで冗談でかわそうというのなら、その点はあえて突っ込まないが。ジュードは展示作品を手振りで示した。「あのな、きみはこのあたりじゃ唯一の画商なんだ。さっきも言ったように、俺に知恵を貸してほしい」

メイはえくぼを見せた。「そう言っていただけるのはありがたいけれど、あなたはおそろしく趣味がいいし、自分でもそれはわかっているはずよ。あなたのほうがよっぽど目が肥えてる。わたしなんか足下にも及ばない」

俺が有名人だから？

または、この十年で最大級に騒がれた殺人事件の裁判で勝つほどだから？

メイは彼がむっとしたのをそれとなく見てとり、本題に戻った。「新進気鋭の女性画家の作品が何点か入ったの。ジゼル・ニュートンっていうんだけど、なんと、まだ二十三歳。あなたにぜひ見てもらいたいの。あの筆致、ほんとに圧倒されたわ。才能がほとばしってる。解釈がじつに奔放で――」

ジュードは片手で制した。「案内してくれ」

絵の話題になり、プライベートな話からそれたので、メイはがぜん元気になった。ジュードを背後に従え、客のあいだをずんずん進んでいく。後ろ姿がたまらない、とジュードは思った。ローヒールのパンプスを履いてぴょんぴょん飛び跳ねるようにして歩いていく。芸術やギャラリーに対する情熱を抑えきれないとでもいうように。

メイは一目散にフロアの奥を目指した。そこには特別なライトに照らされた大作が展示してあった。客の姿はほとんどない。絵の大きさと値段からしてまず手が出ないからだろう。

メイが振り返る。「ジゼルが少しでも注目を浴びてくれたらと思って。あなたに買ってもらうと、たちまちその作家の評判が上がるじゃない？」

確かに。低俗な新聞やゴシップ誌はこぞって彼の一挙一動をあげつらう。それを思い、ジュードは鋭い目であたりをうかがった。カメラマンがどこに潜んでいるとも限らない。何食わぬ顔で人混みに紛れている。

ハゲタカどもめ。

ジュードは彼らを嫌悪していたが、顔には決して出さなかった。昔、格闘技選手だったころ、カメラにさらされるのには慣れた。非難ごうごう、無制限一本勝負で知られる〈究極格闘技〉通称SBCの選手には珍しく、ジュードの顔は無傷のままだった。鼻の骨を折るでもない、醜い傷跡が残るでもない、耳がつぶれるでもない。

名士、ビジネス界の重鎮、金持ちに有名人、誰もがこぞって観戦し、勝敗に賭《か》けた。ジュードがミドル級とライトヘビー級の王者になると、人気は高まる一方だった。そこにハリウッドが目をつけた。男からも女からもしかるべき場に招待状が舞い込んだ。

そのころから映画プロデューサーがかわるがわるやってくるようになった。最初はちょい役、やがては主役の誘いを携えて。

ほぼ一夜にして人生が好転し——そして暗転した。大暴れする、絶対屈しない、無慈悲に相手選手をねじ伏せる、かつての賞賛の的が疑惑の的に変わった。何だかんだいっても、容赦なく敵の腕をへし折ったり肩を脱臼《だっきゅう》させたりするようなやつだ。若い女ひとり殺すくらいのことはやりかねない。そうだろう？

ばか野郎。

カメラマンの存在など取るにたらない。ジュードはあっさり無視した。何人かの客に会釈すると、向こうは仰天した顔でぺこぺこした。通りすがりの客に差し出された酒を断り、小娘の一団が唇を舐めなめこちらに秋波を送るのを、見て見ぬふりをする。

彼はまっすぐ前を見つめたままだ。

そのようすをひと目見てメイは態度をやわらげた。「ごめんなさい。こんなのあなたにはあんまりよね」

「かまわない」ジュードはひときわ迫力のある大作にまじまじと見入った。安らかな雰囲気、心のなごむ筆づかい、自然と引き込まれる。

「縦五フィート、横三フィート」メイが熱を込める。「彼女が自分でキャンバスを張ったのよ。額に入れたらなおさら印象が強まるわ。お宅の家具のことはよくわからないけれど、こういう大作にはグルノーブルという様式が定番ね。額幅が三インチもあるの。素材はブロンズかシルバー、何なら黒の縁取りをして……でもそんなの後で決めればいいわね」期待いっぱいにメイは振り向き、彼の顔をうかがった。「とにかくこの色に惚れ込まない？ それにこのあざやかさ。それに――」

「うん」独特な三六〇度のアングルで廃屋が描かれ、まばゆいばかりの秋の紅葉と果てしのない青空が好対照をなしている。懐れた柵の支柱に真っ黒なカラスが一羽とまり、かつてはひと気があったであろう農家の名残をとどめている。

ジュードは値段を見もしなかった。「もらおう」

心臓がふたつ鼓動を打つあいだ、メイは口もきけなかった。「ほんと？」両手を握り合わせた。うれしくて飛び上がりそうになる。「すごいわ！ だって、自信なかった。だって、こんな大作がおさまる家なんてそうそうないし――」

「あとでその額縁の話を聞かせてくれ」ジュードは彼女の腕を取った。「とりあえず今は彼女のほかの作品も見せてもらおうか」

2

三十分のうちにジュードはもう三点絵を買い、メイは喜びを抑えきれなかった。彼がどれも心底気に入ってくれたことがわかる。ふたりは絵の情景や画法について語り合い、ジゼルが非凡な才能を持つ若手画家であるという点で一致した。ジュードと芸術談義をするのはメイのまたとない楽しみになっている。スティルブルックの町で、芸術の趣味を分かち合えるのは唯一ジュードしかいないように思えた。

ずうずうしいカメラマン、彼らは自分の撮った写真にありもしない話をこじつけるのだが、そんなカメラマンをのぞいては、完璧に事が運んだ。ジュードが現れたときの妙な雰囲気、卑猥《ひわい》な冷やかし、きっとからかっているつもりだったんだろうけれど、最初はどうなることかと思った。

だけど今は、ジュードに傑作を何点も買ってもらったばかりか、すべて額縁に入れてほしいとまで頼まれた。

メイは勇んで広い奥の部屋へと彼を案内した。そこには額縁の在庫や作業台、数々の棚が置いてある。表の部屋からはざわめきが聞こえる。たぶんジュードの噂話でもしているのだろう。彼らが絵の一枚でも買ってくれたら……でもまず買ってはくれない。彼らはジュードのように絵を見る目はない。

絵と彼の家にふさわしい額縁を選び、メイは作業台に並べた。作業台をはさんで向かい合うようにして立ち、絵をあてがってみる。

「納期はいつごろになる?」

「お好きなものさえ選んでもらえば、時間はあまりかからない。たぶん二、三日ってとこね」

「わかった」

メイは両手を組み、ジュードが額縁を選ぶのを待った。けれどふと顔を上げると、彼の視線は額縁ではなく、胸元に注がれていた。体がかっと熱くなる。気まずい思いでスーツの襟をかき合わせ、体を隠そうとした。だがルーベンスのモデルさながら、ふくよかな肉があちらこちらからはみ出している。

また顔を上げると、ジュードと目が合った。

「それで」と促す。ひどくどぎまぎする。「どうかしら? お宅のお部屋に合いそう?」

ジュードは答えるかわりにこう言った。「ちょっと考え事をしてた」

メイは冗談ではぐらかそうとした。「ふうん。あなたのことだから、いやな予感」と小首をかしげ、にっこりと微笑む。

「きみはスーツ以外のものは着ないのか?」

メイは二度ほどまばたきし、ひそかに気後れした。「仕事がらね」眼鏡を直し、ジャケットの前を両手で撫でつけたが、襟が寝てくれない。豊満すぎる胸のせいだ。

「仕事がら、ほかのものは着ちゃいけない?」

どうせ何を着ても体に合わない。けれど、それは顔に出さない。自分の体型はとっくの昔に受け入れている。彼がわたしを遊び半分にからかおうというのなら、まあ、いいんじゃない? そのぶん絵を買ってくれるんだし。「たとえば?」

ジュードの視線がメイの体を這う。「肌に吸いつくようなやつ」

「そうね」笑い声が引きつった。「肌に吸いつくようなのは折れそうに細いモデルのためにあるのよ」

ジュードは黙り込み、何か察したように、彼女の顔をまじまじと見た。「肌に吸いつくようなやつは体の線を見せるためにある」

「ええ、まあ……」と渋面になる。「わたしの場合は隠しようもないけど」

それが皮肉に聞こえないはずはない。言わなきゃよかったと思ったが、もう遅い。ジュードに探るような目で見られた。

「同感」ジュードは作業台越しに手を伸ばし、彼女の頬に触れた。「きみの体はセクシーだし、人目も引く。隠すんじゃなく誇示すべきだよ」

メイはぴくりともしない。そう言われても信じられない。ジュードは指先でおもむろに彼女のあごからのど、そして鎖骨をなぞった。眼鏡が曇りそうになる。「わたしは太めだし、それは自分でもわかってる」

「きみはすばらしい体をしてる」

「わたし――」

ジュードは思わせぶりに彼女の胸の谷間に指を差し入れ、乳房のふくらみを上下になぞった。かすれた声で言う。「しかもセクシー」

首筋がぞわりとした。「わたしは違うと思う」

「それはきみが男じゃないからだ。ありがたく思え」

メイはなかば目を閉じた。顔をしかめ、彼の手から身を引くと、咳払いする。彼がどういうつもりでやっているのかはともかく、早くやめさせなければ。でないととんでもないまねをしてしまいそう。たとえば彼の胸にむしゃぶりつくとか。「ねえ、ジュード――」

「うん。なかなかいい光景だ」

メイは背を向けた。彼を見なければ、頭を整理して筋の通った話ができる。「こんなのどうかしてる」ジュードは何も言わない。メイの気持ちは張りつめるばかりだ。「あなたがどうしてこんなことするのかわからない」

「わかっているくせに」間近で彼の声がした。「俺はきみがほしい」

こわごわ振り向くと、ジュードが真後ろにいて、ヒップをじっと見つめている。メイは驚いて跳び上がりそうになった。「やめて」

「俺は違うと思う」ジュードは手を差し出した。

メイは飛びのき、なかば憤慨し……なかば興奮もした。「ジュード！」

「メイ」

彼女は後ずさりした。まさか本気でわたしをほしいわけがない。ハリウッドには美女があふれ、ぞろぞろ彼の後にくっついてくる。でも……ここはハリウッドじゃない。

ここはスティルブルック。

メイは咳払いした。「今は額縁を選んでいたはずでしょ。おしゃべりしてる場合じゃないわ。わたしの服だの……」

ジュードが迫ってくる。「セックスアピールだの？」

メイはじわじわと後ずさった。「こんなの信じられない」

「なぜ？」

「だって……」わかりきったことだけれど、口には出したくない。わたしはあなたのような男性に好かれるタイプの女じゃない、なんて。

ジュードのほうは遠慮も何もなかった。「肌に吸いつくような、体の線もあらわな服を着たきみを俺に想像してほしくないから？」

半分笑いながら、メイは手を払ってみせた。「まさか」

ジュードは真剣な面持ちでメイを追いつめると、しまいには作業台をはさんだふたりの立ち位置が完全に入れ替わった。彼女は足をとめた。

「俺はしてるよ。何度も」

メイには何の話かわからなかった。「してるって？」

「肌に吸いつくような、体の線もあらわな服を着たきみを想像してる」彼は微笑んだ。「一糸まとわぬ姿も」

もうたくさん。メイはジュードに食ってかかった。「失礼にもほどがあるわよ、ジュード。人をもてあそぶのは……やめて」

「もてあそんでいるわけじゃない、まだ。もてあそぶときはきみにもそれとわかる――しかも楽しめる」

挑発的な物言いにメイは息がとまりそうになった。足が震え、胃が痛い。だけどこんなの彼には珍しくも何ともないのだろう。同じようなことを百人の女性には言っていそうだ。こっちはそんな大胆なことは今まで誰にも言われたことがない。

けれどメイにも意地があった。動揺なんかしない。「わかったわよ、もうたくさん。冗談はさておき、わたしはあなたの心を奪うような体はしてない。それはお互いにわかっているはずよ」

ジュードは驚いたように眉を上げた。「へえ？」

「あなたはわたしをただのばかだと思ってる。そうじゃない？」

戸惑った表情を浮かべつつ、彼はまた笑顔を見せた。「俺はきみが聡明だと思っている。

しかもかわいい。しかも――」

「だまされやすい？　だってあれだけテレビに出ていたくせに」メイはなじるように言った。「映画にもだけど」

ジュードは胸の前で腕組みした。余裕しゃくしゃくだ。「女と一緒にってことか」

「そう。みんな、わたしとは大違いだった」

「それは歴然たる事実だ」

頭が混乱し、メイも腕組みして彼をにらみつけた。「ほらね。やっぱり」

「ああ、そうだ」ジュードはすかさず手を突き出し、彼女の腕をつかむと、作業台を回り込んで彼女のほうへと近づいていった。「あれは女優なんだよ、メイ、役柄にふさわしい。俺の好みってわけじゃない」

「そのわりには楽しそうに見えたけど」

彼は笑い声を上げた。「ほんとにわかってないのか、そのふりをしているだけなのか、俺には何とも言えないが、きみはああいう女に負けず劣らずセクシーそのものだ」

「あなたはわたしのスーツをからかっただけでしょ！」

ジュードは聞く耳を持たない。「食うや食わずのダイエットはしない、ジム通いもしない、鏡の前で長々と過ごしもしない、だけどきみには生身のぬくもりがあるし、いいお尻をしてる」

ひどい。ここまで露骨にお尻の話をされたことなんてない。「生身の体にはぬくもりがあるものよ」と反論してみたものの、説得力に欠けた。ジュードの鼻先が彼女のこめかみに触れる。「これほどかわいいまねもまずしない」

メイはもう身を引かなかった。「本気でわたしをかわいいと思ってるの？」弟のティムには反論されるだろう。両親にも。仕事先にも……。

「うん。きみは上っ面で人を見下したりしない。それに持ちもので人を判断しない」ジュードは体をそらし、青い瞳で彼女の顔をじっと見据えた。「きみは金目当てで男を追いかけるようなまねは絶対しない」

メイはその言葉がまやかしでないことに気づいた。ジュードは本心で言っているようだ。少なくとも今は。それに彼はどうしようもないほど格好よくて頭がぼうっとしてしまう。

黒々とした髪が額に垂れている。くせひとつない直毛はつやがある。長くて濃いまつげ、わずかにひそめた眉。ハリウッドで〝最も美しい男〟のひとりに選ばれたのも当然だ。SBCでの成功により格闘家としてあがめられ、映画での成功によりプロデューサーからはオファーが殺到した。賢い投資で超のつく大金持ちになった。

だから人はたぶん彼本人というより外面に目を向けるのかもしれない。女性たちが目を向けるのは彼の演じる役柄。ジュード・ジャミソン本人ではなく、血の通った人間でもない。現実の彼は芸術を愛する、地に足のついた男性だ。それでも傷つくことだってある。

今まであまり突っ込んだ話はしたことがないけれど、こうなった以上、詮索《せんさく》してもかまわないだろう。「ほかの女性にはそうされたってこと？　お金目当てで追いかけられた？」

ジュードはほじかれたように身を引いた――まぎれもない反応。過去に傷ついたことがある？　それを思うとメイはたまらない気持ちになった。彼もいろいろあったのだ。外面上はすべて乗り越えてきたように見える。でも内面はどうなんだろう。「ジュード？」

「やめろ」彼は急にいまいましそうな顔をした。「俺に母親づらなんかするな」

「でも――」

「俺はきみと寝たいんだ、メイ、甘えたいんじゃない」

やさしい言葉のあとだけに、メイは驚いて後ずさりしそうになった。けれど彼がうなじに手をあてがい、顔を上向かせ、きつく抱き寄せてきた。「俺がほしいと言ってくれ」

「だめ」

「言ってくれ、メイ」

彼の吐息が唇をかすめる。彼の手は大きくて温かな感触がして、集中力をこなごなにしてしまう。気をしっかり保つため、メイは彼の腕を両手でぎゅっとつかんだ。「わたし……そこが問題。深い関係なんてわたしには無理」

「いいだろう。深い関係はなし」と親指で下の唇をなぞる。「だからといって楽しめないわけじゃない」

メイは目を閉じた。傷ついて、がっかりして、まごついて、それでもなお、一縷《いちる》の望みにすがりついた。「わたしとセックスしたい？」

ジュードがメイを抱きすくめる。「しっかり楽しませてやる」

その点は間違いないだろう。でもわたしは行きずりのセックスに身をやつすような女じゃない。たとえ相手があのジュード・ジャミソンであろうと。「それはよくないと思う」

彼は声をとがらせた。「きみだって望んでいるくせに」

「たぶん。だけどわたしには分別がある。危ない賭けはしない――」自分の心に対して、と言いそうになったが、すんでのところで呑み込んだ。

「危ない賭け？」ジュードの顔が凍りつく。「いったいどういう意味だ、それは？」

彼を怒らせることになるとは夢にも思わなかった。ほんとは彼がほしい――誰よりも何よりも彼がほしい――だからこそ本心を明かすのはごめんこうむりたい。でないと、またからかわれる理由が増えるだけ。わたしにもプライドがある。何があってもプライドだけは守りたい。「ごめんなさい」

「何で謝る？」ジュードはこぶしの先で彼女のあごを上向かせた。顔がすぐそこにある。欲望は尽きない。「説明してくれ、メイ。理由を言ってみろ」

そうしたら彼は去っていき、二度と戻ってこない？　そう思うと心が乱れ、早くも後悔の念でいっぱいになる。二十九年間生きてきてジュードのような男性には初めて会った。百歳まで生きたとしても、こんな男性にはもう巡り会えないだろう。わたしには彼のお金も名声も関係ない。彼と一緒にいると……うれしい。なぜか心が満たされる。

ジュードも同じように感じてくれたら……。

メイは彼の目をじっと見返すと、心を決めた。彼にキスする。ただ一度だけ。でもそれくらいはしてもいい。今しなければ、一生自分を許せなくなる。今夜を最後に彼とはもう二度と会えなくなるかもしれない。

たやすいことではなかったけれど、メイははやる気持ちを抑えた。体が密着しないようにして、心臓がひとつ、ふたつと脈打つあいだ、彼の唇をそっとかすめる。呼吸が荒くなる。動悸が激しくなる。

彼女は無理やり体を離した。

ジュードは当惑といらだちを隠せない。メイをにらみつけ、舌舐めずりした。「なあ、今のはそれとない挑発か、またはていのいい侮辱か？」

乾いた笑いにメイは虚を突かれた。彼とはキスさえうまくできない。これでますますわたしの判断は正しかったことになる。ジュードとつきあうのは火遊びに等しい。すでに火傷《やけど》したような気分だ。

メイは仕方なく認めた。「わたしって骨がない」

ジュードが眼鏡のブリッジをつまむ。「念のため、メイ、そんなたわごと言っても意味がない」

メイは笑顔を装い、彼を見た。いっそ違う人生があったなら。「つまりわたしは意志が弱いってこと」深呼吸して勇気をふるう。「つまりわたしはあなたがほ――」

「よお！」どう見ても間の悪いときにメイの弟が部屋に乱入してきた。すべてはなかったことになり……メイはとんでもないことを口走らずにすんだ。

ティム・プライスがろれつの回らないだみ声を上げた。「そこのおふたりさん」そして自分の足につまずき、額縁の載った作業台に倒れ込んだ。木材や金属がけたたましい音を立てて床に飛び散る。反動で作業台が横滑りし、台の角がしたたかにメイの腰を打った。

メイはさっと横に飛びのき――ジュードの腕のなかにいた。

ジュードにはじれったい一瞬だった。胸と胸がぶつかり、腿《もも》と腿がこすれる。こんなふうに彼女を抱いたことはない。こんなふうに体が密着したこともない。いざそうなってみると、さっきのあるかないかのキスの後だけに、やけに生々しい。

暗く危ういものが体内にみなぎってくる。

この女に限って無性に欲望を覚えるのを疑問に思ったこともないではない。だが、こうして腕に抱くことで疑問はきれいさっぱり消えた。

赤い顔で髪を乱し、メイは彼の体を押しのけた。「やだ、ジュード、大丈夫？」

「大丈夫だ」欲情しただけで。「きみは？」

メイは目を合わせようとしない。「これくらい平気」と台にぶつかった腰をこわごわ撫でた。

ジュードはゆっくりとティムのほうを見た。これほど相手をぶちのめしてやりたいと思ったのは、SBCにいたころ以来だ。「今後は自分の行動に気をつけろ」

ティムがせせら笑う。「今後？　ってことは、あんた奥の部屋で僕の姉貴にちょいちょい手を出そうって魂胆だな？」

メイがびくりとした。「ティム！」

酩酊《めいてい》状態のティムは聞く耳を持たない。姉の忠告を片手であしらった。「ちょっとくらいはめをはずしたって誰も傷つきゃしないさ。へっ、姉さんにはかえっていいかもな」

メイは顔を真っ赤にして弟の前に立ちはだかった。「いったい何しにきたの？」

「何だって？」ティムは手にしたグラスごと両腕を振り上げ、床といわず、壁といわず、姉の体といわず、酒のしぶきを浴びせた。「僕は招かれざる客かよ？」

「そんなつもりで言ったんじゃないわ」ジュードを気まずげにちらりと見たあと、メイはスーツの袖を払い、苦しまぎれに微笑んだ。「来てくれるとは思わなかった、それだけ」誰かに弟の声を聞かれては泥酔ぶりがばれてしまう。不安になり、開けっぱなしのドアのほうをうかがった。

ジュードが見かねてドアをそっと閉めた。

ティムは酒臭い息で大笑いした。「ぴりぴりすんなって、姉さん。ちょっとからかっただけだろ。僕はさ、姉さんがこちらの有名人とつきあうってのに諸手《もろて》を挙げて賛成だよ」

ジュードは今夜こそメイをベッドに連れ込む覚悟で家を出た。今となってはひとりよがりな自分にほとほと嫌気がさす。むしゃくしゃしてしようがない。いっそティムにやつあたりしてやろうか。

足を前に踏み出す――とメイがあわててジュードのほうを向いた。身をこわばらせ、引きつった声で言う。「わたしが何とかするから」

状況が状況なだけに、彼女がいくら我を張ったところでジュードは動じなかった。「俺のほうがうまくやれる」

メイは両手のこぶしを腰にあて、思いきり眉をひそめた。「それどういう意味？　またわたしをばか呼ばわりするつもり？」

ジュードは目を丸くした。「俺はばか呼ばわりした覚えはない」そして身をかがめ、声をひそめた。「セクシーとは言った」

ティムはお気楽にも自分の引き起こした騒動がわかってない。「で、訊くまでもないことはべつにして、あんたら何やってたんだ？」

メイに花を持たせようと、ジュードは両手を差し出して彼女に答えをうながした。

その態度に疑いを抱きつつも、メイは弟のほうに向き直った。「額縁を選んでいたのよ」

「はっ！」ティムがふたりに敬礼する。「最近じゃあれはそういう言い方すんですか？」

「ティム！」

「ぎゃーぎゃー言わない。どうせ相手は酔っぱらいだ」

メイが小声で噛みついた。「気やすく命令しないで」

ティムはどちらを見るともなく、けたたましい声で笑った。「くそぅっ、こいつどう見ても姉さんに気があるよ。そんなの誰が見てもわかる」

「ティム……」

「だからさ、こいつが好きでそんなもん買ってると本気で思ってんじゃないだろ？」

「思ってるわ、本気で」

申し合わせたように弟と姉がジュードをじっと見つめた。

ジュードは微笑して本音を明かした。「メイに気がある。さらには、好きで買ってる」

メイは恥ずかしさに顔をおおった。「もういや」

うつむいたメイを見て、ジュードが言う。「俺には見る目がある」

ティムはにやにやした。「ほらな、姉さん。ふたりには芸術って趣味があり、こいつは姉さんに惚れ込んでて、姉さんにはこれ以上の玉の輿《こし》はないときた」芝居がかった声で言う。「ついでに言っとくと、こいつは姉さんがほしくてほしくてうずうずしてる」

「もう……」

「図星だな、メイ、そういうこと」

メイはジュードをにらんだ。「救いようもないわね」

ジュードが肩をすくめる。「俺はティムを救うつもりは毛頭ない。ただきみに俺の気持ちをわかってもらいたいだけだ」

ティムがその顔を値踏みするような目で見た。「そうだよな、なにせ暗い過去があるもんな。姉さんをものにできるってだけでも、よしとしなきゃな」

ジュードはティムを嫌悪した――姉に対する態度だけじゃない、世のなかを舐めてかかっていること、それとあの自己中心的な性格がしゃくにさわる。ティムは中古車代理店を経営している。しらふのときはそれなりに働く。酔っぱらいなだけでなく、口先もうまい。行きがかり上同席するはめになったが、ジュードはひたすらメイのために耐えた。

「わざわざその話をしたいのか、ティム？」

ティムは千鳥足でジュードに近づいた。「世間はたいていあんたを人殺しだと思ってんだよ。メイみたいな気のいい田舎娘と都落ちすりゃ、みんなの目をごまかせるもんな？」

さすがに堪忍袋の緒が切れた。ジュードが猛然と足を踏み出す。

だが、メイのほうがひと足早かった。

弟の前に立ちはだかり、彼女はジュードの行く手をふさいだ。「黙りなさい、ティム・プライス、でないと後悔することになるわよ」

ジュードはぴたりと足をとめた。メイがこんな口のきき方をするのは初めて聞いた。今この場で……俺がやつの首をへし折るとでも思ったのか。またはティム本人に対する脅し文句か。

俺なら心配いらない。本気でティムを痛めつけはしない。歯の二、三本も折ってやれば、あのへらず口も少しは……。

メイはジュードを振り返った。「あなたのほうはもう充分？」

ジュードは姿勢を正した。「俺がいったい何をした？」

「弟を挑発した」

「この子は酔ってる、あなたはしらふ。ティムはたぶん自分でも何を言ってるかわかってない」

「冗談じゃない」

「いや、彼はわかってると思うね」

「あったりまえだ」ティムは足をよろつかせた。「僕ら一般庶民とつきあうのにも飽きて、退屈しのぎに僕の姉を利用しようってんだろ」

ジュードはメイの前に出ようとしたが、ティムがよろよろと後ずさり、尻もちをついた。

メイはふたりのあいだに立ったままだ。「ほら、見なさい。またやった」

「そりゃないだろう。彼はきみを侮辱したんだぞ」

「弟のことはわたしが何とかする。だから心配しないで。さあ、申し訳ないけど、そろそろお引き取りいただくわ」

ジュードは驚きに目を瞠《みは》った。俺を追い払おうというのか。「冗談だろう?」女に叩き出されるなど何年ぶりのことだろう。

「わたしはティムと話があるの」

ジュードはすごみをきかせた。「いいだろう。さっさと話せ。俺は待つ」

「だめ」メイが首を振る。「時間がかかるし――」

ジュードの周辺でフラッシュが光った。しまった。三人のやりとりが丸ごとカメラのフィルムにとらえられたことは、見るまでもなくわかる。

「エド・バートン！　誰が入っていいと言ったの？」メイは憤然と地元のカメラマンに向かって指を突きつけた。この男はいつも厄介者扱いされている。「今すぐ出ていって」

エドは素知らぬ顔でカメラをあちらこちらに向け、さまざまなアングルから写真を撮った。薄くなった髪をポニーテールにして、火のついていない煙草を口にくわえ、薄青色の瞳でファインダーをのぞいている。

「もうっ」メイは弟の腕をつかんで引っ張り上げ、裏口へと追い立てた。

エドも後を追おうとしたが、ジュードが行く手をふさいだ。「彼女に言われただろう。ここは立入禁止だ。客は入っちゃいけない」

「へえ？」エドは身の丈いっぱいに背筋を伸ばした。身長ではジュードに引けを取らないが、体はがりがりに痩せている。風が吹けば飛んでいってしまいそうだ。「じゃあ、あなたはここで何を？」

ジュードは腕組みし、うさんくさげににらんだ。「よけいなお世話だ」

「世間が知りたがってましてね」

エドがカメラを構えた。「その言葉いただこう」

笑顔で答える。「世間など知ったことか」

「ああ、そうだな」ジュードはかまわず歩き出し、前にいたエドを蹴散《けち》らすと、そのままドアを出てギャラリーに戻った。さかんにフラッシュがたかれ目がくらんだが、かまわず歩き続け、パパラッチどもをわざわざ愛車のメルセデスベンツSLのところまで誘導した。この隙にメイもあの弟を叩き出すことができるだろう。

だが明日の朝には、全米のありとあらゆるゴシップ誌の編集部に彼の写真がばらまかれることになる。あいにく、度を失ったメイと床に尻もちをついた飲んだくれの弟の写真が真横に置かれるはずだ。

あの醜悪な世界から彼女を守ってやれなかった、それを思うと怒りがこみ上げてくる。

彼は自制心のある男として知られている。だが今は、無念さで腹の底が煮えたぎっている。

つまるところ、メイの考えは正しいのかもしれない。もし深い関係になったとすれば、たとえ行きずりの行為であろうと、彼女はマスコミにプライバシーを暴かれ、名前を汚され、やることなすこと詮索されるだろう。こっちの人生をねじ曲げたのと同じ噂や皮肉にさらされるだろう。俺は怪しい評判のつきまとう金持ちと見なされていた。そこにティムがとどめをさした。やはり世間の大半が俺を人殺しだと思っている。まんまと逃げおおせたものの、それは無実だからじゃない、金をつぎ込んだからだと。

失意にくれながらもジュードにはわかっていた。メイにしてやれることはこれしかない。俺がこの場を立ち去る。だからそうした。執拗《しつよう》なカメラの追跡、低俗な憶測、世間の野次馬根性。

オハイオ、それもスティルブルックといえど、変わらないものは変わらない。

3

メイは悶々とし、客の目に触れないよう少々手荒に弟を裏口に連れ出した。弟の深酒にはほとほと手を焼く。しかもあんなふうにジュードを侮辱したかと思うと、絞め殺してやりたくなる。

だけどあの子にはほかにも……邪魔されたことがある。ジュードがこちらを見るあのまなざし、彼が口にしたこと。いまだにびっくりだ。たぶん本気、たんなるちょっかいじゃなくて。でも……このわたしに？

だからこそティムに邪魔されたことを感謝すべきかもしれない。

何が感謝よ。

メイは脇目もふらず弟を暗いビルの陰へと引きずっていった。エアコンがないとスーツがいやになるほど暑苦しい。雨はやんだが湿気がひどく、髪はまとまらないし、肌はべたつくし、ブラウスは肌に張りつく。

この子はどうしてこんなに深酒ばかりするんだろう。わたしに恥をかかせて何が楽しいんだろう。さっぱりわからない。

ティムはメイの手を振りほどき、「かっかすんなよ」とごねたあげく、水たまりに足を突っ込んだ。

そのまま顔から突っ伏さないよう、メイは薄汚れた服の袖《そで》をつかんだ。際限なく怒りがこみ上げてくる。失望感も。もう遠慮なんかしていられない。「どうやってここまで来たの?」

「自分で運転してきた」

うそ。あらためて怒りがこみ上げ、メイはぐらつくフェンスに弟を押しつけた。ギャラリーの裏はそのフェンスを境に住宅地となる。二十六歳になるティムは身長、体重、体力ともに姉を上回っている。メイの小さな弟だった日々はとうの昔に過ぎた。だけど彼女にとってはいつまでたっても小さな弟だ——ほんの三つ違いの。

物心ついてからというもの、メイはティムをかばい、かわいがり、両親から全力で守ってきた。そのぶん彼女にはれっきとした権利ができた。

弟を弟本人から守る権利だ。

ティムは砂利に足を取られ、笑い声を上げた。そして車のキーを探してポケットをまさぐる姉の手をたたいた。

だがキーを取り上げられると、彼は大声で文句を言い、姉の手につかみかかった。

「しーっ」メイは片手でぎゅっとキーを握りしめた。「飲酒運転が見つかったらどうなると思う？　もうぐでんぐでんじゃないの。ティム、いつもこんなになるまで飲んで。もううんざり。誰かに怪我でもさせたらどうするの」

「ここまでちゃんとたどり着けた」

「不幸中の幸いよ。でもわたしはこんな賭けみたいなことはしない。それはあなたもわかっているはずよ」

ティムの肩がこわばる。「あてつけかよ」

何てこと。こんなのもうたくさん。「またギャンブルに手を出したの？」

ティムはおずおずと両手をポケットに突っ込み、目をそらした。「ほんのちょっとだよ」

メイは両手で自分の体を抱き、どうすべきか考えた。みずから選び受け入れた道ゆえに、彼女はさまざまな責任を負うことになった。けれどときどき自分でも収拾がつかなくなる。とにかく逃げたい、全部否定したい、当然視こそされても感謝されない心配りなどもうしたくない。

ふてくされ、甘え……傷ついた態度で、ティムはシャツの襟を正すと、ぼさぼさの髪を両手でかきむしった。「わかったよ、いいよ、ぐちゃぐちゃ言うなら、姉さんが家まで送ってくれよ」

怒りがのど元までこみ上げる。今にも叫んでしまいそうだ。メイは奥歯を噛みしめた。

「今は作品展の真っ最中なのよ。わたしは行けない」

「へえ、たいしたもんだ。僕にいてもらっちゃ困る。でも帰ってもらっちゃ困る。じゃあ、いったいどうしろってんだよ？　この雨のなかで突っ立って待ってろって？　やだね、ごめんだよ」とまたキーを取り戻そうとしたが、メイに押しのけられた。

「何すんだよ！」ティムはフェンスにぶつかり、脇腹を抱えてひるんだ。血相を変え、「それでも姉かよ」とつぶやく。メイには痛烈なひとことだった。

落ち着かなきゃ。冷静にならなきゃ。とにかく自分を抑えなきゃ。

ほんとはただ泣きたかった。泣いてどうなるものでもないけれど。

額を撫で、メイは無理に頭を働かせた。間違っても、ティムにハンドルを握らせてはいけない。歩くのもやっとなのに、ましてや運転なんて。母や父に電話するなんて論外だ。母のオリンピアにこの話が知れたら……そう、ティムの深酒も正当化されてしまう。

彼女の母親は医者の薬と酒にまみれ、この世のすべてが自分中心に回っているような錯覚をしている。あんな母や弟の面倒を見るのはもうやめよう。とにかくわたしの手には負えない。今夜ばかりは。ジュードといろいろあったあとだけに。

父のほうは……まあ、父のスチュワートが家にいるとでも？　どうせ女と出かけているに決まっている。女なら誰とでも。父は母の病気を責任逃れの口実にしている——だからすべての負担が娘のわたしにかかってくる。

おかしな話だけれど、スチュワートはメイが自分の行状を理解してくれるだろうと思っていた。家族全員がメイにあれもこれもと期待する。彼女はこれまで家族の期待を精いっぱい裏切らないよう生きてきたようなものだ。

メイは胃がきりきりした。わたしはあんなじゃない。あんな人たちとは違う。

「メイ？　何そんなとこ突っ立ってんだよ？　さっさとキーをよこせよ」

決めて、メイ、今すぐ。

気を静めるため、ひとつ、またひとつ深呼吸する。ずきずきする頭も麻痺したようになった。彼女は今のティムにふさわしいのはこれだと思い、きっぱりと彼のほうを向いた。「だめ、キーはあげられない。だからしつこく言わないで」

「じゃあ、どう――」

「〈リスの店〉まで歩いていくの。そこで待ってて」

ティムがぽかんと口を開けた。血走った目が真ん丸くなる。「冗談だろ。あそこは一マイルも先なんだぜ」

メイは動じない。「新鮮な空気を吸って運動したら、少しは酔いも醒めるでしょ」あのレストランは気のいい地元の夫婦がやっている。そんなところに弟を置いておくのはいやだった。かといって、ほかに打つ手がない。

昔からティムはメイが本気のときはそれとわかった。だからさほど抵抗せずにあきらめた。「ちょっと金くれよ」

そうくると思った。ティムのお金はざるで水をすくうようにして消えていく。「今夜は何に使ったの？」

「姉さんの考えてるようなことじゃない。ほんの二、三杯やっただけだよ」

「あのさ、僕は映画スターに追っかけられてるわけじゃない。働いて自分の金を稼がなきゃならないんだよ」

「そうよね」

話がとたんに下世話になった。とはいえ、酔っぱらいと言い合いしても始まらない。この世でいちばん筋の通った人間だろうと、大酒を食らえば理性も礼儀も吹っ飛んでしまう。ティムとぐずぐずすればするほど、こっちは気が滅入りそうだ。

財布は部屋のなかにある。またも苦しい選択を迫られた。「先に電話して、代金はわたしにつけておいてもらうようにするわ」

「いいですよ、どうなりと」ティムは勢いよくフェンスから離れると、足下をふらつかせ、よろめいた。「でもたいした姉だよな。弟を追っ払おうってんだから」

またかっと怒りがこみ上げてきた。「あなたこそたいした弟よ!」

ティムの傷ついた顔を見て、メイはすぐさま言わなければよかったと思った。こんな男になりさがった弟を軽蔑《けいべつ》してはいたが、あながち本人のせいにすることもできない。ティムに対しては、両親も〝だめ〟と言うより〝いい〟と言うほうが楽だった。ほんとは〝だめ〟と言うべきときでさえ。

〝だめ〟と言うほうがよっぽど気を遣ったものだ。

彼は大事な大事な男子の跡取りだった。両親の誇りと喜びであり、家業の中古車代理店を継ぐ者――それでいながら、育てる覚悟のないもうひとりの子どもでもあった。子どもがいるとどちらも自分が遊びたくても遊べず、自分で使いたい金にもしわ寄せがくる。両親はどこか自分たちにとって都合のいいようにティムを育てた。だから彼は自分の足で立つことを学ばずにきた。それやこれやでメイは弟が不憫《ふびん》だった。

わたしは誰にも不憫になんか思われたくない。

「ごめんなさい、ティム。悪いときに来たものね。とにかくあの店に行って、何かお腹に入れて、時間をつぶしてて。わたしもなるべく早く行くようにするから」

愛くるしい笑顔が浮かんで消えた。「僕のほうもごめん」そう言って姉を抱きしめようとしたが、メイは身をかわした。弟はかわいいが、酔っぱらいにまつわりつかれるのはぞっとする。あの匂いだけでも胸が悪くなる。「気をつけるのよ」

「ステーキでも頼むかな」ティムはにやりとした。そして千鳥足で去っていった。足取りはおぼつかない、身の安全も定かでない――なのにメイは自分のことを考えていた。ジュードはまだいるかしら。

ちらりとギャラリーの裏口をうかがった。ほのかな明かりが漏れ、客のかすかなざわめきも聞こえてくる。じきにみんな引き上げる。客といってもしょせんジュードを見にきただけだ。あのなかでほんとに芸術の価値がわかる人なんてひとりもいない。

メイはティムに目を戻し、後ろ姿を見守った。その姿もやがて雨の道へと消えていった。あの子なら大丈夫、と自分に言い聞かせる。大丈夫でいてもらうしかない。

はやる胸を抑え、メイはギャラリーに駆け戻った。常識からしてジュードはチャンスをうかがっているにすぎない。わたしが足下にひれ伏さなかったもので、彼にはもの珍しく映っただけだ。心底わたしがほしいにしても、いつまでもほしいわけじゃない。

ジュードにそれ以上のものを望んでいるわけじゃない。それを言うならどの男性にも。彼女はとうの昔にひとりで生きていくことを決めた。それは彼女の選択であって、ほかの誰にもそうなってほしいとは思わない。たぶんいつか状況が変われば……そんなふうに思うだけで罪の意識に駆られる。

終わりのない葛藤《かっとう》がメイの神経をすり減らした。

なかに入ると、奥の部屋はしんとして誰もいない。愚かな期待は責任の重みに沈んだ。作品展の終了までにはまだ一時間ある。画家やパトロンの前ではにこやかにするのが当然と心得ている。だから背筋を伸ばし、雨に縮れた髪を撫でつけ、眼鏡を拭いてかけ直した。もったいぶった笑みを浮かべ、メイはギャラリーに入っていった。

誰も彼女には気づかない。彼女に目をとめる人はまずいない。

ジュードをのぞいては。

彼が帰ってしまったことは部屋を見回すまでもなくわかる。肌でわかる、心の奥底でわかる。彼が近づいてきたときもそうだけれど。

今夜の作品展にジュードが来てくれるまで、わたしの心は孤独だった。お客の対応に追われていたけれど、心はむなしかった。

すると彼が近づいてくるのがわかり、心が舞い上がった。いかにもメロドラマっぽい。いかにも夢いっぱい。

いかにも……楽しい。

くだらないちょっかいとわかっていても、ついうきうきしてしまう。彼といると顔が赤らむし、言葉に詰まる。彼といると素の自分に戻ったような気がする。彼とは芸術の趣味を分かち合える。

ジュードは本気でわたしに関心があることをわからせようとする。

だけど、わたしだってばかじゃない。こう見えても、自分にとって何がよくて何が悪いかくらいの判断はつく。

ジュード・ジャミソン、身長一八五センチ、彼は〝よくない〟ものの筆頭に挙げられる。彼が興味を示すとしたら、それは退屈しているからに決まっている。またはわたしが挑戦の構えを取ったから。

ハリウッドきってのセクシー俳優として、ジュードの主演作は次々と大ヒットを飛ばした。手痛いスキャンダルと長引く裁判の前までは、ポスターにカレンダーからビルボードにコマーシャルまで、ありとあらゆる媒体を彼の笑顔が飾った。彼の腕には週替わりで異なる若手女優がぶら下がり、それも見るたび美人になっていった。

今でも、ハリウッドはジュードを手放そうとしない。新聞雑誌によると、オファーは今もきているという。映画監督はいまだに彼をほしがっている。悪評のたった今のほうがなおさらほしいのかもしれない。

けれどジュードは人前に出ることを極力避けている。自宅でひっそりと暮らし――メイの作品展に姿を現すのは例外中の例外だ。

彼は心底絵が好きなのだ。

わたしのこともそれくらい好きでいてくれたら。

メイはため息をつき、机のところまで歩いていくと約束の店に電話を入れた。ジュードが帰ったとなると、残りの一時間は長く感じられることになるだろう。

やれやれ。もう彼に会いたくなっている。


ティムはむしょうに姉が嫌いになるときがある。気まぐれな妖精が魔法の粉でも振りかけたのか、いつだってメイの思いどおりにことが運ぶ。

メイは不動産会社に就職した――しかも会社が好きでしようがない。

ティムは中古車代理店を継いだ――しかも店が嫌いでしようがない。

彼女は採算面で不安があるのにギャラリーを開いた――しかもジャミソンみたいな金持ち野郎が移り住んできて、店はつぶれずにいる。

彼はギャンブルに手を染めた――しかも全部すった。

メイが太陽に照ってほしいと思えば、たぶんそうなる。あっちは人生を祝福され、こっちは呪われている。それでも姉さんを好きでいろというのは難しい。

メイは僕のような問題は抱えてない。姉さんには絶対わからない。母親の絶え間ない繰り言、母さんにやさしくしてだの、ひたすらに母さんのことだけ見ろだの。父親の際限ない要求、最初はあの中古車代理店、あとは男一般としての。そりゃこっちは飲んだくれだ。だけど酒でも飲まなきゃこんな人生やってられるか。

メイは僕の飲酒について医者が何と言ったか知っている。あれは病気です。疾病。安心源。だけど姉さんは心配してくれたか。

これっぽっちも。

俺をあの店まで歩いていかせるとは。情けもへったくれもない。こんなことならキーを取り返すんだった。とめようったって無駄だ。でも……くそっ。メイはやるときはやる。できないことは最初から手を出さない。だからあっちがだめだと言えば、だめだということだ。

ティムは鼻息も荒く、通りがかりの車に水をはねられると悪態をついた。両足がずぶ濡れだ。

泥水でびしょ濡れになる、心は傷つくで、また酒がほしくなった。情けない。のど元に熱いものがこみ上げ、自分が哀れになってくる。よりいっそう哀れに、か。何だっていいさ。

ヘッドライトがこちらに向かってまた光った。また水をかけられないよう脇に飛びのく。ちきしょう、あんな店は嫌いだ。脂でぎとぎとの料理、顔に張りついたような笑顔。僕は——。

タイヤのきしむ音にはっとしたとたん、荒っぽい手で体をつかまれた。ティムは転倒しそうになった。ひざが地面にあたるが早いか、襟首をつかまれ、無理やり車のなかに引きずり込まれた。ドアの端で腕がこすれる。かかとが縁石にぶつかり、靴が片方脱げた。パニックに襲われたが、反応する暇もない。とっさに恐怖の悲鳴を上げそうになった。

鉄拳があごに飛んだ。はずみで顔が後ろにそり、目の奥で火花が散ったかと思うと、首筋から背中にかけて激痛が走った。「な、何なんだよ？」

ティムはうろたえて周囲をうかがおうとしたが、もう一発、さらにもう一発殴られた。必死に頭を両手でかばい、ぎゅっと身をすくめる。だが拳はたてつづけに飛んできた。しかもどんどん勢いを増す。後部座席の床でふたりの男にはさまれ、叫び、もがいたが、どうにもならない。うまくよけることができない。攻撃から身をかわすことができない。生まれてこのかたここまで自分を無力に感じたことはない。

時間がいたずらに過ぎていく。助けを乞う声がきれぎれのうめき声に変わり――ついには気を失う寸前、殴打はやんだ。

痛みがじんとしびれたような感覚になっていく。いっそ意識を失えば楽なのに、恐怖が先に立ってそれもできない。やがて車がとまった。つまり相手は三人、後部座席にふたり、運転席にひとり。俺はこのまま殺される？　死体はどこかに棄てられる？

無理に片目をこじ開け、ぼやけた視界の先を見ようとする。暗闇が窓の外にも頭のなかにも垂れ込める。唇がめくれ、舌が腫《は》れ、叫びすぎたせいでのどがひりひりする。

右隣から臭い息が顔にかかった。「起きてるか、ティム」

こんなことが現実に起こるはずはない。のど元まで返事が出かかったが、声にならない。

「聞こえてねえよ」左側からぶっきらぼうな声がした。

「起こしてやるか」

やめろ……逃げようとしたが無駄だった。あごに痛烈なパンチを食らい、あやうく歯が折れそうになった。

今度は襟首をむんずとつかまれる。「お目覚めかい、これで？」

「うう……」ティムは必死で頭を整理した。

「よし。じゃあ聞け。どうするかはおまえ次第だからな」

ティムは襟首ごと持ち上げられ、半分宙に浮く格好になった。苦痛が増す。何も見えない。あるのは底知れぬ暗闇。あとはひょっとして、ひょっとしたら、車内の闇に浮かぶ邪悪な目のぎらつき。

「おまえはうちのボスに借りがあるんだよ」

そうか。あの借金のことか。金が原因でこんな目に遭わされるのか。恐怖にかられ、ティムはつぶやいた。「ない」

「いや、あるだろうが、ティム。五万五千百ドル、きっちりな」声がやさしくなる。「雀の涙みたいなもんだ」

息をするたび肋骨が痛い。「か……返す……」

「まあ、落ち着きなって。一部はもう返済ずみだよ」忍び笑いが漏れた。「今殴ったぶん百ドルまけてやる」

たかが百ドル。五万ドルとなるとどれぐらいこっぴどくやられることか。

「残金はどうなるかって？　簡単なことだ」嬉々として言う。「帳尻合わすには、死んでもらうしかないだろうが」

「や、やめろ」

指をぽきぽきさせる音、やけに弾んだ笑い声。ティムはあやうく吐きそうになった。

生存本能が働いた。宙をつかみ、不吉な声からやみくもに逃れようとする。どこに行こうとしているのか、自分でもわからない。まわりは闇、体はひどい傷を負っている。しかも今どこにいるのかわからない……。

こぶしで耳を殴られ、のどを殴られ、ティムの動きがやんだ。息をしようとしたが、苦しくてひと筋の空気さえ吸い込むことができない。

さっきのご機嫌とはうってかわり、すごんだ声がした。「おとなしく座ってろ、この腰抜け。今ここで八つ裂きにされたいか」

心臓がけたたましい音を立てて鳴る。相手にも聞こえてしまいそうなほどだ。

「さあ、どうするかはおまえ次第だ。命が惜しいなら、今日じゅうに金を返してもらおう」

死にたくない。わしづかみにされたのどから嗚咽《おえつ》が漏れる。かろうじて首を横に振った。

そんな金は持ってない。何とか工面できたにしてもせいぜい数千ドルだ。さすがのメイでもそこまでの大金は持ってない。ひょっとして両親なら……無理だ。あの店に手をつけてあっというまに遣い込んじまうかもしれない。でもとりあえず相談すれば少しは時間稼ぎができるかも。

のどの手がゆるみ、うなじに回った。「もうひとつ手がある」

希望の灯がともった。もうひとつ手が？

「筋を通すために死んでもらうか」

「や、やめてくれぇ……」

「ボスのためにひと肌脱いでもらう。ほんのひと肌だ、ティム、たいしたことじゃない。だがそれでおまえの借金はちゃらになる。どうだ？」

身動きひとつできず、ティムは祈るような気持ちで大きく息を吸った。へたに希望を抱くのは怖い。でも殺されるのはもっと怖い。彼はこくりとうなずいた。

「そうくるだろうと思ったよ。となると、いつまで床に這いつくばってんだ？　まあここに座れ。詳しい話を聞かせてやるよ」

いやでも座るしかない。ティムは疼《うず》く体を座席にのせ、筋骨たくましい巨漢のあいだにこわごわおさまった。鮮血が頬を伝っていく。ねっとりと生暖かい。脇腹の奥深くを突き刺すような痛みが走る。たぶん肋骨が折れた。まざまざと恐怖を覚えた。

あのときメイが邪険にしなければ、こんなことにはならなかった。

両手が震えないようかたく握り合わせ、腫れた口をもぐもぐさせた。「僕に何しろと？」

腹は立つ、体は疲れる、心配のあまり吐き気までする、メイはいてもたってもいられなかった。もうシャワーも浴び、ガウンに着替えている。携帯には十回ほど電話し、そのたびに伝言を残した。友人、両親、付近の飲み屋には片っ端からあたってみた。たぶんティムはどこかに飲み直しに出かけたんだろう。だけど……もし違っていたら？　車は使ってない。まだギャラリーの駐車場に置いてある。自業自得でお金は持たずに出かけた。わたしが迎えにいくとわかっていて、飲みに出かけた？　あの子は酔っぱらい。それに無責任。自分そうに決まっている、と自分に言い聞かせる。あの子は酔っぱらい。それに無責任。自分のことしか考えない。

だけどもし違っていたら？

思わず涙がこみ上げてくる。あの子ったら！　どこに——。

ドアのほうで物音がして、メイはあやうく飛び上がりそうになった。胸に手をあてたま、ドアをじっと見つめる。日付はとっくに変わっていた。こんな時間に訪ねてくるのはアシュリーしかいない。だけどアシュリーならまず電話をかけてくる。

声をひそめて訊いた。「誰？」

「メイ？」

弟だ。ろれつの回らないか細い声。今までさんざん心配しただけに目もくらむような怒りを覚え、メイは玄関まで行くと力任せにドアを開けた。

驚いたことに、体が倒れ込んできて、床にずるずるとくずおれた。顔は殴られたのか、ほとんど人相が変わっている。泥と血が髪にこびりつき、顔を汚し、服はずたずただ。なぜか靴の片方がなくなっている。

「ティム？」声をひそめて言う。

彼は……倒れたままだ。動きもしない。かろうじて息はしている。

「ああ、こんなことって」メイはかたわらにひざまずいた。「ティム！」

「なかに……入れ……て」異様に腫れた口から絞り出すように言う。「早く」

「ティム？」我知らず金切り声になったが、自分でもこらえようがない。ティムは死ぬほど怯《おび》えている。それは彼女もまったく同じだった。「何があったの？　事故？」

車を盗んだ？　自分の店から取ってきた？　なんでそれを思いつかなかったんだろう。車ならいくらだって手に入る。車を売るのが仕事なのだから。

口に手をあて、メイは祈るような気持ちで返事を待った。「ティム、聞いて。ほかにも誰か怪我してる？」

「いや」

メイはひどいパニックに襲われた。「ほんとに？　事故を起こしたなら――」

「違う」ティムはあえぎ、そしてすすり泣いた。「違う……事故じゃない」

メイは唇を嚙んだ。車の事故でないとすれば、何？　ティムは全身傷だらけだ。しっかりしなさい、メイ。取り乱している場合じゃない。自分にうなずき、ひとつ深呼吸する。「とにかくじっとしてて」

弟をこれ以上痛がらせないよう、両手でそっと全身をなぞる。血まみれのシャツ、ズボン、耳からあご……。

「メイ」充血した目が片方開いた。「助けて。早く」

涙があふれ、彼女はなすすべもなく首を振った。「わたしは医者じゃない。救急車を呼ばなきゃ」立ち上がろうとすると、足首をつかまれた。

「やつら……」ごくりと唾を飲む音がした。「やつら追いかけてくるかも」

メイの目がまじまじと見開かれる。「やつらって誰？　あなたをこんな目に遭わせた人たち？」

「ああ。なかに……入らないと。ドアに……鍵して」

背筋に冷たいものが走った。よろよろと立ち上がり、ドアの外をのぞき込む。廊下はからっぽでほの暗い。誰もいない、不審な人影もない。耳を澄ましても、聞こえてくるのは弟の荒い息づかいだけだ。

新たな緊迫感に駆られ、メイはまた弟のそばにかがみ込んだ。「起き上がれる？」

「ああ」ティムが目を閉じる。「手を貸してくれたら」

震える手が差し出され、メイはしっかりと握った。その手を肩に置く。「つかまって」片手で胸を支え、もう片方の手を背中に回し、何とか弟を立ち上がらせようとする。

ティムはまずひざ立ちになり、メイを支えにしてやっとのことで立ち上がった。玉の汗が顔を伝う。酒臭い息をするたび、苦痛のうめきが漏れた。

「こっちよ」とメイが敷居をまたがせる。

ティムが彼女に倒れかかり、ふたりして転びそうになった。

「ティム！」メイはそのまま弟を支え、カウチのクッションにどさりと降ろした。殴りつけられた人間を目のあたりにしたのは初めてだ。これはジュードがSBCでやっていたのとはわけが違う。あれはスポーツ、これは……とにかくひどい。

弟の姿を見るのもつらい。「九一一に電話する。ちょっと待ってて」

「いや、だめだ」

「かけなきゃ！」恐怖のにじむ声にメイは自分でも愕然《がくぜん》とした。両手で体を抱き、ひとつ深呼吸する。「ティム」今度は冷静に、語気を強める。「何があったにしろ、病院には行かなきゃいけない。そして警察に通報しなきゃ」

ティムはうめいた。「姉さんは僕が……殺されてもいいの？」

メイはひざががくがくした。「真剣に言ってるわけない」

ティムの目が開く。「死ぬほど真剣」

殺される。

死ぬ。

玄関まで歩くあいだ、足の感覚がなかった。鍵をかけ、カチリという音を聞いて少し安心した。相手が本気で押し入りたいなら、鍵などかけても無駄だろうけれど。

次に、窓辺に駆け寄り、鍵がかかっているか確認し、急いでカーテンを閉めた。窓はあとひとつ、ベッドルームにあるだけだ。暗い部屋に入ると、肌がぞわりとしたが、明かりはあえてつけなかった。

最後に元の部屋に戻り、ティムのそばに座った。慎重に顔に触れ、髪を撫でる。「傷だらけじゃないの、ティム。医者に診てもらわなきゃ」

「ああ。もうどうしようもない。俺……」ごくりと唾を飲む。「酒がほしい」

ティムに反対されようが警察に電話しようかと思った。血に染まった服からして、病院で治療を受ける必要がある。とても素人の手には負えない。それでも、弟の性格を知っている以上、まずは本人の口から話を聞くしかない。「わかった。何か持ってきてあげる」

メイがトレーを手に戻ってくると、ティムはぐったりと体を脇にもたれていた。「ティム?」

ティムはびくりとした。「ごめん。うとうとしてた」

メイはコーヒーテーブルにトレーを置き、ティムの口に紅茶のグラスをあてがった。「ひと口飲んで。さあ、ゆっくり」

紅茶が口からこぼれ、あごを伝い、汚れたシャツにしみたが、ティムはごくごくと飲み、グラスが半分空になったところで顔をそむけた。

傷の具合を調べる必要があったので、メイはディッシュタオルを氷水にひたし、顔をそっと拭き始めた。ところどころ痛がる以外、ティムはほとんどされるがままだった。血をぬぐうと、肌にまだらのあざができ、頬には切り傷ができていた。眉間から額、最後にあごを指でなぞる。

「しばらく顔が腫れそうね。だけど骨はどこも折れてないと思う」

「信じらんねえ」

骨折していると思ったのに？ 無理もない。相当痛いはずだ。「肋骨のほうはどう？」

「めちゃくちゃ痛い」

「息を吸って」

ティムは息を吸い、痛みにたじろいだ。

「ひびが入っているかどうかは、レントゲンを撮らなきゃわからないわ」

「いやだ」

「じゃあ、入ってないことにするしかない」震える手でタオルを洗い、またティムの顔を拭く。メイは気丈にふるまったが、内心は胃がどうにかなりそうなほど怯えていた。「それで、誰にこんなまねされたの？」

「しーっ……こっち来て」

メイは体をかがめ、彼の口元に耳を近づけた。「どうしたの？」

「大きな声は出せない」

「なぜ？」

「ひょっとして……盗聴されてるかも」

ぎょっとして起き上がる。「そんなばかな」この子は飲みすぎて幻覚にさらされているのかもしれない。

「ほんとだよ、ちきしょう。ひょっとして姉さんは盗聴されてる。僕たちふたりとも。全部。やつらは知って……」

「わかったわ。落ち着くの」弟とはいろいろと合わないところもあるけれど、やはりかわいい。調子を合わせたほうがいいならそうしよう。メイも彼に合わせてひそひそ声で訊いた。「どうして襲われたの?」

ティムがまた手招きする。「しゃ……借金がある」

何てこと。「ティム、またギャンブルなの?」

「うん」

「わかった」メイは両手をぎゅっと握りしめた。「借金の額は?」

顔をそむけたまま、ティムはカウチの上で心持ち身を起こした。「かなり」

「それはどういう意味、ティム?」返事がないので、メイはかがみ込み、彼の顔をまともに見た。「いくら借金したの?」

消え入りそうな声がした。「五万ドル」

メイは冷水を浴びせられたようだった。途方もない金額に目がくらむ。そんなお金は持っていない。そんなお金はたとえ一カ月の猶予があっても集められない。「無理よ」と首を振る。「そんなのあり得ない」

「ごめん。でもほんとなんだ」

「どうして……どうしてそんなことに?」

「知らない」ティムはおずおずと下唇に触れた。「ギャンブルに行った。金が切れた。ある男が……貸してやると言った」そして傷だらけの顔をしかめる。「はめられたんだよ、俺のせいじゃない！」

見ず知らずの人間がお金を差し出す？　高利貸し？　オハイオくんだりで？

メイがぱっと立ち上がり、カウチが揺れた。ティムはうめき声を上げ、彼女にしがみつくと、しどろもどろにまくしたてた。

「置いてかないで」大粒の涙がこぼれ、唇がわなわなと震えている。「メイ」としゃくり上げる。「怖いんだ」

罪悪感が心のなかで渦巻いた。罪悪感、怒り、恨み。だけどそんなものは何ひとつ助けにならない。メイはまたティムの横に座った。大きな声は動揺させるだけなので、ひそめた声で言う。「ティム、わたしはそんなお金は持ってない。とてもじゃないけど」

ティムがわかったというようにうなずいた。

これ以上狼狽《ろうばい》させないようにと、メイは彼の両手を握った。「警察に電話するの。警察なら助けて――」

「そんなことしたら殺される。やつらがそう言った」

「誰よ？」

ティムはがくがく震えた。「知らない。でも本気でそう言ったんだよ、メイ。真っ暗だった。殴られた。何度も何度も……」

弟の恐怖を目のあたりにするとこっちまで理性を失いそうになる。「ドアは鍵がかかってる。このアパートメントにはほかにも人が住んでる。警察が来るまでここにいれば、彼らもつかまえようがないでしょ」

ティムはまた唾を飲み、首をうなだれた。「やつら僕を見張ってる、盗聴器を仕掛けたって言った。やつら……やつら僕を二十四時間尾行するって。小便するのもわかる、警察にたれ込めば殺すって言った」あえぐようにして大きく息をする。「くそっ、ごめん、メイ。ほんとにごめん。だけどやつら……やつら姉さんのことも知ってる。僕がつかまらなきゃ、そのときは……」

メイはどきりとした。

「姉さんがつかまる」

茫然《ぼうぜん》として立ち上がる。「わたしが？」

「大丈夫だよ。やつらに頼まれたことがある。姉さんが助けてくれれば、それで借金はちゃらになる」

知りたくない、知りたくない……「頼みごとって、どんな？」

「助けるって約束して」ティムの顔は涙でくしゃくしゃだ。「約束してくれよ、メイ」

ティムが飲むと泣き上戸になるのはいやというほど見てきた。自分を憐れみ、何でも決まって他人のせいにする。もううんざりだ。でも今回はそうも言っていられない。「落ち着いて、ティム。もちろん助けてあげる。だからどんなこと？」

苦しげなティムの目と不安げなメイの目が合った。「僕……殺すしかない……ジュード・ジャミソンを」

4

アシュリー・マイルズは耳許の音楽に合わせて軽やかにツーステップを踏みながら、がらんとしたビルの十二階の廊下に掃除機をかけた。あと三十分もすれば仕事を終えて勉強に没頭できる。

歳はくっていても、成績は十代の学生より上だ。だから気にしてない。

掃除機の向きを変えたとたん、携帯電話がぶるぶると鳴り、彼女は跳び上がった。「びっくり！」と壁にもたれてひとりで笑う。ヘッドホンをはずして、ジーンズのポケットから携帯を取り出した。「もしもーし」

「メイよ」

アシュリーはどきりとした。メイが仕事先に電話してくることなんて絶対ない。そもそも、こんな時間に起きていることだって絶対ない。わたしが夜行性のフクロウみたいにホーホー鳴くなら、彼女は早起きのワシみたいに空高く舞う。

ぱっと壁から離れる。「何事?」

異様に明るい声がした。「ちょっと遊びにこないかと思って」

「遊びに?」アシュリーは腕時計に目をやった。げっ。「遊びにこいって、これから?」

「ええ」

メイが部屋を行きつ戻りつするのが目に浮かぶようだ。手にはしっかりと携帯が握られている。ふたりはじつの家族より仲がいい。親友中の親友だ。「わかった、メイ、行ってあげる。理由を訊いてもいい?」

「わたしたち最近話す機会がなかった」

「だから今話したい?」

「あの新しい服見せてくれるんだったわよね? あの派手な?」

アシュリーはふんと鼻を鳴らした。わたしの服はみんな派手。明るい色や柄物が大好き。定番のダサいスーツにこだわるメイとは違う。「ひとつ質問。いい?」

「え……たぶん」

「わたしが行くまでにコーヒー淹《い》れといてくれる?」

メイの安堵《あんど》のため息がすべてを物語っていた。彼女はわたしを必要としている。理由、それはわからない。そんなのどうでもいい。メイにお返しできるチャンスなら何だってうれしい。メイがいなかったら、こっちはとっくの昔に人生を投げていた。「三十分で行くね」

「コーヒーを淹れて待ってるわ。ありがとう」

「楽しみにしてる。じゃね」アシュリーは電話を切り、バックポケットにしまうと、掃除機のコードをしまい始めた。メイの口ぶりからして、ぐずぐずしている暇はない。自分の姿にちらりと目をやる。裾ジッパーにボタンフライの奇抜なピンクのジーンズ、黄色とピンクのチェックのスリッポン・スニーカー、黄色とピンクのバラ模様のストレッチレースのTシャツ、これなら立派に条件にかなうだろう。

あのメイが着るものを話題にする……それってつまり、別人になりすますため？

突然、エレベータが箱を揺らしてとまる音がした。アシュリーははっと我に返った。十二階だと、いつもはエレベータがくるまで延々と待たされる。でも今夜は違った。

乗り遅れまいと駆け足になり、エレベータの前まで来た瞬間、男性が横から割り込んだ。

今さらブレーキはかけられない。「ぎゃっ」

スーツ姿の大男、クィントン・マーフィだ。このビルにある大手コンサルティング会社の最高プライバシー責任者《CPO》をつとめている。緑の鋭い瞳ではっとアシュリーを見たかと思うと、クィントンは体当たりをくらい、とっさに彼女を両手で抱きとめた。

「おっと！」書類がそこらじゅうに散乱する。アシュリーの引っ張る掃除機にふたりして足を取られた。

コードやホースを手足にからませ、ふたりもろとも床に転げた。アシュリーは起き上がり、彼の端正な顔を見た。かぐわしい香りがして、あわてて飛びのいた。

口はきけないし、心臓はばくばくする。アシュリーは彼のそばにかがみ込んだ。それこそ……大の字にひっくり返っている。

目と目が合い、クィントンが微笑んだ。「こんばんは」

アシュリーは度を失った。「ほんっとにごめんなさい。大丈夫?」

彼が首をもたげ、自分の体を見やる。「脳しんとうに手足の骨折……それ以外は、うん、大丈夫だな」

「頼むから冗談だと言って」

また微笑む。「冗談だよ」彼は起き上がり、ダークブロンドの髪を後ろに撫でつけ、両手のほこりを払った。立ち上がるかと思いきや、両手でひざを抱え、アシュリーを一心に見た。「つまり、急いでいたと?」

しまった。床の掃除はまだすんでない。ほんとは勤務時間があと三十分残っている。でもいい、彼がもし怒って密告したとしても、時給七ドルの夜勤の口なんてすぐまた見つかる。

「じつは、ええ。ちょっと早めに切り上げるとこだった」そこで口ごもる。「誰かにばれるなんて思わなかった。だってこんな時間、ふだんこの階には誰もいないし。フリントはべつとして」

「フリント?」

「守衛。いつも入り口にいるけど、一時間おきとかに——」と左右を見て、前に身を乗り出し、いわくありげに声をひそめた。「偵察しにくるの」

「ほお。それはご苦労なことだ」クィントンも前に身を乗り出し、お互いの顔が同じ高さに並ぶと、彼女の目をのぞき込んだ。「彼はきみが目当てなんじゃないか?」

せめて時間があったら、とアシュリーは思った。べつに会社重役とおつきあいするつもりはない。めっそうもない。でも思わせぶりな会話は楽しい。「確かにそんな感じ」そして立ち上がると、手を差し伸べた。

彼は好意に甘えたが、彼女の手にはまったく力を加えずに立った。「クィントン・マーフィだ」

「ええ、知ってる。噂はいろいろ聞いてる」

ダークブロンドの眉が片方上がる。「誰から……?」

右手を握られたまま、アシュリーは手振りで左を示した。「わたしが出勤するとき帰っていく女たち。それにわたしが帰るとき出勤してくる女たち」

「うちの社員?」

「違うと思う。もっと……カジュアルだもん。たぶんこのビルのほかの会社の人ね」

「カジュアルというのは服装のこと?　きみのように?」

アシュリーがにっこりする。「カラフルなのが好きなの——噂話と同じくらい」

「冗談じゃないな」彼はあごを撫でた。「女性といってもうちの社員以外は思いつかない」

「べつにいいの。向こうはあなたを知ってる。それか、少なくとも人づてには聞いてる」

今度は両方の眉が上がった。「ほんとに?」

「あなたはここのボスだし」

それを聞いてクィントンが笑った。「興味津々だな。それはけなされているのか、それともほめられているのか？」

「ほめてるに決まってるじゃない。〝ワーカホリック〟を侮辱語と見なすならべつだけど。でもどう見てもあなたはワーカホリックよね？」

「自信があるんだな？」

アシュリーがまずクィントンを、そして床に散乱した書類を指さす。「これを見るかぎり、あなたは長々と残業してる」

「なるほど」彼女が掃除機を片づけられるよう手を離すと、クィントンは書類を拾った。「つまり俺は遅くまでここにいて、きみは早めに帰ろうとしている。お互い妙な時間に居合わせたようだな」

「えーっと……」あまりにもなめらかな口調なので、訴えてやると脅されているのか、手を結ぼうと言われているのか、アシュリーには判断がつかなかった。「これでも真面目なのよ。欠勤ゼロ、遅刻ゼロ。早退だってふだんはしない。ただ非常事態が――」

「俺なら心配ない。きみの秘密は守るよ。ただし、名前を教えてくれれば」

それももっともだ。「アシュリー・マイルズ」

「じゃあ、アシュリー、明日の晩きみの出勤前に食事をご一緒して、新たな友情を深めるというのはどうだろう？」

あまりにもなめらかな誘いなので、すぐには呑み込めなかった。彼に誘われたからといって掟破《おきて》りにはならない。アシュリーは彼の会社で働いているわけじゃない。彼は上司ではないし、彼に給料をチェックされるわけでもない。

だからって、わたしは餌《えさ》に飛びついたりしない。

胸を張り、目をすがめ、アシュリーはクィントンをじろりと見た。さまになる。高価なスーツ姿がさまになる。ほれぼれするほどの容姿、堂々たる体軀《たいく》、全身からほとばしり出るセックスアピール。だけどにっこりしてこう答えた。「ごめんなさい、やめとく」

「あさっては?」

アシュリーは肩をすくめた。彼女の人生に男の入る余地はない。たぶんあと一年か二年したら。でも今のところはこう答えるしかない。「もう忙しくて忙しくて。めちゃくちゃなスケジュールやら何やらで」たたみかけるように言う。「一年三百六十五日」ついでに芝居がかった口調でだめ押しした。「終わりは永遠に訪れない」

「わかった」ドアが閉まらないよう——そして彼女が逃げないよう、彼はエレベータに半身を突っ込んでいた。「勤務は三交代制、ということは、八時から四時?」

「そうそう。当たり」アシュリーは掃除機の柄を杖がわりにしてもたれた。「あなたやみんなが帰ったあともわたしはずっとここにいるの」

「フリントはべつとして」

「ルディとエイデンも」

「ルディと……?」

「ルディも守衛。だけどもう歳だからあんまりうろうろしない。エイデンはわたしの下の階を掃除してる」彼女はしみじみ考え込んだ。「ほかにも誰かいるかもね。だって、わたしの担当は四階ぶんだけだし。何たって大きなビルだし」

「ほかに女性の同僚は？」

「いない。わたしは見たことないわね。夜勤って女性には嫌われると思う」

「だがきみはそうじゃない」

「わたしには合ってる」

「それはまたなぜ？」

べつに彼の知ったことじゃないけれど、いちおう答えることにした。腕組みして背筋を伸ばす。「わたし学校に行ってるの。勤務時間が授業に合わないと困る」

「なるほど」

アシュリーは二十九年間の人生をしみじみ振り返ったが、クィントンはあっさりそのひとことですませた。

「専攻は？」

「看護学」こんな話をしていてもらちがあかない。アシュリーは片手を彼の胸にあて、そっと押した。「ほんと、急いでるの。だから……失礼していい？」

「いいとも」クィントンは身を引き、ドアが閉まりかけると言った。「またお目にかかろう、ミズ・マイルズ」

アシュリーは笑顔を浮かべた——ドアが閉まり、彼の姿が視界から消えるまで。そして真鍮《しんちゅう》の手すりにどさりと背中をもたれると、ひゅーっと口笛を吹いた。「もし先にあなたと会ってたら、ミスター・マーフィ」

なぶり者にされたティムを見てショックを受けたものの、アシュリーは気を取り直し、怪我の具合を調べた。看護学校で学んだことからすると、命に別状はない。だからといって喜ぶつもりはない。彼はメイを苦しめた。それだけでも大嫌いだ。

「わたしが保証する、メイ、傷は見た目ほどひどくない。出血が多いから重傷に思えるだけよ。ほとんどはったり——見かけ倒し、ってやつ」もちろん、ティムの痛がりようを見るかぎり、充分重傷に思えるけれど。

「よかった」

「じゃあ、善良かつ賢明な国民として、警察に電話するわよね？」

「いえ、しない。ティムに約束したし」メイはピンクのジーンズを穿くのに手こずっていた。「それに、ジュードに相談するまでは、しないほうがいいと思う」

ティムのためでなければ、メイがこんなむちゃくちゃな計画を立てるはずはない。彼女自身のためなら間違ってもこんなことはしない。メイに気を遣い、アシュリーは声をひそめた。「こんなのばかげてる。現実離れしてる。サスペンス映画じゃあるまいし」

とはいっても、ティムが怪我したのはまさか道で転んだからじゃない。

「外に出るにはこれしか方法がないの。でないとこの子が危ない」メイは気合いを入れ、ジーンズの最後のボタンをとめた。

アシュリーはカウチで眠るティムに一瞥《いちべつ》をくれた。鎮痛剤のおかげでよく眠っている。「わたしには理解できない、メイ。外に誰かいたらどうするの？　あなただってことに気づかれたら？」

メイはアシュリーの腕をつかみ、バスルームに引っ張っていった。シャワーの栓をひねれば、気兼ねなく話ができる。ティムは例の〝盗聴〟の件でびくびくしている。でも実際に襲われた以上、用心に越したことはない。

「昔もやったことがあるじゃない、アシュ、誰にも見破られなかったわ」

「ああ、そりゃ、見破られなかったかもしれない。だけど、あのころとはわたしたちもいろいろと変わったのよ。いちばんの違いは、あなたは巨乳になり、わたしはならなかった」認めたくはないけれど、アシュリーは言った。「わたしはいまだにぺっちゃんこ」

「アシュ」メイがすかさず言い返す。「あなたはスタイル抜群じゃない」

「Aカップがスタイル抜群というのなら」

メイはスポーツブラを手振りで示した。「代われるものなら代わりたい」

「それが鋼鉄の帯だったら。あなたをぎゅうぎゅうに締めつけてくれるのに」

「耐えてみせるわよ」そう言ったあと、憂い顔で唇を噛む。「足のサイズはちっとも変わってない。靴はぴったりだもの。体を曲げてもジーンズが破れないことを祈るのみね。体を動かしても。息をしても」アシュリーと目が合った。「もうきつきつ」

「それストレッチだから。心配しないで。それに、わたしよりあなたのほうが似合ってる」

メイの服の好みは色と着心地に尽きる。タイトなジーンズは格好いいが、ゆるめなバギーのほうが好きだ。ゆとりがあって動きやすい。見た目はいまいちだけれど、誰に見せるわけでもないし。

メイはストレッチレースのTシャツと自分の胸とを見比べ、額に手をやった。髪はふわりと肩に垂らし、もう少し癖のあるアシュリーの髪型に合わせる。

アシュリーの髪のほうが少しだけ長いとはいえ、誰にも見分けはつかないだろう。色といい、質感といい、うりふたつだ。

十代のころ、ふたりでよくいたずらをした。そっくりな服を着て、そっくりなことをする。ハイスクール時代、メイのボーイフレンドが車で映画館の前を通りがかったとき、アシュリーがデート相手と出てくるところを目撃した。彼はだまされたとメイをなじった。

あるとき、アシュリーの父親は娘が罰として庭掃除しているものと思っていた。実際には学校の劇に出ていた。父親のほうはわざわざ庭に出て確かめることはなく、窓から監視するだけだった。

「くれぐれも慎重に、メイ。わたしは心の底から言ってんの」

「任せて」メイはTシャツを頭からかぶると、上に引っ張ったり、下に引っ張ったりして、少しでも体をおおうようにした。でも効果のほどはあまりない。

アシュリーも内心焦った。口では「あら、似合う」と声を弾ませる。「まあね」あらわな胸の谷間を見て、メイはうめいた。「目いっぱいストレッチがきいてる。これじゃ透けて見えそう」

「ここんとこ雨降りだったのが幸いしたね」アシュリーはVネックのフードつきポンチョを手に取った。色はショッキングピンク、雨よけに着てきた。それをメイの頭からかぶせ、ボタンをとめると、にんまりした。ポンチョはメイの腰まで垂れ、体の線を隠してくれた。

「これでよしと」

「自分でもこんなことしてるのが信じられない。あなたまで巻き込んでしまったのが信じられない」

「わたしたちはなかにいる。ティムからは目を離さない。こっちは心配しないで」

「あなたがティムを軽蔑しているのはわかってる」

「でもあなたのことは大切」

メイの目に涙があふれた。「ああ、どうしよう、アシュ、こんなことって……」と声を震わせる。

「あり得ない！　乱交パーティくらいあり得ないよね」アシュリーがうなずく。「ほんと」

メイは泣き笑いになった。「この不良娘」

「望むところよ」アシュリーはメイをきつく抱きしめた。「さあ、もう心配しないで。携帯は肌身離さず持ってる。何かあったら警察に電話するから。あとはどうとでもなれだわ」

「そうして」メイは彼女の両手を取った。「あなたの身には代えられない。これはティムのしでかしたこと。わたしにできることはするけれど、あなたを危ない目に遭わせたくはない」

「了解」アシュリーはバスローブのポケットの上から携帯電話をたたいた。バスローブの下には丈の長いパジャマにネルのパンツを穿いている。あのおぞましいスーツに比べれば何だってましだし、ほかにはこれといって着るものもない。メイの服ときたら仕事着か部屋着のどちらかしかない。「あと、忘れないで。ちゃんと電話してよ、あっちに着いたら」

メイは眼鏡をはずし、アシュリーのカラフルな大型のトートバッグにしまった。そして最後にもう一度髪をふわっとさせた。「準備完了」

バスルームを出ると、アシュリーはメイを玄関まで見送った。不安でいっぱいになりながら、最後にもう一度メイを抱きしめる。そして消え入りそうな声で言った。「角を曲がったらすぐ眼鏡をかけて」

「ええ」

「それまではゆっくり運転して」

「ええ」

「前向きに考えて。何事も気の持ちよう」

その言葉をアシュリーに教えたのはほかならぬメイだった。思わず笑みがこぼれる。「いってくるわね」

アシュリーは息をこらし、メイが部屋を出るまで玄関先に立ちつくした。そしてドアに鍵をかけると窓辺に駆け寄りカーテン越しに外をうかがった。メイがバナナイエローのシビックに乗り込み、走り去っていく。どこからともなく車が発進して後を追うなんてこともない。ヘッドライトが光ることもない。闇から人影が現れることもない。

ティムのばか野郎。

素早く祈りを捧げたあと、アシュリーはカウチに戻ってティムをじっと見下ろした。こんなにみじめな姿でなければ、蹴っ飛ばしてやりたいところだ。

情けないやつ。

そのうちメイもこんな家族には愛想を尽かすかも。誰も彼女を責める人なんていないのに

——家族以外は。

裸の胸と腹を汗が伝い、ルーズなコットンのショーツにしみる。胸が苦しく筋肉が焼けるように痛い。体はくたくただが、まだ満たされない。頭にはメイのことがある。彼女をものにするまでは何をやっても満たされない。一時間……一日……えぇい、くそっ、一週間ぶっ続けで無制限一本勝負のセックスに挑む。それでやっと満足がいき、生気がよみがえる。

だが、その日はまだやってこない。

これほど心が燃えることはまずない。

肉体を酷使すれば、この虚しさもたえまない欲望も少しはやわらぐのではないかと思っ

た。頭を整理し、怒りを抑えるには、これまでも体を動かしてきた。バーベルを上げ下げし、トレッドミルで走り、腕が鉛のようになるまでサンドバッグを殴りつける、そうすると身も心もすっきりした。

今はかえって欲求不満がつのるばかりだ。レザーのグローブをはめた両手を腰にあて、ジュードは首を垂れ呼吸を整えた。

事実は事実として認めるしかない。メイは俺のことなど求めていない。その点はじつにはっきりしている。あの飲んだくれの弟を猫かわいがりするいっぽうで、俺に帰れと言った。彼女は俺にキス——らしきこと——をしたかと思うと、何事もなかったかのようにふるまった。

勝手にするがいい。仕事だけしていろ。楽しいことも見て見ぬふりをすればいい……。くそっ。また彼女のことで頭がいっぱいだ。

ジュードは口を真一文字に結び、猛然とサンドバッグをたたきつけた。腕の筋肉がぷるぷる震える。しまいには体をふたつ折りにして肩で息をした。ぐったり疲れようが、体力が完全に尽きようが、メイの姿が頭から離れない。あの笑顔。たまらない。いったい彼女のどこがそんなに特別なのか。

「来客だぞ」

夜中であることは時計を見なくてもわかる。または明け方か。どっちでもいい。

デニーに背を向けたまま、彼はボクシンググローブをむしり取った。「俺は忙しい。適当にあしらってくれ」

「おまえが自分であしらえばいい」

ちらりと横目で見ると、デニーは無精ひげの生えたあごを突き出した。

折れる気配はみじんもなく、デニーは断固言い張る。「俺も疲れてる。さっさとベッドに戻りたい」

デニーはしわくちゃのTシャツを着て、ズボンのジッパーも開けたままだ。足は素足。薄くなりかけたブラウンの髪には寝癖がつき、分厚い耳と色あせたタトゥーが地肌にのぞく。今年で四十七になるが、人の指図などどこ吹く風だ。いまだかつてこの男をあごでこき使ったやつなんかいるのだろうか。

デニーは自分がいいと思えば相手にも同じことを求める。そして早寝早起きをよしとする。まだ日は昇っていないが、今日は客にたたき起こされた。

地下のジムにいると門扉のブザー音は聞こえない。この家は各部屋にモニターが設置され、防犯カメラがとらえた画像が映し出される。広々としたジムの壁にもモニターは搭載されている。スイッチを入れればいいだけの話だが、なぜわざわざ？ どうせ来客などパパラッチしかいない。やつらがどんなうそ八百書きたてようと、俺の知ったことじゃない。

「いいだろう」ジュードはグローブを放り投げ、タオルを取って胸を拭いた。「誰だろうとほっとけ。そのうち帰る」

デニーの声に怒りがにじんだ。「俺はな、眠りが浅いんだ。それはおまえも知ってるだろ。

あのブザーは十分前から鳴りっぱなしなんだ」

ジュードは悪態をつきそうになるのをぐっとこらえた。よりによって軍隊上がりの、へそ曲がりの武道家野郎なんか何で秘書に雇ったのか。

それは、信頼がおけるからだ。

「おまえはいちおう俺の下で働いてるんじゃなかったか？」のどを鳴らしてペットボトルの水を飲み、頭の上からかけると、またタオルで拭く。

デニーはがっしりした肩をいからせた。「夜明けに女を追い払う義務など、採用時の契約条項にはなかったぞ」

「女？」ジュードがタオルを下ろす。「何の話だ？」

「蹴りでも入れてやるか。体を鍛えるのは楽しいからな。相手がカメラを持ったやつだととくに」

ジュードはいっさい耳を貸さなかった。「何のことだ、女だと？」

「飯炊き、掃除、そりゃ問題ない。俺だってどっちみち食わなきゃならない、不潔なのも我慢ならない。俺はそのために給料もらってんだ」

デニーが熱弁をふるいだすと、黙らせるのが大変だ。ジュードは荒々しく手で制した。

「来客というのは女性か？」

「郵便物の始末もしてやるし電話もさばいてやる。だがこんなふざけた――」

「いいから、デニー、どんな女だ？」

はっとしてデニーが口をつぐみ、胸の前で腕組みした。グリーンの目を腹立たしげに細める。「ぽっちゃりした娘。髪は茶色。興奮しまくってる。ぜひ訪ねてこいとおまえに言われたそうだ。だからってまさか朝の五時に来ることは――」

メイが会いにきた？

みるみる生気がよみがえり、ジュードは階段を二段飛ばしで駆け上がった。我ながらばかみたいだと思う。情けないほどおめでたいばか。ふつうはこっちから女を追いかけたりしない。

だがメイはほかの女とは違う。まったく違う。相手が並みの女なら、夜通しサンドバッグを殴って性欲を発散させるなんてこともない。ここまで血が騒いだのは、エルトン・パスカルが原告側の証人台に立ったとき以来のことだ。まことしやかなうそを並べたて、こっちはあやうく濡《ぬ》れ衣《ぎぬ》を着せられるところだった。

大股に数歩、ステンレス製のだだっ広いキッチンに設置されたモニターのところまでたどり着く。カウンターに両手をつき、モニターをのぞき込んだ。間違いない。メイがスクリーンいっぱいに映し出されている。

どういうことだ？

閉ざされた鉄の門扉の外にメイがいた。車をアイドリングさせた横で行きつ戻りつしている。ジュードはいぶかしげに目を細め、その姿を凝視した。

いったい何のまねだ？

例の裁判やパパラッチの問題があるだけに、防犯システムはきわめて性能の高いものを購入した。モニターの画像は粒子が細かく、ぶれることもない。

画面にくっきりと映るのは、髪を下ろし、ぴちぴちのピンクのジーンズを穿き、黄色とピンクのチェックのスニーカーとおぼしきものを履いたメイだ。すとんとした派手なかぶりものの下で、豊満な胸がじらすような形を描いている。

この光景は……いや、はっきり言って、悪くない。

とはいえ、彼女らしくもない。メイの人となりはわかっている。何かあったのだ。こんな非常識な時間にわざわざ訪ねてこざるを得ないようなことが。あんな柄にもない格好をせざるを得ないようなことが。

苦悩が確固とした自信にとってかわり――ぽっかり空いた胸に安堵が広がった。

彼女をなかに入れるのは当然のことだ。

モニターに目を据えたまま、ジュードは声を張り上げた。「用件は何か訊いてくれ」

デニーは困惑顔でジュードを頭のてっぺんからつま先までねめつけた。そして咳払いする。「もう訊いた。おまえにどうしても話があるそうだ」

「ああ、だが理由を訊いてくれ。早く。彼女が帰ってしまう前に」

「彼女が帰ってしまう……？」デニーが背筋を伸ばす。「おまえはモニターの真ん前に突っ立てんだ。自分で訊け」

かっと頭に血が上る。爆発寸前のところで友人兼雇い人の顔をにらみつけた。「うるさい。

いっぺんでいいから俺の言うことを――」

「わかった、わかった」デニーがいかにもわずらわしげに言う。「ったく。かんしゃく起こすんじゃない」

ジュードは奥歯を噛みしめた。「違う。俺は……」必死になっているだけだ。かんしゃくとは明らかに違う。「疲れてるんだ。さあ、彼女に訊いてくれ」

ぶつぶつ言いながら、デニーは音声ボタンを押した。「おい、そこのお嬢さん」

メイは慣れないスニーカーでよろけそうになりつつ、あわてて振り向くと、インターホンに駆け寄った。顔が大写しになる。レンズ越しに暗い瞳が見て取れ、それも取り乱したように大きく見開かれていた。「はい？」

「ジュードは手が離せない。用件を訊きたいそうだ」

メイはうめくと、両手を髪に突っ込み、その場でひと回りした。じりじりと時間が過ぎる。やっとのことでインターホンに向き直った。「お願いです、彼に……彼に一大事だと伝えて」息もつけないようすだ。すがりつくようなようす。

ジュードは胸苦しさを覚えた。「怪我をしたのか訊いてくれ」

デニーがボタンをたたく。「怪我でもしたのか？」

「いえ、わたし……」メイは両手で体を抱き、目を閉じて首を振った。「わからない。お願い、ジュードにどうしても会いたいと伝えて」

いくつもの可能性がジュードの頭をよぎった。だがどれも筋が通らない。感情の赴くままにふるまうのはごめんだ。もっとも、メイにはメロドラマ並みの極端な行動に走らせられることが多い。もともとは取るべき道をじっくり考えるタイプ、あらゆる角度から検討するタイプなのに。

彼女が訪ねてきたことで多少は自信を取り戻した。会うのを拒むこともできる。彼女が俺を拒んだように。帰れと言ってやることもできる。彼女が俺にそう言ったように……。

いや。そんなことはしないと自分でもとうにわかっている。みすみすわかりきったことを先延ばしにしてもお互い苦しむだけだ。「入れてやってくれ」

「本気か？」

「ああ」理由がなんであれ、彼女は俺に会いにきた。今度こそ優位に立ってやる。「書斎で待つように言ってくれ」

「書斎で？　だがあそこは二階の——」

「ベッドルームの向かい、だろ」ことがことなだけにデニーの非難がましい顔つきも気にならない。「さっさとすませれば、それだけ早くベッドに戻れるぞ」

デニーはふんと鼻を鳴らした。「今さら眠れるか」門扉の開くブザー音に続き、「そのまま通ってくれ。玄関で待ってる」と言った。

ジュードは意気揚々と階段を上がり、自室に向かった。戸口でたたずみ、今後の作戦を練る。陽気な自分を取り戻すには格好の作戦だ。彼はこれまでSBCの血に飢えたグルーピーどもハリウッドにこの姿を見せてやれたら。

を寄せつけずにきた。色仕掛けで結婚を迫る新進女優も同様だ。ふたつのウエイト級でチャンピオンベルトを勝ち取り、激怒も心痛も表に出すことなく人殺しの罪を免れた。主演映画をほめられたときは軽く受け流し、たたかれたときはじっと耐えた。どんな言葉を浴びせられようと、冷静沈着でいられた。

それが今はたかが女ひとりに上を下への大騒ぎだ。メスを狙う野良犬も同じ、さかりがつき、気が立ち、怒り、飢えている。彼女と一緒にいる、彼女をものにする、そのことばかり考えている。

どうにかして、俺の代名詞である冷静さを取り戻してみせる。

ジュードはドアのそばに設置された壁のモニターのところまで行くと、彼女の車がこちらに向かってくるのを見守った。メイがようやく俺のもとに来てくれた。帰るころには、すっかり俺のものになっている。

5

メイは不安で胃がきりきりし、吐き気を覚えた。これでよかったんだろうか。警察に電話しないとジュードまで怪我するはめになる？　わたしの決めたことでますます問題が大きくなり、ほかの人まで危険にさらすことになる？

だけど警察に行ったとしても、ジュードに死んでほしい人物がわからずじまいだったら？

いっそ吐きたい、車をUターンさせたい、このまま走り去りたい、あんな弟とは縁を切りたい。だけど、そんなことをしても何の解決にもならない。ティムを助ける、その責任は彼女の肩にかかっていた。ほかの誰にもできないことだから。

母や父にはまずできない。

ティム本人にもまずできない。

恐怖のあまり、メイは警察でもこんな謎は解けないように思えた。ティムは誰に殴られたかわかっていない。だから、警察も二十四時間監視下に置くことはできない。

名も知れぬ脅威は弟――そしてジュード――にたえずつきまとう。

誰にもあとは尾《つ》けられなかった。それは確かだ。ジュードの家まで無事にたどり着けたのは驚きというほかない。手は震える、バックミラーは何度もちらちら見る、ジュードに何と言えばいいかでやきもきする、たぶん最悪の運転だっただろう。

アクセルを踏んで壮麗な門扉をくぐると、タイヤが泥と落ち葉にきしんだ。そこから先はジュードの豪邸へと続く弓なりの進入路だ。背後ですぐさま門扉が音を立てて閉まった。日はまだ昇っていないが、夜はしらじらと明けていく。ジュードの家が近づくにつれ、桁《けた》はずれの富のオーラが感じられた。

ひとつは一階、ひとつは二階にしつらえられた広いポーチが、煉瓦と石造りの豪邸をぐるりと取り巻いている。丸石を敷き詰めた小道が二本の円柱を構えた玄関へと続く。違うときに来ていれば、彼の家を隅々まで堪能しただろう。細部にこだわった景観、噴水、ステンドグラスの窓。

今はただなかに入れてもらうことしか頭にない。緊張したメイには、ジュードの家がひたすら大きく、よそよそしく、冷たく、暗く映った。

家の脇には六台分の駐車場がしつらえてあった。けれど急ぎの用なので、アシュリーの派手な車を入り口の真ん前にとめた。投光照明がつき、目がくらんだが、前庭が照らされると車を誘導しやすかった。

大型のトートバッグから携帯電話を取り出し、まずアシュリーにかける。アシュリーが電話に出るが早いか、「着いたわ」と告げた。

「家のなか？」

「今から」やだ、声がうわずる。「なかに入れてくれるって」

「自信なかったんだ？」

「ええ」最後にあんな別れ方をしただけに、何ひとつ自信がない。

「わかった。もうびくびくしないの――否定してもだめ。声に出てる。でもあなたは強い、メイ。それはお互いにわかってるでしょ。だからうつむかない。胸を張る。いい、ジュード・ジャミソンもしょせんは男。胸の谷間でもちらりと見せてやれば、あとはこっちのもんよ。いざというときは、わたしが電話一本で駆けつけてあげる」

メイは微笑んだ。「あなたは入れてもらえるかどうかわからないわよ。敷地のまわりには石と鉄の高い塀が張り巡らされているし」

「あのね、塀くらいよじ登っちゃう。ぜんぜん問題なし。こっちは入ると言ったら入るの」

アシュリーが塀をよじ登り、ひと悶着起こす、そのさまを想像してメイはくすくす笑った。「ありがとう、アシュ」

「いってらっしゃい」

電話が切れ、メイは携帯をしまった。

おぼつかない足取りながら、玄関までたどり着き、こぶしでドアをたたこうとした。すかさず両開きのドアが開き、インターホンで話した男が堅苦しさとはおよそ無縁の格好で現れた。

寝癖のついた髪をして、おどけた表情で彼女を見ると、やれやれと首を振る。「入ってくれ。ジュードは二階だ。書斎で待ってる」

「ありがとう。わたし――」

すかさず背を向けられた。弁解無用、さっさとついてこい、と言わんばかりだ。

彼は大股で声がよく通った。「後であんたらふたりにコーヒーを持ってくから。だがその前に俺はまず着替えをしなきゃならない」

メイは不安と希望、心細さでいっぱいだった。通りすがりにあたりをきょろきょろ見る。大理石の床、見上げるような天井、ブラウン系にクリームの男性的な色調。ジュードの趣味はシンプルで、すっきりしたラインを好むようだ。それにしても彼の持つものすべてが高級感にあふれている。

どの部屋にもテレビモニターのついたインターホンが設置されていた。電源の切ってある部屋もあるが、あとは家や敷地をさまざまな角度から映し出している。ハイテクの粋を極めたものだ。

前を歩いていた男がふいに足をとめ、メイはあやうくぶつかりそうになった。その先は花崗岩のカウンターと床を備えたステンレスのキッチンだ。

男が振り返る。真後ろにメイがいたのでぎょっとし、彼は顔をしかめた。「ジュードは二階だと言ったろうが」

「ええ」

「しかし二階に上がらなかった」

しまった。「上がってもよかった？」

彼は太い腕を胸の前で組んだ。「そのほうが会うのに楽だろ？」

気合いを入れ、メイは笑顔をこしらえた。「ええ、あの、もちろん。階段って、今来たほう？」と肩越しに指さす。なにしろ広い家なので、ふらふらしていると迷子になりそうだ。

グリーンの瞳がけげんそうに曇る。こんなに堂々とした風貌はまずお目にかかったことがない。それでいてどこかで見覚えのある顔だ。

「上着と鞄《かばん》を預かろうか？」

「いえ」トートバッグを体の前でしっかりと抱え、メイは首を振ってまた言った。「いえ、わたし……自分で持ってます」

「よし」男はきびすを返し、玄関広間まで戻った。そこを入ったすぐのところに、幅がふつうの二倍はある階段が弓なりに二階へと続いていた。「じゃあ、上がってくれ。すぐ右が書斎だ。ごゆっくり」

メイは階段を見上げ、息を呑んだ。向こうでジュードが待っているかと思うと、階段が不吉なものに思えてくる。飛んで火に入る夏の虫。いったん上がったが最後、人生は一転してしまうかもしれない。

そこまでの変化はまだ覚悟ができてない。「えっと……」

年配の男の顔がなごんだ。「俺はジュードとは長いつきあいだ。数年前からあいつの下で働いてる。緊張するまでもないよ」

今さらながらメイは握手を求めた。自己紹介でもすれば、二階に上がるのを少しでも遅らせることができる。「メイ・プライスです。ジュードにはうちのギャラリーでたくさん絵を買っていただいているの」

彼女の手を大きな手がすっぽりと包み込んだ。「デニーと呼んでくれていい。俺はジュードの秘書兼ボディガード兼家の管理人、いわゆる何でも屋だ」興味をそそられたのか、デニーはあらためて彼女を見た。そして満足げに大きくうなずいた。「じゃあ、あいつはきみから絵を買ったわけか」

今度はひとりでに笑みがこぼれた。「こんなに朝早くお邪魔してほんとに申し訳――」

「お邪魔なもんか。どっちみちもう日が昇る。さあ、上がって」

「ありがとう」メイはデニーがキッチンに戻りコーヒーの支度を始めるまで待った。そして勇気をふるい、重い足取りで一歩一歩階段を上がっていった。上の踊り場が近づくにつれ、ますます動悸が激しくなり胃は締めつけられる。

ジュードを訪ねることに決めたのと、実際に訪ねるのとでは話がまるで違う。踊り場に着くと、二階のあちこちに目をやった。廊下の両脇に部屋が並んでいる――たぶん寝室。彼女はまた息を呑んだ。

明かりの消えた、からっぽの書斎をのぞき込む。オフィスを兼ねているかのような広さだ。窓やバルコニーに通じる引き戸から薄明かりが射している。床やさまざまな大型家具の上に長い影がちらついた。

「ジュード？」

頼りなげにささやいたものの、答える声はない。それがなおいっそう不安をあおった。ドアの内側に手を伸ばし、壁伝いにスイッチを探りあてる。指先で押すと、室内の威容に圧倒された。

床から天井までのサクラ材の書棚がぐるりと部屋を取り囲んでいる。てっぺんには凝ったクラウンモールディングが施され、ありとあらゆる大きさや色の本がぎっしり詰まっていた。ペーパーバックもあれば革装丁もある。ずいぶんと改まった本もあればぼろぼろにすりきれた本もある。

メイは立派なサクラ材の机の前を通り過ぎた。机の前にはふかふかの椅子二脚とふたりがけのラブソファーが、おそろいのコーヒーテーブルをはさんで置かれている。スニーカー履きの足が超豪華なワインレッドのカーペットにずぶずぶと沈む。書棚の一角を古典が占め、その横にはヨットにインテリアに会計に民間療法、ありとあらゆる分野の実用書が並んでいた。豪華な大型本、伝記、戯曲、アクションアドベンチャー、そしていちばん端っこの目の高さにミステリーやスリラー。はてはロマンスもけっこうな場を占めている。

ジュードがあの椅子にゆったりと座り、ペーパーバックのロマンスを読む、何だか想像もつかない。だって彼は有能な男性。男のなかの男なのに。

本人と出会うずっと前からジュードのことはSBCの試合で観てきた。生中継が観たくてわざわざ衛星放送の契約はする、そのうえ、どの試合も繰り返し観たくてレンタルビデオは借りる。ジュードに入れ込んだおかげで、今や総合格闘技の技には相当に詳しくなった。ジュードはパンチ一発で敵をノックアウトできる。体がぶれることはない。あご目がけてまたたくまに痛烈な一打を浴びせる。一発ではすまない。二発、三発、四発……敵を退け征服するには何発だろうとかまわない。

相手を屈服させるには、まず自分に勝たなければならないのだ。ある挑戦者の言葉を借りれば、ジュードと一戦交えるのはサメを相手にするようなものだ。まず勝てないばかりか、手足の一本も失うはめになりかねない。

ジュードは最高のボクサーにして最高のレスラーだ。

しかもベストセラーから専門書まであらゆる本を読破している。

メイは書斎の奥まで行くと、壁一面の窓から敷地を眺めた。はるか彼方に真っ赤な太陽がのぞき、空にピンクのリボンを投げかけている。ここはすばらしく美しいところだけれど、孤立している——故意に。ジュードは世間から遠ざかっている。哀しい生き方だ。なおかつ身の安全とプライバシーを守るため、テレビモニターを必要としている。

いっそきれいな絵でも飾ってあれば。あんな無粋なモニターなんかじゃなくて。彼がここにひとりで暮らしているかと思うと……いいえ、彼にはデニーがいる。

でもやっぱりちょっと違う。

「メイ」

彼の声がして、メイは心臓が口から飛び出しそうになった。来るべきときが来た。とってつけたような笑顔を浮かべ、両手を握りしめる。挨拶、弁解、嘆願、どれもこれものど元まで出かかっている。彼女は後ろを向き——ジュードの姿に絶句した。

何てこと。彼はたった今シャワーを浴びたところにちがいない。

素足で色あせたルーズなジーンズを腰で穿き、首からは濡れたタオルが下がっている。右手には黒のごつい時計をしていた。

メイの視線が彼の全身を這う。筋肉隆々とした上腕、かたく引きしまった下腹、ジーンズへと一列に連なるつややかな黒い毛。そこでまた上に戻り、広い肩、最後に裸の胸へと目がいく。

しっとりした黒い毛がぽつぽつと傷跡に途切れ、整然とした胸の筋肉をおおっている。

ジュードはふんと鼻を鳴らし、書斎に入ってきた。

「これはまた斬新な格好をしてるじゃないか。俺の好みかどうかはともかく」

緊張のあまりヒステリックな笑いが漏れた。好み？　もちろん彼の好みじゃない。わたしだって好みじゃない。こんな服は自分らしくないばかりか、体にも合わない。

「アシュリーに借りたのよ」

「アシュリー？　俺も前に一度会ったよな？」

「ええ、ギャラリーで。だけどアシュリーは絵にはあまり興味がなくて。ちょっとわたしに会いにきただけだった。というのもわたしたち親友で……」

ジュードが目の前を通り過ぎると、メイの頭は乱れに乱れた。彼の後ろ姿に目が吸い寄せられる。広い背中が筋肉質の腰へと続き、履き古したデニムにあの超セクシーなお尻が包まれている。

ああ、素敵。彼が椅子に腰を下ろすと、靴とソックス、グリーンのポロシャツを手に持っているのが目に入った。

メイが訪ねてくるのはべつに珍しいことじゃない、彼女の前でしょっちゅう着替えをしている、とでもいうように、ジュードは前かがみになると無言でソックスを履いた。

メイは首を横に振りつつ――つい彼の体に目がいった。「迷惑かけてごめんなさい」

「迷惑じゃない。起きてた。トレーニング中」

「へえ」どうしてわざわざこんな時間にトレーニングを？　映画スターというのは夜中まで飲んで騒ぎ、お昼まで寝ているものだとばかり思っていた。

ジュードがちらりと目を上げる。「大丈夫か？」

メイはまた首を振りつつ、口では「ええ」と言った。そして憑《つ》かれたように彼の体を見つめた。ひざの上の太い手首、ぴっちりしたジーンズにみなぎる腿……。

「メイ、こっちを見ろ」

ええ、見てる。彼の体はテレビの大画面で見るより、こうしてじかに見るほうがずっと迫力がある。

おもむろに彼は上体を起こした。「俺の顔、メイ」

彼女がはっと目を上げ、ばつの悪そうな顔をした。ジュードが片方の眉を上げる。失笑、決意、焦がれるような熱気が澄んだブルーの瞳に宿っている。

メイは息を呑み、そろりと一歩下がった。「ごめんなさい。わたし――」

彼女が後ずさるのを見て、ジュードの目から笑いが消えた。「なぜそんな格好をしているのか教えてくれ」

ああ、わたしときたら！　ジュードをひと目見るなり、恐ろしい脅しのことも、自分がやるべきことも、そもそもなぜジュードに会いにきたかも、頭から消えていた。

「そうよね」メイは髪を後ろにかき上げた。「ごめんなさい。こんなふうに押しかけてきたものだから、ちょっと緊張して。だからぼうっとしてた」

ジュードは押し黙り、射るような目で彼女を見た。

しっかりしなさい、メイ。「ええ、だから、こんな格好してるのは、ここまで来るあいだ、誰にもあとを尾けられたくなかったから。車もアシュリーので来たの」

「カメラマンに写真を撮られるのがそんなに心配だったのか？」

「え？」メイはひざがくがくしてきた。目の前に座る彼は、こちらの話などほとんど無関心なようだし、どこか計算しているようでもある。「カメラマンって？」

「ギャラリーにいたやつら。昨日の晩」

「ああ」と片手で払う。わずらわしいカメラマンのことなど頭にもなかった。「そんなの忘れてた」

ジュードが顔をしかめた。「じゃあ、何でそんなコスプレを？」

コスプレなんてアシュリーが聞いたらどんな顔をするだろう。「どうしてもあなたに話したいことがあった……洗いざらい。それでもいい？」

「わかった」彼はまばたきひとつしない。「座ってくれ」

メイはとっさに後ずさりし、ジュードの失笑を買った。

「座るのはいやだということか？」

「座れない……緊張しすぎて」

彼が肩をすくめる。「お好きなように」

ひどい。そこまでつれない態度を取らなくても。いつもは気さくで思いやりがあるのに、いざというときに限って、さげすむような態度を見せる。

頭を整理するため、メイはしばらく目を閉じた。そして目を開けると、ジュードは着替えをすませ、椅子に背をもたれていた。両手を下腹のあたりで組み、両脚を前に投げ出している。目はこちらをじっと見据えていた。明らかにいらだっている。

「準備ができたらいつでも、メイ」

こんなに怖《お》じ気《け》づいたのは生まれて初めてだ。自分でもいやになる。主張を通すこと、望みをかなえること、幼いころにそれを学んだ。代わりにやってくれる人は誰もいなかったから。今の望み、それはジュードを守ること。

ジュードを守るためにはきちんと話をしなければならない。「あなたが不快な思いでギャラリーを後にしたのはわかってる」

彼はそれについては何も言わなかった。

「あなたがティムを嫌っていることもわかってる。なぜかもわかる。わたしだっていやになることがある。だけどあの子はわたしの弟なの」

情に訴えようとしてもだめだった。

メイは覚悟を決めた。「つまり……あなたの助けが必要なの」

ジュードはやおら椅子から立ち上がり、彼女のほうに近づいた。「はっきり言わせてもらおう」声を荒げるでもない。もっとも、そうするまでもなかった。「俺とつきあうのはおろか、飯を食うのすら拒んでおきながら、今になって俺の助けが必要だと？」

この際弁明はしていられない。プライドは捨てるしかない。メイは勇気を奮い起こした。でも楽ではない。アシュリーの平底スニーカーのせいで、いつにも増して彼に見下ろされているような気がする。「ええ」

「信じられない」濃い色の濡れた髪が額に垂れ、ブルーの瞳が熱を帯びる。

メイはその目に心の奥底まで見透かされそうな気がした。

ジュードが両手を腰にあてると、やわらかな綿のポロシャツがかたい胸一面に張りつき、ふたりの体格の違いを際だたせた。

あの胸に手を触れてみたい。

それよりも彼がきつく抱きしめてくれたら。冗談を言ってくれたら。どうにかして安心させてくれたら。だけど彼は黙って突っ立ったまま、いたずらにわたしを萎縮《いしゅく》させる。

メイは唇を舐めた。「こんなのとんでもない話だとわかっているし、ほんと、あなたには申し訳ないと思っている。だけどこうするしかなかった」

ジュードは真剣に聞いているようには見えない。手を伸ばし、ポンチョの首についている丸ボタンをいじった。「きみの着ているこいつは何だ?」

「わたし……え?」メイはまごついて下を向いた。「これはポンチョ。アシュリーのこと覚えてるとしたら、彼女は、あの、わたしより小さいのよ」

「胸が小さい」

「まあ、そういうこと」眼鏡がずり落ち、メイは指で押し上げた。「彼女のシャツはわたしの体には合わないからポンチョが――」

「脱げよ」

メイは息を呑んだ。「もう一度言ってもらえる?」

「ポンチョを脱げ。シャツが見てみたい」

メイがじっとしたままでいると、いらだたしげにボタンをはずされた。両手の力が抜け、トートバッグが床に落ちた。「ジュード」

「何だ?」ジュードはポンチョをたくし上げ、するりと頭から脱がせた。

土壇場でメイは我に返り、ポンチョを体の前でつかんだ。「いったい何のまね?」

ジュードは彼女のまわりをひと巡りした。メイも彼から目を離さないよう一緒について回る。

「脱いだほうが楽なんじゃないかと」彼は足をとめ、戸口を手振りで示した。「デニーがコーヒーを持ってきてくれた」

メイはぎょっとして顔を上げた。

デニーが最初は気まずそうに、やがて不機嫌そうに、ずかずかと部屋に入ってきた。「のぞき見してたんじゃないぞ」と無造作にトレーを机の上に置き、ジュードをにらみつける。

「いや、してた」ジュードは湯気の立つコーヒーをカップに注《そそ》いだ。口をつけ舌鼓を打つ。

「デニーってやつはどこからともなく現れる」

「俺がどこからともなく現れるからこそ、おまえは救われた。それも一度や二度じゃない」今度はメイのほうを向く。「俺がいなかったら、エルトン・パスカルは少なくとも十回はこいつを――」

「もういい、デニー」

デニーは平然とトレーを手振りで示した。「見逃してやってくれ。ジュードはたちが悪くてな。甘やかされてんだ。こいつの知ってる女どもなら今ごろとっくにキレてる。俺が気まずい瞬間に出くわしたことは一度や二度じゃゃ――」

「デニー」

赤面していいやら、怒っていいやら、泣いていいやら、メイにはわからなかった。

「しかも今度は接客係までやらされるときた」ジュードをもう一度にらみつけたあと、彼女に明るく笑いかける。奥のほうに銀歯が一本のぞいた。「コーヒーをお注《つ》ぎしようか。あまり濃くはならないようにした。女性のお客さんだしな」

「ありがとう」ぴりぴりした雰囲気にメイはかわるがわるふたりを見た。

ジュードは目をぎょろつかせ、デニーの上腕をつかむと、ドアのほうへ向かわせた。「おまえにいてもらうまでもないよ、デニー。あとは俺がやる」

デニーも黙ってない。「こっちはべつにいてやってもいいぞ」

「だろうな。そりゃここでぶらぶら見物していたいに決まってる。だがあいにくご遠慮願いたい」ジュードは戸口に立ち、デニーがぶつぶつ言いながら退散すると、「壁に耳をあてるなよ」と声をかけた。

「ばか野郎」デニーは足音も荒く廊下を去っていった。

ジュードはドアを閉め——鍵をかけた。「さて、どこまで話したかな」

メイは過呼吸寸前で首を振った。ジュードと部屋に閉じこめられたのでは、まともな思考などできそうにない。

「待て、俺が思い出してやる」ジュードのわざとらしい笑顔がますますメイの不安をあおった。「俺はきみにコーヒーを入れるところだった。きみはポンチョなるしろもので体を隠すのをやめるところだった」彼はつかつかと机のところへ歩いていった。「クリームと砂糖は入れるよな?」

「ええ、ありがとう」ジュードの前で体の線をさらしたくない。

「それで」コーヒーを注ぎながら彼はちらりとメイを見た。「そのポンチョを床に落とすつもりはないのか」

「ないわ」彼女はまた後ずさった。

「さっきからそればっかりだな。後ずさる、黙りこくる。いつものおしゃべりなきみとは大違いだ」

「ごめんなさい」

「ああ、それもさっきからずっと言ってる」彼は腕時計に目をやった。「さっさと用件を聞かせてもらおうか」

「弟が困ったことになったの」

「何だ」とコーヒーをスプーンでかき回す。「ティムの件か。それならそうと知っておくべきだった」

ジュードはコーヒーのカップを持ち、メイのところまで歩いていった。しげしげと彼女を見たあと、カップをテーブルに置き、てのひらを上にして差し出す。「俺が預かろう、メイ」

彼が本気で言っているのは間違いない。抵抗しても無駄だ。メイはおとなしくポンチョを下ろした。

ジュードはポンチョとトートバッグを空いた椅子に放り投げ、彼女の胸から脚をじっと見た。そして「興味深いシャツだ」と低い声で言う。

メイは両手で胸元をおおいたかった。でもそんなことをすればますます滑稽《こっけい》に見えるだけだ。彼女は身をかたくして立ちつくした。両手は脇に、肩に思わず力が入る。

「そのジーンズじゃつらいだろう」

「ものすごく窮屈」

「ついでに脱ぐか？」ジュードは彼女を一瞥し、薄笑いを浮かべた。ああ、そうか。俺はいっさい関係ないんだって、俺とお楽しみにきたわけではなさそうだな。ああ、そうか。俺はいっさい関係ないんだった。俺の誘いは全部はねつけられるもんな。きみはあの能なしの弟を助けたい一心でここにやってきた」

「ごめんなさい」

「弁解はもう充分だ」彼はゆうゆうと椅子まで戻って座り、コーヒーを口に運んだ。「じゃあ、俺のほうから訊き出すしかないってことか？　または訊き出すまでもない？　過去の経験からして、人が俺に助けを求めにくるときはたいてい金がほしいってことだ」

ああ、いやだ、当然そうだ。彼は始終人からお金をせびられているんだろう——今度はわたしも同類と思われている。確かにお金はほしい。だけど理由は彼の考えているようなことじゃない。

だめ、彼に頼むことなんてできない。わたしまで同類になるなんて……。

ジュードの声がやわらいだ。ただし、表情は変わらない。「わざわざきみのほうから出向いてきたんだ。それくらい察しはつく」

アドレナリンがどっとこみ上げた。脅しの件で彼に警告しなきゃいけない。おどおどしている暇はない。メイは猛然と彼のほうへ歩いていった。「昨日の晩、ティムが誰かにつかまって、暗い車内に引きずり込まれ、半死の状態になるまで殴りつけられたの」

ジュードはコーヒーをひと口飲んだ。「半死の状態、か」

「よくも平気な顔していられるわね、ジュード。ティムが玄関に倒れ込んできた――ほんとに倒れてきたんだから――そのときは血まみれで顔の区別もつかないほどだった。片方の目は腫れて開かないし、もう片方は見ていられないほど充血してた。唇は切れてる。あざは全身にできてる」

「誰かの怒りを買ったようだな」

「あの子はそこらじゅうで怒りを買ってる。それぐらいあなたをはじめ、みんなが知っていることよ！」

ジュードがさっと顔色を変えた。「俺が悪者か」とコーヒーカップを机にたたきつけるようにして置く。そして憤然と立ち上がり、メイをたじたじとさせた。「きみは俺がやったと思ってる」

今にも消え入りそうなその声にメイはまじまじと目を見開いた。また後ずさろうとしたが、両腕をがっしりとつかまれ、身動きできなくなった。

「きみがここにやってきたのは、俺と、つまりこの悪党と、ご立派にも対決するためだった。あの哀れな弟を俺が襲った、きみはそう思った」

メイは二の句が継げなかった。どうしてそこまで悪くとるんだろう。「わたしはべつに——」

「ちきしょう、俺がうかつだった」ジュードはうんざりしたようにメイを突き放した。「何てざまだ。震えているじゃないか。俺が痛い目に遭わせると思ってるんだな」

見当違いもはなはだしい。「これから説明しようと——」

がさつな笑い声が彼女の言葉をさえぎった。「俺はきみの弟に挑発された。だから当然、二、三発殴りつけてやってもいい、そうだろ？　つまり、ええい、くそ、俺が女を痛い目に遭わせるようなやつなら、ティムみたいな女々しいやつも一緒のことだと？」

メイには口をはさむ隙もない。

「ついでに言ってやろうか。俺だってティムを一発ぶん殴ってやりたいところだ。当然の報いだからな。だが、男相手に喧嘩《けんか》するときは、正面きってやる。闇討ちのような卑怯《ひきょう》なまねはしない」

「わかってる」

「俺は正々堂々と戦う。ティムは相手にもならない。あれじゃガキ相手に戦うようなもんだ」

またもや女性を痛い目に遭わせるようなもの？　メイは胸が痛んだ。あの口ぶりはよほど傷ついている。今まで何度そうした非難を浴びせられたことだろう。ジュードのように潔癖な男性にとって、やってもいないことで責められるのは耐えがたいことにちがいない。

「ほら」ジュードが電話機を取り上げ、彼女のほうに放った。メイは身じろぎひとつしない。電話機は音を立てて目の前に落ちた。

「警察に電話したらどうだ？　きみの説を聞かせてやれ。しゃべりたいことは何でもしゃべってやれ。俺は気にしない」と背を向けようとする。

「いいえ、気にする」

「気にしない！」彼はすぐさまこちらに向き直り、彼女と鼻先を突き合わせた。「俺がきみを抱きたいからといって、きみに――」

緊張感も怒りの前に消えた。「ごちゃごちゃ言わないでよ」

ジュードはきょとんとして、口をつぐんだ。

ついかっとなったことがメイは自分でもショックだった。この一日で一生ぶんの怒りをぶちまけたような気がする。しっかりしなきゃ。彼女はきつく腕組みして、気を落ち着けようとした。

けれど、ジュードの視線が胸元に注がれているのを見て、また怒りをあおられた。「ああ、もうやめて！　人の胸じろじろ見ないでよ」

ジュードは目を白黒させた。「俺――」

「わたしはただの一度もあなたを責めたりしたことはない」メイは睡眠不足で体の芯まで疲れきっていた。頭がずきずきする。「なのに、あなたはあの手この手でわたしに気まずい思いをさせてる。言わせてもらえば、こっちはただでさえ最悪な気分なのよ」

ジュードはやけに冷静になった。「口には出さなくても心のなかでは絶対責めていた」

「あなたにわたしの心なんかわからない」

「みえみえだ」

「とんでもない」

彼は何度か深呼吸し、語調をやわらげた。「俺を危険と思わないなら、なぜ拒んでばかりいる？」

いけない。かんしゃくを起こしたせいで息が上がり、頭が真っ白だ。確かに彼は危険――わたしの心の平和、心臓、血圧にとって。「えっと……」

ジュードがにじり寄る。「なぜだ、メイ？　俺が怖くないなら、なぜ一緒に食事するのを拒む？　あの噂を信じてないなら、なぜ俺を避ける？」

どういうわけか、ふたりの話はお互いにあらぬ方向を向いている。メイが身を引こうとすると、ジュードはいらだたしげに怒鳴った。

「なぜ俺の顔さえ見れば後ずさりする？」

メイは両手でこめかみを押さえた。「大きな声出さないで！」目と目が合う。「わたしは一度にひとつのことしかできない。今は弟のことで頭がいっぱいなのよ」それとあなたの身を守ることで。

ジュードはじっとこらえている。

「わたしは本気で言ってるの、ジュード。意地悪はもうたくさんよ。ただでさえ気が滅入っているのに。もうどうすればいいの？　こんな話をしているくらいなら家に帰って自分で考えたほうがいいのかも。このまま家に帰って自力で何とかするわ」

「ひとりで解決できるのか？」

メイは奥歯を嚙みしめた。「いつもそうしてきたわよ」でも今度ばかりは、どうしていいのかさっぱりわからない。

ジュードはちらりと感心したようすを見せた。「よし。執行猶予を与えてやろう。とりあえず」そして後ろの椅子にどかりと座り、彼女を指さした。「発言権はきみにある、ミス・プライス。何か言いたいことがあるなら、さっさと言ってくれ」

「わかった」気が急いでいたので、言葉を選ぶまでもなかった。「ティムが五万ドルの借金をしたの。返済しないと大変なことになる」

意外なことにジュードはまったく動じなかった。「あのばか」

「あの子はわたしのところに置いてくるしかなかった。アシュリーがそばについていてくれてる。ティムの話では、襲った相手はあの子を監視してる、警察に行こうものなら殺すって」

「そんな話、真に受けたのか？」

あなたが名指しされていたとあれば――それにティムの怪我はあまりにも生々しかった。この場ですべて話してしまおう。お互いに理性のある大人として。「弟が借金した相手……その男はティムに借金を帳消しにしてやる、返済の必要はないと言ったの。もしあの子が……」

ジュードは目を閉じ、ため息をついた。「もしあいつが？」彼のうんざりした顔を見つめつつ、メイは身をかがめ、椅子の端に腰掛けた。「あなたを殺せば」

ジュードはぱっと目を開けた。そして彼女をまじまじと見る。その顔にあざけるような笑みが浮かんだ。「冗談だろ」

「いえ」メイは唇を噛んだ。心が痛い。「ごめんなさい。ほんとなの」

彼は笑い出した。「何だ、そうくるとは思わなかったな」けれどすぐに真顔になった。「じゃあ、いったいどこから俺の名前が出てくるんだ？」

「わからない」彼のひざに乗り、両手でその体を抱きしめる勇気があったら。何ともいえない気分だろう、誰かに殺されるかもしれないなんて。「わたしにわかってるのは、ティムが袋だたきに遭ったこと、誰がやったにしろ、あの子は警察に連絡しないよう四六時中監視されてるってこと。借金の返済は――現金かまたは……」そこでごくりと唾を飲む。「あなたを殺すこと、でなきゃあの子が殺される」

「誰に借金したんだ？」

ジュードは何事も冷静に受けとめる、それがメイの神経を逆なでした。「あの子にもよくわからない。ギャンブル場で名前も聞かずに借りたのよ。ティムが言うにはお互いさまだと思って……」

「ティムはものを考えない。それが最大の問題だ」ジュードは両手の指先をこつこつとたたはできない」

き合わせた。「ところで、仮に俺がやったとすれば、さすがのあいつもきみに泣きついたりはできない」

「わかってる」家族を守りたいのはやまやまだ。でも自力ではティムを守ってやれない。

「あなたにお金を貸してほしい」

彼は驚いて身を前に乗り出した。「ばかな。俺にそんな義務はない！」

今度はメイのほうが手を差し伸べ、彼の額に触れた。空気が張りつめる。目と目が合う。

「これしか方法が思いつかないの。わたしには今すぐに、そんな大金は用意できない。どうしてもだめなら、売るしかない……いろいろと」

ジュードは唇をかたく結んだ。「それはきみの借金じゃない。ティムのだ」

「この際、どっちの借金でも同じよ」

「あいつも大人なんだ。一人前の男だろう。自分で何とかさせろ」

ことはそんなに単純じゃない。「人の命がかかっているのよ」

「だから何なんだ」

彼はわたしの話を信じていない。脅しが本物であることがわかっていない。「ほんとならティムは今ごろ病院にいるところよ。だけど怖くて行けない。誰がやったにしても相手は本気なの。最後は警察に通報しなきゃならないことはわかってる。でもとりあえずは、あなたが力を貸してくれれば、あの子も――」

「俺を殺さずにすむ？」ジュードが不敵な笑みを浮かべた。「解決策はもうひとつある」

「ほんとに？」

「ああ、ほんとだ」と彼女の手をつかみ、指をからませる。そしてまっすぐに目を見つめた。「かわりに俺がティムを殺す」

「冗談にしてはたちが悪い」

「これは冗談じゃない」

ジュードならば死の脅しにも動じないかもしれない。だけどメイは違った。「もちろん冗談に決まってる。人殺しなんてティムにもできなければあなたにもできない」

ジュードは食い入るように彼女を見つめた。「きみもニュースで観ただろう？　俺は人でなし。女を殺したんだ。それに比べれば、ティムのようなくずを始末するくらい、どうってことない」

メイは答える気にもなれなかった。「今は皮肉を言ってる場合じゃない。お金を返す以外に道はないのよ。だけど動くなら早いほうがいい。相手が次にどう出るか知れたものじゃないでしょう」

ジュードは彼女の手を引っ張り、自分のほうに引き寄せた。「俺に人殺しができるとは思っていない？」

メイは吸い寄せられるように彼の唇に見入った。「これで最後よ、ジュード。わたしはあなたが怖くない。そして、ええ、あなたが人殺しだなんて思ってもいない」

ジュードがやにわに手を離し、メイは椅子に尻もちをついた。「執行猶予はこれで終わりだ」

「そんな」メイはあわてて立ち上がり、椅子の背後に回った。「ティムの件をどうするか、まだ話はついてない」

ジュードは薄笑いを浮かべ、同じく立ち上がった。「ほらほら、椅子の後ろでびくついて」そしてあざけりをこめて言う。「きみは俺が怖くないんじゃなかったか」

「びくついてなんかない」

ジュードが足を一歩踏み出すと、メイは脇に飛びのいた。「どう見てもびくついている。きみは俺を信用した。だからギャラリーの敷居をまたがせた。俺を最大にして――おそらく唯一の――客として確保する程度には」

「そんなんじゃない！」

「だが、本気で信用していれば、俺とデートしていたはずだ」

どうしてこんなときに限ってしつこくからんでくるんだろう。「これは信用うんぬんの問題じゃないわ」

ジュードはじわじわと彼女に近づいた。「うそつけ。弟の後始末に五万ドルは出させても、俺と飯を食うのは断じていやだときた」

また怒りがふつふつとこみ上げてきた。命が危ういのは弟だけじゃない。「あなたは全部悪くとってる、ジュード」

「きみもティムと似たり寄ったりだな」

侮辱の文句が心に深く突き刺さり、メイは体をこわばらせた。「今のは取り消して」

「あいつはきみを利用し、きみは俺を利用しようとしている。俺の金はなにしろ魅力があるもんな――まんまと金をせしめることができればな」

メイが椅子の前に飛び出した。ジュードは後ずさろうとしたが、遅かった。あっというまに彼女が真ん前にいた。

人差し指を彼の胸に突きつけ、メイは声を張り上げた。「わたしは前々からあなたがほしかった。前々からね。デートの誘いに応じなかったのは、最後にどうなるかわかりきっていたからよ」

ジュードは彼女の人差し指をつかもうとしたが、失敗した。メイがまた前に出て、ジュードが後ずさる。「へえ？ じゃあ、どうなる？」

意地の悪い訊き方にメイは怒鳴った。「あなたのベッドのなか」

不信が驚きにとってかわった。「えっ？」

「またはわたしのベッド。またはどっかの道ばた」彼の顔つきを見て一瞬言葉が途切れたが、怒りのほうがまさった。「あなたのそばにいると何でもありなのよ。あなたが近くにきた瞬間、ありえないようなばかげたことを考えてしまう。あなたのそばにいると、体の力が抜けてしまう」そう言ってまた彼の胸を強く突き、ジュードを跳び上がらせた。「念のため、これでもまだわからないなら……つまり骨抜きにされるってこと。あなたに見つめられるとめろめろになるのよ」

「めろめろ、か？」

メイは笑われるんじゃないかと危ぶんだ。「ええ、そういうこと」そしてあごとあごがくっつきそうなほど顔を高く上げる。「あなたといると自制心が揺らぐ。それが耐えられないの」

「じゃあ、あっさり降参すればどうだ？」

「ああ、もうっ！」彼女は両手で髪をかきむしった。ジュードがこんなに鈍いとは驚きだ。「そんなことをしても何にもならない。そこが問題なのよ」

「なるほど」ジュードは思わせぶりに口をなでた。「これはおもしろい。今までそんな話はひとことも聞いたことがなかったよ。なのに弟に金が必要になったとたん――」と彼女の鼻先でぱちんと指をはじく。「ころりと態度を変えた」

「何の話？」メイは彼の含みのある物言いが気になった。

「ちょっとした取引ってわけか？　俺に体を売れば、弟は危機を脱出できる？」

少しでも考えるいとまがあれば、ここまできわどい嫌みでなければ、そして堪忍袋の緒が切れなければ、ジュードに殴りかかるなんてことはなかっただろう。けれど気づいたときにはこぶしが宙を切り、彼のあごをとらえていた。

ジュードの頭が後ろにそる。「何をする……」

メイはぽかんと口を開けた。「やだ」何てことしたんだろう。「やだ、ごめんなさい」殴ったが、まだしびれている――ということは、彼のほうも？「ご、ごめんなさい！」

ジュードはあごをさすり、不機嫌そうな顔で彼女を見た。「落ち着けよ、メイ」

「やだ」メイはあわてて身をひるがえすと、ポンチョをひっつかんで体にまとおうとした。

ジュードが手を差し出す。「メイ――」

彼女はやにわに叫んだ。「触らないで!」ポンチョというのがまたやっかいだ。前後ろがごっちゃになり、わからなくなる。どうしよう。あなたがほしいと叫んだうえに、殴りつけてしまった。ぎこちなくポンチョのボタンをはめながら、彼を見やる。「ほんとに、ほんとにごめんなさい」

ジュードは長々とため息をつき、胸の前で腕組みした。「どこに行くつもりだ?」

「帰る。家に。そもそも来るべきじゃなかった」

「俺は怪我なんかしてないよ」

彼女の目が怒りに燃えた。「わたしはあなたを殴りつけたのよ」

ジュードの唇がぴくりとする。「ああ、わかってる。だがこんなのかわいいもんだ。死ぬわけじゃなし」

メイは両手で顔をおおった。「あなたはティムに殺される」それを思うとひざがくずおれそうだ。

「それはない。やつにできるはずがない。俺を信じろ」

「でもあなたを消したい人物ならできる」そのことを口にするだけでも吐きそうになる。恥を忍んでここまでやってきたのは、何も弟のためだけじゃない。

そう、ここまでやってきたのは、ジュードの命を救いたかったから。

「ティムはうそをついているか、おおげさに言っているだけだ。だからとにかく落ち着いて、深呼吸して」

あとはわたしの貯金とティムのなけなしのお金があれば……。

「メイ、俺の話を聞け」

メイはあきらめてポンチョを脇に置いた。ジュードにお金を貸してもらうことはできないとわかった以上、一分一秒たりとも無駄にはできない。彼には決してわたしの気持ちなどわかってもらえないだろう。あの裁判でずたずたに傷つけられ、あげくのはてにマスコミにさんざんたたかれたとあっては。

矢も楯もたまらず、彼女はトートバッグをつかんだ。ジュードがひったくるようにしてバッグを取る。「帰るんじゃない」

「いえ、帰る」と手を伸ばしたが、ジュードはバッグを頭上に掲げた。

「いや、帰さない」

「いいわ、バッグは預っといて」メイはキッチンでタクシーを呼ぶことにした。デニーに頼めば手配してくれるだろう。家に戻ったら警察に電話して、何とかジュードを説得してもらおう。

けれど、あわててジュードの前を通り過ぎようとすると、手首をつかまれた。メイはそれでも行こうとする、彼は行かせまいとする。はずみで彼女はくるりと一回転し、後ろ向きに彼の両腕のなかにいた。

全身にびくりとおののきが走った。

ジュードの体がいたるところに触れている。両腕で上半身を包まれ、両足で下半身をとらえられ、腿がヒップにぴたりと押しつけられている。

体がかっと熱くなり、メイは目を閉じた。唇が薄開きになり、お腹がぞわぞわする。体の力が抜けていく。

とっさに逃れようとしたけれど、彼に難なく押さえられた。「落ち着け」

からかいまじりの声にメイはまた怒りをあおられた。「笑えるものなら笑ってみなさいよ」

「笑うなど考えもしない」

「ジュード……」

彼が耳たぶを鼻でくすぐる。「俺たちは話し合う必要がある」

メイはひざがくずおれそうになった。「もう話すことなんてない」

「俺はあると思う。きみの弟のことや、どこのどいつか俺を殺せと言ったやつのこと」彼の唇が耳たぶに触れる。「何より、きみが俺をほしかったということ。そうとは知らず、つい意地の悪い態度をとってしまった。それならそれで……まあ、俺も白馬の王子になってみせるよ」

そしてようやく、ジュードは彼女が求めてやまなかった抱擁をした。

6

いっぽうで誰かがジュードを殺したがっている。

そのいっぽうで、彼の自宅にはメイがいた。それも腕のなかにいる。それもじつに魅力的な話を持ちかけてきた。

これもれっきとした取引。

メイがまたもがき、ジュードはため息をついた。「俺はきみを離すつもりはないよ、メイ」もうしばらくは。「抵抗するのはやめたほうがいい」

メイは嘆息すると、肩を落とし体の力を抜いた。

「それでいい」ジュードは彼女をしっかりと抱きしめた。腕にたっぷりとかかる胸の重み、腿にあたるやわらかなヒップの感触が心地いい。「手は大丈夫か？」

メイは指を曲げ、ひるんだ。「あなたを殴った罰ね」

「とんだ受難だな」と彼女の耳にまたキスする。「好奇心から訊くが、後悔するぐらいならなぜ殴った？」

目を閉じてメイは彼の背中にもたれた。「わからない。人を殴るなんてそうそうないことだもの」

「ほんとに？」それはそうだろう。メイは気が強い。だが、これほど心やさしい人間もいない。「まあ、俺はあるな。スポーツとしては、楽しいといえる」

「楽しい？」メイは不服そうな口ぶりだ。

「ああ。血湧き肉躍る。激情と死闘。敵を倒し、自分の優位を見せつけると、アドレナリンがほとばしる。どっと大量に」

「あなたがそう言うなら」

「SBCに所属する連中は互いに尊敬し合ってる。敗北から学び、勝利から学ぶ」ジュードは彼女の両肩を握り、こちらを向かせた。「だが、怒りに任せて殴るのはよくない」

「あなたの言うとおりだと思う」メイはあらたまった口調でまたわびた。「失礼なことして、ほんとにごめんなさい。とても許されることじゃない」

ジュードは鷹揚《おうよう》に言った。「俺は許すよ」

メイは眉をひそめ、それから顔を上げた。「ありがとう。じゃあ……わたしは帰る」

「だめだ」彼がささやく。「帰るんじゃない」

「さようなら」彼女も動く気配は見せない。

ジュードは首を横に振った。「それはないだろう。俺は前からきみがほしかった。なのにすげなくあしらわれた。きみは内気なふりもすれば、無知なふりまでする。こら、もう怒るな。自分でもほんとのことだとわかってるくせに」

メイは思わず顔をそむけた。

「だからもう一度訊く。なぜ俺を拒んでばかりいた？　さっきの話は俺にはどうも納得がいかない」

メイが足下を見つめたまま言う。「ほんとのことよ」そして片手を彼の胸、心臓のすぐ上のあたりに置いた。「わたしたちは住む世界が違うの」

「しょせんは同じ地球上じゃないか、メイ」

「わたしの言いたいことはわかっているはずよ」

「ごめん、わからない。詳しく説明してもらうしかない」彼女の話を聞くあいだ、弟の件を考えよう。どう出ればこっちに有利に働くか。

メイは無意識に彼の胸の筋肉をなぞった。「あなたは大金持ち」

なぜいちいち金の話になる？「だから？　何も生まれつきそうだったわけじゃない。俺はふつうの家庭に育った」

「ほんと？」

ジュードには彼女が本気で驚いていることがわかった。「ああ。俺は映画監督やら有名女優やらの息子じゃない。せせこましい農家で育ったよ。学校は公立。昼飯は弁当、車は中古、家具も使い古し。だが服は清潔なものを着せてもらい、笑いの絶えない家庭だった。悪くはなかったよ」

「いかにも幸せそうね」

幸せか。ほかの女、傲慢《ごうまん》な女どもはこんなふうにのたまった。あなたも苦労したのね、心にしみるわ、涙が出ちゃう。だがメイの言葉は心に響いた。「ああ。七つのときだったか、おふくろが春に数カ月よその家の掃除に出た。裏庭に子どもたちのジャングルジムを作ってくれようとして。兄と姉、俺の三人が学校に行っているあいだに働いたんだ。そのうち親父が材木を買ってきて、家族みんなでこしらえた。親父は器用なほうじゃない。だから形は少々いびつだったが、頑丈にできていた。近所の友だちがよく遊びにきたよ」

「あなたにはお兄さんとお姉さんがいたのね？」

「信じられない？」

「そんなつもりで言ったんじゃない。きょうだいがいるなんて知らなかったから」

メイはもう腕のなかでおとなしくしている。だからジュードはゆったりと家族の話をすることができた。「ふたりともこの業界だ」

「俳優？」

「いや。ニールはスタントマンで、ベスは音響技師。うちの一家は音楽と演劇が好きなんだ。子どもたちが何かに興味を見せると、おふくろも親父もできるかぎり励ましてくれた。俺はスポーツ同様、演劇や合唱にも夢中になったよ」

メイはおかしそうに口元をゆがめた。「さすがにＳＢＣに入るのは反対されたんじゃない？」

「それは本人に会ったことがないからだ」でも会わせたい、とジュードは思った。過去につきあった女とは違い、メイならば実家に連れて帰りたい。彼女ならば親父を野暮ったいとかおふくろを田舎くさいとは言わないだろう。壁に貼られた赤ん坊の写真や焼きたてのシュガークッキーを鼻先であしらうこともないだろう。メイがキッチンのテーブルに座る姿はやすやすと思い描くことができる。家族が集い、笑って雑談したりコーヒーを飲んだりする場所だ。もっといいのは、彼女がおふくろと一緒にキッチンに立ち、夕食の支度をする。

メイはうちの家族が気に入るだろう――向こうもきっと彼女が気に入る。

「俺が何をやろうと、おふくろは百パーセント味方になってくれる」ジュードは顔をほころばせた。「俺が精いっぱいやっていれば、おふくろは幸せなんだ」

「試合のとき、お母さんは心配しなかった？」

「心配はしたが、最大の味方でもあったよ。子どものころ、俺は内気な子どもだったが、誰よりも足が速く力が強かった。おふくろは持って生まれた才能だから大事にしなさいと言った。親父は俺が役者になりたいと知っていた。SBCでまず名を上げてはどうかと言ったのは、そもそも親父なんだ。だが、おふくろにはいくつか約束させられたよ」

「たとえば？」

ジュードはにやりとした。「タトゥーはしない。格闘家のあいだでは人気だが、俺は嫌いだね。スキンヘッドもだめ。そして礼儀正しくすること。人を殴りつけるからといって、乱暴な口のきき方をしちゃだめ、おふくろにそう言われたよ」

メイは笑った。「わたし、あなたのお母さんが好きになれそう」

「必ず米国に戻ってくることも約束させられた。俺はタイと東京でトレーニングを受けた。だからあっちに移住するんじゃないかと心配したんだろう。週に最低一回は電話するようにも言われたな」

メイは肩をすくめた。「わたしはこの国を出たこともない。スポットライトを浴びたこともない。あなたは生まれ育った環境にもかかわらず、お金持ちになった。さっきも言ったように、わたしたちはやっぱり住む世界が違うのよ」

「ことをなすには、金はたいした問題じゃない」

メイは何も言い返してこない。つまり彼女は俺が何年もかけて学んだことをすでに知っているということか。金はことを単純にもすれば、ややこしくもする。だが金で幸福は買えない。

「あなたははっとするほど素敵」

ジュードは素直にうれしかった。「ありがとう。きみもだよ」

メイは眼鏡のブリッジをつまんだ。「やめて、ジュード。わたしはあなたの側にはいない。それはお互いにわかっているはずよ」

飾らない物言いにジュードは勢いづいた。「もし体重のことを言ってるなら――」

メイがぱっと顔を上げた。体をかたくし、顔を引きつらせている。「体重が何ですって?」

まずい。またその話題に触れてしまった。女は痩せているほうがいいというのは、ハリウッドの植えつけた幻想だ。「きみはものすごくセクシーだよ」それでもまだ彼女が納得しないようなので、彼は真正直に言った。「でっかいお尻、でっかいおっぱい」

メイは一瞬むっとしたあと、皮肉をこめて言い返した。「まあ、口がお上手なこと。ここまでおほめにあずかるなんて後にも先にもございませんことよ」

ちゃかされてジュードはあわてた。「俺は本気で言ったんだ」どうにかしてわかってもらおうと、いたずらに彼女の両腕をさする。「痩せっぽちの映画スターが俺の好みだ、きみは前にそんなこと言っていたよな」

「あなたがつきあってたのはそんな女性ばかりだもの」

「女優はそんなのばかりだからだ」

「だから女優なんでしょ。わたしはコーンが主食の中西部の娘よ」

うまい。ジュードは彼女のたとえがつくづく気に入った。「コーンが主食というのはいいね」

「わたしはお肉とポテトで育ったの」

両手をあたたかな髪にもぐらせ、うなじを包む。「きみを見ていると食欲がわいてくる」

食欲に限らないが。

「デザートも欠かせない」

「いいね。デザートがまたいい」

メイは口元をゆがめた。「ジュード、これは食べ物のことだけじゃない」

そう、これは彼女の同意を取りつけるため。悶々とするのはこれで終わりにしたい。「どういうことか説明してもらえるのを今か今かと待ってる」

「ところが、わたしのほうは弟と親友が家で待ってるの。ひょっとして困ったことになっているかも。脅されているかも。もう帰らなきゃ」

その点は言えている。だが彼女も牛ぶらで帰ってはどうにもならないだろう。「じゃあ、さっきのパンチを武器に悪漢とやりあうつもりか？　体を張って弟を守る？」まず起こり得ないこととはいえ、それならばメイにも勝ち目はある。彼女はティムよりよっぽど闘志がある。

「わたしがどうしようとあなたの知ったことじゃない」

「現実に目を向けろ」ジュードは彼女がほしかったが、これほど激しやすい女性もまたいない。「きみはこの家にやってきて俺を巻き込んだ」

「あなたはとっくに巻き込まれてる」

「どこのどいつかが俺を消したがっていて、きみの弟がそれを実行することになっている。俺だって知らないじゃすまされない」

メイはぎゅっと目を閉じ、うなずいた。「そうね。わたし――」

「頼むよ、メイ、これ以上あやまられるのはうんざりだ」

メイはびくりとして身を引き、眼鏡の位置を正した。「いいわ。じゃあ、あやまらない」そして手をひらひらと振った。「でもやっぱり行かなきゃ」

「どこに?」

「もうすぐ銀行が開くから」彼女はじわじわとドアのほうへにじり寄った。「あのギャラリーを担保にお金を借りて、貯金をかき集めて――」

「だめだ」

メイがぱっとこちらを向き、ジュードはまたキスしてくれるんじゃないかと期待した。彼が降参というように両手を挙げると、メイは顔を真っ赤にした。

「やめてったら!」

「わかった」ジュードは寛大な気持ちになった。包容力。白馬の王子さまだ。メイが俺のもとにやってきたのだから、力になってやりたい。「心配するな。俺が何とかする」

メイは口元を引きしめた。「いえ、けっこうよ」

「しっ、メイ」彼女が黙るのを見届けてから、ジュードは「デニー!」と怒鳴った。

ドアのすぐ外で立ち聞きしていたデニーが、ひょいと顔を出した。「どうするつもりだ?」

メイは跳び上がった。そしてデニーとジュードの顔を見比べた。「ドアには鍵がかかっていたのに」

長細い金属製の器具を掲げ、デニーがにやりとした。「ピッキングは得意でね」

メイが逃げ出さないよう手を握ったまま、ジュードは机の端に腰掛けた。「話は逐一聞かれたということだな？」

「習い性」とデニーは意に介さない。「それで、俺に彼女の弟を連れにいけってことか？」

「ああ、そういうことだ。彼の命がほんとに危ないかどうかは疑問だが、確実なことがわかるまでは、メイを丸腰でそばに近づけるつもりはない」

「だめ」メイはふたりをにらみつけ、ジュードの手を振りほどこうとした。でも最後にはあきらめた。「あの子を連れにいくなんて無理よ」

メイがあまりにも不安げなので、ジュードは彼女の肩に手を回し、自分のほうに引き寄せた。「いや、こいつならできる」

デニーも口をそろえた。「もちろんできる」

「いいえ、できっこない。どっちも人の話をちゃんと聞いてた？　ティムは監視されているのよ。あの子を連れて外に出ようものなら、今度はあなたが襲われかねない」

デニーは訳知り顔でジュードと目配せした。ジュードがわざわざ説明する。「彼女は怖がってる」

「ほお」わかったわかったというように、デニーは彼女の手を取って軽くたたいた。「さあさあ、心配するんじゃない。すべてはこっちの手のなかだ」

「人の話も聞かないで何がこっちの手のなかよ」

デニーは答えかけたが、ジュードが首を振った。メイは知れば知るほど気をもむ。しかも突っかかってくる。「デニーは信頼がおける。何たって元海兵隊員なんだ」

「そのとおり。ひよわな弟ひとり引っ張ってくるぐらい朝飯前だ」今度はジュードに言う。「もうひとりのお嬢さんも連れてくるか?」

「ああ」

だがメイが口をはさんだ。「無理よ。彼女は来ないわ」

「来てもらう」デニーが断固言う。

メイは眉をつり上げ、ジュードのほうを見た。「どうするつもり?」

正直言ってジュードにもわからなかった。だが察しはつく。「いいか、デニー。アシュリーはメイの友だちなんだ。やさしくしろよ」

デニーはわざと心外そうな顔をした。「俺はいつだってやさしい」

「いやいや。おまえはへそ曲がりだし、いばっているし、女性を死ぬほど怖がらせる」

「ぜんぜん怖がらせてなんかないよな?」デニーはメイのほうを向き、重ねて訊いた。「俺が怖い?」

「えっと……」彼女はジュードににじり寄り、おずおずと微笑んだ。「いいえ」

メイのことだ。本音を明かしてデニーの気持ちを傷つけるのはしのびないのだろう。「おまえが行く前にメイからアシュリーに電話してもらっておく。だが、くれぐれもお手柔らかにな」

「言われるまでもない」

「彼女に伝えてくれ。メイに何か着るものを持ってきてやってほしい。このジーンズじゃろくに息もできないよ」

メイはジュードから離れ、じろりとにらんだ。「あなたってほんと配慮というものがないのね」

ジュードは笑った。「気にするな、デニー。彼女には俺の服を貸すよ。とにかく弟のやつとアシュリーを一刻も早く連れてきてくれればそれでいい」

「わかった」

「アシュリーはわたしとは違うのよ、ジュード。彼女には舐めたまねできないわよ」

彼は高らかに笑い、メイが真顔なのに気づくと、こう言い返した。「俺がいつ舐めたまねした？」

「いつもしてる」

「してない」冗談じゃない。いいように扱われているのはこっちのほうだ。拒まれ、追っ払われ……。

「あら、そう？　じゃあ、今はどうなのよ？」

ジュードは窮地に陥った。そのようすをデニーがにやにやしながら見物している。メイが見たらぎょっとするにちがいない。「俺はきみを助けようとしてるんだ」

彼女は身を寄せ、ひそひそ声で言った。「あれだけ意地悪して侮辱したくせに」

「理由は話した」女っ気のない生活は男にはつらい。だけどメイと出会ってからほかの女にはいっさい目がいかない。彼はまたデニーに顔を向けた。「念のためにあれを持ってけよ。

へたに痛い目に遭ってほしくないからな。あのティムだろうと」

デニーが腕組みして胸を張ると、ひときわ見栄えがした。「あとは弾丸を込めれば準備万端だ」

メイはのどに手をやった。「銃？　弾丸を込めた銃ってこと？」

「心配するな」ジュードが言う。「きみの弟や友だちは撃たないよ」

デニーは持ち前のこわもてになった。「背後に誰がいるかわかってるんだろ？」

メイがぴくりとした。「誰？」

ジュードが口にしたくもない相手、それはエルトン・パスカルだった。「やめろ、デニー。やつはハリウッドにいる」

「誰が？」

デニーが鼻であしらう「最後にやつに調べを入れたのはいつだ？」

「誰に調べを？」

メイの質問は聞き流し、ジュードはデニーを黙らせようとした。「何が楽しくて？」

「あの野郎ならこの手のことはやりかねない」

「誰の話をしてるのよ？」

メイが爆発寸前なのを見て、ジュードは話をはしょって説明することにした。「デニーはどこにいようが幻が見えるんだ。俺に災いが降りかかれば、エルトンの仕業だと思い込む」

「エルトンはおまえを憎んでる」

「俺を憎むやつなど掃いて捨てるほどいる」ジュードは言い返し、デニーに黙れと目配せした。「たいしたことじゃない」

「あなたの命が脅かされてるのよ！　わたしに言わせれば一大事だわ」

このときとばかり、デニーがけしかけた。「男は嫉妬すると何をやらかすかわからない」

骨付き肉を前にした犬も同じ、メイはデニーの説に飛びついた。「その人って女性が問題でジュードを憎んでいるの？」

「死んだ女、哀れな娘だよ。エルトンは彼女に惚れてた。だが彼女のほうは相手にもしなかった。彼女はジュードに首ったけだったのさ」

「もういい、デニー」

「リムジンが吹っ飛ぶと彼女もこっぱみじん。エルトンはそれを根に持ってる。裁判をあれだけ長引かせたのもあいつだ。でたらめな証言しやがって――あんなの全部うそっぱちだ。やつはタブロイド紙が絶対忘れないよう手を打つ。ジュードを見かけると必ず――」

「だからもういい！」メイとデニーの戸惑った顔を見て、ジュードはつい声を荒げたことに気づいた。だが、あの惨劇はわざわざ蒸し返されるまでもなく、これまで再三にわたって考えた。自責の念とはいまいましいものだ。心をかき乱される。

「古い話だ」ジュードは咳払いした。「エルトンだって今はもう陪審の評決を受け入れているだろう。やつは気にくわないかもしれない、いまだに俺を憎んでいるかもしれない。だが、自分のほうから俺を追ってくるほど愚かじゃない」

励ましのしるしにメイがそっと手を握ってきた――そのしぐさがブレア・ケインをしのばせた。ブレアもかわいいことはかわいかったが、なにしろ幼稚で、メイほどの自立心はとてもなかった。幼い二十一の小娘。肉体を武器に成功をつかんだかと思うと、エルトンのようなろくでもない男にあっさり引っかかってしまった。

ほかの俳優仲間数名もまじえ、ジュードはブレアと南カリフォルニアでホームレス支援のパーティに出席した。気疲れな夜も終わりに近づいたころ、ブレアが一同の面前で、帰りはあなたのリムジンで送ってちょうだいと頼んできた。断れば気まずい思いをさせることになる。それはいやだった。彼女に気の毒だ。

さらに、あろうことか、こっちもいささか人恋しくもあった。

だけど一時間もすると、べたべたくっつかれるのが鼻についてきた。夜も更け、外は暗く、静まりかえっている……密室状態は耐えがたい。うらぶれた幹線道路沿いの休憩所で運転手に車をとめさせた。そして、自販機でコーラを買ってくると言って車を離れた。

数秒後、リムジンが爆発した。

あの光景を思い出すといまだに胸が締めつけられる。ジュードはデニーをにらみつけた。「もう行くんだろう?」

デニーは態度をやわらげ、メイのほうにうなずいてみせた。「彼女はおまえが囲っとくんだな?」

デニーの言葉遣いはどうしようもないが、とりあえず意味は通じた。「ああ」

デニーの目に賛意が浮かんだ。「おまえの趣味もまだ捨てたもんじゃないな」

メイがふいに口をはさんだ。「ねえ、ちょっと待って。わたし……そんな……」

携帯電話を耳にあて、デニーはさっそうとした足取りで部屋を出ていった。大暴れするのが大好きなので、いっそ対決できるのを楽しみにしているんだろう。ジュードはむしろ肩すかしに終わってほしかった。メイとのことはなるべく穏便にすませたい。

メイはショックを受け、ジュードの顔を見つめた。「わたしが望んだのはそういうことじゃない」

「へえ？」ジュードは彼女の肘をつかみ、椅子まで連れていった。「じゃあ、俺があっさり小切手を振り出すとでも思ったのか。きみはそれを手に楽しく家路をたどり、弟をぶちのめし、俺を殺せと命じた冷血漢と対決する？」

メイはつらそうだ。「わからない」

「俺にはわかる」確実に安全だとわかるまでは、何があろうと彼女を目の届くところに置いておくつもりだった。だけど向こう二時間、メイにはティムのことで気もそぞろになってほしくない。また、間違った理由で一緒にいてほしくもなかった。

ジュードは椅子におおいかぶさるようにして、彼女を身動きできなくした。

「まあ、俺の話を聞け、メイ。きみが俺のところにやってきたのは、きみが筋道通った女で、俺が筋道通った選択肢だったからだ」

「わたしも最初はそう思ったけれど、今はもうあなたに頼るわけにはいかない」

「わたしもほかのみんなと同じになってしまうから」

「なぜ？」

メイにとって、それは耐えられないことなのだ。ジュードは首を振った。彼女がほかの女といかに違うか、わかってくれさえすれば。「あり得ない。きみのような女はほかにいない」

「ジュード」真心と理解をこめてメイは彼を食い入るように見た。「わたしはあなたのことが気がかりなの」

ジュードは顔には出さなかった。そのじつ……。

そのじつ、胸が高鳴り体が熱くなった。メイはどことなく期待顔で待っている。だが、あれだけさんざん拒まれたあとだけに、そう簡単に受け入れたくはない。

ジュードはそつなく微笑んだ。「よし。じゃあ、あのギャラリーを担保に金を借りるのはなぜだめか、きみにもわかるよな。結局は手放すはめになるからだ。だが、俺はこの家に飾る絵をきみのところで買いたい」

メイの目の輝きがあせた。彼女はひざの上で両手を組み、肩を落とした。「ほかにはどうすることもできない」

「少しは俺を信じろ」そして信頼すれば親密になる。弟がどんなもめ事に巻き込まれようと、こっちはさっさと解決してやる。そしてメイを俺のものにする。ベッドで。俺が彼女をほしい場所はまさしくそこだ。「まずはそこから始めるのもいいだろう」

「そうしたら、あなたはわたしに利用されたと言うわ。そんなのごめんよ」

この際遠慮はしないと決め、ジュードはまず彼女の胸の谷間、そしてふっくらした唇に目をやり、あからさまな提案をした。「返済の方法ならいくらでもあるだろう」

メイは椅子に背をもたれ、ちょっと傷ついたような、ちょっと怒ったような顔をした。「覚悟はできてる」

ジュードは驚いた。お預けを食ったような気分ではあったけれど。だが彼女はどこまでやるつもりだろう。こっちも彼女にどこまでやらせるか。「じゃあ、お互い合意に達した」

「どうかしら」

メイにキスしたい衝動が体のなかで燃えさかっている。ジュードは彼女の息が口をかすめそうなほど前に身をかがめた。メイの震えが伝わってきた。「俺がきみをほしいことはわかっているだろう」

「みえみえだった」

だがメイのほうは違った。ジュードは彼女の気持ちをひとつひとつ推し量り、彼女を追いかけては悪あがきするしかなかった。なのに、あの弟の道化芝居と過剰な想像力のなせるわざで、彼女の本心が暴露された。

なかば自己嫌悪に陥りつつ、彼は言った。「取引しよう」

「どんな取引？」

「双方ともに満足のいくもの」メイの警戒するような目をのぞき込み、祈るような気持ちで言う。「俺と一緒にいろ。この件は俺に任せてくれ。とりあえず、拒むのはなしだ」

彼女の全身が小刻みに震えた。

「わかるか、メイ?」

「たぶん」

「念押ししよう」ジュードは具体的に言った。「きみは俺をほしいと認める。俺もきみがほしいと認める。そこで、きみの弟の借金相手が誰かという謎を解くにあたり、きみは俺とベッドをともにする。一件落着のあかつきには、それで帳消しということにする」

メイは椅子の袖をかたく握りしめた。「いやよ」

「ティムはどうする?」たたみかけるように言い、思いどおりの返事を引き出そうとする。「必要な五万ドルはどうする? 俺に返済するつもりだったんだろう?」

「そんな方法じゃなくて」

「じゃあ、どんな?」

「うちの絵をもらってもらう。手数料は引かせてもらうけど。あと、借金がきれいになるまで月賦で返済させてもらう」

打てば響くような受け答えだ。あらかじめ考え抜いたかのような……もともとそのつもりだったのか。「気の長い話だな」

「ええ。それじゃまずい?」

まずいどころか、借金の期間が延びるのはかえって心をそそられる。それでメイとの関係がすぐには切れなくなるからだ。それを思うと、ジュードは自分でもいやになるほどうれしかった。

　ごく軽く、ジュードはメイと唇を重ねた。「つまり俺とは寝ない——たとえ弟を救うためでも？」

　メイがうつむいて目を閉じる。

　ジュードは後悔の念に駆られ、「メイ？」とささやいた。

　彼女が目を開けると、その目は怒りに燃えていた。「さっきはとんだところをお見せしてしまったけれど、わたしは暴力は嫌いなの。でなきゃ、またあなたを殴ってるところよ」

　ジュードは安堵感がこみ上げた。「じゃあ、やっぱり拒む？」

「ええ！」

　ジュードはにやりとした。そして笑い声を上げた。彼女の顔を両手で包み、身をかわされる前にすかさずキスする。「よし」

　メイは戸惑い、彼を押しのけるより先にためらった。「わたしをからかってるのね」

「多少は。だが、俺たちはお互いにわかり合っているか確かめたかった。参考までに、きみが拒んでくれて大いにうれしいよ」

「そうなの？」

「ふたりでベッドにもぐり込むとき——いつかそうなることは間違いないが——そのときはきみが犠牲になるからじゃない。俺がきみをほしいのと同じようにきみも俺をほしいと思うからだ」と両手の親指で彼女のやわらかな頰を撫で、微笑をたたえる。「きみはこれまでさんざんティムの身を案じ、世話を焼いてきた。あいつを思う一心できみが屈服するのかどうか確かめたかった」

それでもまだ不服そうにメイはジュードをにらんだ。「満足した?」

「まだきみをものにしてないのに?」彼はまたにやりとした。「冗談じゃない」

「ジュード」

ジュードは一睡もしていなかった。しかもめったにないほど激しいトレーニングをした。なのにメイのとり澄ました口調を聞くと、何ともいえずさわやかな気分になった。彼は片目をつぶった。「それももうじきだけどな」

7

「さて、真っ先にやるべきことは」ジュードは彼女に言った。「警察に電話することだ」

メイは顔をこわばらせた。「だめ。警察はだめよ」

「理性を失うな、メイ。悪党はどいつも判で押したように電話するなと言う。だが電話しないほうがどうかしている」

「ふつうならわたしもそう思う。でも今回はべつよ」

メイの不安もわかるので、ジュードは約束した。「ティムの借金は俺が肩代わりしてやる。だからそれはもう考えるな。だが、こっちも五万ドルの出費になるからには、こっちのやり方でいかせてもらう」

メイは顔をそむけた。「警察はだめ」

「俺はきみにお願いしてるんじゃない」言葉をやわらげるため、彼はつけ加えた。「そうするのが正しいんだ」

彼女は首を横に振った。「だめ」

「あいつの身の安全は守るよ、メイ」

「だめ」

彼女に信用されてないことがジュードのしゃくにさわった。そもそも信じていないなら、なぜ俺のところにやってきた？「ばかばかしい。きみの弟には誰にも手出しさせない」

「だから、わたしが心配なのはティムじゃない！」

ジュードはぽかんとして彼女を見た。「じゃあ、いったい何の話だ？」

「ねえ」メイがぱっと椅子から立ち上がる。「あなたわたしをばか呼ばわりしたわね」

「違う。してない。俺はこの状況がばかげてると言ったんだ」

「この状況っていうのはね、誰かがあなたを殺そうとしてるってこと」彼女の両手がジュードの胸に置かれた。「あなたを、ジュード。ティムはたんなるおとり。わたしが思うにティムにお金を貸したのは——要するにあなたに近づくためだった」

つまり、メイが自分をおとしめ、プライドをかなぐり捨て、俺のもとにやってきたのは……この俺のため？

「わからない？」メイは片手で彼のシャツをぎゅっと握った。「あなたが警察に電話すれば、警察はあちこち嗅ぎ回る。あなたを殺そうとしてる人物はたぶんあわてふためく。わたしたちはそれが誰なのかわからずじまいになる」

ジュードは体をこわばらせた。「どういう意味だ、わたしたちとは？ きみはこの件にはいっさいかかわらない」

「冗談でしょ？」メイは彼の体を揺さぶろうとしたが、両手首をつかまれた。「ティムはわたしの弟よ。あの子はあなたに近づくために利用されたのよ」

「だから俺が解決してやる。だがきみは首を突っ込むんじゃない」メイが危ない場面にしゃしゃり出てくる、考えただけでジュードは頭痛がしてきた。こうなると絶対に彼女から目を離すわけにはいかない。「俺は本気で言ってるんだ、メイ。安全だとわかるまでここにいると約束してくれ」

メイは肩をすくめた。「無理よ。わたしだって仕事があるもの」

「ギャラリーは週末しか開けてないだろう」

「平日は不動産会社で働いているの」

しまった。そのことが頭から抜けていた。「じゃあ、有給を取れ」

「事前の届け出なしに？」

「病気ということにすればいい。インフルエンザ、何だってかまわない。とにかくきみはここにいるんだ」

メイはますます動揺し、彼の胸から両手を離した。「わたしはうそはつけない」

「わかってる。感心なことだ」ジュードはさっきから考えていたことを口にした。「そもそもティムがきみのところに来たのが間違いだ。誰かにあとを尾けられなければ、きみの居場所を知られることもなかった」

「ティムの話では、あらかじめ知られていたわ」

ジュードは心臓がとまりそうになった。「どういうことだ？」

メイは彼が身構えるのを見た。「ねえ、過剰反応しないで。だけどティムはこう言われたそうよ。あの子がつかまらなければ……」そして言いよどむ。「わたしをつかまえてた」

一瞬にしてすべてが変わった。これはもうたんにティムに対する脅しではない。またはジュード自身に対する脅しでも。彼は不気味なほど冷静になった。試合前のあの冷静さ。自制心のかたまりと呼ばれるあの冷静さ。

見た目は穏やかなものの、ジュードの気持ちは荒れていた。「そういうことは最初に言うべきだろう」

「それどころじゃなかった、気が気じゃなくて……あなたのことが。どっちみち、あなたにお金を何とかしてもらうのは無理だとわかったし」

ジュードは足早にインターホンの前まで行くと、デニーを呼び出した。デニーが出るなり言う。「結局はおまえの言うとおりだったようだ。どうもエルトンくさい」

「だから言ったろう」

ジュードはあまりの怒りに声を出すのもやっとだった。「やつはメイを脅した」

「あの野郎」

ここはとりあえずデニーに任せよう。「あのふたりを連れ出してくれ。おまえもくれぐれも気をつけろ」

「任せろ。おやすいご用だ」

デニーの電話が切れたあと、ジュードはメイをじっと見つめた。メイを脅したことで、相手は越えてはならない一線を越えた。それがエルトンだとすれば、ただではおかない。俺は自分のものは守り抜く――メイが好むと好まざるとにかかわらず、彼女もその範疇《はんちゅう》に入る。

昨日の晩まではろくにキスさえしたことがなかったのに。

彼の気持ちを察したように、メイがそばに来た。「そんなんじゃないの、ジュード。向こうは念のため、わたしに対して脅しをかけただけよ」

「ティムがそう言ったのか」ティムの腰抜けぶりにはあきれる。「きみはそれを信じた？」

「そこまで考える余裕はなかった」

「少しは考えたほうがいい。エルトンは俺に近づくためなら、相手が女だろうと容赦しない」

「デニーの言ったことはほんとなの？　彼はそこまであなたを憎んでいるの？」

ジュードは髪をかき上げた。自分で自分がいやになる。何て身勝手だったんだろう。メイはプライドを捨て、ここまでやってきた。なのに俺のほうは、これ幸いと女をベッドに誘い込むことしか考えていなかった。

「ああ、エルトンは俺を憎んでる」

「どういう知り合い？　映画業界の人？　名前を聞いてもぴんとこない」

「ハリウッドご用達のナイトクラブのチェーン店オーナー。金があり、不快で、卑劣なやつだ。きみの弟が保身のため、あいつにきみを差し出したとしても不思議はない」

「ジュード？」

「うん？」

「わたしがこの話にのるとすれば、といってもまだ決心はついてないけど、ひとつだけ聞いてほしいことがあるの」

メイが何を言い出すのかと、ジュードは片方の眉を上げた。「何だ？」

「わたしの弟を侮辱するのはやめて」

今は彼女の言うとおりにしたほうがよさそうだ。「そうだな。それを最優先事項としよう――そのうえで、エルトンにもティムにもきみに指一本触れさせないようにする」

メイは首を振り、言った。「あなたはうがった見方をしてる。あなたが――」

「さあ、その服は脱いでもらおう」

メイは断固として言った。「ジュード・ジャミソン！」

彼はメイを腕に抱き寄せ、むさぼるようにキスをした。もう彼女の気持ちはわかっているし、どうしてもキスせずにはいられない。キスのどれもこれもが甘美で、もっともっとほしくなる。「きみはいつも俺をめちゃくちゃにする」

「そんなつもりはない」

「わかってる」ジュードはまたキスした。今度は舌で彼女の唇をなぞり、自然と口が開かれるのを待つ。

メイはあらがわなかった。けれど早くしないと彼は我を忘れてしまいそうだった。メイとのキスはほかの女とのセックスよりよっぽど心を奪われる。

キスを終えても、メイの目はまだ閉じられたままだった。頬は上気し、眼鏡の位置はずれている。

ジュードは微笑んだ。我ながら下手なキスをしてしまった。

「さてと」おもむろに気分を変え、彼はメイの背に手を回し書斎から連れ出した。「きみに使ってもらう部屋に案内したあと、着るものを貸してあげよう。ああ、そうだ。今からプールにも案内しよう。あとで一緒に泳ぐのもいい」そして手を彼女の腰からお尻へと下ろす。

「きみは水着を持ってないから、裸で泳いでもらうかな」

「いやよ」

「おいおい、メイ。少しは人生を楽しめ」

メイは憮然《ぶぜん》として彼の横をついていく。「冒険するつもりはないわ」

「逃げ足の速いメイ・プライスがこうして我が家にいる」ジュードがにやりとした。「俺を信じろ。これもひとつの冒険だ」

「まだここにいると決めたわけじゃないのよ」

だが決めたも同じだ。彼もそのつもりだった。「デニーが現れる前にアシュリーに電話しといたほうがいい。彼女にわめかれたら、そこら中に俺たちの計画を触れ回るようなもんだ」ジュードは左側のふたつ目の部屋へと彼女を案内した。

心からとは言いかねるようすで、メイが言った。「両親にもかけとかなきゃ」そして頭痛でもするのか、額を撫でた。「ティムは二、三日は仕事に出られないと思う。母も父もどうしたのかと思うはず。あのふたりを動揺させるのだけはごめんよ」

両親を安心させるため彼女が電話する。メイには〝保護者〟の烙印が全身に押されている。きっと家族の誰も彼もが彼女におんぶに抱っこの状態なのだろう。ティムがこんなことになったのは親のせいもあるのか。どうやらそのようだ。アシュリーとふたりきりになったときにでも話を聞いてみよう。メイの家庭環境が少しはつかめるだろう。そのほうがあの弟の相手もしやすい。たぶん母親や父親の相手も。

ジュードはふと不安になった。俺は彼女の人生全般に口出ししようというのか。だが、ほかにどうしろと？　むしょうに否定したいのに、むしょうに気にかかる。メイも俺のことが気にかかると言っていたが、おそらくその比じゃない。

心のなかで毒づきながら、彼はゲストルームのドアを開けた。「きみに使ってもらうのはこの部屋だ」

メイはなかをのぞき込んだ。ざっと部屋を見渡し、モニターに目がとまると、渋い顔をした。

「気に入らない？」

さも不審そうに彼女は眼鏡の奥からジュードを凝視した。「ここはあなたの部屋じゃないわよね？」

い？」

「ああ」

そう言われても油断はできない。「あのモニターは部屋の外は見えても、なかは見えない？」

ジュードは眉をひそめた。「モニターは全室に設置されている。インターホンつきで。家が広いからインターホンが必要なんだ。宅配業者が来たり電話があったとき、デニーに知らせてもらわなきゃならない。あのモニターで敷地内はどこでも見える。さまざまな角度からね。俺の部屋やキッチン、書斎、下の何部屋かにあるやつは、家のなかも見えるようになっている」

「まさかこの部屋のなかまで――」

「おい、それはまた失礼な言いぐさだな。俺はきみの行動をこそこそ監視するつもりはないよ。だいいち、俺にはのぞき趣味はない」

メイはちょっと考えてからうなずいた。「そうね。ごめんなさい」

ジュードはふつふつと怒りがこみ上げてきた。感情を抑えるのがこれほど難しいと思ったことはない。メイはこっちの性欲に火をつけたばかりか、ことあるごとにこっちの神経を逆なでする。彼女のそばにいると、何をするにも無頓着ではいられない。

彼の心のせめぎ合いをよそに、メイはまた部屋を見渡した。「ずいぶん広いのね」

これで広いというなら、贅《ぜい》を尽くしたジュードの寝室や専用のバスルームを見て彼女はどう思うだろう。彼はメイを見つめたまま「俺はすぐ隣の部屋だ」と言った。

メイは両開きのドアの前に立ち、廊下を見やった。寝室が近すぎるだの何だのよけいなことを言われる前に、ジュードは彼女を部屋のなかへと追いたてた。「寝具は交換ずみだ。コンピュータと電話の内線三番は好きに使ってくれ。電話はこの部屋専用だ。バスルームもついているし、必要と思われる洗面用具は全部そろえてある」

「ほんと？」メイが口をもぐもぐさせる。「何て手回しのいい——あなたにとって」

「妬《や》いてるのか？」そうであればと思いつつ、彼はうそはつかなかった。「妬くことはない。俺の家族がときどき泊まりにくるんだ。いつ来てもいいように準備してあるだけだ」

「妬いてなんかない。あなたがほかの女性と何をしようが——」

「部屋のなかを見て回って、くつろいでくれ。俺はすぐに着替えを持ってくる」ジュードはメイの頬に触れ、後ろ髪を引かれる思いで立ち去った。メイがベッドの間近にいる、たとえ敵意をむきだしにしようと、それだけで自制心を失いそうになる。だが、ここで激情に流されてはすべてがふいになる。絶対にそうはならない。

頭がくらくらし、メイはクイーンサイズのベッドの端に腰掛けた。豪華なクリーム色のサテン地にシュニール織りの上掛けでおおわれている。ジュードに使うように言われた部屋は、彼女のアパートメント全体よりも広かった。クロゼットだけでも彼女の寝室より広い。

メイは怖じ気づき、ジュードとの境遇の差をあらためて思い知らされた。両親に電話するのは気が進まない。デニーもすでに家を出たので、まずアシュリーに電話することにした。デニーが予告もなしに現れたら、アシュリーが何をしでかすか知れたものじゃない。

最初の呼び出し音でアシュリーが出た。「はい？　どんな具合？」

「もしもし、アシュ？　計画変更よ」

「好ましい変更？」

「ええ」いちおうは。「ジュードがね、どうするか考えつくまであなたとティムもここに来てもらいたいって」

「へえーっ、それはどうもご親切に。けど、わたしひとりでティムを引っ張り出すのは無理だと思う。さっき目を覚ましたところなの。めそめそして、あれじゃ怪我した子犬のほうがまだまし」

「ジュードはデニーをよこしたの。彼の友だちなんだけど、そのデニーがあなたたちを迎えにくるわ」アシュリーがデニーを見て大騒ぎしないよう、メイは彼の風貌を手短に説明した。

「何だか強烈な個性の持ち主って感じ」

「そうなのよ。でも、相手が暴漢だろうと何だろうとかかってこい、あなたの身はちゃんと守るって。ただしくれぐれも慎重に、いいわね？　あなたをこんなことに巻き込んでしまって。あなたが痛い目にでも遭えば、わたしは一生自分が許せない」

「あのね、慎重っていうのはわたしのためにある言葉」

開いたドアをこつこつとたたく音がした。メイが顔を上げると、ジュードが立っていた。手には着替えを持っている。やさしいまなざしが彼女へと、そしてベッドへと注がれ、また彼女の顔に戻ると、そのまなざしにはまぎれもない親密さがこもっていた。

自分の座っている場所が痛いほど意識され、メイは立ち上がり、ジュードに入るよう合図した。「いいえ、アシュ。あなたのためにある言葉は、軽率。でもどっちにしろ、あなたのことは大好きよ」

「お言葉を返すようだけど、夜明けに人の服着て映画スターの家まで出かけていったのはあなたでしょ？　そっちのほうがよっぽど軽率よ」

確かに、それを考えると絶望的な気分になるが、へりくつをこねてどうなる？「まあね、今、彼がここにいるの。えっと、わたしのこと待ってる」それも今の心境には不釣り合いなほど素敵に見える。「じゃあ、そろそろ切るわね。とにかくデニーを見ても怖がらないでほしかったの」

「そう簡単に怖がりゃしないわよ」アシュリーが声をひそめる。「あなたどこにいるの？」

メイは彼の目が気になり、背を向けるとアシュリーにならって声をひそめた。「彼の家」

「そんなのわかってる。でも部屋は？」

「アシュ……」

「さては！　わざわざ訊くまでもないわね。そのひそひそ声からして寝室に決まってる。やったじゃないの。彼にせいぜいよろしく言っといて。じゃあね！」

電話が切れ、メイはジュードに微笑むと、電話をバッグにしまい、バッグをベッドに放り投げ……ばつの悪さを覚えた。「これでデニーが行っても大丈夫」

「よかった」ジュードが部屋に入ってきて、凝った鏡のついた大きなドレッサーの上に着替えを置いた。「Tシャツとドローストリングのショートパンツを持ってきた。こっちのほうが楽なはずだ」

ショートパンツ。とんでもない。彼女は咳払いした。「ありがとう。今のところ大丈夫よ」

ジュードはちらりと彼女を見て、ため息をついた。「ショートパンツといえば……」

「ショートパンツがどうしたの?」メイはうろたえた。ショートパンツなんて十歳のとき以来穿《は》いてない。

「ああ。これはどうやら、取引条件をもう二、三追加したほうがよさそうだな。あらかじめはっきりさせておかないと先に進めない。今この場で」ジュードはちらちらと彼女の脚を見た。「またわめかれても何だし」

恥ずかしいやら困ったやらでメイはあごをつんと上げた。「わたしはむやみにわめいたりしない。それどころか、わめいたことなんてまずない」

「へえ。俺には信じられない」

メイは唇をぎゅっと結んだ。「わたしはむやみにかっとなったりはしない――つまりあながまた取引しようなんて言い出さない限りは」ティムのためにジュードと寝ると思われていた、思い出すたび怒りがこみ上げてくる。

ジュードは追い打ちをかけるように言った。「じゃあ、ひと息ついてくれ。これからまた取引をするからだ。しかも今度は交渉の余地はない」

メイが頭を上げたまま言う。「冗談じゃない」

ジュードはバルコニー側に置かれた椅子を指さした。「まあ、座れよ」

徹夜明けだけに、足を下ろす口実になるなら何でもありがたい。「今度は真剣なようね」

「ああ」ジュードは彼女の前に立ち、両手を背中で組むと、いかめしい表情になった。「まず、俺はきみの弟に五万ドルをどこで渡すつもりだったか訊く。そして金は俺が運んでいく」

恐ろしい筋書きが頭のなかを駆けめぐり、メイは身震いした。何者かがジュードを殺したがっている。つまり、弟を襲った相手とは絶対に会わせてはならない。「絶対にだめ」

「まさかあの弟本人を行かせるわけにはいかない。かといって、もちろんきみを行かせるつもりは毛頭ない。だから反論しようなどと思うな」

メイは体をこわばらせた。「今までならば、わたしが行きたいと思えば行った。あなたが許すも許さないもない」ジュードの顔が曇ると、言葉を継いだ。「なのに、今のわたしには反対のしようもない。我ながら臆病者だと認めるわ。そんな相手と顔を合わせるなんて怖くて怖くてしようがない」

「きみは臆病者じゃない。分別があるんだよ。そこが俺の好きなところでもあるけどね」

いきなり〝好き〟と言われてメイは頭がくらくらした。目をまじまじと見開き、体の力が抜け、椅子からずり落ちそうになった。ジュードはしゃべり続けている。だけど何ひとつ頭に入ってこない。心臓の鼓動が耳につくほど激しく鳴った。

幸い、ジュードは彼女の反応にはまったく無頓着だった。両手を背中で組んだまま、バルコニーのドアの前に立ちつくし、外を見るともなしに見ている。

ジュードは思案顔で言った。「金は誰かが持っていかなきゃならない。デニーには頼めない。あいつは点火ずみの導火線も同じで、誰かをぶちのめしてやりたくてうずうずしている。とくに、相手が俺に危害を与えようというやつなら。きみは知らないかもしれないが、彼はSBCでは名うてのトレーナーだった。それで自信をつけ――」

メイはあっと思った。「デニー・ズィップ」とその名前を繰り返す。「トレーナー時代はDZで通っていた」

「そのとおり。彼の名前を知っていたのか?」

メイは椅子に座ったまま、身を前に乗り出した。「つまりあなたのもとで働いているデニーはあのDZでもあるってこと？　トレーニング術といえば今では代名詞になってるあのDZ?」

ジュードは驚いたように眉を上げた。「DZキャンプを知ってるのか?」

「わたし、SBCの試合は全部観ているの」しかもジュードの登場する試合のDVDは全部持っている。「DZキャンプのトレーニング術はすごい迫力よ。DZに直接手ほどきを受けた選手は崇拝の的だわ」

「そうだ」

「ということは、あなたも彼にトレーニングを受けたの？」

「ああ」ジュードは意味ありげな笑いを浮かべた。「きみはSBCのファンなのか？」

彼女はジュード・ジャミソンのファンだった。けれどそんなことは知ってもらうまでもない。

「だんだんとファンになっていったというか」

「試合はどれくらい観た？」

レンタルビデオ屋にあるものはひとつ残らず。「選手の名前を覚えたり試合の技を覚えたりする程度には。あなたがミドルウエイト級とライトヘビーウエイト級両方のチャンピオンだったことは知ってる」

「俺はあれから映画の世界に入ったけれど、SBCには他にもすごいやつらが出てきている」

メイは鼻先であしらった。「誰よ？　ハボックっていうあの若い男？　すぐにあごにパンチ食らってノックアウトじゃない。あれならフロストだって勝てる。フロストがあなたの敵じゃないことは誰の目にも明らかだけど。あとはミルトマン、たいした自信家じゃない？　あなたのような基本技もないくせに」

ジュードの顔に喜びの色が浮かんだ。「ミルトマンは自信家かもしれないが、俺に挑戦するだけの力はある。ただ俺は受けて立つ気にはならない」

「あなたに挑戦するなんて百年早いわよ！　チャンピオンベルトをものにできるなんて思う

前に、まずは技を磨くことね」

「ミス・プライス、きみにはまったく驚かされる」ジュードはあごをさすった。「そこまでSBCに入れ込んでいたとはね。どうりであれだけ痛烈なジャブを決めるはずだ」

たとえ九十まで生きたとしても、メイは彼を殴ったことを悔やみ続けるだろうと思った。

「いいえ、あれはとっさに手が出ただけ」

ジュードが訳知り顔で言う。「きみの弟と比べてみたまでだ」

いったい何と答えれば？　これほどの侮辱はない。

「標的に命中させるのは簡単なことじゃない。たいていはかすりもせずに空を切る」

「そんなのわたしには自慢にもならない、ジュード」

「自慢に思うべきだ。プロの格闘家でも俺のあごをうまくとらえるやつはそうそういない。ましてや女で俺をぶん殴ったやつなんかひとりもいない」

「やだ」メイは両手で顔をおおった。「その話はもうやめにしない？　あんなこともう二度としないから」

「だが、ああいうふうにすぐかっとなるところも、けっこう好きなんだ」ジュードは腰をかがめ、メイと同じ目の高さになると不敵な笑みを浮かべた。「おとなしそうに見えてじつは違うとつねづね思ってたよ」

メイが指のあいだからのぞき見た。「これからはせいぜいおとなしくしてる」

「せっかくここにいることだし」思わせぶりな低い声で、彼が言う。「軽く取っ組み合いするのもいいかと思ったが」そしてまた体を起こす。「本題に戻ろう。きみの弟はあてにならない、女性を行かせるつもりはない、デニーをよこすわけにはいかない、となると金を運ぶのはこの俺だ」

「誰かを雇えば――」

「俺が行くもうひとつの理由は、エルトンがからんでいるか見極めるチャンスだからだ。やつの手下ならたいがい顔を知っている。的を射た質問の仕方もわかっている」ジュードの目が光った。「答えの引き出し方もわかっている」

「暴力も辞さないということ？」彼の手腕は信頼しているが、万一背後から撃たれたらどうするつもり？

「そうだ。報復もあり得るかもしれない。だから、一日だろうが一週間だろうがそれ以上かかろうが、問題が解決したとわかるまで、きみにはここで俺と一緒にいてもらう。それがもうひとつの取引条件だ」

ジュードが危険な目に遭うかと思うだけでもぞっとする。しかもわたしは彼の家に長逗留《とうりゅう》することになるかもしれない。

ふと最後の彼のせりふが頭に響いた。「もうひとつの取引条件？」

「ああ」ジュードは彼女を見下ろし、微笑んだ。「まだある」

8

ジュードはメイに無理強いばかりするのはしのびなかった。彼女は疲れきっているばかりか、本来の自分を見失っている。それを思うと、言うまでもない理由はさておき、彼女をそばに置いておきたくなる。気持ちの上で女性をこれほど守りたいと思ったことはいまだかってない。メイの負担を少しでも減らしてやりたい、そのいっぽうで彼女をぜがひでもベッドに連れ込みたい。ふたつの欲望が激しくせめぎ合った。

メイに言ってやりたい。横になって、ひと眠りするといい、あとは俺が全部引き受ける、と。あいにく彼にはわかっていた。メイは誰にも、ましてや男に、自分の人生を預けるようなことはしない。彼女には正直に接し、最良の方法を考えるしかない。

「そもそも、これはきみのではなく、弟の借金だ。自分で何とかさせればいい」

「確かに弟の借金よ。言わせてもらえば、わたしだってあの子が自分で何とかしてくれたらどんなにいいか。ただ……」メイは眼鏡をはずし、疲れた目を撫でた。「理想と現実は違う」

ジュードはメイが睡眠不足でこたえているのだと思った。ギャラリーの作品展でくたくたのところに、弟の騒動まで持ち上がった。彼女に必要なのは睡眠だ。

だが、それを言うならこの俺も。

彼女と寄り添って眠るのは大いに心をそそられる。

「ティムのきみに対する態度は前々から気に入らなかった。だが、これまでは俺の立ち入ることじゃなかった」

「あなたはわかってないのよ。わたしたちがどんなふうにして育ったか」メイは身構えるようにして眼鏡の位置を直し、彼の目を見つめた。「うちの親は……違うの」

「どう違うんだ？」

「あなたの親御さんとは」

「俺は親には恵まれたが、それなりに紆余《うよ》曲折もあった」

「紆余曲折？」

ジュードは肩をすくめた。「どこのうちにだって問題はあるんだ、メイ」

メイは冷ややかな笑みを浮かべた。「ええ、みんなそう言う、うちも同じって。わたしの親に会うまではね」そして重々しくため息をつき、前庭に目をやる。「母も父もこれまでさんざんティムを甘やかしてきた。姉として、わたしにはどうしても理解できなかった」

彼女のほうは同じように甘やかしてもらえなかったから？　子どもをえこひいきする親がいることは知っている。ジュードは許せなかったが、現実に目のあたりにしたことはある。

「わたしが覚えているかぎり、あの子がほしいものは」メイが話を続ける。「必ず与えてやるものと両親は考えていた。そしてわざわざ苦労してまで与えてやった。あの子が失敗すれば、あなたが悪いんじゃないとかばってやった。だからあの子は学ぶということがないままにきてしまった。うちの親は……あの子を不憫《ふびん》に思っていた。ほんとにどうかしてる。ティムは一人前の若者よ、体も強いし頭もわるくない。なのに過保護で何もできなくなってる」

「親が何でもしてやった」

「ええ」

ジュードが穏やかに言う。「だが、それを言うならきみも同じだ」

あえて否定もせず、メイはうつむいた。「わたしは違うと思ったのに、親の二の舞になってしまった。親もそれを望んでいるし。確かに親と調子を合わせたほうが楽なこともあるわ」

「きみがティムに責任を感じていることは誰の目にも明らかだ。だが、きみは彼の母親じゃない。だからきみのできることには限界があるよ」

重大な罪でも告白するように、メイは小さくつぶやいた。「ときどき本気であの子が恨めしくなる」

「そうじゃなければ聖人になるしかない」

メイがわずかに口角を上げた。「ありがとう。でもうちの親なら賛成しないわね」

彼女の家族はそう簡単に好きになれそうにない。すでにジュードは彼らをメイの人生から締め出したくなっていた。「どう見ても、きみの親の考え方はゆがんでいる。彼らにすれば正しいつもりでやっているんだろうが、効果は上がってない。それがあだになってティムは半殺しの目に遭ったわけだろう?」

このありさまを見れば、メイは否定できなかった。「ええ」

「じゃあ、ひとまず俺に任せることだ」そうなれば、俺が解決してみせる。

メイはひざの上で両手をよじった。「あなたみずから危険だと言っているのに、どうしてわたしが同意できる?」

ジュードは微笑んで彼女の前にひざまずき、わななく手を握った。「こんなふうに考えてみろ――きみに失うものはあるか?」

温かな手が驚くほど強い力で彼の手を握りしめた。「あなた」

彼女の物静かな声にジュードは心臓がとまりそうになった。認めたくはないが、さまざまな点で、メイにはあのでっちあげの裁判もかなわないほどの威力がある。下手をすると自滅の道をたどりかねない。

それが怖い。

ばかめが。ジュードは自分に毒づいた。やさしいダークブラウンの瞳、寛大な心、豊満な肉体、俺はそんなものにめろめろになるほど子どもじゃない。これまでも女はいた。好きでたまらない女もいれば、欲情をそそる女もいた。だがメイと出会うまでは、これほど過剰な興奮を覚えたことはない。それが彼の頭も心も体もいちどきにさいなんだ。

頭を整理し、自分の身を守るため、ジュードはくぐもった笑い声を上げた。「まだ殺さないでくれよ。俺なら大丈夫だ」

メイは納得のいかないようすだったが、ジュードはとりあえず受け流すことにした。そして立ち上がり、彼女に微笑みかけた。「弟のこともいっさい心配しなくていい。俺は彼を痛めつけたりはしない、約束するよ。だが責任は取ってもらう。彼がどうすれば金を返済できるか、俺にちょっとした考えがある。この方法ならばあいつも面倒に巻き込まれることはないだろう。ただし、堅気の人間らしく掟には従ってもらう」

「あの子はあの店をやっていくしかないわ」

「仕事には行ってもらうが、監督つきだ」われながら名案だと思い、ジュードは説明した。「彼には俺の信頼する男をつける。その男が俺に報告する。ティムがこっそりギャンブルや飲みにでも行こうものなら、俺につつぬけだ。五万ドルを完済するまでは、俺があいつの首根っこを押さえておく」

メイはぐったりと椅子にもたれた。「うちの親はいやがると思う。あの店はティムが仕切ると言って譲らないもの。とうのティムはいやだとはっきり言ってるのに」

「何でまた？」

「さっぱりわからない。父は今もあそこでよくぶらぶらしてるし、母はしょっちゅう口を出してくる。なのにふたりとも表向きの社長はあの子にしておきたい。弟には選択の余地なんてなかった。かといって、あの子が完全に店を引き継いだわけでもない」

「きみのほうが年上だ」ジュードが指摘する。「なぜきみが継がなかった？」

「わたしは女よ」

「着目すべき事実だな。だから？」

「うちの親にすれば、女は対象外なのよ。母の口癖は〝どこの馬の骨かもわからない義理の息子〟には何も残してやらない。父は父で、中古車代理店がほしければその経営者と結婚しろ」メイはジュードを横目で見た。「わたしは車になんかいっさいかかわりたくないと言ってやったわ」

ジュードは怒りに燃えた。確かに、親というのは子どもをえこひいきすることがある。子どもの成長段階や関心事、悩みにもよる。だが親は子どもを平等に扱うべきだし、少なくとも平等に扱っているふりをすべきだ。「ティムがまだあの店を失わずにいるのは驚きだ」

「何度か失いかけた。でもそれを言うなら、ティムも両親と似たようなものよ。お金をためようなんて考えないから、ほとんどその日暮らし。ちょっとでも何か起これば、たとえば病気になるとかしたら、三人そろって共倒れだわ」

いや、とジュードはメイを見据えた。彼らはメイを頼ってくる。「きみには万一に備えて蓄えがあるのか？」

「なにせ万一のことが多いものだから、ええ、あるわ」

ジュードはにやりとした。「俺は有名人が破産するたび不思議でしょうがない。やつらはくだらない贅沢《ぜいたく》に湯水のごとく金を使う。俺はいつまでたっても慣れない。そりゃ、かくいう俺も今ではそれなりの贅沢をさせてもらってる。だが、これでも投資の腕はなかなかのものでね。金は使うより稼ぐほうがはるかに多い」

メイはいぶかしげに彼を見た。「わたしはべつに……」

だが、理由は何であれ、彼女に知っておいてほしかった。「要するに、俺は映画に出る前と何も変わっていない。いまだに金は使うより稼ぐほうが多い。だから俺がてこ入れすれば、その店も資産価値が高まる。きみの両親に文句を言われる筋合いはないだろう」

「うちの親はとにかく過保護なの」

「過保護だからこそティムは弱い人間になった。きみがいなければ、あいつはこの騒ぎにどうけりをつけていた？」

「言ってくれるじゃない」例によってメイは肩をそびやかし、あごをつんと上げた。「でもあの子にはわたしがいる。わたしもあの子に背を向けるなんてできない」

「彼のことはこれからもずっときみが手助けしていくことになるだろうな。だが、念のために約束しておく。俺がティムと何をやるか、なぜやるか、前もって必ずきみに伝えるようにするよ。だからどうなんだ？　これまでのところ取引成立か？」

「あなたのことがわからない」ひざをぴったり閉じ、いらだったようすでメイは身を前に乗り出した。「やけに気前がいいのね」

「俺にはそれだけの余裕がある」ジュードは彼女の手を取って、立ち上がらせた。「だが話はまだ終わってない。きみともうひとつ特別な取り決めをしたい」

メイはわざとらしくがっくりと彼にしなだれかかった。「聞くのが怖い」

ジュードは彼女の額にキスした。「何も怖がることはない、メイ。きみを痛い目に遭わせようというんじゃない」

「ジュード・ジャミソン」メイが冗談めかして言う。「あなたったら、こんな田舎娘の心を踏みにじろうというのね」

心を踏みにじられたのはこっちのほうだ。これまで、メイはするりと彼をかわしてきた——彼のほうは全身全霊かけてメイの守りを突破しようとしたが。いろいろな面で、彼女の強さには恐れ入る。「こうなったらきみの思い込みが間違っていることを証明するしかないな」ジュードは胸をそらせ、両手を腰にやった。「だがまずは取り決めだ」

「署名まではさせないでもらいたいけど」

「きみにおしゃれをさせたい」

メイは笑い飛ばした——がジュードは真顔だ。彼女はきょとんとし、みるみる真っ赤になった。「冗談でしょ」

「いちおう俺には腐るほど金があるとの結論に達したことだし、きみに服を買ってやる楽しみを味わわせてくれ」

「だめ」

それくらいではジュードも引っ込まない。「きみの着ているものはお世辞にもほめられたものじゃない。きみは恵まれた体をしている。どうすれば引き立つか俺にはわかっている」

メイは彼の抱擁を押しのけた。「だめったらだめ」

ジュードはドアに向かう。「デニーがじきに戻ってくる。さっさと着替えて楽になるんだな。そうしたらキッチンに下りてこいよ。俺は食事がまだだから腹ぺこなんだ。話はブランチの席ですればいい」

「ジュード」メイがあわてて追いかけた。

彼はドアを閉めようとして、手をとめた。彼女がこれだけうろたえているのに、あっさり立ち去るわけにはいかない。「勇気づけにキスはどうだ？」

メイは眉をひそめたが、唇をすぼめ彼にキスした。清らかなキス。唇は閉じたまま、舌の出番はない――それでもジュードは大満足だった。

「いいね」とメイの鼻のてっぺんをつつく。「知ってたか？　新しい服はまるごとインターネットで買えるんだ。わざわざ家を出るまでもない」

「わたしは着ない」

「まだ見てもないのに。俺は女性の服にかけてはとびきり趣味がいいんだ」彼はウインクした。「だが、きみが裸でいたいというなら、俺も反対はしない」

ジュードの鼻先でドアが閉まった。その直後、ごつんという音がした。たぶんドアに額をぶつけたのだろう。そしてうめき声。気の毒に。彼は自分でも当惑していたが、彼女も同じように当惑させてしまった。

いろいろ考え合わせると、まんざら悪いことでもない。

男物の上着と後ろ前にかぶった野球帽、アシュリーはまぬけな気分でドアベルにもたれ——もたれたまま、割れた爪を眺めた。その横で、デニーがぶつぶつ言っている——さっきからぶつぶつ言ってばかりいる。メイと同じく、デニーも誰彼となく世話を焼きたがる。アシュリーのことを迷子の孤児のように扱うかと思えば、お気に入りの姪《めい》っ子のように扱った。年齢的にはじつの父親に近い。でも、じつの父親にはあまりかまってもらえなかった。だけどこっちだって子どもじゃない。自分の世話くらい自分でできる。

やたらと元気なこの男が早くそれに気づけば、お互いにうまくやっていけるんだけど。

ドアが開くと、ジュード・ジャミソン本人が目の前に立っていた。おっと。アシュリーは前にも彼と会っているが、何度見ても強烈な存在感がある。つまらない女ならひと目見るなりほれぼれとため息をついていたところだ。でもアシュリーはぐっとこらえた。何でまたメイは彼を拒んでばかりいるんだろう。いまいちわからない。これぞ血統書つきの種馬。

ジュードはこれぞ超弩級の映画スターといった笑顔を浮かべた。「やあ、アシュリー。よく来てくれた」

彼女は帽子を脱ぎ、髪を後ろに垂らした。「何、執事はいないの？」

「俺が執事だ」デニーが横から口をはさむ。

「あら、何で気づかなかったのかな？」

ジュードがにやにやしながら玄関のドアを開け、アシュリーはなかに足を踏み入れた。メイに会いたい。親友ながらメイは変わった恋愛観を持っている——具体的には恋愛そのものができない。それでも、ひそかにあこがれる男の家にいるとなれば、さぞかしぴりぴりしていることだろう。

アシュリーは低く口笛を吹き、豪邸の内装に目をくれた。何から何まで整然として、新しくて……完璧に見える。

雑然とした環境に安らぎを見いだす彼女としては、かえって落ち着かない。でもこう言った。「素敵なおうちね、ジュード」

「ありがとう」

メイの姿は見あたらず、アシュリーは大声で叫んだ。「ただいまっ！」その言葉が口をついて出るが早いか、高さ十二フィートの天井からその声が返ってきた。「すごい、こだま。想像もつかない」

ジュードは笑ったが、デニーは憮然としている。彼はアシュリーをにらみつけた。「その服に着替えさせるのにえらく手間がかかった」

アシュリーが意地悪げに見返す。「女の服を脱がせられなきゃ、男ってたいてい悪態つくのに」

「このお嬢さんの場合は特別だ」

彼女は舌打ちした。「さっきも言ったけど、デニー、ちょっとはわたしのご機嫌取ってくれてもよかったんじゃない？　そのうちあなたも思い知るわよ」

「こっちは助けてやろうとしたのに。おだてててどうする?」

「あのね、おだてたぐらいで誰もあなたを訴えたりしない」デニーを黙らせたい一心で、アシュリーはティムに水を向けた。「あらー、さすがのティムもおとなしいこと」

じつのところ、ティムはジュードの家を値踏みするのに夢中だった。開いているほうの目がうらやましげに光り、腫れた顔にこずるい表情が浮かぶ。自分もあやかりたいと思っていることは誰が見てもわかった。

ふたりをこっそりアパートメントから連れ出すため、デニーは黒いサングラスにアシュリーと色違いの野球帽をかぶった。ティムにはほとんど力ずくで——始終ぐずぐず言うので——すりきれたジーンズとエアロスミスのTシャツに着替えさせた。髪をくしゃくしゃにし、黒いサングラスをかけ、火のついた煙草をくわえさせると、あの腰抜けもありふれた二十代の男に見えた。

腫れた唇にくわえ煙草はつらかったようだ。デニーがふたりを車に乗せるなり、ティムは煙草を投げ捨てた。そして後部座席に長々と横たわり、アシュリーはデニーと並んで助手席に座った。

ティムは言った。「どうなってんだよ? 何で僕はここにいるんだ?」

ジュードが答えようとすると、メイが階段の上に姿を見せ、彼はそちらのほうに気を取られた。

それもそのはずだ。メイがここまで……軽装なのは見たことがない。髪もいちだんと乱れている。携帯電話を耳にあて、彼女は階段の上で立ち往生していた。「お母さん、ほんとにもう切らなきゃ。いえ、だめ……ええ、わかってる。しない。約束する。ええ、お母さん、わたしが何とかする。はいはい」そこでアシュリーに手を振り、母親との電話を早く切り上げようと、左右に足踏みした。「だからお母さん、もう切らないと」

アシュリーの目が確かならば、メイはあの窮屈なスポーツブラをはずしていた。着古したぶかぶかのSBCのTシャツにルーズな紺のショートパンツ、体をおおうのはそれだけだ。ジュードの惚《ほう》けたような顔からして、彼もノーブラなのに気づいていた。

「見て」アシュリーがジュードの脇を肘でつついた。「ひざが丸出し。知ってた?」

「知ってた」ジュードは恍惚《こうこつ》として前に進み出たが、メイがやっとのことで電話を切り、Tシャツの裾を引っ張りながら、階段を駆け下りてきた。

「お待たせしてごめんなさい」と玄関先で足をとめる。「母と父に電話しなきゃならなかったの。案の定……心配してた」

アシュリーは鼻先であしらった。

「頼むよ、メイ」ティムが文句を言う。「あのふたりには何もしゃべってないよね?」

「言わなきゃいけないことは言ったわ」

「ありがたくて涙が出るよ」

「ほんとはあなたがかけるべきだったんじゃない」アシュリーがティムに言う。「チャンスはいくらでもあったのに」

「わたしたちがここにいること、ジュードの家にいることはもう話したわ」メイはうしろめたそうにティムを見た。「お母さんが至急電話くれって」

ティムの文句をかき消すようにデニーが声を張り上げた。「こいつは地下のゲストルームに置いてやるか」

ジュードがうわの空で答える。「俺のほうはかまわない」彼の関心はまだメイにあった。

アシュリーは笑いをこらえ、ジュードとメイをかわるがわる見た。ジュードはしげしげとメイを見ている——メイが彼のほうを見ないのはたぶんそのためだろう。

「地下?」ティムが足を引き引きメイのほうに行く。「何で地下なんかに入れられるんだよ?」

「プールとサウナに近いからだ」デニーが答えを引き取った。「おまえ以上にぼこぼこにされたやつを俺は見てきた。水につかると回復が早いんだ」

それを聞いてティムはますます取り乱した。「いったいどうなってんのか、誰か教えてくれよ」

アシュリーは興味津々でジュードを眺めた。彼はメイに対する関心とティムに対する義理の板ばさみになっている。メイはジュードがどれほど彼女に入れ込んでいるかわかっているんだろうか。メイのことだから怪しいものだ。男に一日じゅう色目を使われたとしても彼女はまず絶対に気づきもしない。

メイがティムの相手をしてやるまもなく、ジュードは彼女の背中に手を回し、デニーのほうを向かせた。「診断は?」

「強度の臆病症以外、問題なし。派手なあざはできてるが、骨折はしていない」

「肋骨は?」メイが訊く。

「問題なし」

デニーに対するあてつけで、アシュリーが言った。「同感だけど、レントゲン撮らなきゃ折れてるも何もわかんないでしょ」

アシュリーの目の前でデニーはみるみる渋面になった。「さっきから何度も言ってるだろうが。こっちは怪我の処置には長年の経験があるんだ」

「じゃあ、わたしの言うとおりだってわかるはずじゃない」

メイはいつものごとくやきもきしていた。「やっぱり病院に連れていくべき?」

ティムがすかさず言う。「いやだ!」

デニーはティムには目もくれず、アシュリーのほうを向いたままだ。「レントゲンを撮ったところで、肋骨は折れても休養する以外に手がない。知ったような口をきくお嬢さんだが、ついでに言っとくと、レントゲンでも判断がつかないことはあるんだぞ」

アシュリーはちらりとジュードを見た。「彼っていつもこんなにすごいの?」

メイはむせそうになった。

ジュードがにやりとして言う。「まあね、うん」

ティムがまたうめき声を上げた。

「今どきの若いもんは何でも知ってると思ってやがる」

アシュリーはおもしろがって言い返した。「そして、偏屈おやじは誰彼かまわずいばりちらしていいと思ってる」

「おやじ！」

「そりゃそう。わたしみたいな若いもんからすれば、四十なんておやじよ」

「俺は四十七だ」

「ほんと？」と目を丸くする。「そのわりには見事な体形ね」

デニーはまた言い返そうとしたが、ほめ言葉だとわかると、うさんくさげに彼女をにらみつけた。

ジュードがふたりのあいだに割って入った。「もうそのぐらいにしてキッチンに行こう。ティムに二、三訊くことがあるが、それは食べながらでもできる」

食事がまだのアシュリーはそれも悪くないと思った。「料理人がいるの？」

デニーがすごんでみせる。「この俺」

「便利屋ってやつ？　あなたにはびっくりしちゃう。お知り合いになれて光栄だわ」

「たまに」ジュードが言う。「俺も作る」

「あなたも料理するの？」

「もちろんだとも」デニーがぴしゃりと言った。アシュリーの発言にはいちいちけちをつけずにはいられない。「こいつには無理に見えるか？」

「ううん、めちゃくちゃ金持ちに見えるだけ。だけどね、正直言って、金持ちや有名人のやることなんてわたしにはてんでわからない。そういう人たちもみんなお料理するっていうなら、それはそれで信じるけど」

デニーが先手を打つ。「俺のよく知る大金持ちといえばこのジュードだけだが、こいつはほかのやつらとはわけが違う」

「かくしてわたしの頭は混乱する」アシュリーはその場を離れ、メイと腕をからませると、聞こえよがしに言った。「身びいきという言葉もありますからねえ」

「ちゃんと聞こえたぞ、お嬢さん」

アシュリーはメイの手を引っ張り、からからと笑った。「それで、キッチンはどこ？　お腹すいて死にそう」

メイは情けない思いで弟を見つめた。「どうやってお金を返せばいいかわからなかった、それはどういうこと？」

空の皿を前にだらしなく座り、ティムはふてくされて見せた。顔の腫れはまだ残っていたが、ふさがっていた目は開き、言葉も明瞭に発音できるようになった。といっても、彼の言うことはあまり用をなさなかったが。

「そんな金は持ってなかったし、どうやって返すかなんて訊きもしなかった」

ジュードが薄笑いを浮かべた。「とにかく俺を殺してちゃらにしようと考えた？」

ティムはさすがにジュードと目を合わせようとはしない。「僕は半殺しの目に遭ったんだ。いちいち考えてなんかいられなかった」

「おまえはそもそも考えるということがない。でなければ、こんなことにはならなかった——おまえのお姉さんまで巻き込むようなことにはな」

ティムは真っ赤になってにらみつけた。「姉さんが僕をわざわざあんな店まで歩かせるようなこと——」

メイは言い返そうとしたが、ジュードに先を越された。

「もう充分だ！」

ティムは身をすくめた。

「話は一回しかしない、ティム、だからよく聞け。これはおまえのしでかした不始末だ。おまえが金を恵んでもらい、おまえがギャンブルですった。そして俺に金を返すのはおまえだ——こっちの条件でな。俺が進んで手を貸すのは、ひとえにメイのためだ。おまえは彼女を侮辱しない、責任をなすりつけない、これ以上彼女を巻き込もうとは思わない。もしやってみろ、俺はおまえを放り出す。自分の身は自分で守れ。姉に頼るんじゃない。彼女に五万ドルあれば、おまえたちふたりはここには来ていなかった」

メイがおごそかに言う。「それは違う」

ティムは鼻孔をふくらませたが、メイが続けてこう言った。「わたしがここに来たのはあなたも脅しを受けたからよ、ジュード。そうでなかったら、ティムに警察に行くよう説得していた」

「ちょっと待ってよ」とティム。

「ああ、うるさい」アシュリーがたしなめた。「今はあなたのお姉さんが話してるところ」

メイはたまらない気分だった。寄ってたかってみんなに責められ、ティムが哀れでならない。長年身についた性分は簡単には直らない。「わたしは、今でも警察に電話するべきだと思ってる。でもジュードの身を危うくするようなことはいっさいしたくなかった。彼には誰のさしがねか知る必要があるわ」

デニーがジュードをフォークで指した。「俺は誰なのかもうわかってる。ジュードは認めようが認めまいが」

「困ってんのはこの僕だ」ティムが訴えた。「警察に行けば殺すと言われたんだ。つまり警察はだめだってことだよ」

デニーは小声で、といっても充分まわりに聞こえる声で、つぶやいた。「小心者」

ティムは侮辱とばかりテーブルの一同をにらみつけた。「いいよ、わかったよ。誰も僕のことなんかかまっちゃくれない。殺すんなら勝手に殺せよ。僕なんかいなくたっていいんだ」

ジュードが目を丸くした。

「だけど覚えとけよ。やつらは僕がつかまらなきゃ、姉さんをつかまえると言ったんだからね」とメイに指を突きつける。

「俺がそんなまねはさせない」ジュードが冷ややかな、抑制のきいた声で言った。ティムは顔をゆがめ、椅子から立ち上がると、また一同のほうを向いた。テーブルに平手をつき、もう片方の手は肋骨にやる。

「やつらは僕ならジュードに近づけると言った。暇さえあればメイにまつわりついてるからだ。やつらはジュードを消すのがメイのためだと言った。そのうち捨てられるんだから」

デニーがフォークをテーブルにたたきつけた。

「やつらは言った。僕がメイをジュードから守ってやらなくてどうする？　やつらは――」

「もうたくさん」メイは猛烈に腹がたち、全身がわなわなと震えた。「自分でもでたらめだとわかってるんでしょ、ティム。そんなの全部うそだとわかってるんでしょ。よくもそんなこと――」

「大丈夫だ、メイ」ジュードは持ち前の冷静さで彼女の手を握りしめ、顔はティムに向けた。「じつのお姉さんに向かって失礼な口をきくんじゃない。絶対にだ。わかったか？」

ティムはあえぎつつ、ジュードを見て、それからメイを見た。

「これはおまえと俺の話だ、ティム。姉さんにかばってもらおうなんて思うな。わかったな？」

ティムはようやく折れた。「わかった」

「明日の朝、銀行の担当者が借金の条件と俺に対する返済方法を明記した書類を届けてくれる」

ティムの顔に驚きの色が広がった。「返済?」

「俺がくれてやるとでも思ったのか?」

そう思っていたのは明らかだが、ティムはぴたりと口を閉ざし、また椅子に座った。

「よし」何事も事務的に、とジュードはテーブルに身を乗り出して腕組みした。「誤解のないよう、証人立ち会いのもとで貸付契約書に署名してもらう」

「どっちに借りてもたいして変わりはないってことか。でも、こっちは利子つきときた」

「けっこうじゃない」弟が足の届くところにいたら、蹴りつけていたところだ。メイはやおら立ち上がると、てのひらをテーブルにたたきつけ、ティムのほうにかがみ込んだ。「じゃあ、この話はなかったことにするのね。ばかな子。今すぐ出ていきなさい。やれるものならやってみなさい……相手が誰だろうと」

「落ち着け、メイ」

「落ち着け?」と彼女が振り返ると、ジュードの視線が下半身に注がれていた。やだ、ショートパンツを穿いていたことを忘れていた。

あわててまた椅子に座る。腹いせにわめき散らしたくなった。

ティムのふるまいは恥ずかしくもあり情けなくもある。なのにジュードはあっさり無視した。メイはティムを怒鳴りつけた。「少なくともジュードはお金のことであなたを殺したりはしないわよ!」

ジュードが何食わぬ顔で言う。「まだそうと決まったわけじゃないが」

「ジュード！」

彼は声をたてて笑った――笑っている場合ではないが。

「おまえの姉さんが言うように、さっさと出ていったほうがいいかもな。そりゃ、俺がおまえを殺すことはない。だが、金を貸してやることもない。俺に借金するぐらいならもういっぺんぶん殴られるほうがいいんじゃないか」

「だけど金はうなるほどあるんだろ？」

「今後もな」

ティムがあざ笑った。「じゃあ、どうだっていいじゃないか。五万ドルくらいあんたには痛くもかゆくもない」

「おまえが誤解しているのはそこだ。だからといって、おまえにくれてやるいわれはない。だが、多少は手心を加えてやるよ」ティムの期待顔をよそに、ジュードは言葉を継いだ。

「明日の朝まで考える時間をやろう」

デニーがにやにやしながら立ち上がり、空の皿を集めた。そしてジュードとメイにうなずきかけた。「ふたりとも少し休んだほうがいい。疲れきった顔をして」

メイにはありがたい話だった。疲れすぎて目を開けているのもつらい。

ジュードがどこか思わせぶりな声で言った。「俺が部屋まで送っていこう」とメイの手を取って立ち上がらせる。

「そのあいだ」デニーも声を上げた。「俺はティムのリハビリに取りかかるか」

ティムが戦々兢々としてつぶやく。「いやだ」

「打撲傷はアイシングし、筋肉痛はプールでやわらげ、仕上げにサウナで全身をほぐす」

両手で頭を抱え、ティムはがっくりと頭を垂れた。

「何だか全部お膳立てができてたみたい」アシュリーは椅子を後ろに押し、伸びをした。そして腕時計に目をやる。「こっちもちょうどいい時間。急いでうちに帰ってシャワーを浴びて着替えて、それから学校に行かなきゃ」

「アシュ」メイが異を唱えた。「今日も午前中授業があるの？　何で言ってくれなかったの？」

「平日の午前中はいつも授業があるもん」

「だけど昨日は徹夜したじゃない」ジュードとデニーに向かって、メイは説明した。「彼女は夜八時から朝四時まで働いて、そのあと授業まで仮眠するの。でも昨日の晩はわたしが電話したから、家にも帰ってない」

「たいしたことじゃないって、メイ。徹夜なんて何度もやってる」

「でも今回は事情が違う」

「しかも」とジュードが合いの手を入れた。「危険をともなう。俺もメイと同感だね。きみはここにいるべきだ。せめて午後いっぱいは」

いかにも彼女らしく、アシュリーは首を振って受け流した。「無理無理。今日はテストがあるし、もし休もうものなら……まあ、鉄拳でものを考えるようなおばかよりわたしの先生のほうがよっぽど怖い、とだけ言っとくわ」彼女はあくまで我を通した。「わたしを生かすも殺すも担当教授次第。だけど、鉄拳でものを考えるようなばかは、まずわたしをつかまえるのが先よ。こっちはむざむざつかまるほど暇じゃないけどね」

9

メイの声は張りつめていた。「笑いごとじゃないわ、アシュ」

「とんだお笑いよ」アシュリーはバッグをかき寄せ、椅子から立ち上がろうとした。「だいいち、誰がわたしを痛い目に遭わせようというの？　わたしはこの件にはからんでない」

「ここに来るのを誰かに見られていたら？」

アシュリーがひやかすようにデニーを見た。「それじゃ、彼は自分で言うほど尾行をまくのが上手じゃないってことになる。まさかデニーを侮辱しようっていうんじゃないわよね？」

デニーは鼻先であしらった。

「メイの言うとおりだな」ジュードが言う。「デニーは有能だが、それでもやはり危険はつきまとう」

「ごめん。学校がいちばん」アシュリーはジュードに向かって眉をひくつかせた。「セクシーな映画俳優を前にしてようとね」

「誰かが尾けてきたらどうするの？」

「こっちが本気出せば、そんなやつ尻尾まいて逃げちゃう」

デニーが笑った。「たいした度胸だな、お嬢さん」

「ええ、そうよ」そう言ってメイのほうを向く。「さあ、もうそんな顔しないで。いいから、わたしは大丈夫だって。仕事の前にちゃんとひと眠りするし」

「仕事？」デニーが訊いた。「夜も働くっていうのか？」

「そう、われわれ労働者には生活があるの」

「どっちの仕事も？」とメイが尋ねると、アシュリーはただ肩をすくめた。

デニーが怖い顔をした。「どっちの仕事も？　ふたつかけもちしてるってことか？」

「彼女は週に何度かレストランでウエイトレスもやってるの」

「チップがたんまりもらえるんだから。それもこれも人徳ってやつ」

デニーがせせら笑う。

メイはジュードのほうを見た。その目が彼に何とかしてほしいと訴えていた。だがジュードの見たところ、アシュリー・マイルズという娘は自分のことは自分で決める。他人の助言など求めもしなければ必要ともしない。

それでも、やるだけはやってはみた。「今夜は欠勤にしてくれるなら、賃金のほうは俺が喜んで補償させてもらう」

「お断り、でも気持ちだけはいただいとくわ」

「きみには大いに助けられた。せめてそれぐらいのことはさせてくれ」

「そこまでしてもらう必要はない」

「この強情っぱり」デニーがぶつくさ言う。「ジュードと俺の番号をきみの携帯に登録するのはだめか？　何かあった場合、すぐ連絡できるように」

「それいい」アシュリーはデニーに携帯電話を投げてよこした。「やって」

ものの数秒で、デニーは両方の番号を登録した。「メイが一番になっていた。これで俺が二番、ジュードが三番だ。どれかを押せば三人のうち誰かにつながる」

「承知しました、上官殿」と携帯をポケットにしまう。「メイ、車のキーは？」

メイはしぶしぶ手渡した。「くれぐれも、くれぐれも気をつけてね」

ジュードをちらりと見て、アシュリーは言った。「うん、そっちこそ」

「さあ、行こう、アシュリー」とジュード。「車まで送っていこう」メイによけいなことを言ってほしくなかったし、どっちみち彼女と話をするチャンスがほしかった。

意外にもメイはついてこようとしなかった。その代わり、アシュリーを抱きしめ、何度もありがとうと言い、何かあったら電話するようにと約束させた。それからデニーのほうを向き、ティムの部屋を見せてほしいと頼んだ。

キッチンを出るとすぐ、アシュリーはジュードに言った。「あれは何かたくらんでる」

彼も同じことを考えていたので、片方の眉を上げた。「聞き捨てならないな」

「ふつうなら、彼女、車のところまでわざわざついてくる。そして進入路に立って、わたしが見えなくなるまで手を振るはずよ」

「エルトン・パスカル」誰に言うともなくつぶやく。「やつのことをデニーに訊こうというのか」

「それって?」

ジュードが話題にしたくない人物であり、メイが決して近づいてはならない人物だ。「どうでもいい。俺を嫌うただの変なやつだよ」

「ああ、わかる。わたしにもそういうやつがいた。ああいうのは無視するのがいちばんよ」

「俺もそう思う」外は九月の暖かな朝だった。昨夜の雨で湿気がこもり、空はまだ曇っている。「じゃあ、仕事もして学校も行くんだ?」

「そう。なかなかやるでしょ?」

ああ、相当に。他人の金をあてにするティムのようなやつと比べると、アシュリーの生き方は見上げたものだ。だけどあえて口には出さなかった。どうせちゃかされるだけだ。「ご両親はどうなんだ?」

アシュリーは車のドアのロックを解除した。「親はいないことにして」

ジュードは二の句が継げなかった。そしてますます恐れ入った。彼女にすれば楽なことではないだろう。たったひとりで人生と向き合う。メイもいることはいる。だけど、若い女性ならば誰しも家族の支えや親の後押しが必要だ。

アシュリーは車体にもたれ、首を振った。「同情なんかしないでね、ジュード。これでもまだ恵まれてるほうなんだから」

いろいろな点で彼女はメイと似ている。体だけはアシュリーのほうが細身だが。どちらもかわいい女だ。知性と思いやりを秘めたダークブラウンの瞳、黒い羽根のようなまつげ、なだらかな曲線を描く眉。だが、たまたま家庭の話になったので、容姿の比較はさておき、アシュリーに話を振った。「メイは恵まれてないってことか？」

「冗談のつもり？　ってことはまだ彼女の親に会ってないんだ」

「そんなにひどいのか？」

アシュリーは深いため息をつくと、庭の大きな噴水にじっと目を凝らした。「最低最悪の母親、うそばっかりついてる父親、そのかけあわせがティム。親の欲目で息子は何ひとつ間違ったことはしない」

「となると、彼女が…？」

「家族全員の面倒を見るしかない」

「そんなところだろうと思ったよ」

「ひどい話よ。メイの母親は、ティムがへまをしたら何でもメイのせいにする。ティムじゃなくて、メイ。ティムにほしいものがあれば、たとえメイが苦労して手に入れたものでも、弟にやれと言う」

「なぜ？」

「こっちが訊きたいわよ。メイの親が言うには、〝あの子が持っていれば、おまえにやるはずだ〟。そんなわけないじゃない」

ジュードにはメイの両親の人となりがしのばれた。「口で言うのは簡単だ。ティムがメイのほしいものなど持っていたことはない。だからその言いぐさはあてにならない」

「そのとおり。理由は何とでもこじつけられるわよ。現実にはあり得ないことなんだから。お金、しつけ、時間、配慮……あの親はメイがティムにくれてやるものと思ってた。学校がいちばんひどかったわね。メイはティムにかかりっきりで自分のことまで手が回らない――学校の行事があれば連れていき、声援を送り、また家まで連れて帰る。母親のほうは具合が悪いの一点張りだし、父親のほうは女を追っかけるのに忙しい」

「何てことだ」ジュードはそこまでひどいとは思わなかった。

「メイは弟の喧嘩まで買って出て、弟が泣けば抱きしめてやった。宿題までやってやったのよ、ふざけた話だけど。メイの母親、オリンピアったら何でも彼女のせいにするの。ティムにわからなくても、おまえはわかる。おまえには簡単でもあの子には難しい。あんなやつがよくも学校を出られたものよ――メイがいなきゃたぶん無理だったけど」

「親のほうは？」

「彼女は親のためにも奔走してる。ちょっとしたことでも、いちいちメイのせいになるんだから。それで彼女が自分の生活に支障をきたそうがね」アシュリーが声を落とす。「驚きなのはそれでもまだメイがやさしいこと。家族全員に対してね」

メイには責任感が深く根づいている。メイが好きならば、彼女の立場を尊重し、家族に対する異常なまでの義理立てを受け入れるしかない。

簡単なことではないが、それでもアシュリーはやっている。「きみたちふたりは仲がいいんだな」

「姉妹って感じ。じつの家族より彼女のほうが大事ね。ほかの誰よりも。今日はわたしがちょっと寝なかったくらいで大騒ぎしてるけど、彼女にはこれまでさんざんよくしてもらったわ。わたしにお返しできるチャンスがあればいつだって大歓迎よ」

ジュードはひざをかがめ、そっぽを向いたアシュリーと目線の高さを合わせた。「彼女はきみに何をしてくれたんだ、アシュ？」

アシュリーが首を横に振る。「それを言うなら、彼女が何かしてくれないことはあったか？」と笑う。「だからメイには借りがあるの。わたしは何があってもティムのようにはならない。いつまでたっても借りるいっぽうで返すことはないなんてね」

「きみはティムとは違うよ。俺の見たところ、きみたちはじつにいい友だちだ」

メイとそっくりなまなざしがジュードをとらえた。「メイには極上のものが似つかわしい。すべてにおいて」

「言えてる」ジュードは車の開いたドアの上に片腕をもたれた。「じゃあ、俺に彼女を傷つけるなと説教しようというのか？」

「違う。メイもいい大人よ。自分の面倒ぐらい自分で見られる——生まれたときからそうしてきたようなもんだし」アシュリーはジュードのほうを振り向くと、その顔をじっと見た。表情は怖いほど真剣だが、口調はあくまでやさしい。「メイを利用しようなんていうのは正真正銘人間のくずよ。で、ジュード、あなたはそうじゃないわよね？」

ジュードは笑わずにはいられなかった。「俺は彼女を傷つけるようなことは絶対しない」

「まあ、彼女の親に会ったらその言葉を肝に銘じることね」アシュリーは車に乗り込み、エンジンをかけた。「彼女の行く手には、必ず親が現れる。あなたの手にしているものを考えると……とにかく、そのうち来客があるとだけ言っとく」

「俺の手にしているもの？」

「お金、名声、影響力。そう、あのふたりはあなたのことがたいそう気に入るわよ」とドアを閉め、開いた窓越しにジュードに話しかける。「本気でティムと契約するつもりなら、さっさとすませちゃうことね。あの親父に嗅ぎつけられないうちに」

アシュリーが車を発進させると、ジュードは後ろに飛びのいた。つまり、アシュリーはメイの父親がひょっこり訪ねてくると言いたいのか。となると、メイに近づく時間は限られてくる。それがいちばんの問題だ。

これはすぐにも行動に移したほうがいい――ふたりきりでいられるうちに。

ジュードは家に向かって歩き出した。メイにはたっぷり休ませてやろう……こっちが望むものを手に入れたあとに。

それは、彼女。

メイはティムの不満を聞き流しつつ、地下室へと下りていった。キッチンの凝ったワインラックが頭をよぎる。地下でまず目に入ったのは、壁一面にしつらえられた照明つきのマホガニーの長いバーカウンターだ。バーの向かって右はゲームルーム。左には大きなアーチ型の出入り口があり、そこをくぐるとホームシアターになっていた。背後のはるか突き当たりは設備の整ったジム、重いサンドバッグやスピードバッグ、トレッドミル、ベンチつきのさまざまなバーベルやウエイトが見えた。

マホガニーのバーは上品で重厚とはいえ、けばけばしいネオンライトのように、メイの視線をくぎづけにした。ガラスの棚には各種グラスがずらりと並び、色ガラスのキャビネットにはワインやウイスキーなどがおさめられている。

これだけ大量のお酒を見ると胃がむかむかする。ジュードはホームシアターで映画を観ながらお酒をたしなむのだろうか。ひょっとしてジムで運動中も？　何をするにもお酒はつきものと考えている？

ふつうの女性は気にしないだろう。ジュードと一緒にいられればいいのであって、どうやって過ごそうが関係ない。それに、ふつうの女性は非常識な家族に振り回されることもない。

ティムをちらりと見ると、やはり酒に目がいったようだ。それがいいことのはずはない。弟は不幸にも母親の飲酒癖を受け継いでいる。そして今、むさぼるようにして棚の酒を見つめていた。

メイはぐるりと周囲を見渡し、わざとはしゃいでみせた。「信じられないくらい広い」

「まだ見るべきものはたくさんあるぞ」デニーが彼女に声をかけた。そしてティムがバーに色目を使う隙を奪った。「こっちだ」と短い廊下を歩き、ゲストルームのドアを開ける。頃合いの広さで、ベッドルーム、バスルーム、リビングルームからなり、リビングにはテレビやDVDプレーヤー、そして例のモニター——電源は入っていない——が備えてあった。

ティムはベッドに直行し、きれいなキルトの上にこわごわ寝そべると、重いため息をついた。「ああ、全身が痛い」

胸の前で腕組みし、デニーが軽蔑の目で見た。「だらだらしてるとよけいに悪化するだけだ。プールとサウナは地下の反対側にある。十分時間をやろう。そのあいだに俺も支度する。だから寝るんじゃないぞ」

ティムは目を閉じた。「水着なんか持ってない」

「必要ない。ここにはご婦人といえばおまえの姉さんしかいない。しかも、おまえの姉さんはこれから休むところだ」そして最後通牒《つうちょう》。「十分だぞ」

メイは弟の足に触れた。「デニーがすぐに楽にしてくれるわ」

ティムはむすっとして、あてつけがましく寝返りを打った。あまりの大人げなさ、恩知らずぶりに、メイはいたたまれない気持ちになった。とくに、デニーの口元が怒りでぴくりとしたときは。彼女は逃げるようにして部屋を出た——が、凝ったバーにまた目が吸い寄せられた。

「愛想のないやつだ」デニーが背後でつぶやいた。そして彼女の肩をたたく。「甘ったれもいつかは大人になるしかない。本人が好むと好まざるとにかかわらず。人生何とかなるもんさ」

眼鏡をふくふりをして、メイはさっとうつむいた。けれど見逃すようなデニーではない。彼女がバーに気を取られていることはわかっていた。デニーは険しい顔でまた部屋に入ると、ティムの前に立ちはだかった。「ちなみに、酒で痛みをまぎらわすのは、かえって体に毒だ」

「ああ、もう、説教だけは勘弁してくれよ」

「俺が説教したいときはいつでもやってやる。おまえはおとなしく聞くか、いやならとっとと出ていって、自分の問題は自分で解決しろ」

ティムはベッドの上で身をすくめたが、あえて口答えはしなかった。

「ついでにもうひとつ説教するが、今度はよく聞いといたほうがいい。今のおまえはむしょうに酒がほしいかもしれない。だが、酒は人間を堕落させる。おまえはすでに地に落ちたも同じだ。酒は脳細胞に直接作用する——人並みの脳細胞があればの話だが。おまえはどうなのか俺にはまだ判断がつかない」

「ふん、笑わせてくれる」

ティムの嫌みなどものともせず、デニーは話を続けた。「酒は心臓の負荷を増大させ、肉体を疲労させる。ひいては高血圧、嘔吐、潰瘍《かいよう》を引き起こす。酒は血管を広げ、頭痛を悪化させ、体温の低下を招く。酒は血球を作る力を低下させ、細菌に感染しやすくする。腎臓は適度な体液のバランスを保てなくなり、腹がぱんぱんに張る」

「それで全部？」

「まだある」

「じゃあ、何でまたそんな物騒なもん、ジュードはため込んでんのさ？」

デニーが髪を撫で、一瞬、地肌にタトゥーがのぞいた。「パーティやら来客やらつきあいやら。だがおまえが俺とトレーニングするときは、酒は禁止だ」

「僕はあんたとトレーニングなんかしない」

「今このときをもって開始する。だから覚えとけ。俺はどのボトルにどれだけの量が入っているか、正確に把握してる。一滴でも手をつけようものなら、必ず後悔することになるからな」

ティムは口をもぐもぐさせたが、デニーはうなずいてドアを閉めた。

「ありがとう」長年の習慣で弟に対する弁解が自然とメイの口をついて出た。「あの子、本調子じゃなくて。でもあなたによくしてもらって、きっと感謝してると思うわ」

「いや、してない。だが知ったことか？　どっちみちあいつのためにやるわけじゃない」

メイがそれ以上訊かないでいると、デニーに腕を取られた。「それで、俺に何の話があったんだ？」

はっとしてメイは苦笑した。「何でわかったの……?」

「顔にちゃんとそう書いてある。こう言っちゃ何だが、なかなか素直な性格だな」

「どういたしまして」ふたりは連れだってゲームルームを通り抜けた。メイは恐れ入ったように周囲を眺めた。ジュードの言っていたとおり、むきだしの壁がまだたくさんある。こういう部屋ならジュードの買ったあの絵も映えるだろう。だけど、この家全体の雰囲気にそれこそぴったりの絵があといくつか頭に浮かぶ。


あとで彼と話してみることにしよう。そして、彼がこれまでしてくれたこと、これからやってくれようとしていることに感謝をこめ、何点か絵を贈ろう。自腹を切る余裕はあまりないけれど、やってやれないことはない。

「これがラケットボールのコート」デニーが説明し、分厚いドアを開けてなかをのぞかせてくれた。天井の高い白壁とガラス張りの観戦席が四方を取り囲んでいる。色の淡い木の床はぴかぴかに磨き上げられていた。「ジュードはスポーツに目がないんだ。こっちは見てのとおり、プール。突き当たりがサウナだ」

「わあ」自然の池と見まがうような広々としたプールを見て、メイは頭のなかが真っ白になった。青々と茂る植物、なめらかな岩、丸石を敷き詰めた壁。プールの一角は小さな滝になっていて、流れ落ちる水が水面にさざ波を立てている。仕切りの向こうはサウナになっていた。「すごいわねえ」


デニーは笑った。「あいつのおふくろさんによると、ジュードは赤ん坊のころから水辺が大好きだったそうだ。海、湖、池、山んなかの小川、とにかく水辺にいればご機嫌だった。この家はあちこち滝があるし、前庭にはでっかい噴水、裏庭には人工の池まである」

「わたしも水辺は大好き」

「ほお、そうか?」胸の前で腕組みし、デニーはゆったりと壁にもたれた。岩を加工したとおぼしき壁にはツタが這《は》わせてある。プールの向こうは天井から床まで一面の窓で、そこから朝日が射し込んでいる。「夜にでもジュードとひと泳ぎするといい」

それでやっとメイは本題に戻った。「とんでもない。でもありがとう。じつはあなたに折り入って話があったの。さっきティムに十分時間をやると言ったでしょ。だからそのあいだにもしかまわなければ……」

「エルトン・パスカルのことが訊きたいんだな?」

メイは眉をひそめ、同じく腕組みした。「どうしてそうなるの? あなたって何? 人の心が読めるの?」

デニーは片方の肩を回した。腕には入念なトライバル・タトゥーが施されている。タトゥーが格闘家のあいだで人気だとはジュードも言っていた。メイ自身もそうした男たちの手足や背中、そしてデニーのように、頭に彫り物がされているのを見たことがある。悪くはないものもあるが、やりすぎとしか思えないものもある。

デニーのタトゥーは見事というしかない。

彼は含み笑いをした。「腕のこいつは格闘技を始めたころにやった。頭のこいつはつい弱気になったとき。ほんとはやめとくべきところ、あえてやった。だが、まあ、身をもって学べってことだな」

また先読みされてしまった。

「さっきも言ったように、きみはすぐ顔に出る。ジュードもあれでなかなか鋭いから、用心することだ。あいつはたぶん今ごろ、俺がきみに質問攻めにされてると思ってる。念のため、パスカルはあいつの好む話題じゃない。できればあの男の名前は金輪際口にしたくないはずだ」

デニーの注意を心にとめたうえ、メイは質問攻めを始めた。「彼はジュードを苦しめ、ジュードをひどく責めたわけね」

「やつは真っ赤なうそをつき、ばかなやつらがそれを信じた」

「ジュードにはどうすることもできなかったの？」

デニーは首を横に振り、壁から離れると、石造りのベンチのほうに行った。その下には木製のキャビネットが据えつけられている。「きみはジュードを知らないからだ。あいつの肩にはずしりと責任がのしかかっている」彼はタオルを取り出し、ちらりとメイをうかがった。「あのお嬢さんのようにな」

「あのお嬢さん？」メイが笑う。「アシュリーのこと？」

「ああ。いい子だな——が、骨身を削って働いてる。少しは息抜きも必要だ」

「ええ、まあ、彼女に息抜きさせるのは、よっぽどのことがないかぎり無理ね。わたしも口を酸っぱくして言ってるんだけど」

「俺の援助があれば、彼女も少しは自由な時間ができるだろう」

デニーはアシュのことがわかってない。アシュが彼の援助を受けるとでも思っているのだろうか。「彼女は出会ったころからずっと自分の力で生きてきた」

「きみたちふたりはその点が共通してるな？」

「わたしたちは似たような境遇で育ったけれど、親のあり方が違った。アシュリーの親はとにかくむごくて悪意を感じるほどだった。わたしの親は……」メイは言葉に詰まった。

「弟をえこひいきした？」

そうとしか言いようがない。「ええ。でもアシュには親の注意を独り占めにするようなきょうだいもいなかった。わたしもアシュも今はお金がまったくないなんてことはない。でも親のほうは食べるのもやっとだった。少なくともアシュの親はね。彼女は子どものころお昼を食べるお金もないことがあった。なのに、父親は週末になるとバイクに乗って出かけ、母親は暇さえあればネイルサロンに通ってた」

「子どもが最優先だろうに」

「わたしもそう思うんだけど」

デニーはメイに微笑んでみせた。「彼女は俺の援助などまっぴらごめんときた。その話をしたらかんかんに怒ったよ」

デニーの口ぶりからして、感心しているふうに取れた。「アシュが子どものころ、あの一家は誰彼かまわず施しを受けていたの。低所得者用の食券、休日ごとに教会の支給する食事やときには現金。学校から古着を支給されることもあった。アシュリーが少しはまともな服を着られるようにね。彼女はいまだにあの屈辱が忘れられないのよ」

「そもそもあの子が何でそんな目に遭わなきゃならないんだ」

メイも心底そう思った。「八年生のときだった。いじめっ子がひとりいて、彼女に意地悪するようになったの。それもいっこうにやめようとしない。彼女が傷ついているのは見ていてわかった」

「彼女のことだ。そいつをこてんぱんにやっつけたんだろう?」

アシュリーは今でこそ情け容赦もないが、そうなるまでには長い年月がかかった。あのころを思い出し、メイはつぶやいた。「昔の彼女は違ったの」

「どんなふうに?」

「今よりもずっと気が弱かった。彼女は知らんぷりしようとしたんだけど、その男の子がましつこくて――わたしのほうが我慢できなくなった。思わず背中に蹴りを入れ、髪の毛をつかんだら、ふたりもろとも転んでしまった。その子は手首を骨折、こっちも痛かったけどね」

「よくやった」

メイは笑った。「校内で喧嘩した罰として二日間の停学。だけど、その子もアシュリーをいじめた罰として同じく停学になった。やるだけのことはあったわ。それ以来、その子は彼女に手出ししなくなったから」

「それはぜひ拝見したかった。顔をぶん殴らなかったのはあいにくだったな」

そのせりふでジュードを殴りつけたことを思い出し、メイはひるんだ。「だから、アシュリーは援助を侮辱と見なすの。それは自分が弱い人間であることを意味するのよ」

「あの子が俺の娘なら、誰にも手出しはさせないんだが」

こわもてのデニーもじつは心やさしい男性だった。「彼女は父親とはもう何年も口をきいてない」

「とんでもない野郎だ」

「ええ」アシュリーはデニーのような男性を父親像と仰ぐのもいいかもしれない。ただし彼女の味方になりたければ、デニーには慎重に行動してもらうしかない。「アシュリーもそろそろ自分で何とかしたほうがいいと思う。そうしないとどうしようもない」

デニーはしかつめらしくうなずいた。「頑固者、ジュードと同じで。あいつもひとつのことを考えると、それが頭から離れない。エルトンがいちいち言いがかりをつけてくることにしてもそうだ」

「エルトンは今でもそうなの?」

「ああ、そうだとも。相手がマスコミの連中と見るや、ここぞとばかりにジュードを悪く言う。そりゃ、俺もジュードに対する中傷が完全にやむとは思ってない。真犯人はまだ野放し状態だし。だが、パスカルは意地でも攻撃の手をゆるめないだろう。あいつはジュードがぬくぬくと暮らしているのが耐えられないんだ」

「彼はジュードのせいだと思ってるのね？」

「ブレアを盗まれたと思い込んでいる。ありもしないことだが。そもそも、彼女とエルトンは二十も歳が離れてた。彼女はほんの子ども、急に名前が売れてまごついてた」と首を振る。「エルトンのほうは年甲斐もなく、生涯の伴侶に巡り会ったと思い込んだ」

「新聞で読んだわ。ジュードのリムジンが爆発し、なかにはブレアが乗っていた」

「ブレアと運転手のふたりが。ジュードは車を降りて自販機にコーラを買いにいってた。あたりは車一台通らない。こうなるとじつに分が悪い」

「でも、彼に人殺しはできない、あなたにはそれがよくわかってる」

デニーは鋭い目をして言い放った。「そうだ、俺にはよくわかってる。ジュードのように真正直な男はまずいない。常識では考えられないほど他人に尽くし、助けになってやれるときは助けになってやる」

メイは小首をかしげ、消え入りそうな声で訊いた。「わたしのことを言ってる？」

彼はふんと鼻を鳴らした。「俺のことだよ、じつは。ジュードは俺にねぐらをくれた。この歳で根を下ろすってのは、でかいことなんだ」

デニーの気遣いと正直さに打たれ、メイは手を伸ばすと彼の手を握った。「あなたが彼の側についていてくれてほんとによかった」

「俺はあいつの試合には全部ついてやったし、あいつの一世一代の大勝負とあればすっぽかすわけにはいかない。そしてやつは勝った。罪も晴れた。だがいまだにあの事件がやつの頭を離れない——エルトンのもくろみどおりに」

メイはデニーから離れ、その日の惨事を思った。「無罪だとわかったんだから、ジュードはエルトンを訴えてもいいんじゃない？　エルトンの言っていることは誹謗《ひぼう》中傷にあたるわけでしょ？」

「たぶん。だが、ジュードが言うには自分は間違ったことはしてない。だからエルトンに何を言われようと、わざわざ自己弁護するまでもない。エルトンがでかい口たたくなら、無視するだけだ——きみの親友がいじめっ子を無視しようとしたように。わかってくれる人はわかってくれるってな」

当時、ジュードは金の力で無罪になったと世間に思われていた。それを堪え忍ぶのはどんなにつらかっただろう。

デニーはべつのベンチのキャビネットを開け、ミネラルウォーターを取り出した。そのとき、メイはタンブラーとアイスペールに目がいった。

何てこと。ジュードはどこにいてもお酒を飲むの？　わたしがこの家にいるあいだも？　だからといって、あまりとがめることはできない。母や弟とは違い、ジュードが酒に飲まれることはないとわかっている。だけど、メイはお酒に対してただひたすらに恐怖心を抱いていた。自分ではどうすることもできない。

ふとデニーの視線を感じた。こちらの嫌悪感も悟られてしまった。メイは顔を真っ赤にしてつぶやいた。「ごめんなさい」

「ジュードと話してみるんだな」

その言葉がデニーの口をついて出るなり、ジュードが足早に部屋に入ってきた。張り詰めた顔をしていたが、メイの姿を目にした瞬間、表情がやわらいだ。口元にあのセクシーな微笑が浮かび、瞳がぱっと輝く。「ここにいたのか」

「俺が追い出したとでも思ったか?」メイに素早くウインクし、デニーは部屋から出ていこうとした。「プールを披露していたところだが、俺はそろそろティムを迎えにいくか」

ジュードはデニーには目もくれない。メイを見据えたまま、こう訊いた。「それで、どう思った?」

メイは考えることもできなかった。彼にこんなふうに見つめられては。「何が?」

「俺のプール」

ドアの閉まる音がして、メイはジュードとふたりきりになった。滝の流れる音とメイの荒い息づかい、聞こえてくるのはそれだけだ。けれど、ひそやかな時間はすぐ終わる。デニーがじきにティムを連れて戻ってくる。

メイは眼鏡の位置を正し、咳払いした。

「素敵」そうするつもりはなかったが、ついジュードを上から下まで、そしてまた下から上まで眺めてしまった。筋肉、たくましい肉体、むきだしのセックスアピール。興奮で胃がぞわぞわする——ジュードがそばにいるといつもこうだ。

「そんなふうに見つめられたら」彼がささやく。「俺は飛び込むしかないよ」

「え？」

「水に」ジュードは不敵な面構えで微笑んだ。「それでも、ほてりが鎮まるかどうか」

メイはどぎまぎし、あわててプールのほうを向いた。「あの岩がいいわね。あの植物も。あの大きな窓も。いかにも自然に見える。何だかタヒチにでもいるみたい」

「それが狙いだ」

あとが続かない。「素敵」メイは彼のほうを向き——その顔に欲望の色を見て取った。ああ、どうしよう。「これだけきれいにしているからには、人を雇うのよね」ああ、もう、少しは気のきいたことでも言えないの？

ジュードはにやりとした。「デニーは充分稼いでいるし、プール掃除や雑用まですることもない。だから、そう、週に一度、掃除人に来てもらっている。プール、前庭、家。毎週月曜は俺が電話番をして、デニーが掃除監督をすることになってる」

「彼はほんとにあなたにとってなくてはならない存在なのね」

「やつも重々承知だ」ジュードはメイににじり寄った。「プールは今からきみの弟が使う。ティムのことはきみも昨日からもう充分心配した」そして手を差し伸べる。「おいで。今にも倒れそうな顔して」

ジュードのほうこそ疲れきっているはずだ。だからメイはこう言った。「わたしは大丈夫」

「いや」かすれた声がした。「もうベッドに入る時間だ、メイ。俺は譲らない」

ああ、思わせぶりな言い方。メイはどきりとし、そして胸が激しく高鳴った。自分の気持ちはごまかせない。彼女もジュードもぐったり疲れている。だけどふたりとも眠ることなど頭になかった。今彼についていけば、それは愛を交わすことになる。

それはそれでうれしいのだけれど……つかのまの夢。

それが何だというの？　こんなにもジュードがほしいのに。彼もわたしがほしいとわかっているのに。

ジュードはその場に立ちつくし、手を差し伸べ、期待顔でじっと待っている。

おもむろに、メイは彼の手を取った。

10

ジュードは微動だにしなかった。メイが応じてくれたことはそれほど大きかった。期待していた以上に。いつから情欲と信頼を結びつけて考えるようになったのか、それはわからない。唯一わかっているのは、彼女に信頼されていなければ、心から好かれていなければ、セクシャルな関係には絶対いたらなかったということだ。

名声、人気、権力……そうしたものはメイには何の意味も持たない。いったいどんなひとときになるのか。いや、どんなひとときにするか。考えれば考えるほど熱くなり、欲望がつのる。何があろうとメイにはもう逃げ隠れさせない。彼女は俺をほしいと言った。どれぐらいほしいのか、これから見定めてやる。

こっちはもう気が遠くなるほど辛抱した。

ふとティムの声がして、ジュードは跳び上がりそうになった。顔が赤らんだものの、声は平静を保った。「行こう」

メイは何も言わなかったが、ジュードは彼女の手が震えるのを感じた。頬も真っ赤だ。矢も楯もたまらず、彼女の手を引っ張った。メイには弟を慰める隙を与えず、ティムには姉に泣きつく隙も与えない。

ジュードとデニーは息もぴったりで、ジュードがメイをこちらに引っ張れば、デニーはティムをあちらに引っ張る。ティムがわめきちらすと、メイはやきもきして背後を振り返った。

ジュードはメイの注意を引きたい、ひたすら注意を引きたかったので、ティムの姿が視界から消えるとすぐに言った。「これから身ぐるみはいでやる」

メイは階段の下でつまずきそうになった。まつげをしばたたかせ、口を薄開きにし、頬を真っ赤にしている。

かすかに、彼女のセクシーな肌の匂いが鼻をかすめた。ジュードは深々と吸い込み――がむしゃらにキスしたくなった。

姿は見えないが、ティムとデニーのくぐもった声がする。プールのそばにいるようだ。昨夜のキスが怒濤《どとう》のようによみがえってくる。欲望で体がこわばり、呼吸が乱れた。

「ジュード？」メイがささやいた。その声もやはりうわずっている。

彼はメイの両腕をつかみ、体を上向かせた。彼女の目がまじまじと見開かれ、唇が開く――ジュードは体につのるありったけの力をこめてその唇を奪った。

メイはうめき声を上げ、彼にぐったりとしなだれかかった。温かな、濡れた唇がジュードに向かって開かれる。彼が舌を入れ、抜き、また入れた。今度はもっと丹念に、ゆっくりと舌をからませ、彼女の口を探りにかかる。お互いに憑かれたようなキスだった。

体がぴったりと合わさり、ジュードは彼女の胸と下腹を痛いほどに感じた。一瞬にして、彼の体は誰が見ても隠しようがないほど直立した。

メイがため息まじりに撫でさすり、ジュードは動きを封じ込められた。すぐにまたこんなふうにキスしてやる——ふたりとも裸で。彼女は俺の腰に両脚をからめ、背中に爪をたてる。

派手な水しぶきの音とティムの悪態にジュードは我に返った。

「俺の部屋で」と唇を重ねたままささやく。「いいだろ、メイ」

メイは目を閉じたまま、息を呑み、うなずいた。「ええ」

「よし」

片手を彼の胸にあて、メイは顔を上げると笑った。そのしぐさに緊張の糸がぷつりと切れた。彼の忍耐は限界に達した。

メイと愛し合う場面は何度となく想像したが、まさか彼女を追いたてるようにして階段を上がることになろうとは思ってもみなかった。この狼狽《ろうばい》ぶり、彼女の忍び笑い、今にも爆発しそうな胸の鼓動、すべてが想定外だった。

二階のカーペット敷きの廊下で彼女は足を取られ、ジュードが抱き上げた。下ろしてといわんばかりにメイは足をばたつかせたが、彼が許すはずはない。

「おとなしくしろ、メイ」

「わたしを抱き上げるなんて無理よ！」

「大丈夫」ジュードは彼女の唇に素早くキスし、寝室へと向かった。意地っ張りなメイのうめき声が彼の血をたぎらせる。「きみを抱いていると気持ちいいよ、メイ。ふかふかして、温かくて、腕にずしりとくる」

メイはジュードの髪をひっつかんだ。「またわたしの体重に対するあてつけ？」

ジュードが胸元に目をやると、彼女の豊満な胸が押しつけられていた。腕の位置を変え、彼女の体を後ろに押しやると、眉間のしわにキスした。「きみは完璧だよ、どこを取っても」

寝室のドアを押し開け、足で蹴って閉めると、彼は一目散にベッドを目指した。

メイは顔を上げ、ぽかんと口を開けた。「すごい」

「気に入った？」ジュードはベッドまでたどり着くと、広々としたベッドの上に彼女を下ろそうとしたが、彼女のほうはしがみついて離れない。「メイ？」

メイは手を伸ばし、支柱にそっと指先を触れた。ベッドは鉄とクルミ材でき、支柱はコリント式だ。「こんなに大きなベッド、見たこともない」

「部屋が大きいからな」

彼女の瞳は豪華な羽毛の上掛けにくぎづけだ。「あなたも大きい？」

愚問。「文句は言わせない」

メイの顔に笑みが浮かび、また消えた。彼女は部屋を目で追った。一面の窓とバスルームに通じるダブルドア。彼女のギャラリーで購入した二枚の絵、壁のモニター、そして、その奥には噴水があった。静かに流れる水の音が心をなだめてくれる。「ほんとにここで寝ているの？」

「ここは寝室だ。ほかに何をしろというんだ？」

まごついた顔で、メイは彼を見上げた。「あまりにも広くて。何だか……不安にならない？」

「いや」ジュードはメイをそっとベッドに下ろすと、両手を彼女の肩から手先に回し、指と指をからめた。そして両手を高々と上げ、彼女の黒い瞳をじっと見た。「ここは俺の大好きな部屋だ。家具も、噴水も、眺めもそうだが、腕利きの画商に選んでもらったあの絵がとくに気に入ってる」

メイは首を後ろにそらし、ベッドの四隅に立つ風格ある支柱を眺めた。溝彫りを施した木製の柱、てっぺんの男性的な幅広のフィニアル、その先にある天井。

彼女は目を真ん丸くしている。「ジュード？」

メイの考えていることなどとっくにわかっている。彼はますますいとおしさがつのった。

「ん？」

「どうしてベッドの真上にあんなまぶしい照明がついているの？」

ジュードはにやりとし、右手を彼女のシャツの裾にしのばせた。その手が腰へ、そして胸へと伸びていく。メイは目を閉じ、荒い吐息をついた。

彼女のふっくらした柔肌、硬直した乳首。ジュードは口をきくのもつらかった。だが、せっかくだから間の抜けた質問を逆手に取り、彼女をからかってやることにした。

ほんとは読書のためだが、かわりにこう言った。「昼間は窓からたっぷり日が射す。だが夜になるとこの部屋は真っ暗闇だ」そして彼女の胸をそっとつかむ。「だが俺は自分のやっていることをこの目で見たい性分なんだよ」

メイは言い返そうとしたが、すべやかな乳首を親指で撫でられ、口をついて出たのはかろうじて聞き取れるほどの小さな声だった。ほとんどあえぎ声といっていい。女がそういう声を出すときは何を意味するかわかっている。ジュードはTシャツをたくし上げ、夢中で手を唇に置き換えようとした。焦るなとは思うが、相手がメイだとほかにどうしようもない。

いざ行動に移そうとすると、メイが彼の髪に両手をからませ、引き留めた。

眼鏡の奥でダークブラウンの瞳が真剣そのものに見える。「わたしは痩せっぽちの新進女優じゃないわよ、ジュード」

「ありがたい」彼はまた体をすり寄せた。メイに痛いほど髪を引っ張られる。「うっ」

「わたしの話を聞いて」

「話はあとにしないか？」ジュードは顔の向きを変え、彼女の肘の内側にキスすると、ぽってりとして、今はキスに濡れた唇を見つめた。そしてどくどくと脈打つのど。「俺は世にもセクシーな女をベッドに連れ込んだ。やっとのことでその女を裸にしようとしている――その女を初めて見た瞬間から抱きたかった。彼女は覚悟ができ、俺はうずうずしてる。さっさと彼女のなかに入らないと、俺は暴発してしまう」

メイがおずおずと笑うと胸も揺れた。何と魅力的な胸か。あとでじっくり堪能させてもらおう。今はとにかくむしょうに彼女がほしい。

ジュードは指先で乳首を転がし、お返しに熱いあえぎ声をもらった。「頼むから、わかったということにしてくれるか？」

メイはうなずき、眼鏡をはずすと、彼に手渡した。ジュードが脇に置き、向き直ると、彼女はすでにTシャツを脱いでいた。

ジュードは彼女にまたがり、全身をくまなく眺めた。

彼はメイを恥ずかしがり屋だと思っていた。ひどく謙虚だと。ところが、彼女は笑顔を浮かべ、頭の後ろで両手を組み、首をそらして胸を彼のほうに突き出した。ショートパンツは腰の低い位置にあり、お腹と腰骨がのぞいている。

かっと体に火がつき、ジュードは彼女の下腹にてのひらをあてた。「こんなにやわらかい」

「あなたはこんなにかたい」メイが甘ったるい声で言い、身をよじらせた。「あなたと出会ってから、ほかの男性が子どもに見えた。あなたはこんなにたくましくて、こんなに自信にあふれてる」

「俺はただの俺だよ、メイ」

彼女が首を振る。「わたしは映画スターのあなたのことを言ってるんじゃない。それに、格闘家のあなたのことでもない。格闘家は大好きだけどね」

ジュードが質問しようとしたが、彼女は話を続けた。

「わたしが言ってるのは、どんな人生にも立ち向かう人のこと、それでもなお成功と名誉をほしいままにしている人」そして声をひそめる。「ついでにとってもセクシーな人」

ジュードは微笑んだ。「だけど？」

「わたしたちは知り合ってからしばらくになる」

「そうだ。おかげでこっちはどうにかなりそうだった。俺はきみがほしいのに、きみは俺を遠ざけてばかりいた」

メイは彼ののどを見つめ、遠慮がちにささやいた。「その口ぶりからして、あなたは大いに楽しんでいるのね……肉欲にふけるのを」

「俺は男」と話しながら彼女の乳首をもてあそぶ。「もちろんそうだ」

「それだけじゃない。あなたのそばにいると、男らしさ、意志の強さを感じる」メイはベッドの上で両脚をもぞもぞさせた。「セックスアピールも。あなたは自分が名声やお金のせいで女性に注目されると思ってる。だけどあなたはとにかく男っぽい。とにかく……たくましい」

ジュードは女のことならわかっていた。だから女の目に何が映るかもわかっていた。女の狙いはこっちの富と名声。それもたいがいはあえて否定すらしない。

だがメイには当惑させられる。彼女はいったい何を言いたいのか。

「わからない、ジュード？　たとえ無名の男性だったとしても、あなたはやっぱり行く先々で女性の注目を集めるわ」

ジュードは彼女に偶像視されるのはいやだった。へまをしたときは——男というのがとかくそうであるように——メイにわかってほしい、許してほしいと思う。彼女の期待が大きすぎると、どうにもこたえようがない。

「俺はきみの注目さえ浴びれば、あとはどうでもいい」と彼女の肢体を見下ろす。官能的なふくらみとくびれ、ほの白くやわらかな肌。ほかの女など目じゃない。メイは夢のたまもの、心と下腹のうずき、飽くなき欲望。彼女と一緒にいればいるほど、なおいっそう一緒にいたくなる。

「大丈夫。わたしの注目ならとっくに浴びてる」

「よかった」ジュードは彼女の胸から腰、そしてまた上へと指でなぞった。

「あなたの目にしているものがいやでないといいけど」メイがささやく。「この体は変わりようがないから」

「念のため、俺はあるがままのきみが好きなんだ」彼はずっしりした胸のふくらみを両手におさめた。「ああ、この重量感」

彼女は声をたてて笑った——それも彼に乳首をつままれるまでのことだった。

メイが両腕を下ろそうとすると、ジュードがしゃがれた声で命じた。「だめだ、手は上げたまま。きみのこの姿を見ていたい。俺のベッドの上で両手両足をいっぱいに広げているところを」

「わかった」メイはマットレスに頭をつけ、目を閉じ――手はそのままにした。

「こうして見ているだけで頭がくらくらしてくる」

メイがせかすように腰をわずかに持ち上げる。これ以上の励ましはない。ジュードは体の位置を変え、彼女の横に座った。「動くな」

ジュードはショートパンツのひもをほどき、下着の上部がのぞくところまで下げた。彼女がいったいどんな下着をつけているか、これまで何度も想像したことがある。だが、実際に見てみるとべつだん意外なものではなかった。「木綿のピンク？」

「黙って、ジュード」

ジュードは興奮しつつもおもしろがった。「しかも青の花柄？」とウエストバンドについている小さな青いつぼみの飾りを指でなぞる。

「わたしは本気で言ってるの」

「かわいい柄だ」

メイは相変わらず目を閉じ、両腕を上げたまま、また言った。「わたしは警告してるのよ」

ジュードは心のなかで微笑んだ。心の奥底から笑みがこみ上げてくる。「了解」とショートパンツを太腿からふくらはぎへと下ろし、最後に足首からはぎ取る。そしてやけにかわいい下着にみとれた。ふだんの堅苦しいスーツとはいかにも不釣り合いだ。

そのあと、ショーツも取り去った。

メイは息をひそめ、欲望の嵐に身を任せた。眼鏡がないのでジュードの表情は読めない、それが救いだった。彼は世にも美しい女たちと寝ているのだ。

平凡なこの体に彼が満足しないとしても、その表情は見えない。けれど、その手の感触、全身から放たれる熱気、一心に体をまさぐるようすからして、彼に不満はないことがわかる。

「こんなの不公平」

彼の指先が太腿の内側をじらすようにして上がってくる。「何が？」

「あなたは裸のわたしが見えるのに、わたしは眼鏡がないからあなたの裸がよく見えない」

一瞬の間をつき、指先が恥毛のあいだをかすめた。ベッドがきしみ、彼の体が離れたかと思うとまた近づいてくる。「はい、どうぞ」

ジュードは不慣れな手つきで彼女に眼鏡をかけてやった。メイが目を開ける——彼の燃えるような欲望に息がとまりそうになった。

「よく見える？」

彼女はうなずいた。

ジュードのむさぼるようなキスに疑念はあとかたもなく吹き飛んだ。メイをぐったりとさせたまま、彼は起き上がると、ひと息にシャツを頭から脱ぎ捨てた。

彼の肉体を目にすると、メイはいつも気持ちが昂《たか》ぶる。だけど今は……今はこうしてその体に直接手を触れようとしている。彼女は両手を下ろしかけたが、ジュードに手首をつかまれた。

「まだだ。俺もこうなることはさんざん考えたし、気持ちは先走る。だが言っておく、俺はいつもの自分じゃない」

「わたしにはいつものあなたに見える」

「違う。いつもはもっとたしなみがある」

メイが口元をゆがめた。「わたしは人並み以下の扱いでいいってこと？」

ジュードは目を閉じた。「きみには俺の理性を根こそぎにする何かがあるってことだ。これでも必死で自分を抑えているが、みっともないまねは絶対にしない」

緊迫した表情からして、ジュードは自制心を失うのがいやなのだ。見ていて痛々しいほどだ。

たぶん……爆発寸前。自分に対して怒っているといってもいい。

彼の命令にそむき、メイは両手を下ろすと彼の胸にあて、焼けるように熱い肌を撫でた。

「大丈夫よ、ジュード」

ジュードはなすすべもなく笑い、ひざを大きく開いた。荒い息をして、しばらくは彼女のされるがままになっていたが、もうだめだ。やにわにシャツを遠くの壁に向かって投げつけた。「大丈夫なもんか」

「ジュード――」

彼はまたメイの上におおいかぶさると、唇を奪い、両手でそこかしこに触れた。メイは激情に流され、彼にただしがみつくことしかできなかった。口のなかに舌が侵入し、熱く濡れた内部を探ってくる。右手で胸をもみしだかれ、左手で頭の後ろを押さえられ、キスはますます激しくなった。彼が思わせぶりにゆっくりと腰を動かしてくる。

「ジュード」

彼はまた唇を重ね、ゆっくりと、じらすように片手を彼女の腰から内側へと下ろし……やがて指先が熱いくぼみを探った。

鋭い感覚にメイはおのずと両脚を開き、ジュードが満足げなうなり声を上げた。

彼はようやく唇を放し、今度はのどに、肩にキスすると、中指をそっと彼女のなかに入れ、もう片方の手で乳首をつかんだ。

官能の攻撃が渾然《こんぜん》一体となり、メイの遠慮は溶けてなくなった。彼の指が体のなかにあることが痛いほど意識される。腕が腿の柔肌をかすめ、手足の先まで感覚がとぎすまされた。

メイは決してセクシャルな喜びを表に出すタイプではない。それなりに抑制をきかせてきた。セックスは楽しむし、満たされもするが、我を忘れるとまではいかない。

けれどジュードといると、性感も感情もすべてが強まる。生々しいあえぎ声が自分でもみだらに響く――それでもかまわない。ジュードに愛されるあいだ、自然と口をついて出る声は抑えようがない。あえぐたび、身もだえするたび、彼はますます欲情をあおられるように見える。

　ジュードは彼女の乳首を口で吸い、指でつまみ、もてあそび、そして舌で舐めた。そして彼女のなかから指を抜くと、今度は二本の指を深く差し入れ、彼女の背中をしならせ、身もだえさせた。親指でクリトリスをまるくなぞり、そのあいだも乳首を吸い続ける。

　身に覚えのない緊迫感がメイの体のなかでつのっていった。体に力が入り、彼の指を締めつけようとする。両手で彼の肩をわしづかみにする。体がせり上がり、うめき声が漏れた。彼女は今にも……。

　ジュードがやにわに指を引き抜いた。

　荒い息をつきながらメイが目を開けると、彼はジーンズをむしり取り、夢中でコンドームをつけようとしていた。ジュードがちらりと目を上げると、彼女は茫然自失の状態だった。

「ごめん」

　メイは両手を差し伸べた。「早く」

　ジュードは笑い、ようやくコンドームを装着すると、彼女の上にのしかかった。両手で彼女の顔を包んで言う。「ゆっくりいこう。どれだけすごいかわからせてやる。今は――」

　メイは泣きつかんばかりだ。「早くして」

　ジュードは鼻孔をふくらませた。ひざで彼女の両脚をこじ開け、ふたりの体の隙間に片手をもぐり込ませる。指先が濡れた敏感な肌をかすめ、メイは体が押し広げられるのを感じた。そしてペニスの先端が押し入ってくるのを感じた。

　メイの目がゆるゆると閉じられる。

「だめだ」ジュードの声は欲望で荒い。「俺を見てろ。俺もきみがいくところを見ていたい」

メイはうなずいた。「わかった」でも簡単なことじゃない。まぶたは重いし、感情はむきだしになる。彼にも同じ気持ちでいてほしかった。こちらと同じように乱れてほしかった。

両脚を上げてジュードの体に回し、かかとで背中を押す。彼のすべてがほしい。今すぐ。

ジュードは唇を真一文字に結んだ。肩に力が入る。そして強くひと突きすると、彼女のなかに身を沈めた。

ふたり同時に息を呑んだ。メイは彼の大きさになじもうとし、ジュードは失った自制心を取り戻そうとした。

だけどメイは彼に自制などしてほしくなかった。自分と同じように我を忘れてほしかった。ジュードをせかしたくて、メイは彼の唇に指をあて、両脚で体を締めつけた。「ジュード？　あなたってすごい」

ジュードは必死にこらえたが、ついに降参した。「くそっ」彼はうなりつつ、メイのなかに突き進んでは戻り、また突き進んだ。

「そう」感情は肉欲をはるかに超えるものがあった。ジュードを抱きしめながら、彼の姿を見て、彼の匂いを胸に吸い、彼の興奮と欲望を目のあたりにする。どれもこれも今まで経験したこともないほどの感情を覚えた。強烈な感覚が寄せては返し、そのたびごとに強まっていく。やがて張り詰めた糸が切れ、快感が全身に押し寄せた。「そう、そう、そうよ」

ジュードはメイを抱きしめ、目と目をしっかりと合わせた。オーガズムのもやのあいだから、メイは彼の体がぴくりとこわばるのを見た——そしてゆっくりと果てていくのを。

無言のうちに数秒が過ぎた。ジュードは長いため息をつくと、メイの髪を顔から払ってやり、彼女の上に体を預けた。どうしようもないほどいとおしく、メイは彼ののどに顔をうずめると、がむしゃらに抱きついた。

「俺としたことが」ジュードがつぶやき、彼女のこめかみにキスする。「ごめん」

メイは吐息をこぼした。「どうして？」彼女にすれば、何もかも文句のつけようがない。

ジュードはメイの体から下り、横向きに彼女と抱き合った。「俺のやりたいことの半分もできなかった」

けだるげに彼女が訊く。「たとえば？」

「たとえば、きみの両手が俺に触れるとか、俺の口がきみに触れるとか」

メイがぱっと目を開けた。ふたりとも全裸だし、たった今驚くようなセックスにふけったばかりだというのに、顔が赤らんだ。「えっと……」

だけどジュードの話は終わっていなかった。「俺は手と口できみをいかせてやれなかった。それを夢見ていたのに」

「ジュード……」

彼の手がメイの背中からお尻へと伝っていく。「それにきみがどれだけきれいかも言えなかった」

メイは胸が締めつけられ、目頭が熱くなった。「ありがとう」

「きみがこんなに疲れていなければ、もう一度やり直したいところだ」彼は肘をついて起き上がり、彼女が体を隠そうとするのを封じた。あのセクシーな笑顔で誘惑されてはどんな女もあらがえない。

「それなら……」

メイを黙らせるため、ジュードは一心に彼女の唇を指でなぞった。「だがきみは疲れてる。今はひと眠りして我慢しよう」

メイは反対したいところだったが、ジュードはこれみよがしにベッドを出ると、彼女に背を向け、伸びをした。

素敵。彼の後ろ姿を描いてほしいと画家に依頼するのもいいかもしれない。複製画を作れば飛ぶように売れそう。

ジュードが振り返る。「シャワーを浴びてくるよ。楽にしていてくれ。時間は取らない」そして大股に歩いていき、バスルームに通じるダブルドアを開けた。

満ち足りた気分で、メイは横向きに体をまるめると、枕に頭を横たえた。もったいないほどふかふかのマットレスに体が沈んでいくようだ。噴水の静かな音が子守歌に聞こえる。けだるい充足感におのずと笑みがこぼれ、彼女は目を閉じた。

またたくまにメイは眠りに落ちていた。

11

「この根性なし。ぐずぐずするな！」

ティムはいまいましげにデニーをにらみつけた。デニーの魂胆はわかっている。わざと僕をいたぶっている。僕を挑発している。なのにちきしょう、次のストロークはもっと速くとむきになってしまう。

重力のかからない水のなかでひと泳ぎすると、確かに体の痛みがやわらいだ。それは認めるしかない。

デニーには口が裂けても言えないけど。

「よくなった」プール際でデニーはティムの動きを追っていた。「おまえ、いい腕してるじゃないか。長い。柔軟性がある。まともにトレーニングすれば、そいつはものすごい強みになるぞ」

ティムはむっつりとしてもう一往復した。その手にはのるか。

そんな手にのるもんか。

けれどプールの端まで行くと、つい「何で？」と訊いていた。

デニーは仁王立ちになり、片手をティムに差し伸べた。「相手に打ち返す隙を与えない」と素早く二回ジャブしてみせる。「わかるか？」

「何でそんなこと知ってんだよ？」

「知るべきことは何でも知ってる」得意げに笑うと奥の銀歯がのぞいた。「それが仕事だったんだ。SBCのおもだった選手はほとんど俺が育てた。ジュードも含めてな」

まさか。トレーナー？「からかってんの？」

「いや。俺自身も昔は試合に出てた。だがな、格闘技ってやつは体にすぐガタがくる。ひざは二回手術して、足首は何度かねんざして、腕は二カ所骨折した」

デニーはシャツの袖をめくり、正視に耐えないような傷跡を見せた。

「うわっ」ティムがつぶやく。

「うん。せっかくのタトゥーがだいなしになるところだった」デニーはまたにやりとした。

「今じゃ俺の体には金属がごっそり入ってる。空港でセキュリティチェックを受けると、センサーに引っかかっちまってな」

デニーが笑ってそういうことを言うのが、ティムには信じられなかった。「じゃ、これで終わり？」

「ああ、もう上がっていいぞ。それとも、手を貸してほしいか？」

少し前なら、そうしてくれと言っただろう。だけど、冗談めかして骨折の話なんかされた日には、自力で上がるしかない。

デニーがふかふかのタオルを渡し、ティムの隣にしゃがみ込んだ。「少しはよくなったか？」

「たぶん」

ティムの耳をつかみ、デニーは頭を横に向かせた。「タトゥーをしようと思ったことは？」

ティムはたじろぎ、デニーをまじまじと見た。「タトゥー？」

「ああ、おまえの首のここんとこ。格闘家はみんなやってる。まあ、ジュードはべつとして。あの石頭、それだけは絶対いやだと言ってな」

ティムはデニーの言う首をさすった。「首にタトゥーを？」

「俺の知り合いは、あそこ以外、全部入れてる。あそこに入れたやつもいるけどな」

首に——またはパンツのなかに——タトゥーなんて冗談じゃない。だいいち、痛いじゃないか。たとえば……針で刺すような？　無数の針で。ティムは考えただけでぞっとした。

「僕は格闘家じゃない」

「たわごと言うな。その青い顔見りゃ、おまえは言い訳ひとつできないやつだってことがよくわかる」

「格闘家でも入れてないやつがふたりはいたよ」

「十人はいたかもしれない。ジュードは入れたやつよりよっぽど見栄えがしたけどな。うん、あいつは最高だ。あいつにかなうやつはまずいない」

ジュード、ジュード、ジュード。ティムは名前を聞くだけで吐き気を覚えた。

デニーがその顔をじっと見る。「要は、タトゥーでも入れりゃ、少しはばくがつくってことだよ」と大笑いしてティムの背中を力任せにたたき、背筋を伸ばす。「おまえもしゃんとして、自信のひとつもつけば、何とかなる。そうすりゃ、いいカモにされることもない」

ティムは悔しまぎれに立ち上がると、裸の腰にタオルを巻きつけた。「これで終わり?」

「同じことばかり訊くな。終わったらちゃんとそう言う」

ティムがうめく。「じゃあ、今度は何だよ?」

「サウナに向かう。気持ちいいぞ。じつを言うと、俺も合流する。いい汗かかせてもらうか」デニーはシャツの裾をつかんで、頭から脱いだ。歩きながら、今度はズボンのファスナーを下ろす。

ティムはその背中に目を瞠った。分厚い筋肉の上を、手術跡や同様の傷跡が網の目状におおっている。弾丸の跡らしきものもひとつあった。

自分の傷の痛みも忘れ、ティムはあたふたと後を追った。「撃たれたんだ?」

「一度ならず」デニーは立ちどまり、靴を脱ぎ捨てソックスをむしり取った。そして同じくズボンと下着もむしり取った。「だがあれは若気の至り、まだ試合で金を稼ぐかわりに意地張ってたころのことだ」

興味をそそられ、ティムはデニーの後にくっついてサウナに入ると、ねっとりした蒸気にむせそうになった。息をつき、「試合って金になんの？」と訊いた。

「強いかどうかによる。実入りは少ない場合もある。つまり、人前に出て経験を積ませてもらうってだけのことだ。たんにおもしろいからってこともあるかもな。それか、大金をふところにする場合もある」

「おもしろい？」

「うん。こたえられない。実際、俺もそれなりの結果は出したんだ。ちゃんと食っていけたし、多少のたくわえもできた。ジュードはといえば、大金を稼いだ。あいつは何をやらせてもずば抜けた才覚がある」

ティムはジュードの話などしたくなかった。やつには掃いて捨てるほど金がある。しかもあからさまにメイをほしがっている。だがこっちはそれで何の得がある？　恩着せがましく借金させられただけだ。

デニーはセコイア材のベンチにタオルを数枚ほうった。「くつろぐとするか」

ティムは機嫌を損ね、顔の汗を拭くと肩を回した。「こんなとこ暑くて息もできない」

「おまえのためにはいいんだ。ストレスをやわらげ、こわばった筋肉をほぐしてくれる」デニーは素っ裸でタオルに座り、両脚を伸ばした。腿の前側にも無数の傷跡があり、ひざからふくらはぎにかけて、見るも無惨なぎざぎざの傷跡がひと筋走っていた。「まあ、座れ」

ティムは座った。けれど一分もすると、沈黙に耐えられなくなった。「じゃあ、試合の話でも聞かせてよ」

デニーは目を開けるでもなく首を動かすでもなかったが、口元をほころばせた。「俺が気に入ってるのは、相手を十五秒でおだぶつにしてやったやつ。そいつは俺の息の根をとめてやると豪語してた」

「息の根をとめる?」

グリーンの瞳がかすかに開く。「まさかSBCの試合を観たことがないと言うんじゃないだろうな?」

まるで大罪でもおかしたような口ぶりだ。「ない」

「ふん」そのあと、デニーはいわくありげに言った。「それで今日の予定は決まりだな」


「メイ?」

遠くから声がして、安らかな心地よい夢をかき乱された。ここ何年もなかったほどのくつろぎを覚え、彼女はため息をつくと、上掛けの下にもぐりこんだ。

「メイ」また声がした。今度は一本調子な、からかうような言い方だ。

彼女はわずかに目を開けた。薄闇とぼんやりした影が見える。あたりにはえもいわれぬ芳香が漂っていた。顔はひんやりと冷たく、体はぬくぬくと暖かい。また目を閉じる。

「さあ、起きて」

気がつくと、ジュードの胸に顔をのせ、胸毛に鼻をうずめていた。眼鏡はなくなっている。きっとジュードがはずしてくれたんだろう。「どうして?」

力強い指が彼女の髪に分け入り、地肌をこする。「これからきみを抱くからだ。寝込みを襲われたと責められるのはいやなんだ」

「抱く? それは期待が持てそう」ゆったりと伸びをした後、メイは尋ねた。「今、何時?」

「たぶん五時ごろ」

「ふうん。そのわりには暗いのね」

「カーテンが閉まってる」彼の手が背中を下へ下へと這い、やがてメイがはっと身をすくめた。「起こしたくはないんだが、デニーがじきに夕食の支度を終える。どっちみち、俺もこれ以上待てそうにない」

メイは顔を上げてジュードを見たが、眼鏡がないので彼の表情は定かでない。「わたし、ふだんは寝つきが悪いの」

「俺が治療法を見つけてやったかな」

ちょっと気まずげにメイが言う。「あんなふうに眠ってしまうなんて信じられない」

ジュードは手の動きをとめず、頬を撫で、腿を撫でた。指は下へともぐり——背後から脚のあいだに触れる。「期待どおりだった」くぐもった声で言う。「文句のつけようがない」

メイは体がかっと熱くなり、気が昂ぶった。理性を保つのは大変だが、こんなにやすやすと骨抜きにされることは知られたくない。「寝つきのいい女には欲情する、とか?」

「きみには欲情する」彼の指がいつしかひだをくぐり抜け、濡れた、敏感な肌をじらすように撫でた。

ああ。メイはふたつ深い息をしてからでないと言葉が出なかった。「いびきかいてた？」

ジュードは頭を下げ、彼女にそっとキスした。「さあ。俺も寝てしまった」そしてまた唇を触れる。「ふだん女性と寝てしまうことはない。今のは眠る、という意味」

「あなたの言いたいことはわかってる」

キスがいちだんと激しくなり、舌と舌が長いことからみ合った。「きみを抱いて寝るのは気持ちよかった、メイ」と唇を重ねたまま言う。「温かくて」

温かいどころか燃えるように熱い。

メイは彼にすり寄った。「そしてやっと起きてくれた」その後に続くキスに彼女はジュードにしがみついた。

勢いよくドアをたたく音がして、メイは驚いて悲鳴を上げた。

「ごめん、メイ」デニーの大声がとどろいた。「ジュードに電話だ」

ジュードは顔を上げ、「用件を聞いておいてくれ」と言うと、デニーが部屋のすぐ外にいるというのに、彼女とそのまますことに及ぼうとした。

メイが力任せに押すと、ジュードはあおむけにひっくり返り、彼女はあわてて上掛けの下にもぐった。

ジュードがささやいた。「落ち着け」

眼鏡がないのでよくは見えない。だけどふたりとも裸だ。ベッドで一緒に。しかもこれでふたりが何をやっているかデニーに知られてしまった。メイは頭から上掛けをかぶった。

ジュードはあおむけになったまま毒づいた。「あっち行け、デニー」

「おまえのエージェントからだ」

「ほっといてくれ」

デニーが笑う。

メイがうめいた。

「この前オファーのきた映画の件で何か言うことはないかってよ。おまえがあのアクション映画に出るのか出ないのか、どいつもこいつもやつのところに訊いてくるんだ」

ジュードは「くそっ」とつぶやいた後、「一時間後にかけ直すと言ってくれ」と呼びかけた。

「広報からも電話があったぞ。ああ、それとユマ・サーマンが、来月サンタモニカでやるパーティの件で話があるとさ。それと、『ピープル』誌の誰だかがインタビューをしたいと言ってきた」

メイは口もきけず、上掛けの下でじっとしていた。全身に冷水を浴びせられたようだった。胃がきりきりする。ばか、ばか、ばか。ジュードがまがうかたなき有名人であることをころりと忘れていた。映画スター。全米に顔の知られた男性。

彼はたんなるスティルブルックの住民じゃない。

彼はわたしには合わない。

ジュードが上掛けをはがそうとし、メイは絞り出すように言った。「やめて」

彼はため息をつき、大声を上げた。「デニー、無礼なまねをするつもりはないが、とっと失せないと、ぶっ飛ばすぞ」

デニーがまた笑う。「わかった。だが、あと二十分で夕飯だ」

「ありがとう。俺たちもすぐ下りていく」

デニーが立ち去った瞬間、ジュードは上掛けをはぎ取り、メイをすっかり無防備にした。彼女はすぐさまユマ・サーマンのほっそりした肢体を思い浮かべた。あのブロンドの髪。あの身のこなし、洗練された美しさ。

何をとっても、わたしは見劣りがする。

このときばかりは、眼鏡がなくてよかったと思った。ジュードが沈黙しているだけでも充分屈辱なのに。

意外なことに、彼はそばにすり寄ってきた。片手がお腹にあてられ、頬に息がかかる。ジュードが言った。「さて、どこまでいったっけ？」

本気で言っているはずはない。「こんなの間違ってる」

濡れた唇がのどから耳へとなぞる。舌が耳をくすぐり、なかに入り、唇で耳たぶを噛む。

メイが身震いすると、彼はまた彼女の肌をキスでなぞり、やがて口に達した。

ジュードは鼻を触れ合わせた。「さっきのこと、または今のこと？　だって、あと二秒でやるところだったんだ。やり直し」

彼はメイの上に乗ると、両脚をそっと押し開けた。そして彼女があまり抵抗するでもなかったので、ひと息に突き入った。「ほら？」

メイは頭が働かなかった。ほとんど。「よ……予防は？」

「きみが上掛けの下でちぢこまっているあいだにすませたよ」

よくは見えなかったが、いちおう彼の顔をにらみつけた。「ちぢこまってなんかないわよ」

ジュードがキスしてきた。長々とした、やさしいキスに彼女はいくらか気を取り直した。

「証明しろ」

「どうやって？」そう、彼は有名人。そう、美貌と才能にあふれるユマ・サーマンが電話してきた。だから何？

今、この瞬間だけは、ジュードはわたしのもの。

「まずはどれが好きか言う」

メイはジュードの首に両手を回し、心地いいリズムに身を任せた。「そう」彼にひざをつかまれ、脚を高々と持ち上げられ、深く突き入れられると、うめき声が漏れた。「それ」ああ。「それが好き」

ジュードが言う。「これか？」

「そう」彼女はあえいだ。「ああ、それも」

彼はかすれた笑い声を上げた。「じゃあ、これは？」

もうだめ。「ん……ああ！　そう」オーガズムの昂まりを覚え、メイは呼吸を乱し、彼の体をきつく締めつけると、きれぎれの声でささやいた。「もちろん」

「くそっ」ジュードはまだ呼吸が荒かった。体は汗で濡れている。「二十分あったのに、十分ですんだ。最低だな」

メイも息を弾ませながら言った。「いえ、最高だった」

ジュードは納得しない。「最高ってことをまだ知らない女はそう言う。だが今夜こそうまくやってみせる」

メイは横向きになり、片脚をジュードのひざにのせ、頭を肩に置いた。「それはつまり今夜わたしはあなたと寝るってこと？」

「毎晩」ジュードが体をこわばらせる。「まずい？」

こっちはまずくない。でもそれならなぜわざわざわたしに部屋をあてがったんだろう。

「邪魔はしたくない」とメイは言った。

ジュードは笑い、やがてうめいた。「きみに邪魔されるなら本望だよ。遠慮はいらない。どんどん邪魔してくれ」

彼がいかにもうちとけたようすだし、夕食の時間も間近なので、メイは勇気をふるって言った。「ジュード？」

「ん？」

ジュードの手がまた彼女のヒップに伸びた。彼はどうもヒップに愛着があるらしい。でもこれじゃ冷静に話ができない。「それ、ちょっとやめてくれる？」

「いやだ」と撫でる。「こうせずにはいられない。ごめん」

しょうがない……メイは大目に見ることにした。「あなたにはわたしに同意してほしい条件があったのよね」

「そうだ」今度はヒップをぎゅっとつまんできた。「セクシーなこの体にまっとうな服を着せて見せびらかすのが待ちきれない」

ジュードの言う〝まっとうな服〟は彼女の頭にあるものとは違うはずだ。けれどその話はまた後にするしかない。今は彼が夕食でワインを飲むということが神経を逆なでする。くだらないことだとわかっているが、自分でもどうしていいかわからない。

メイは覚悟を決め、だしぬけに言った。「じゃあ、わたしのほうも条件がある」

ジュードは意表をつかれ、はっとしたかと思うと、動きをとめた。一瞬の後、顔を上げ、彼女をにらみつけた。「きみには条件なんかない」

不公平にもほどがある！「あるといったらあるわ」

「ない」

彼は眉をひそめ、不審をあらわにしたが、メイは譲らなかった。「わたしがあなたの条件にしたがうなら、あなたもわたしの条件にしたがってもらわなきゃ」

ジュードはぱっと彼女から離れ、ベッドの上に座り込んだ。裸のひざに両肘をつき、彼は両手で頭を抱えた。

その反応に不安をあおられてもいいはずだが、メイはそれどころじゃなかった。彼の後ろ姿に目を奪われていたのだ。筋肉質の背中、むだのない肉体、一糸まとわぬ姿、しかもこの瞬間すべてがわたしのもの。こらえようもなく手を伸ばし、指先を背中に這わせていた。

ジュードがびくりとして振り向いた。「わかった、条件とやらを聞いてやる」

その口調や態度がメイの気にさわった。「怒ることないでしょう」

「怒る!」お返しとばかり、彼はメイのほうに身を乗り出した。ジュードの顔が間近に迫り、メイにはうっすらした無精ひげまで見えた。「条件にしたがえというんだな?」

「だから? あなただってそうしたじゃない」

ジュードがすごむ。「何が望みか言ってみろ」

「お酒をやめてほしい」

ジュードはきょとんとした。まばたきし、彼女の顔をまじまじと見る。「もういっぺん言ってくれ」

やにわにメイは肘をついて起き上がり、おでこがぶつからないよう、彼を後ろに押しやった。「ごめんなさい。でも大嫌いなの」

「酒が?」

考えただけで寒気がし、彼女は鼻にしわを寄せた。「匂いも、見てくれも、全部いや。ワインも、ビールも、ウイスキーも、全部吐き気がしてくる。文字どおりに。胃がむかむかしてくる。これからもこの関係を続けようというのなら……」と手振りでベッドを示す。

ジュードは射るような目でメイを見ると、じわじわとふたりのあいだの距離を縮め、また彼女をベッドに押し倒した。

乳房が彼のかたい胸板に密着する。引きしまった彼の腿が彼女の両脚のあいだに押し入った。ジュードはメイの肩に両腕を回し、こぶしを頭の脇に置く。「これが深い関係ってやつだ」

メイは鼻を鳴らした。「これが?」

「そうだ」

「さあ、どうなのかしら。わたしはそういう体験ってあまりないから」

それを聞いて彼はますます興奮した。そして鼻と鼻をくっつけた。「きみを無視するとは、このあたりの男もつまらん連中だな」

メイにはその言い方が侮辱に取れた。「無視されたわけじゃない。誘いは何度も受けたけど、たいてい断っていた。煙草もお酒も嫌いだし、それに、わたしの家族のことも……」

「誰にも家族はいるんだ、メイ。俺の前ではそれを口実にするんじゃない」

メイはとっさに言い返した。「してない!」驚いた。わたしの家族がどれだけ強引で理不尽か、彼だってわかったのではないか。だって、ジュードはティムに会っている。それで察しはつくはずだ。

「わかった。きみと俺はこれからやることがあるからな」

メイはいたたまれない気持ちになり、ジュードを押しやろうとした。けれど彼はてこでも動かない。「もう、眼鏡がいるんだったら」

「なぜ？」

「あなたがおかしなことを言うあいだ、顔をしっかりと見ておきたいから」ジュードはためらったあげく、ナイトテーブルに手を伸ばして眼鏡を取った。「俺を侮辱して楽しむような女はきみぐらいなものだ」

彼女は眼鏡を手に取るとかけた。そしてジュードの端正な顔に見入った。「わたしとひたすらしたいと言ったのはあなたのほうよ」

「ああ、だから？」彼は言い訳がましくつけ加えた。「俺はきみとしたたし、してみたらよかった。おかげでますますしたくなった」

「ジュード」メイがたしなめるように言う。

彼はにやりとした。「ごめん。俺はきみをからかうのが好きなんだ。きみと一緒にいるのが好きなんだ」そして彼女に腰を押しつける。「きみに触れるのが好きだし、きみと笑うのが好きだ。きみと愛し合うのが大好きだ。どれもすぐにはやめたくない」

「まあ」

「話はこれにて終わりにしていいか？」

どうせうちの両親に会えば彼の態度も変わる。ならばわざわざ今そんな話を持ち出すこともない。どうせじきにわたしの手には負えなくなる。それまではつかのまの喜びにひたってもいいのでは？

気のないそぶりを装い、メイは肩を回した。「いいわよ」

ジュードが首を横に振る。「おい、メイ。見えすいたまねはやめろ。きみが乗り気なのはわかっている。だが、せいぜいはめをはずさないようにしような」

メイは彼の皮肉が気にさわった。何を言いたいんだろう――体が上下に跳ねるほど？　心臓が口から飛び出しそうになるほど？「わたしは深い関係なんか期待してない。ごめんなさい。いったいどう応じていいのかわからない」

ジュードは冗談めかして言った。「あのな、俺はそこまで思い上がってないよ。だからわざわざ俺の男としてのプライドをずたずたにしてくれるまでもない」

彼はちっとも思い上がってなどいなかった。かりかりしている、というのは確かだ。舞い上がったり落ち込んだり、まるでプロムにのぞむ少女のようなものだ。でもこっちには忍耐力があるし、度量も広い。

「何を取っても」メイが言う。「あなたは別格」

長いこと、ふたりの視線が合った。やがてジュードは彼女の顔を両手で包み、そっとキスした。「じゃあ、酒は飲まない。ほかにだめなものは？」

「わたしをねちねちいじめること」

ジュードが意味ありげに笑う。「努力しよう。ほかには？」

「煙草は吸わないのよね？」

「当然」

わかってはいたけれど、念のために訊いたまでだ。格闘家のジュードは健康にはことのほか気を遣っている。わざわざ肺に煙を吸い込むようなことはしない。「お酒、やめてもらえる?」

「うん」

間髪入れずに言われるとかえって不安になる。「ほんとに?」

「俺はアルコール依存症じゃない、メイ。飲んでも飲まなくてもかまわないが、きみにとってそれほど大事なことなら、俺にとっても大事なことだよ」

メイは胸がいっぱいで涙がこみ上げそうになった。ジュードに出会うまでは、こんなに得がたい男性がこの世に存在するなんて思いもしなかった。「ありがとう」

ジュードが憮然として訊く。「ティムのためか?」

裸で彼に組み敷かれているときに家族の話なんかしたくない。「酔っぱらいとはいろいろあった、それも楽しいことじゃなかった、それだけにしておいてくれない?」

「ああ」納得したのかしないのか、ジュードはしばらく彼女を見つめていた。それから体を起こすと、大の字になったメイを見下ろし、ため息をついた。「夕食を抜くつもりはないよな?」

「ない!」メイは笑い声を上げて彼を押しのけ、ベッドに起き上がった。「前にも言ったけど、わたしはダイエット中の若手女優じゃない。だいいち、そんなことしたら、デニーに合わせる顔がないわ」

ジュードの視線がメイの全身を這い、特定の場所でとどまる。彼女はユマのような見てくれではない、それでも彼に不満はない、メイの頭に彼の言葉がよみがえった。

〝恥ずかしがることはない。俺たちは何ひとつ悪いことはしてない〟

彼はそう思っていても、メイは不安だった。デニーの目にはわたしもただの追っかけと映っているのではないか。デニーには一目置いているし、悪く思われたくない。

「メイ」ジュードが彼女のあごに触れ、こちらを向かせた。「デニーは悪く思ってなんかいない。俺を信じろ」

彼の言葉にも耳を貸さず、メイはベッドを下り、すっかりしわだらけになったSBCのTシャツとショートパンツをのろのろと拾い上げた。「夕食は堅苦しいものじゃないわよね」

ジュードは身をかがめ、彼女の肩にキスした。「デニーは堅苦しさとは無縁の男だし、俺もジーンズのほうが好きだ」

「シャワーを浴びる時間があればよかったんだけど」

「いいね。それは夕食が終わってからにしよう。一緒に」ジュードはおどけて眉を上げ下げした――裸でそういうことをすると、なかなかかわいい。「俺のバスルームはすごいぞ」

「ということは――広い？」

「一世帯暮らせるほどでかい。さあ、服を着て、髪をとかして、何でもやって、階下《した》で会おう」

ジュードは自分の服を抱え、ウォークイン・クロゼットか何かと思われる部屋に消えた。

ちらりと時計を見ると、デニーに言われた二十分は過ぎている。メイはバスルームに駆け込み、大急ぎで身支度を整えた。

12

ジュードはティムの声にキッチンの手前で足をとめた。「僕、どうやって金を返せばいいんだろう」

デニーがテーブルにつき、腕組みしたまま肩をすくめた。「ならば、どうするか考えよう。おまえは〝やつら、やつら〟と言う。つまり相手はひとりじゃない。何人いた？」

ジュードは目を瞠った。さっきとはうってかわり、ティムはデニーに対してはるかにうちとけている。見た目もましになった。血痕も消え、腫れもほとんど引いている。あざはまだあるが、前ほど痛々しくはない。

そのうえ、デニーのティムに対するあからさまな軽蔑の念もやわらいでいる。ふたりはほとんど……気安い仲のようだ。どうなっているのか。

「三人、かな」ティムが答える。「運転してたやつ、殴ったやつ、命令したやつ」

「たったの三人か？」

見下げた言い方にティムは眉をつり上げた。

デニーご自慢のバーボン・マスタード・チキンの匂いがあたりにたちこめ、ジュードはお腹がぐうっと鳴った。「遅くなってすまない」ゆうゆうとキッチンに入っていったが、料理はまだ鍋に入ったままで、テーブルには並んでいない。だからとりあえずカウンターにもたれた。

デニーがこちらを向く。「おお、よかった。やっと来たか。こりゃ奇襲攻撃に出たほうがいいかと思ってた」としかめ面で戸口を見やり、両手を宙に放つ。「メイはどこだ？」

「今、下りてくる」といいのだが。デニーはやたらと時間に厳しい。徹底した自己節制のたまものではあるが。

ティムが口元をゆがめた。「心配するなって。姉さんが食事をすっぽかすなんてことはないよ」

ジュードがむっとすると、デニーがすかさず言った。「今の発言により水泳二十往復」

「何だって？」

デニーは椅子を押して立ち上がり、こんろに向かった。「夕飯後ただちに」

「冗談じゃねえよ！」

デニーはスプーン片手に振り向いた。「調子に乗ってると、ひと晩じゅうプールで過ごすことになるぞ」

だだっ子のようにティムは椅子の上で小さくなった。青あざのあるしかめ面というのは幽霊のようだ。けれど、彼はデニーには口答えしなかった。

ジュードはメイとの中休みで元気を取り戻し、ひとつ問題解決に取り組もうという気になった。「俺が死んだ後、その三人の野郎と接触するつもりだったのか？」

「無理だよ。電話番号も名前も何も知らない」

「じゃあ、取引成功のあかつきにはどうやって知らせるつもりだった？」

ティムはますます小さくなり、じっとテーブルの上を見つめた。「一週間以内に新聞に死亡広告が載らなかったら、僕をつけ回すって」

デニーがワインボトルに手をやると、ジュードは言った。「お茶にしよう」そしてデニーに家じゅうの酒を撤去させようと思った。メイを不安に陥れるものとは縁を切る。この飲んだくれの弟も例外じゃない。

目と目が合い、デニーはうなずいた。「俺もそう思っていたところだ。冷蔵庫にアイスティーが入ってる」彼はテーブルにピッチャーと背の高いグラスを四つ並べた。「やつらの特徴を言ってみろ、ティム」

「無理だよ。暗かったし」

「だから？」ひとつまたひとつと、料理を盛った皿が手際よくテーブルに並べられていく。ポテト、ロールパン、アスパラガス、しんがりにチキン。デニーは料理を供する方法もきちんと心得ていた。「そうはいっても、大男か小男か、声は低かったか、なまりはあったか、それぐらいは覚えてるはずだろう？」

「さあ」

「少しは考えろ。おまえだって頭はあるんだろう――少なくとも俺はそう思ってたが」デニーはちらりと戸口を見て、それから腕時計を見た。はた目にもいらだっているのがわかる。

メイが駆け足でキッチンに飛び込んできた。ジュードは微笑んだ。いかにも楽しげに体を弾ませ、生気と活気を全身から放っている。髪は高い位置でポニーテールにし、バラ色の頬とキスでふくらんだ唇を際だたせていた。

ジュードは料理の匂いもかすんで見えた。旺盛な食欲は性欲へと転じた。メイがこんなにも可愛くてセクシーでノリがいいというのに、ほかのことなど考えられるか。

「遅れてごめんなさい！」

ジュードはひと目で彼女がまたあのダサいブラをつけているのに気づいた。だが、それぐらいは大目に見てやるべきだろう。明日には新しい服を着せてやる――ランジェリーも含めて。

そのときが待ちきれない。

「ちょうどいいときに来た」デニーが言い、ティムの頭を小突いて立たせた。そのあいだ、ジュードがメイを席につかせる。「礼儀をわきまえろ、坊や。やむを得ない場合はみっちりたたき込んでやる」

メイが言い返そうとしたので、ジュードは彼女の椅子を引き、話を振った。「きみの弟を襲った男たちの話をしていたんだ」

「どんなふうだったの？」

ジュードは彼女の椅子を押してやり、そして自分も隣に座った。「なにしろ暗かった。だが話しぶりからいろいろと割り出せる、ティムにそう言おうとしていたところだ。殺し屋っぽいか、そこまではいかないか」

震える手でティムはナプキンをつかみ、ひざの上に広げた。そして咳払いし、椅子の上で身じろぎすると、責めるような、すがるような目でメイをじっと見た。

ジュードはうんざりし、両手をテーブルにたたきつけた。「俺はおまえに訊いたんだ、ティム。メイがかわりに答えるわけじゃない」

ボウルのポテトを取り分けるのに忙しく、メイは弟には目もくれなかったが、ちらりと顔を上げた。ポテトの湯気が立ち上り、まばたきする。「わたしはその場にいたわけじゃないのよ、ティム。彼らが話すのは聞いてないわ」

ジュードは彼女の弁解がましい言い方が気に入らなかった。けれど、あえてとがめだてはしないだけの分別はあった。家族との関係はメイが自分でけりをつけるしかないことだ。

だが、やはり彼女の助けにはなるつもりだった。

「なあ、ティム。何か覚えているはずだろう」

「でかかった、と思う」ティムは額をさすった。「後部座席で押しつぶされそうになった。ひとりは低い声だった。でも……何ていうか……うまく言えない。こなれてるっていうか、冷静。僕を痛めつけるのを楽しんでた、うん」

デニーはジュードをにらみつけた。「誰か心当たりは？」

「いくらでも」そう、エルトンの手下には口先のうまいやつがいる――かといって、それで犯人と決めつけるわけにもいかない。「警察に話すことはたいしてないな」

「警察？」ティムは身をかたくし、怯えた目でメイを見た。「でも警察には――」

「巻き込まれたのはあなただけじゃないのよ、ティム」とメイがチキンの大皿をジュードに渡す。「ジュードがいいと思えば、そのときは警察に支援を仰がなきゃいけない。でもそれは彼の決めることだわ」

「何で？　やられたのは俺なんだよ」

「命を狙われているのは彼なのよ」

ティムのうめき声は誰もが無視した。

「エルトン本人が現れることはない」デニーが声に出してつぶやいた。「襲撃の現場に。だが子分ならあり得る」

「子分？」とメイ。

「やつはごろつきを配下に従えてる。現代のマフィア気取りでいるのさ」

「まいったな。どんどんひどくなる」ティムがぶつぶつ言う。「真っ先に考えなきゃいけないのは、どうやって金を返すか――」

ティムの携帯電話が鳴り、誰もがいっせいにはっとした。

メイは口に入れたポテトをあわてて飲み下す。ジュードは皿を脇に押しやる。ティムはといえば、よろよろと立ち上がり、ポケットからぎこちなく電話を取り出した。

応えようとすると、デニーがその手から電話をもぎ取った。

「スピーカーホンにしよう。そうすりゃ全部聞ける」デニーはほくそ笑んだ。「あと、おまえはひとりでいるふりをしろよ、ティム。何か訊かれたらすぐ答える。でないと、いいか、ジュードがどう言おうが、外にほうり出してやるからな」

メイが口出ししないよう、ジュードは肩をぎゅっとつかんだ。彼女はデニーの言うことを真に受けたようだ。たんなるこけおどしにすぎないのに。

デニーは携帯電話を開け、スピーカーホンのボタンを押すと、ティムに返した。

三人が見守るなか、ティムは真っ青な顔になり、電話に向かって言った。「もしもし？」

「ティム、ティム、ティム。まだ生きてたか、哀れなやつ」

ティムは目をかたく閉じた。「誰だ？」

「おまえは俺に借金してるんだよ。それとも、こっちの知らないうちに返済はすんじまったかい？」

「い、いや」ティムは食い入るようにメイの目を見た。「いや、まだだ」

「細かいことはいい。だが、いつやり遂げるつもりだ？」

「ぼ、僕、かわりに金を返すことにした」

電話の向こうが静まり返ったかと思うと、怒号が響いた。「この野郎、何言ってやがる？」

ティムはあやうく電話を落としそうになった。「例の……五万ドル。払うよ」

「どこで調達した？　おまえのあの小生意気な姉ちゃんに泣きついたか？　あの女が工面しようってんのか？　やめとけ。とてもそんな時間はない」

デニーに耳打ちされ、ティムはこう尋ねた。「あの……時間ってどれくらいある？」

「明日。おまえにできるのかよ？」

ジュードがティムにうなずいたので、ティムは言った。「うん、できる」

また沈黙があり、すごんだ声がした。「人をからかうんじゃないぞ」

ティムが吐きそうな顔をすると、デニーが背中をぐいと押した。「違う、違う、からかってなんかない。ほんとだ」ティムはあえぐように息をした。「金はどこに送ればいい？」

「送る？　それはないだろう、ティム。直接手渡ししてもらおう、おまえにな。明日の午前零時」

ジュードとデニーがちらりと目配せすると、肩をすくめ、ティムにうなずいてみせる。

ティムは怯えきった声で訊いた。「場所は？」

「行く先は明日の朝電話する」そして電話は切れた。

メイは荒い息をし、全身をがくがくと震わせた。「ああ。怖かった。これからどうするの？」

驚いたことに、ジュードはフォークを手にしてチキンを切った。「食べる。それから二、三件電話して、銀行の書類と金が朝一でここに届くよう手配する」

メイは開いた口がふさがらなかった。「こんなときに……食べる？」

「このごちそうをみすみす無駄にするつもりはないね」

救いを求め、今度はデニーのほうを見た。けれど電話などなかったかのように、彼もせっせと料理をつついている。

メイの視線に気づくと、デニーは彼女の皿に向かってあごをしゃくった。「ほら、食べてみろ。これでも料理は得意なんだ。ぜひともきみの感想が聞きたいね」

ほかには不安を分かち合える相手がいないので、メイは弟のほうを見た。彼も同じように茫然としている。「ティム、大丈夫？」

ティムは口を開こうとしたが、デニーが鼻先であしらった。「大丈夫に決まってる。男たるもの、つまらん電話一本で食欲が失せてたまるか」そしてティムを一瞥《いちべつ》し、眉根を寄せる。「そうだろうが、ティム？」

メイの驚きに輪をかけるように、ティムは「ああ」とつぶやいた。そして手を震わせながらもフォークを持ち、食事を始めた。

メイはナプキンをほうった。「みんなどうかしてる」

ジュードは口をもぐもぐさせながら、彼女を横目で見た。彼は片方の眉を上げ、メイの皿にフォークをかざすと、熱々のチキンを切り分け、口の前に持っていった。

「食べてごらん。今にとっちめられるとも知らず、のうのうとしているごろつきのことなど考えなくていい。それよりデニーの手料理を楽しむほうがよっぽどましだ」

メイが言い返そうとすると、口を開けた拍子にチキンを突っ込まれた。食べるよりほかにない。デニーの不安げなまなざしを受け、メイはつぶやいた。「ん、おいしい」

「そうだろうが」デニーは喜色満面だ。「だから言っただろう」

「でも、ジュード――」

「ダークブラウンシュガー、ディジョンマスタード、バーボンをほんの少々」デニーの口調が熱を帯びる。「それでこんなにやわらかくなる」

弟のほうはがつがつ食べながら、のんきにうなずいた。「とろけそう」

「ありがとな、ティム」

メイが目を丸くすると、ジュードはあごをつかんでこちらに向かせた。「前にも言っただろう。誰にもティムやきみに手出しはさせない」

「あなたには?」

デニーがせせら笑う。「そりゃ、こいつに失礼だよ、メイ。ジュードは自分の面倒は自分で見る」

ティムはしぶしぶ言った。「彼が闘うところを観るべきだよ」

「観たわ」

「観たんだ?」

腹立ちまぎれに彼女はジュードを見た。「確かに彼は強いわよ。だけど、それとこれとは話が違う」

人目もはばからず、ジュードはメイに身を寄せキスした。「くよくよするな、メイ。俺に全部任せろ」そして彼女のあごをつまみ、ささやいた。「いいか、俺はあのジュード・ジャミソンなんだ」

だから何？　怪我をしても痛くない？　無敵になれる超能力がある？

すると理性が働き、ちょっと気が楽になった。ジュード・ジャミソンはお金持ちだ。飛び抜けた有名人。安全はお金で買うことができる。少なくともある程度は。ボディガードか警備員、あとは私立探偵のひとりやふたりも雇えば、誰もの身の安全が保証されることになる。

だけど、ジュードもそう考えていれば、真っ先に言い出していたはずではないか。

皿が半分空になったところで、ティムがほおづえをつき、前に身を乗り出した。「デニーとDVDを観まくった。流血戦。でもおもしろかった」

デニーは笑い、ティムの肩にふざけてこぶしを突きつけた。「今でこそこんな口たたいてるが、キングがたて続けに脚を骨折したときは、こいつ吐くかと思ったよ」

ティムが顔をしかめる。「あのレスラー、ひざが変な方向に曲がってんのに、試合を続けようとしたんだ」

「そりゃそうだ。コーナーからタオルが飛んでくるとわかっていながら、みすみすくたばるわけにはいかないだろ？」

メイは知らずと会話に釣り込まれていた。「その試合なら覚えてる。誰が見ても骨折してるとわかるのに、本人は否定しようとしたのよね。結局、リハビリに何カ月もかかることになった」

「今は復帰してる」とデニー。「前にも増して強くなったよ」

「でもそのうちリコと対決する。言わせてもらえば、こてんぱんにやっつけられるわよ」

ジュードが微笑み、デニーは驚いて眉を上げた。「もう二、三試合観ようと思ってたんだ。ジュードが電話するあいだ、きみも一緒にどうだい？」

電話と聞いて、メイはむらむらと嫉妬がわいた。やっぱりユマ・サーマンとおしゃべりするのだ。平凡な女なら誰だってやきもちを妬く。

みんなの手前、メイはユマに対するいらだちをあらわにはしなかった。そのかわり、チキンを切り、「喜んで」と言った。そして無関心を装うため、「塩を取って」とつけ加えた。

三人の顔つきからして、勘づかれたようだ。まあ、ティムはともかくとして。けれど、だましやすい人間をだますのはどうってことない。

疲れなんかへっちゃら。アシュリーはレストランの勤務時間中、ずっと笑顔を浮かべていた。授業と気の滅入るテストの後では、ウエイトレスの仕事なんて楽なものに思える。すでに六十ドルのチップを稼いだ。

このレストランでは空いた時間しか働いていない。授業とオフィスビルの仕事の合間を縫って、ここでちょっと、あそこでちょっと。あの高級なオフィスビルでの稼ぎが収入の基本だ。

今夜は店が混んでいる。だから時間の過ぎるのが早い。あと一時間もすれば、もうひとつの職場へと向かう——そしてクィントン・マーフィとまた鉢合わせするかもしれない。

胸がどきんとして、アシュリーは心のなかで舌打ちした。

ああもう。わたしったら何考えてんだろう。彼に一度ばったり出くわした？　だからってまたそうなるとは限らない。もうそうなってほしくない。本気で。

だけど、心の奥ではその可能性をずっと考えていた。彼の言ったこと、自分の言ったこと。彼の姿形、あのほれぼれするようなグリーンの瞳。

ばかじゃないの。

クィントンを頭から追い払い、彼女は店内のテーブルへと歩いていった。ちょうど案内係が数名の男を席につかせたところだ。荒っぽい見てくれで、成金趣味というか、札びらで頬をひっぱたくタイプに見える。

人間にはいろいろなタイプがいて、たいていは一緒にいて楽しいけれど、俗物は耐えられない。

レストランの制服は白のブラウスに細身の黒のパンツ、ほんとはうんざりするところだ。けれど、地味な服装には派手なリップスティックとじゃらじゃらしたビーズのイヤリングで抵抗している。退勤時間がくれば、白いブラウスをビーズのタンクトップに着替える。ゴールドのビーズをちりばめたアニマルプリント。ちょっと奇抜——だけどそこが気に入っている。

アシュリーにすれば、着心地のいい服は場所を選ばない。それがあのビルならいうことはない。だってお金を稼げる場所だし、お気に入りの服を着るにもぴったりだから。あのビルのまばゆい照明にタンクトップが映えるのもうれしい。

それはクィントンとは何の関係もないこと。

テーブルの背後まで行くと、ひとりの男がぼそぼそ言うのが聞こえた。「あのうぬぼれ野郎の最期をさっさと見届けてやりたい。やつは誰にやられたかもわからない。完璧だな」

向かいに座った男が彼女に気づき、ほかの仲間にあごをしゃくってみせた。べつにアシュリーが聞き耳を立てていたわけではない。この店には企業の重役連が食事にやってくるが、いつも何やかやと愚痴をこぼしている。たいていは同僚のこと。この男たちはとても重役には見えないけれど、ひょっとしてということもある。

「いらっしゃいませ」酒とメニューはすでに案内係が運んでいた。「今夜の担当のアシュリーです」

下卑た、傲慢そうな男が値踏みするような目で見た。ずんぐりとした巨漢で、ブロンドの髪は長くていじりすぎ、顔をやたらとにたつかせている。ほかの男よりも目立ち、見たところリーダー格らしい。「へえ、よろしくな、アシュリー」

わざとらしい口調は聞こえなかったことにした。「今夜のスープはオニオンスープです。ビーフコンソメに飴色に炒めたタマネギ――」

「スープはいらん」

「かしこまりました」アシュリーは眉を上げ、丁重に訊いた。「今すぐご注文なさいますか、もう少々してから参りましょうか？」

相手は礼儀も何もあったものじゃない。相変わらず彼女の全身をねめ回している。そして歯をせせり、彼女の顔に視線を戻した。「ここのステーキはうまいのか？」

アシュリーはこぼれんばかりの笑みを浮かべ、予行演習ずみの解説を始めた。「それはもう最高に。当店がお出しするのは神戸牛のみ、とろけるほどやわらかな霜降り肉で、風味は抜群です。ニューヨーク・ストリップ・ステーキ、リブアイ・ステーキもございます。それでは物足りないとおっしゃるなら、Tボーン・ステーキはいかがでしょう？」

「腹は減ってる」男の目線が彼女の平らな胸をさまよい、また顔に戻った。「Tボーンをもらおう」

「焼き方はいかがなさいます？」

「まだ飛び跳ねてる状態」

「レアですね。つけあわせのほうは？」

「きれいな女でいこう」

何てやつ。「あいにくそれは朝食用のメニューのみとなっております」

男は戸惑った顔で高級な店内を見回した。「この店が朝飯を出すのか？」

「いいえ」昼どきは営業するが、午前中は閉まっている。

男は歯をむきだしにして、にたついた。「あんたはどうだ？　仕事は何時に終わる？」

「まもなく。ですから、早くご注文をうかがったほうがよろしいかと」

同席の男たちがどっと笑い、しまいにはブロンドの男もつられて笑った。だけど、アシュリーは彼にからかわれても動じなかった。それがこの男にはかちんときたようだ。

わざわざテーブルの向こうに回り――ブロンドの男から離れるため――彼女は注文を取り終えた。〝すぐにお持ちします〟と言い捨て、逃走をはかる。

背後で男たちの話し声がした。「やつにもう一度電話したか?」

「まだだ。まずはじっくりと痛い思いを味わわせてやる。ちょっとは発奮材料があったほうが、確実に仕事をやるってもんだ」

痛い思い? 仕事? いやな予感がして、アシュリーはぴたりと足をとめた。だけどぐずぐずしてはいられない。そんなことをしたら怪しまれるだけだ。男たちがそれきり何も言わないので、ほかのテーブルをチェックし、客に微笑みかけると、何でもないふうにまた歩き出した。

やきもきしながら、彼女は一目散にテーブルのあいだを抜け、調理場に注文を告げた。料理を出すのが遅くなりでもしたら、へたに勘ぐられるかもしれない。

誰にも気づかれませんように。アシュリーは祈るような気持ちで休憩室に駆け込んだ。勤務中は携帯電話を持ってはならない――店内での従業員の私用電話は禁止されているし、いつ鳴り出すともかぎらない。彼女は焦ってロッカーを開けると、バッグから携帯電話を取り出し、デニーの入れ知恵に感謝しつつ、2のボタンを押した。

最初の呼び出し音でデニーが出た。「何かあったか?」

電話番号を見ただけで、彼はアシュリーとわかったようだ。「たぶん」

デニーがてきぱきと訊く。「どこにいる?」

「いいの、大丈夫」

「どこだ?」

その居丈高な物言いは何とかしたほうがいい。「仕事先のレストラン」アシュリーは単刀直入に訊かずにはいられなかった。「ジュードの嫌いなエルトン・パスカルってどんなやつ?」

「なぜだ?」

「ある客の話に好奇心を抱いて」

デニーはそれ以上何も訊かなかった。「歳は四十代前半。ずんぐりしてる。髪はブロンド。かっこつけ。心底やな感じ」

「やっぱり」

「いったいどういう意味だ?」

「つまり……」アシュリーはひと呼吸置いた。どうか勘違いじゃないように。「そいつがここにいるかもしれない。この町に。この店に。ほかにもでっかいやつが何人かいて、全員そろってステーキ頼んだわ」

「くそったれ」デニーが吐き捨てるように言う。「いつ来た?」

「少し前。わたしがさっき注文を取ったところ。どうすればいい？」

「やつには近づくな」

「わたしが担当なんだもん」

「いいだろう。料理を出してやれ。だが無駄口はきくな。口答えはするな。それから、絶対にやつとふたりきりにはなるな」

アシュリーはむっとした。「わたしがあんなばかとふたりきりになるようなタイプに見える？」

「俺は本気で言ってんだ、お嬢さん」

「わたしはお嬢さんじゃないわよ」

「こんなときに意地張ってんじゃない」

「わかった、わかった」こんなときにもデニーにはつい吹き出しそうになる。「少しは落ち着いてよ」

「メイはきみの仕事先を知ってるか？　場所は知ってるか？」

「もちろん、だけどべつに――」

「気をつけろ。やつが帰ろうとしたら電話をくれ。俺は今すぐジュードに伝えにいく」

「待って。よけいな心配はかけたく――」電話が切れた。電話に罪はないけれど、アシュリーはにらみつけ、またバッグにしまった。「男ってのは」

ジュードとデニーが店に押しかけてきて、乱闘騒ぎを繰り広げる？　ひょっとして人違いかもしれないのに？

でもあの悪意に満ちた声といい、脅しめいた言い方といい……彼女は身震いした。急いで調理場に戻り、店のほうをうかがう。あの男たちはちょうど酒を飲み終えたところだ。そろそろ料理を持っていかなきゃならない。

まさかこんな偶然があるはずない。まさか自分の担当しているテーブルに諸悪の根源がひそんでいるなんて。でもあれが当のパスカルだとしたら、またとないチャンスだ。ジュードはこれで脅しから解放される。そうすればティムをあの家からたたき出すことができるし、あわよくば、彼はメイと末永い関係を築くこともできる。

メイにはそれがふさわしい——それだけではまだ足りない。

次の動きを推し量りつつ、アシュリーは腕時計に目をやった。退勤時間まであと三十分。あのオフィスビルまで車で二十分。ということは、あと一時間ほどの猶予がある。それまでにあの男の素性がつかめるかもしれない。

持ち合わせがなければ、支払いはクレジットカードだろう。あの男が食事を終えるまではここにいなきゃ……彼女はシェフをせっついた。「ちょっと急いでもらえる？」

偏屈なわりに女好きのシェフは、臆面もなく顔をにやつかせた。「きみのためなら、アシュリー、何でも」飴色に炒めたタマネギとポートワイン・バターのソースを最後のTボーン・ステーキにかけ、スタッフドトマトをこぎれいに脇に添え、最後の皿をトレーにのせた。「はいよ」

トレーはずしりと重かったが、アシュリーは手慣れたようすでバランスを取った。それをキャスターつきスタンドにのせ、テーブルへと運んでいく。不安はいなめない。それか期待。デニーをいたずらに刺激したのではないことを祈るのみだった。

13

ジュードは電話口で笑った。「だから、ユマ、そんなんじゃないよ」と言いながら、メイの服をまた一枚選んでクリックする。最初は抵抗するだろうが、彼女も気に入ってくれるはずだ。

穿き心地のいいジーンズからカラフルなＴシャツ、風に舞うサンドレス、豊満な肉体にぴったりのビジネススーツまで、明日にはすべて届く。オンライン注文に感謝だ。

服に合わせ、ストラップサンダルやかわいらしいビーチサンダル、スニーカーも注文した。バッグ、ベルト、薄手のジャケットも頼んだ。ピンクのティアードキャミソールにクロップドジーンズ、これは彼の好きな服装だが、メイによく似合うだろう。彼女に新しい服を着せたら、食事に連れ出して人前で披露しよう。

「ああ、聞いてるよ」とユマに言う。「一言一句拝聴してる」ジュードはまた笑い、その瞬間、開いたドアの前を人影がよぎった――どうやらメイのようだ。

確めてみよう、とジュードは椅子から立ち上がり、カーペット敷きの書斎を戸口に向かった。廊下をのぞくと、ちょうどメイが忍び足で向かいの部屋に入ろうとしていた。一時間前、彼はメイをデニーとティムのもとに置いてきた。SBCのビデオやDVDを観るためだ。最初のほうはジュードも同席し、彼女が格闘技の基本技に精通していることに感心した。アナウンサーがレスラーの意図に気づくとほとんど同時に、彼女も技を見抜く。アームバーやアンクルピック、リバーサルやスリーパーチョークも知っていた。カウントを取る前からそう叫び、取るが早いか勝ちをたたえる。合気道とカポエイラ、フリースタイルとグレコローマンの区別もつく。ムエタイは好きだが、空手は見向きもしない。メイにはいろいろな面で驚かされる。ジュードは試合を観るというより、試合を観る彼女を観ていた。

ユマの話をさえぎらないよう通話口を手で押さえ、ジュードは声をかけた。「メイ」

彼女はびくりとし、しかめ面で振り向いた。「何？」

「おいで」ユマが話を終え、ジュードは何か返事をしながらメイに手を差し伸べた。

メイがしぶしぶ歩いていくと、ジュードは彼女の体に手を回し、書斎に引き入れた。ユマに向かって彼が言う。「パーティの件で話があるんだ」また椅子に座り、メイをひざにのせる。「今はこっちで手いっぱいなんだよ」その証拠に、彼女のヒップにてのひらをあてた。

メイが彼の肩にこぶしをあて、あやうくジュードを笑わせそうになった。彼女がこんなふうに腿に行儀よく座っていると、ついみだらな考えが頭を駆けめぐる。今にもかたくなってしまいそうだ。まだキスもしてないというのに。

「いや、ユマ、違うよ。あの役は受けなかった。受けることはまずないね。俺はあわてて俳優稼業に戻るつもりはないんだ」そう言って微笑する。「もちろんそのときは言うよ。ああ、きみもな。じゃあまた」彼は電話を机の上に置いた。

メイは腕組みしていずまいを正し、ぷいと横を向いた。

ジュードがこぶしを彼女のあごにあてがい、自分のほうを向かせる。「廊下で何をこそこそしていた？」

これ以上ないほど冷ややかなまなざしで、メイは言い放った。「こそこそなんかしてない」

「忍び足だったぞ」

「ユマとのおしゃべりを邪魔したくなかったの」

声音が嫉妬に充ち満ちている。ユマの名前を口にしたときのあのようす、あのあざけりのこもった言い方。ジュードは苦笑した。「彼女は友だちなんだ、メイ。ハリウッドの連中が俺の裁判を楽しんでいたとき、彼女は俺の擁護に回ってくれた」

「そうなの？」

「彼女はじつにできた女性だよ」

メイは口をつぐみ、何も言わない。

「『キル・ビル』を観たか？」

彼女はまたそっぽを向いた。「ええ」

「おもしろかった？」

うつむいて爪をいじる。「ええ」

「大いに？」

「かなり。二回も観た」

ジュードは笑い声を上げてメイを抱きしめ、しまいには彼女も笑った。彼は今度はキスをした——いつまでもこうしてキスしていたい。

メイの体はやわらかく温かだった。唇からあご、耳へとキスでなぞると、彼女が腕のなかで力を抜く。「電話は全部かけ終わった」彼女ののどに口をあてると、かぐわしい香りがして、ひざにのせた体の感触が心地よい。「ちょっと遊ぼうか？」

「どうしよう——」胸を手でおおわれ、メイは息をひそめた。「そうね、たぶん」

邪魔なブラがもどかしかったが、それでもジュードは親指で乳首を探りあてた。メイがその感触に体を震わせる。「俺がきみにどうしたいかわかるか、メイ？」

期待をいっぱいにつのらせ、メイは首を横に振った。「何？」

「きみはここを吸われるのが好きだろう？」と乳首を引っ張る。うめき声がした。今度は手を彼女の腰にやり、太腿へと這わせ、てのひらでおおう。彼女が小さく興奮の声を上げ、ひざを開いた。指先で探りつつ、ゆっくりと撫で、やわらかなショーツの縫い目をたどる。そして——「ああ、ここだ」

「ジュード」メイはあえいだ。

「ここを口でいじられるのが好きだろう。ここを吸われるのが。ここを舐められるのが」

「ああ」

階段に足音が響いた。「ジュード！」

「おっと」ジュードはあわててメイの体を起こした。椅子を机の下に押しやって下半身の興奮を隠そうとするなり、デニーが戸口に現れた。

デニーはふたりの姿をひと目見て言った。「おっ、すまん。だがアシュリーから電話があった」

「やだ」メイは彼のひざから下りようとした。

ジュードがとめる。体を隠すものが必要だ。「どうした？」

デニーはふたりを見比べ、耳を引っ張ると、振り向いてティムがいないことを確かめたうえで、咳払いした。「彼女はどっかの高級レストランで働いてる――どう考えても働き過ぎだ――それで客の会話を小耳にはさんだ。彼女が……うん、彼女が思うに、客はほかでもないあのエルトン・パスカルじゃないかと」

ジュードには思いもよらないことだった。「ここに？　オハイオに？」

「どんな男か説明してくれたが、ああ、どうもくさいな」

「話の内容は？」

デニーは両手を腰にあてた。「ふん、知るか。それがどうした？　彼女によるとどうも怪しいし、俺も間違いないと思う。料理はもう注文したと言うし、押し問答してる暇はない」

ちらりとまたメイのほうを見る。ジュードのひざの上に座り、ジュードの両腕に抱かれている。デニーは咳払いした。「何なら俺がひとっ走り確かめに――」

「そうしてくれ」エルトン・パスカル。オハイオ。ジュードは首を振った。それが事実だとすれば、その意味するところはただひとつ。

ジュードはすでに戦闘モードに入り、血湧き肉躍る思いで、メイを立ち上がらせた。「行ってくる」

メイは彼にすがりついた。「あなたたち、何考えてるの？」

ジュードは聞く耳を持たない。「店はどこだ？」

デニーが肩をすくめた。「彼女はメイが知ってると言った。場所はメイが教えてくれるってな」

ジュードとデニーがそろってメイを見た。

メイは口をとがらせた。「いやよ。何も教えてあげない」と胸の前でかたく腕組みする。

「この話はもう忘れて」

今はじゃれ合う気分ではない。ジュードは彼女の前に立ちはだかった。「店の名前を教えろ、メイ」

「いや。こんなのどうかしてる。わざわざ押しかけるなんて――」

やにわに腕をつかまれ、彼女は鋭い悲鳴を上げた。そのまま書斎を出て、彼の部屋へと引っ張っていかれた。ジュードにはいくつか話をつけなければならないことがあった。そのためにはふたりきりのほうがいい。

「放して！」

彼はにこりともしない。「辛抱しろ」

背後からデニーが呼びかけた。「ポルシェを玄関につけとく」

「頼む」

メイが口をはさんだ。「ポルシェ？　あなたはメルセデスベンツに乗っていると思ったのに」

「両方持っている。じつは、六台ある。ポルシェは黒、だから今夜はそっちのほうがいい」

「六台？」

脇道にそれるのはいやだった。それも自分が車道楽である話などしたくない。ジュードはメイを部屋に引きずり込んだ。そしてドアを閉め、彼女をドアに押しつけて身動きできなくした。メイは目をまじまじと見開いている。眼鏡の位置がちょっとずれ、唇がわなないていた。数日前なら、これを怯えと取っていたかもしれない。だが今は違う。メイにはあまり怖いものなどないんじゃないか。俺のことはまず絶対に怖がってない。

「じゃれてる場合じゃないんだ、メイ」

彼女がか細い声で言う。「じゃれてなんかいない」

「母親づらしてる場合でもないし、不信を抱いている場合でもない」

「これは信頼感の問題じゃないわ」

「だったら何なんだ」

メイはじれったげにつぶやいた。「あなたは冷静沈着との評判だけど、そんなの買いかぶりね」

言うにこと欠いて――。

ジュードは彼女に顔を寄せた。鼻と鼻がくっつきそうになり、メイの目がまじまじと見開かれた。「エルトンがここにいるとすれば、それは俺を不幸に陥れるためだ。俺はエルトンとの問題にけりをつけたかった。今がそのチャンスなんだ」

「こんなふうにじゃなくて」

「こんなふうにだ」とメイの顔を両手で包む。「いいか、やつはたぶん俺が警察に電話して大騒ぎすることを願っている。そのうえで自分はアリバイを主張する。何でここにいるのかもっともらしい口実をでっちあげ、俺に恥をかかせる。やつの手口はそれだ」

ジュードはたまらずにキスしたが、軽いものにとどめておいた。そのぶん、こみ上げる感情はパスカルに対する敵意に向けた。これからあの男とじかに会う。そして白黒はっきりつける。

「じゃあ、彼はむしろあなたが現れることを願っている？」

「たぶん。だが、俺とひとりで対決することになるとは思ってないだろう。これまで俺はやつを黙殺してきたし、やつはそれで怒り心頭だった。要は俺に反応してほしいんだ。だから、ことあるごとにちょっかいを出してきて、俺を侮辱し、俺の出方を探った。きみを巻き込んだ時点で、やつは一線を越えてしまった。これでやつもようやく望みがかなうというわけだ。だが向こうの条件じゃない、こっちの条件で」

「あなたの条件？」

「一対一で会う。あいつは小心者だ。直接対決は苦手ときていて、自分は雲隠れを決め込み、汚れ仕事は手下に振る。だが俺が直接出向いていけば、やつにもプライドがあるから逃げ隠れはできない。手下に腰抜けぶりを見られたくはないだろう？　話はふたりでつける――肝に銘じるために」ジュードは彼女の髪に指を突き入れ、最後にこう言った。「つまり、きみがそのいまいましい店の場所を教えてくれれば」

メイは不快そうに顔をゆがめ、彼を押しやった。「汚い言葉は使わないで」そして眼鏡の位置を直す。「教えてあげる」

「教えてくれるのか？」

彼女はつんとあごを上げた。「わたしも行くわ」

「冗談だろう」ジュードは両手を放った。メイをエルトンのそばにやる、そう考えただけで息も詰まるほど怒りがこみ上げてくる。彼女を守りたい一心で全身がわなわなと震えた。

自分を抑えようにも抑えきれない。彼女に顔を近づけ、怒鳴りつけた。「きみはここにいるんだ」

「大きな声出さないで」

メイの穏やかな物言いがますますしゃくにさわった。「じゃあ、ばか言うな！」

「今度はばか呼ばわり？」メイはいらだたしげに目を細め、彼の出方を待った。

またか。ジュードはうんざりだった。女というのは決まってそういう質問を振りかざす。どっちに転んでも向こうは怒る。だがどうだっていい。

ジュードは両脚を踏ん張った。「俺がきみを連れていくとでも思ったら、大間違いだ」

「どう見ても、わたしのほうが正しい。あなたには助手が必要よ。少なくともわたしはそれがわかってる」

「きみだというのか？」

「ええ、わたし。わたしは見えないところにいる。でも携帯電話を手元に置いておくわ。いざというときは警察に電話する。または何かあったらクラクションを鳴らす。または――」

「きみ……」ジュードは震える指をメイに突きつけたが、それきり言葉が出てこない。彼女の瞳には意地と不安が透けて見えた。彼女をどう説得すればいいのだろう。ほかに何を言えばいいのか。時間は刻一刻と過ぎていく。エルトンは今にも店を出ていく。やつの頭にあるのは復讐、食い物じゃない。

ジュードは両手で頭を抱え、メイに背を向けた。こんなことになるとは思わなかった。むざむざチャンスを逃すことになるかもしれない。彼はすべてに嫌気がさした。「結局、きみの言うとおりだったようだな」

彼女の声に不安の色がにじんだ。「何が？」

「俺たちはそもそも合わないということ」むなしさがこみ上げ、妙に冷静になった。彼は笑い声を上げ、がっくりと両手を下ろした。「俺はきみに信じてもらえると思ってた。きみはほかの女とは違うと。だが……」と首を振って、ため息をつき、彼女の前を素通りしようとした。

メイは彼の腕をつかんだ。「ジュード、待って。これは信頼感の問題じゃない、そう言ったでしょ」

ジュードは腕に置かれた彼女の手をまず見た。あまりにも小さくて、この太い腕をつかみきれない。こちらの鋼鉄のような体に比べると華奢《きゃしゃ》なものだ。

それでもメイは俺を鼻先でこづき回そうとする。

次に彼女の目を見た。深い闇を秘めた、男を生きながらにして呑み込んでしまいそうな瞳。「俺はきみの弟じゃない。きみに守ってもらうまでもないし、甘ったれるまでもない。きみにあれこれ指図されるまでもないし、どうやって生きるべきか教えられるまでもない」

メイはショックを受け、手を放すと後ずさった。「そんなつもりじゃなかった」

「きみが仕切りたいんだろう? けっこうだ。喜んで尻尾を振ってついてくる男もいるよ。探しにいけばいい」彼はいらだちもあらわに言った。「俺はそんなんじゃない」そして部屋を出ていった。

廊下を半分まで行ったところで、背後を駆けてくる足音がした。「ジュード?」

顔をそむけたまま、彼は言った。「警察に電話しろ、メイ。いたちごっこでもさせるんだな。俺のほうは、これからひと泳ぎしてくる」

「でも……エルトンがもし……」

「俺にできることは何もない、そうだろう？　何でもかんでもきみが決めるんじゃ」片手を階段の手すりにかけ、ジュードは返事を待った。

メイの胸の鼓動が今にも聞こえてくるようだ。どうしていいのか決めかねているのが手に取るようにわかる。振り向いてそばに抱き寄せ、慰めてやりたい、それがまたなおさらしゃくにさわる。

彼女に対して怒りを覚えるのは当然だ。文句を言うなというほうがおかしい。なのに、なぜ自分がこんなにいやなやつに思えるのか。

メイの手がそっと肩に触れた。「あそこまでは最低でも二十分かかる」

ジュードの体からほっと力が抜けた。ちょっとした闘い。だが彼女の身の安全を守るには、致し方のないことだった。彼女のほうは見たくない。見れば、あの不安げな、傷ついたようなまなざしにとらわれてしまう。彼は背を向けたまま言った。「手短に教えてくれ」

「いくつか脇道があるの。地図を書いたほうがいい」メイは肩を落とし、彼の部屋に取って返した。ジュードも後にしたがい、彼女がベッドの端に腰掛け、両手を組み、首をうなだれるのを見守った。

こうしているあいだにも時間は過ぎていく。メイをなだめている余裕はない。彼はナイトスタンドの引き出しを開け、メモ帳とペンを取り出すと、彼女に手渡した。「地図を書いてくれ」

そのあいだ、ジュードは黒のジーンズと黒のプルオーバーに着替えた。地図を手渡されたときには、着替えはすでに終わっていた。

一瞬ためらった後、彼はメイの頬に触れ、唇を撫でた。「なるべく早く帰ってくる」

彼女は顔をそむけた。

口もききたくない？　つまり今夜はひとりで寝ろということか？　とんでもない。戻ってきたら、きちんと話をつけてやる。「あまり心配するんじゃない」

「心配せずにはいられないわよ」

やれやれとジュードは首を振った。「勝手にしろ」そして部屋を出ると、駆け足で階段を下りていった。デニーが玄関のドアを開けて待っていた。「遅いぞ」

「なにぶんにも女性がいるとな」

「ああ、まあな」デニーがわかるというように顔をしかめ、それからモニターのほうにあごをしゃくってみせた。「誰か来てる」

今度は何だ？　自分の目で確かめるため、ジュードはモニターへと歩いていった。「あいつか」

「誰だ？」

ジュードはメイがあのまま部屋ですねているものと思っていた。甘かった。

階段を勢いよく駆け下りてくる足音がしたかと思うと、メイが背後で言った。「誰なの？」

「知ってるやつか?」デニーがジュードに訊く。

「カメラマンだ。エド・バートン。メイのギャラリーで軽くやり合った」

メイがジュードの背中にのしかかるようにしてモニターをのぞき込む。ふっくらと丸みを帯びた肉体が背中にじんわりと伝わってくる。

メイは彼の肩に両手を置き、耳元でつぶやいた。「何しにきたのかしら？」

これで仲直りできればと、ジュードは背後に手を回し、彼女のヒップをつかんだ。メイの体がびくりとこわばらせる。

ジュードは素知らぬ顔をした。「特ダネでも探してるんだろう。どうってことない。それより……」ふといい筋立てが浮かび、微笑した。「ものは使いよう」

日はまだ沈んでいないが、夕焼けが地平線をあかね色に染め、黄昏《たそがれ》どきの陰を際だたせている。玄関の外では、黒のポルシェが低いエンジン音をとどろかせていた。

ジュードは表に出てポーチに立った。「彼女から目を離すな、デニー」

「もちろんだ」

メイが小走りに後を追う。「ジュード？」

彼はそのまま歩き続けた。

「お願い……くれぐれも気をつけて」

彼女はもう怒ってはいない。認めたくはないが、ほっとした。ジュードは前を向いたままうなずくと、大股に車のところまで歩いていき、エド・バートンのもとを目指した。これから取引を持ちかけるつもりだった。あのカメラマンはきっと飛びついてくるだろう。

ティムは壁際に身をひそめ、新たなたくらみに燃えた。誰にも姿は見られなかった。まさか盗み聞きしていたとは思うまい。エルトン・パスカルという名の男に気を取られ、みんなそれどころじゃなかった。

僕をやっつけろと命じた男、ジュードを殺せと命じた男はそいつなのか。みんなそう思っていたようだ。とくにメイは。ジュードのやつ、英雄気取りでのこのこひとりで乗り込んでいった。さっぱり理解できない。もっとも、こっちはジュードのような力もないけど。

敵を打ちのめし、ねじ伏せる、ジュードの試合を片っ端から見せられた後ではいやでも興味をそそられる。どれだけすかっとするだろう、相手を一発でぶちのめす。バシッ。こんな感じ？　あごに一発見舞って終わり。

たくましい大の男をこてんぱんにやっつける、骨折寸前まで手足をねじ上げ、降参させる。想像しただけでティムは血が騒いだ。

ジュードには相変わらずばかにされっぱなしだが、デニーには素質があると言われた。あとはトレーニングさえすればいい。デニーはそれとなく教えてやってもいいようなことを言っていた。もしもジュードぐらい強くなったら、誰にもでかい顔はさせない。父さんにも、どっかのちんぴらにも。もちろん、えらそうな、ひとりよがりの姉にも。

メイにかばってもらう必要なんかない。絶えずこっちの人生に口をはさみ、弱虫のガキ扱いする。

格闘家並みに強くなったらメイはどんな顔をするだろう。ティムはにやにやした。きっと尊敬してくれるだろう。その気になれば僕だって……。

だけど何考えてるんだ？　僕に格闘技なんかできない。それに今は、はたして週末まで命があるかどうかさえわからない。

すべてこっちに有利なほうに仕向けないことには。さて、どうするか、ティムは考えにふけった。

パスカルという男がジュードを殺したいほど憎んでいるとすれば、たぶん、たぶんだけど、僕の立場はけっこう使えるかもしれない。今のようにスパイ行為を働くこともできる。ジュードに関する貴重な情報をパスカルにくれてやることもできる。たとえば、ジュードにダメージを与えるようなこと、金とか世間体とか。ただし、命にかかわるような情報はやらない。

世のなか、早死にするには惜しい。ティムは自分もそうであることを祈った。ジュードの巻き添えをくうのはごめんだ。

次にあの男が電話してきたとき、家には誰もいないこともあり得る。そうしたら、この話を持ちかけてみよう。やってみるだけのことはある。ジュードにはそれぐらいしてやってもいいだろう。

14

レストランの駐車場で愛車にもたれ、ジュードはさりげないふうを装った。彼がじつは何をもくろんでいるか、はた目にはまずわからない。店内に入ったのはほんの一瞬だ。アシュリーにあの男だと教えられ、確かめるとやはりパスカルだった。

だからこうして待っている。

二、三台先の車には、エド・バートンがカメラを構えてひそんでいた。かたわらのテープレコーダには高性能のマイクが取りつけられている。彼はジュードの提案にふたつ返事でのってきた。すでに日も暮れ、夜のとばりが下りている。お膳立てはすべて整った。

メイはどうしているだろう。あの頑固さには驚かされる。だがかまわない。この件にけりをつけたら、埋め合わせはベッドでしてやる。ふたり抱き合って眠りにつくころには、ひとことの文句も言わせない。

店のドアが開き、ジュードは期待に心がはやった。だが出てきたのはエルトンでなく、アシュリーだった。あたりをうかがい、ジュードの姿を見つけると、こちらに向かってすたすたと歩いてくる。ばかな。いったい何を考えているんだ。

彼女がやってくる前に、ジュードは背を向け、駐車場の奥へと突き進むと、明かりの届かないところまで行った。アシュリーもついてきたが、さすがに大声で名前を呼んだりはしなかった。二台のトラックにはさまれた、真っ暗な場所にたたずむと、また店の入り口に目を凝らす。エルトンが出てくるところを見逃したくない。あの男と一対一になれるかどうか、それはすべてこちら次第だ。

「ジュード?」低い、女のささやき声がした。

まずい。

「ジュード?」今度は声が少し高くなる。アシュリーが目の前に現れたとたん、ジュードは暗闇に引きずり込んだ。

驚いて悲鳴を上げるかと思えば、彼女は「ああ、いたいた」とのたまった。

これじゃまるでメイだ。「そばに寄るんじゃない、アシュリー。エルトンに見られたら、きみまで狙われてしまうじゃないか」

それがどうしたというように、アシュリーは肩をすくめ、髪を後ろに払った。「あの男がそうなのかどうしても知りたかったのよ。好奇心でうずうずしちゃう」

またしても、このふたりは似ていると思った。たんなる風貌だけじゃない。風貌なら身内かと思うほど似ている。行動、笑顔、深い瞳、何から何まで似ている。

実際、このまなざしはほとんど……うりふたつだ。

「もしもし」アシュリーが小声でからかうように言った。「何をそんなに人の顔じろじろ見てんの？」

ジュードは首を振った。何を考えていたか、彼女に話すつもりはない。我ながらどうかしている。「きみが俺と一緒にいるところをエルトンに見られるんじゃないか、それが心配なだけだ」

アシュリーは「ふうん」とうなずいた。その目にまたメイと同じあの挑戦的な色が浮かんだ。ジュードはなぜかいたたまれない気持ちになり、アシュリーの顔から目をそらした。

「もう行ったほうがいい」

「メイはどこ？」

驚いた。ふたりそろって頭がいかれているんじゃないか。「俺の部屋で待機しているよ、もちろん」

アシュリーは彼の顔をじっと見て、また〝あの表情〟をした。女というのはなぜこうも哀れみと軽蔑と疑いを絶妙に混ぜ合わせた表情ができるのだろう。

「あのさ、それはまずいんじゃない？」

ジュードは額を撫でた。「そうなのか？」

「そりゃそうよ。きっと彼女も一緒に来たかったはずよ。なのにあなたったら、マッチョやターザンを地でいったわけよね？」アシュリーは男特有の発想に苦笑いした。「わたしがあなただったら――」

「待て」ドアが開き、エルトン・パスカルが部下を前にふたり、後ろにひとり従えて出てきた。「続きは後だ」

アシュリーは目をまじまじと見開き、きびすを返そうとしたが、ジュードが肩を押さえ、その場にうずくまらせた。「ここにいろ」とささやく。「出てくるな、何があろうと」

「どういう意味、何があろうとって？ これから何しようっていうの？」

「しーっ」ジュードは暗闇で身をかがめたまま、アシュリーから離れ、もう充分だと思うところまで来ると背筋を伸ばした。満を持してパスカル一味の前に躍り出る。

彼らがはっと足をとめた。あやうくドミノのように倒れるところだった。

ジュードを見て、先頭の男が気色ばんだ。「ジャミソン」彼はこぶしをかため、身を低くして攻撃の構えを取った。

マヌケ。ジュードはエルトンの車とおぼしき豪勢な黒のSUVにゆったりともたれかかった。エルトンの取り巻きは上背も横幅もあり、防壁がわりになる。

先頭の男が闘志満々で足を前に踏み出した。ジュードは見向きもせずに言った。「こいつを痛い目に遭わせたくないなら、エルトン、引っ込んでろと言ってやれ」

引きつった笑い声を上げ、エルトンが手下の前に進み出る。片手で制すと、配下の男たちは後ずさり、ジュードとの間隔が開いた。

「これは、これは、これは」エルトンがぼそぼそ言う。「誰かと思えば、いたいけな女を平気で手にかけるあの人殺しか」

「あくまでその話にこだわるならこだわればいい。俺はかまわない。だが、おまえに二、三言っておきたいことがある」ジュードはエルトンの見下げたような顔を真っ向から見据えた。「ふたりきりでな」

エルトンの瞳にさっと恐怖がよぎった。「話すことは何もない」

「俺のほうはあるんだよ。さあ、俺がまずおまえの子分を片づけるか、といってもちょろいもんだけどな、または、ふたりであっちに行って、大人どうしの話し合いをするか？」ジュードはにやりとした。「ふたりきりになるのが怖いというならべつだが」

エルトンがいきりたった。

ジュードのほうもあざけりをこめ、笑った。「おい、エルトン。ぶちのめしてやりたいのはやまやまだが、俺も第三者のうろちょろしているところではやらない。おまえの子分が目を光らせ、いざというときは助っ人に参上しようというんだからな」そして、声をなごませる。「そんなことをしても無駄だけどな。それはお互いによくわかっている」

「この野郎」エルトンがすごむ。「人を侮辱するにもほどがある」

ジュードは身じろぎひとつしない。それだけで効果があった。エルトンは手下におとなしくしていろと命じた。ジュードは満足げに駐車場の端を指さした――そこにはエド・バートンが控えている。できるだけ近くに行くほうが写真も録音もぶれない。「こっちだ」

エルトンは子分に一瞥をくれ、「ここで待ってろ」と怒鳴りつけた。

ジュードはエルトンのずんぐりした体を目で追い、太ったなと思った。四十二歳ということは、デニーより五歳下だが、エルトンのほうが老け、くたびれ、はるかにたるんで見える。金と権力により、かろうじてこわもてを保っている。自堕落な生活と恥ずべき本性がこの男を老け込ませた。ひとりでほうり出されれば、代わりに誰も闘ってくれる者はいない。まるきり無力だ。

手下の目の届かないところまで来ると、ジュードは街灯の下で足をとめた。両手をジーンズのポケットに突っ込み、エルトンの姿をじっと見る。「最近、食が進むようだな」

「ふざけるな」

「それはこっちのせりふだ。今度ばかりはふざけてもらっちゃ困る」

エルトンのこめかみに汗がにじんだ。目線が左から右へと泳ぐ。「言いたいことがあるなら、さっさと言え」

「わかった」ジュードは穏やかな、やさしいといってもいいほどの口調を保った。「ゲームは終わったんだよ。おまえにあしざまに言われようと、俺は黙認してきた。だが今度ばかりはやりすぎたな。おまえはハリウッドにこもっているべきだった——俺の手の届かないところに」

エルトンが後ずさる。「俺を脅そうっていうのか？」

「まさか」ジュードはわざとらしく手を伸ばし、エルトンの上着の襟を整えてやった。エルトンがはっと息を詰めると、手を引っ込める。「わかっているだろう。俺はリングでしか闘わない」そして目を細めた。「やむをえない場合はともかく。俺はもともと平和主義者でね、暴力は好きじゃないんだ」

そのひとことでエルトンは遠慮をかなぐり捨てた。肩をいからせ、ずんぐりした体で身構え、耳を真っ赤にした。「罪もない女を殺しておきながら」

「もう一度言ってみろ、エルトン」物静かな口調ながら、生かしてはおかない気分だった。

「俺は受けて立つ」

エルトンは顔を真っ赤にしたが、言い返そうにも言葉が出てこない。

「哀れなもんだな、エルトン。それでも男か。おまえを見ていると吐き気がする。まともな人間なら誰もおまえの話など聞く耳持たない。だから俺もこれまでは無視すればいいと思ってきた」

「パパラッチは聞く耳を持っていた」

「あんなダニどもの言うことは何とも思わない。それを言うなら、売れない役者連中の考えることも気にしないけどな。判事も陪審もおまえの言うことなど信じなかった。だからもういい加減に忘れることだ」

目を血走らせ、エルトンはしゃがれた声で言った。「彼女はおまえのせいで死んだ。俺のブレアは死んでしまったんだ。俺はもう二度と――」

「頼むよ、エルトン、泣き言はやめろ」その話はもう否定する気にすらなれなかった。あの目といい、荒い息といい、エルトンには殺気が感じられる。この男は自分のいいように信じたいのだ。こっちの知ったことじゃない。「おまえがブレアをものにすることは絶対になかった。だからそんな妄想で自分をごまかすのはやめたほうがいい。彼女はおまえを見下していたんだ」

「うそつけ！」

「うそじゃない。俺もそうだが、彼女もおまえにはうんざりしていたんだよ」

かっとして、エルトンはしゃにむにこぶしを振るってきた。

ジュードがわずかに背をそらすと、エルトンは空振りし、バランスを崩した。そして地面に頭から突っ込んだ。

こちらに向かって駆けてくる足音がした。

ジュードはひざまずき、エルトンの背中にひざをあてると、ブロンドの髪をわしづかみにした。そして砂利にまみれた顔をぐいと上向かせた。「もう一度追っ払え、パスカル。今すぐ。手遅れにならないうちに」

「引っ込んでろ」エルトンが絞り出すように言う。「いいから、引っ込んでろ」彼は肩で息をし、ジュードが指に力をこめると、痛みにあえいだ。

「えらいじゃないか、エルトン」ジュードは軽蔑をこめて笑った。「俺はやることが早い。おまえはのろい。そのおまえにしては上出来じゃないか」ジュードはぶちのめしてやりたい衝動でうずうずした。だがエドがカメラを構え、テープレコーダを回している。だからへたなまねはできない。彼は持ち前の冷静さを取りつくろった。「いいか、よく聞け。ブレア・

ケインは死んだ。おまえには彼女を生き返らせることはできない。おれにもできない。もう忘れることだ」

嗚咽《おえつ》が漏れ、エルトンは首を横に振った。髪をつかんだジュードの手にまた力がこもる。

「無理だ」

哀れなやつ。ジュードは手を放し、立ち上がった。パスカルを見下ろすと、あやうく同情を覚えそうだった。あやうく。

「もうたくさんだ、エルトン。現実に向き合ったらどうだ? くだらない復讐などあきらめ、自分がいかに間違っているか、これまでいかに間違ってきたか、認めることだ。そしてオハイオから出ていけ」

「俺はここで商売があるんだ」エルトンはおもむろにあぐらをかいた。震える手で髪を後ろに撫でつけ、顔の汗をぬぐう。ふたつ深呼吸した後、空いばりでジュードをにらみつけた。「ニューポートに売却物件がある。川をはさんだところだ。そこを買って店を開く——」

「詳しい話はけっこうだ。おまえが何をしようと俺の知ったことじゃない」

エルトンの顔がゆがんだ。「俺が言ってるのはな、おまえに追っ払われる筋合いはないってことだ」

ジュードは不敵な笑みを浮かべた。「どうぞ。いればいい。俺にちょっかい出さないかぎり、おまえが何をしようとかまったことじゃない。ただし言っておく、エルトン。電話や脅迫はやめろ。即刻」

エルトンはたじろいだ。「な……何の話だ」

ジュードは彼の前にしゃがみ込んだ。広げた両ひざに手を置き、エルトンの濁った目を凝視する。「おまえには好き放題言わせてきた。さんざん中傷もされた。だが、もう限界だ——見てのとおり。おまえも悪あがきはそれぐらいにしてもう手を引くことだ」そしてきっぱりと言う。「このうえ何かしてみろ、エルトン、まずは手下のやつから片づけてやる。いいな」

ジュードは立ち上がると、闘志満々でエルトンから離れた。そして、ボスの指示を待ちかまえる手下のほうへゆうゆうと歩いていった。向こうもあわてて飛び出してくる。あの連中が何か仕掛けてこないか、何でもいいから。俺が相手になってやる。

この手でエルトンを血祭りに上げてやりたい。

だが誰もジュードに声をかけてこなかった。どの男もぶつぶつ言いながら、エルトンのもとへと駆けていく。ジュードはあてがはずれた。車に乗り込み、彼らがエルトンを車に乗せ、走り去っていくのを見守る。気がつけばハンドルを痛いほど握りしめていた。ほどなく、アシュリーが愛車の黄色いシビック目がけて走っていくのが見えた。ジュードは一気に興奮が冷めた。彼女はこれからまた仕事に向かうのだ。ひょっとして遅刻させてしまったか。そうでないといいが。とにかくこちらに手を振るようなまねはしないでくれてよかった。彼女からエルトンの話が伝わったなど誰も知るはずはない。ない。誰ひとりとして。

アシュリーは駐車場を出て走り去っていった。後で彼女に確かめてみなければ——メイのご機嫌を直した後に。

エド・バートンが車を発進させ、あいさつがわりにクラクションを鳴らすと、走り去った。彼とも後で話をしよう、打ち合わせどおりに。いい写真が撮れていることを願いたい。だがどんな写真にせよ公表は契約上まだできない。

ジュードはこのあとエドに独占インタビューを申し出ていた。たとえ写真も録音も失敗したとしても、それが奥の手だ。

誰もいなくなると、彼はポルシェのエンジンをかけ、家に向かった。むしゃくしゃした気分はまだ癒えない。メイと話をするのはジムで発散したあとだ。今日はただでさえ彼女の機嫌を損ねてしまったのだから。

心底恐怖を覚えるなんて、アシュリーにしては珍しい。だけど断言してもいい。誰かにつけられている。バックミラーに何度もライトがまたたく。でも夜のこの時間、車は何台も通った。何度か脇に寄ってはみたが、戻るとまた背後でライトが光った。同じ車の主なのかどうかはわからない。

方向指示を出すのももどかしく、彼女は猛スピードで右折した。そしてオフィスビルの駐車場に入り——後続の車がヘッドライトを光らせて通り過ぎるのを見送った。やっと安堵のため息をつく。でもやっぱり誰かに尾けられたという気がしてならない。

駐車場は薄暗く、車の姿はほとんどなかった。ひとりで車を降りるかと思うと、あまりいい気持ちはしない。だけど、ジュードと悪漢との世紀の対決を見届けたくて、つい遅くなってしまった。これ以上ぐずぐずしていたら、確実に遅刻する。

不安をひとまず押しやり、アシュリーは最寄りのスペースに車を乗り入れ、エンジンを切った。誰かに見られている気がしてならず、ぎこちない手つきでキーをバッグにしまうと、ドアを開けた。外に出てあたりを見回す。車が数台とその影、ゴミくず、あとは何も見えない。

ドアを閉めると、その音が大砲のようにとどろいた。

はっと息を呑み、蒸し暑い夜の空気を吸い込む。「しっかりしなさい、アシュ」彼女はひとりつぶやいた。まったく。何だっていうの。三つの子どもがお化けを怖がるようなもんじゃない。

顔を上げ、背筋を伸ばし、アシュリーは前に足を出そうとした――と背後で人の気配がした。

「きみはひとりごとを言う癖が――」

アシュリーは叫び声を上げ、振り向きざまこぶしで殴りかかった。岩盤のような肩に命中し、男のうめき声がした。もう一発殴ってやろうとする。

「待て待て！」たくましい腕が彼女の体に回され、しっかりと引き寄せられた。

過去に教わったとおり、彼女はひざをしたたかに蹴り上げたが、狙いをはずれ、分厚い腿にあたった。

「こら。落ち着いて」

手からバッグが落ち、中身がごちゃごちゃと飛び出した。体をよじって抵抗し——。

「アシュリー、落ち着け」

え、まさか？ 聞き覚えのある声に胸の動悸がやんだ。

「すまない。怖がらせるつもりはなかった。大丈夫か？」

アシュリーはひざの力が抜けそうになった。体に回された手がゆるむ。耳元を息がかすめた。ひょっとして軽いキスだったかもしれない。

「あなたって……」それきり言葉が続かない。

「はい？」クィントン・マーフィがおどけてあいづちをうった。

「最低」

クィントンは大笑いし、体をそらして彼女の顔を見たが、両手は背中に回したままだった。じらすような笑み。思わせぶりなまなざし。

「そんな言い方はないだろう。きみに会いたい一心でこうしてじっと待っていたのに」

彼って……うん、クィントンって深みのある、素敵な声をしている。

アシュリーは彼を押しやった。「もうびっくりしたじゃないの。いったい何のまね？ 待ち伏せなんて連続殺人犯とかのすることよ」中身のばらまかれたバッグを見て、ため息をつく。「ああ。これで遅刻」

ふたりは同時に身をかがめ、頭と頭がぶつかった。アシュリーは尻もちをつき、クィントンは毒づいた。

彼女は額をさすりながら言った。「どいて。ほっといてよ」

クィントンが片方の眉を上げる。「そこまで邪険にしなくても」

ああ、わたしっていやな女。「ごめんなさい」無愛想な言い方になってしまったが、この状況ではしようがない。「あんまり寝てないし、さんざんな一日だったから」

「わかるよ」

アシュリーは財布にヘアブラシ、リップスティックを拾った。

彼は予備のタンポンにサングラスを拾った。

アシュリーがそれを彼の手からひったくる。バッグに中身を押し込むと、疑わしげに訊いた。「じゃあ、わたしに会いたい一心でこんな時間までずっと待ってたってこと？　仕事はどうしたのよ？」

クィントンは彼女の肘を取って立ち上がらせ、にやっと笑った。「いや、じつはちょっと片づけなければならない仕事があった。だが四十分前には終わったんだ。そこでふと、まもなくきみが来るころだと気づき、待っていることにした」

「寿命が十年縮まったわ」腕時計をちらりと見て、アシュリーは出口に向かった。

クィントンもついてきた。「最初の休憩は何時？」

「まだタイムカードも押してないのに。しかもあと二分で遅刻」

「いつもこんなぎりぎりなんだ？」

「違う。ふだんは早めに来てる」ビルに入ると、警備員のフリントがアシュリーに気づいた。彼はぱっと顔を輝かせ、手を振ろうとして——背後のクィントンが目に入ると、笑顔が曇った。

クィントンはほがらかに手を振った。

アシュリーが肘でつつく。「それやめて」

ふたりでエレベータに乗り、地下へと下りた。ドアが閉まり、密室状態になると、アシュリーはまた緊張感を覚えた。

沈黙が垂れ込める。神経が張り詰める。クィントンが黙って横に立ち、こちらを見て微笑んでいる。

香りが素敵。

熱気が伝わってくる。

彼の存在が、ああ、もうひしひしと伝わってくる。

こんなの耐えられない。こっちから攻めてやる——と、エレベータのドアが開いた。

「あと三十秒」彼が言う。「急げ」

気合いを入れ、アシュリーはタイムレコーダ目がけて走ると、あと数秒というところでタイムカードを押した。クィントンには目もくれず、従業員用の休憩室に入り、金属製のロッカーを開けて荷物をしまう。

背後で——それこそ真後ろで——声がした。「いいシャツだ」

うん、買うときはそう思った。今はちょっと派手すぎに思える。「ありがとう」彼女は取りつくろうように言った。そしてロッカーを乱暴に閉め、振り向いたら——彼がそこにいた。すぐそこに。たまらない誘惑。

彼女の唇に目を据え、クィントンはつぶやいた。「さっきは驚かせてすまない」

ああ。こんなに接近するとどんな思いがするか、彼には悟られているような気がする。彼はたぶん女の気持ちには詳しい。どうすれば女の胸が高まるか、彼にはたぶんわかっている。

べつにかまわないけど。

すると、温かな両手で顔を包み込まれた。

「きみのことは忘れようとした」彼がささやく。「でもだめだったよ」

アシュリーはどきりとしながらも、まぜっかえした。「よく言うわ。きっとそんなの最低十回は口にしたはずよ」

クィントンは戸惑った顔をしてみせた。「誓ってもいい、俺はどうにかなりそうなんだ、きみを味わいたくて」

彼女はそんなせりふにほだされる女ではなかった。「ふうん」

「さっきはうそをついた」彼の親指が頬を撫で、あごの下に行き、顔を上向かせる。真剣味とろけるようなセックスアピールをこめ、彼はアシュリーの目をのぞき込んだ。「仕事してたんじゃない。俺はただ……きみを待っていた」

その手にはのらない。こっちは強くて自立した女。自分の人生を他人に委ねたりはしない。超セクシーな男ごときに屈したりはしない。「そうなの？」

彼は薄笑いを浮かべた。「昨夜は眠れなかったよ。きみにキスすることばかり考えていた」

アシュリーはその顔をまじまじと見た。この人はおだてにのってほしいんだ。わたしにどぎまぎしてほしいんだ。

彼はわたしにイエスと言ってほしい——それはわたしだってそうしたい。でもやるならこっちのやり方でやる。先手を取るために。

片足に気取って体重をかけ、アシュリーはにっこりした。「かわいそうに。こっちは昨日は忙しくてあなたのことなんか考える暇もなかったわ」彼の鋭い瞳が曇る。「だけどね、わたしのせいで睡眠不足になったなんて言われたくない、だから……」

いきなり彼女はクィントンのうなじをつかむと、自分のほうに引き寄せ、唇と唇を押しつけた。はっと息を呑む音がして、彼の体が硬直するのがわかった……ものの二秒で。

すると今度はクィントンのほうが彼女を抱き寄せ、アシュリーにはあらがうすべもなかった。彼の両手が大きく背中を這い、体をぴたりと密着させてくる。舌をからめ、じっくりと味わい出すと、彼女は頭が真っ白になった。

休憩室がサウナのように感じられた。

ひざの力が抜けていく。

どのくらいキスしていたのか、アシュリーにはわからない。意識にあるのはただ彼のこと、その香り、その味わい、全身を駆けめぐる熱した快感だけだ。

やがてクィントンの両手が腰を這い上がり、親指が胸の下まで届いた。今にも彼の指が触れる。今にも彼が乳房に指をやる。しっかりしなきゃ。

アシュリーは顔をそむけ、かすれた声で言った。「もう充分」

彼の荒い息がうなじにかかった。彼の全身から熱気がほとばしる。彼の指がこわばり、ゆるんだかと思うと、また下におりた。「ごめん。つい歯止めがきかなくなった」

「ええ」アシュリーは三つ息をしてからでないと、ろくに口もきけなかった。「どいてくれる?」

クィントンは顔を横向け、彼女のあごに唇をかすめ——後ろに退いた。

アシュは彼を見た。正確には、あらわな興奮のしるしに目をやった。ぎらぎらと光る瞳、上気した頬、張り詰めた体。見ちゃいけないと思いつつ、下のほうに目をやると、スラックスが盛り上がっている。彼女はまた欲望をあおられた。

「どうかしてる」

「頼むから見ないでくれ。ますます悪化する」

アシュリーは顔を撫で、ロッカーに首をもたれると、目を閉じた。「わたしはあなたのことをろくに知らない」

「じゃあ知ってくれ」

差し迫ったというか、いらだったような声だった。

クィントン・マーフィには戸惑うばかりだ。アシュリーは感情を表には出さず、もっともらしく笑った。「冗談でしょ。知ったからといって、あなたが対象になるわけじゃなし」

「対象？」

「つきあっていい男性の」アシュリーは片手で彼を払った。彼の体、彼の心、彼の……すべてを。「あのね、金持ちってほしいものは何でも手に入れようとする。甘ちゃんなのよ」

クィントンは不服そうな顔をした。「きみの言葉を借りれば、俺のことをろくに知りもしないで」

彼女は肩をすくめた。「ほんとは、対象も何もない。要はそこね。わたしは誰ともつきあうつもりはない。たとえそのつもりがあったとしても、あなたは対象外よ」

彼はとたんに表情を変えた。そしてアシュリーを見て薄笑いを浮かべた。「体のほうはそうは思ってない」とまたにじり寄り、あの芳香で彼女を酔わせる。「乳首はかたい、舌はからめてくる、警備員に気づかれそうなほどうめき声は上げる」

恥ずかしさに首から上がかっと熱くなった。

「俺が望んだのはたんなるキス」クィントンは彼女のあごを軽くたたいた。「これで、まあ、俺も対象になったと思うね」

「勘違いしないで」異性にここまで侮辱されたのはハイスクール以来のことだ。殴ってやりたい。いっそ部屋から飛び出したい。

だけど公平に見て、彼はほんとのことしか言ってない。こっちもつい興奮してしまった。唇以外にもキスしていたら、そのままベッドに直行ということになったかもしれない。あの顔つきからして、彼もそれはわかっている。

アシュリーは笑い声を上げげた。クィントンを笑い、自分を笑った。相手はほとんど面識もない男性なのに。「じゃあ、とりあえず気の迷いってことにしておかない？」

クィントンは眉をひそめた。「とりあえず、というのが引っかかるな」

「ごめん、でもそれしかない」そうすればもう誤解しなくてすむ。キスもしなくてすむ。アシュリーはこう言って説明した。「わたしはデートなんかしてる暇はないのよ、クィントン。たとえあったとしても、デートするからにはそれなりの男じゃなきゃ」

最後通牒としては上出来だと思い、彼女は休憩室を後にした。だけど一歩遠のくたび、クィントンがその場に突っ立ち、後ろ姿を見守っているのが意識された。ちょっと侮辱された気分だろう。絶対にあきらめはしないだろう。

たぶん彼は挑発されたように思っている。

ちらりと背後を振り返ると、クィントンがにっこりしてみせた。ほらね、絶対に挑発にのった。アシュリーの背中をぞくぞくするような興奮が走った。

何でまたこんなときに彼と出くわしたんだろう。

15

自宅の駐車場にポルシェをとめ、エンジンを切るころには、ジュードの怒りはむしろ倍増していた。エルトンと対決したときのほうがまだ冷静だった。

こんなときははけ口が必要だ。怒りを燃やし尽くしてしまいたい。デニーならこの気持ちをわかってくれるだろうが、メイにはとても言えない。まずはジムに直行し、彼女と話をするのはその後にしよう。

あいにく、メイは邸内のモニターに目を凝らしていた。そして駐車場と住居をつなぐ廊下でジュードを出迎えた。彼が息つく暇もなく、メイは矢継ぎ早に質問を浴びせた。

「大丈夫？」ジュードに答える隙も与えず、腕にすがりついて訊く。「アシュリーは大丈夫？　やっぱりエルトンだったの？」と腕をゆすった。「誰とも喧嘩したりしなかったわよね？」

ジュードは腰に両手をあて、彼女を見下ろした。「待ってるあいだ中、それでやきもきしていたわけか？」

憮然とした口調に、メイはじろりと彼をにらみつけた。「わたしが何やっていると思ったの？　トランプ？　髪をいじる？　寝る？」

ジュードは彼女の皮肉に堪忍袋の緒が切れた。「俺がアシュリーを危ない目に遭わすだの、エルトンにやられるだの考えるくらいなら、そのほうがまだましだ！」

ジュードにやつあたりされ、メイは口をあんぐり開けた。そしてむっとした。「あなただってやられることはあるでしょ！」

「俺はきみの弟のような腰抜け野郎じゃない」

メイが息を呑む。「弟を侮辱するのはやめると約束したはずよ！」

ジュードはうなり声を上げ、メイを廊下に置き去りにしたまま、足音も荒くキッチンへと歩いていった。

ティムがテーブルにつき、デニーにSBCの話を披露してもらっていた。テーブルには新聞雑誌の記事をまとめたスクラップブックが広げてある。「路上での喧嘩はできれば避けろ。避けられない場合は、背中に壁があれば、受けて立て。話はしない。威嚇もしない。空威張りもしない、無駄話もしない。あとは臆病風を吹かすな。鼻っ柱に狙いを定め、敵の頭を五十フィート吹っ飛ばしてやるつもりでいろ。それを頭に置いとけ。二、三発殴ってやれば、相手はおそらく尻尾を巻いて逃げてく。要はそいつをぶちのめしたいわけだろう。最初にがつんとやってやれ」

「血を見そう」ティムは言ったが、すっかり魅せられたようすだ。

「当然な」

デニーはジュードを見ると、カウンターに行って静かにコーヒーを注いだ。「ほらよ」

「ありがとう」メイが後ろからやってくるのを意識しつつ、ジュードは熱いコーヒーをすすり、ティムにだめ押しした。「喧嘩するしかないとなれば、血は流す覚悟でいろ。無傷では帰さないと相手にわからせてやれ」

「無傷といえば」デニーが微笑する。「暴力沙汰にはならなかったようだな。いつもの大軍は従えてなかったわけか」

「大軍はな、うん」

「じゃあ、何人いた？」

メイが背後でふつふつと怒りをたぎらせているのがわかった。きっと腕組みでもして、素足で床をこつこつたたいている。女というやつは。「エルトンを入れ、ほんの四人」

「ほんの四人？」メイがおうむ返しに言う。「あなた、どうかしているんじゃないの？」

ティムも目を丸くした。「そうだよ。四人も相手にした？」

「相手にするまでもない」デニーが言う。「こいつの指関節を見ろ。傷ひとつない。つまり向こうが引き下がったってことだよ」

ティムがあざの残る顔をしかめた。「ジュードひとりが怖くて？　冗談だろ」

うそをついても始まらない。ジュードは肩をすくめた。「相手が四人では俺も危なかったかもしれない。少なくともあの四人では。ふつうのちんぴらなら問題ない。だがエルトンの手下はそれ相当の訓練を受けている。まあ、喧嘩になればなったで、やつらも大変だっただろう。間違いなく骨の一本や二本は折れていたからな」そしてティムに片目をつぶってみせる。「ついでに大量の血を見る」

「何考えてるのか」メイが嫌みを言う。

ジュードは相手にせず、ティムに向かって話を続けた。「けりをつけるには敵の動きを封じる、これしかない。いちばんいいのはどっかの骨をへし折ること、脚か足首が望ましい。腕一本折ったところで、喧嘩はできる。だが歩けないとなると——」

メイに背中を押され、ジュードは前につんのめった。あやうくコーヒーがこぼれそうになる。まさか彼女がこんなことをするとは思わなかった。しかもデニーとティムの目の前で。ジュードは唇を真一文字に結び、いらだたしげに目を細めた。

メイは勢いづき、彼にとがめる隙も与えない。「よくもこの子にそんな物騒な話を吹き込んでくれたものね？」

ジュードはゆっくりと彼女のほうを向いた。ひとことひとことときっぱりと言う。「きみがいくら子ども扱いしようと、彼はもう子どもじゃない。きみが守ってやるまでもない」彼はカップをデニーのほうに突き出し、デニーが間髪入れずに受け取った。「俺もきみに守ってもらうまでもない」

「あら、でもわたしは守ってもらう必要がある？　わたしがか弱い女だから？　女って救いようがないから?」

メイの言葉にはことごとく棘《とげ》があった。彼女は心配のあまりこんな口をきくのだ、と頭ではわかっている。けれど、つい言い返さずにはいられなかった。「俺のほうが図体がでかくて、体力があって、動きが速い——」

「おまけに頭もいいと言ってみなさい、ジュード・ジャミソン、絶対に許さないわよ」

怒りではなく、精気がみなぎってくるのをジュードは感じた。血管がどくどくと脈打つ。いらだちが期待に取って代わった。彼はもうメイしか眼中になかった。「俺はこれまでただの一度も、きみの知性をあげつらったことはない」

「やれやれ」デニーがつぶやく。

「だが」ジュードは話を続けた。「経験、それも危機に際した経験となると、そう、俺のほうがだんぜん上手だね」

メイは体の脇でこぶしをかため、つま先立ちになった。「じゃあ、お訊きしますけど、ひとりでのこのこ乗り込んでおきながら、この危機をいったいどうやって乗り切ったのよ?」

ジュードが横目でティムをうかがうと、興味津々でこちらのやりとりを見守っていた。

「とにかく乗り切った。きみはそれだけ知っていればいい」

しょせんその程度にしか思われていないのか、とメイはかかとを下ろした。怒るというよりは傷つき、彼女は言った。「そうなの?」

「これ以上ちょっかい出すとどうなるか、やつにもちゃんとわかっている」

デニーが豪快に笑った。「とっとと尻尾巻いてハリウッドに帰りやがれって言ってやったのか？」

「そんなところだ」

デニーがうなずく。「俺もそろそろ潮時だと思ってたよ。ここまで長い道のりになるとはな。これでやつもおまえが目を光らせることがわかったわけだ。ところで、あっちの件も俺が――」

「後で、デニー」

デニーがはっとした顔をした。「ああ、わかった」そして急いで話題を変えた。「あの野郎とのごたごたが片づいてよかったよ」

メイも察したのか、口をはさんではこなかった。いかにも傷ついたような顔をしていたが、今は詳しい事情は説明できない。ティムがそばにいて逐一耳をそばだてている。なにせ餌と見ればすぐ食らいついてくる男だ。とても信用できたものではない。

ティムはちらちらとみんなの顔をうかがった。「じゃあ……そいつが裏で糸を引いてたってことは確かなんだ？」

「まず確かだ」ジュードはメイからかたときも目をそらさない。「やつにはさんざんわずらわしい思いをさせられた。やつにも言ってやったが、あのままハリウッドにいれば、俺も無視してやった。だが、わざわざここまで追いかけてきたとなれば、俺も手を下さざるを得なかった」

「でかした」デニーはジュードの肩をたたいた。「これでもうあいつもこっちの生活にちゃちゃを入れてくることはないだろう」

「アシュリーには会った？」メイが遠慮がちに訊いた。

ジュードがうなずく。「次の仕事に向かうのをこの目で見届けたよ、無傷のまま」

デニーがとたんに機嫌をそこねた。「だから働きすぎだってんだ」

「彼女が電話したことはエルトンに知られてないわよね？」メイが念押しした。「彼女がこの件に関係しているとは思ってないわよね？」

「あいつに超能力でもないかぎりは」ジュードが安心させるように微笑んだ。「俺は彼女を危険にさらすようなまねはしないよ」

「よかった」メイもにっこりした。「じゃあ、これにて一件落着ということなら、わたしがここにいる理由もないわね。明日には仕事に戻れる。社長も大喜びだわ」

ジュードは絶句した。

ティムがそのぶんまくしたてた。「え？　だめだよ！　まだここを出ていくわけにはいかないよ」

デニーがすかさず割って入った。「もちろんだ。今回の騒動が一部片づけたからって、全部にけりがついたわけじゃない」そう言ってジュードの頭の後ろを小突く。「何とか言えよ、こら。ここにいるように彼女に言ってやれ」

「よけいなお世話」メイはきびすを返し、足取りも勇ましくキッチンから出ていった。「わたしの心はもう決まっているの」

「今夜はどこにも行くんじゃない、メイ」ジュードの声が鋭く響いた。

彼女はことともなげに笑った。「あたりまえよ。もう遅いし、疲れてる。でも明日の朝いちばんにここを出ていくわ。おやすみなさい」

明日の朝いちばんに。ジュードは頬がゆるんだ。少なくともあとひと晩ある。ひと晩あれば多くのことが起こる。そうなるようにしてみせる。「たいした勇気だろう?」

デニーはあきれた顔をした。「あれはよっぽど頭にきてる」

彼女が肩をいからせて去っていくのを見て、ジュードはむずむずしてきた。メイと一緒にいると飽きることがない。

デニーはジュードの視線を追い、メイが廊下の角を曲がるとうなずいた。「言えてる」

ティムが口をもぐもぐさせた。「いったい何の話してんだよ? 姉さんは出ていくって言った。でもまだ確実にエルトン・パスカルと決まったわけじゃないし、それがはっきりするまでは、僕は出ていきたくないよ」

ジュードは見向きもしない。「じゃあ、出ていくな」

「だけどメイが……」

デニーがすかさず割り込んだ。「彼女はおまえのママじゃないんだよ、坊や。自分の足で立て。充分立派な足を持ってんだろうが」

「そりゃ、口で言うのは簡単だけど。メイがいったんこうと決めたらどうなるか。すごい頑固なんだ。自分の意見を曲げやしない」ティムはジュードに泣きついた。「姉さんに話してくれよ。ここにいなきゃだめだと姉さんを説得して――」

デニーが目を丸くした。「しっかりしろよ。男がヒステリー起こしてどうする？　だいいち、ジュードはちゃんと彼女を説得する」とジュードをにらむ。「少なくとも、説得するに越したことはない」

「ああ」ジュードは笑ってしまうほどの自信をこめて言った。「ちゃんと説得する」そう簡単にはいかないかもしれないが、メイに何とかしてとどまるよう説得するつもりだった。取るべき道はそれしかない。まだ彼女を手放すわけにはいかない。

手放せる日などはたしてくるのだろうか。

そう思うといたたまれない気持ちになり、ジュードはデニーとティムのほうを向いた。

「その前にジムで汗を流してくる」

デニーが腕時計を見る。「今から？」

「ストレスを発散したい」

「そうか」デニーはわかるというようにうなずき、ティムに言った。「じゃあ、ちょうどいい。どうやるかおまえも参考のために見ておけ。行くぞ」

ティムは例によってぐずぐず言った。「やだよ。もうくたくたなんだ。もう寝るよ。僕――」

ジュードとデニーが両側から腕を抱え、ティムを立ち上がらせた。ティムは地下室に連行されるまでずっと文句を言っていた。けれどジュードにグラブをつけさせられたが最後、あとはやるしかなかった。

ジュードはティムのトレーニング風景を見て、デニーと同じことを思った。

こいつも鍛えようによっては、それなりにものになるかもしれない。そうなれば、メイを悩ませることもなくなる。

それだけでもジュードは充分ティムにつきあってやる気になった。

真夜中を過ぎ、メイは泣きたい気分だった。刻一刻と落胆がつのっていく。何百回と自分に問うてみたけれど、答えはひとつも出てこない。

わたしはユマじゃない。なのにどうしてジュードに好かれるなんて思ったんだろう。どうして彼に必要とされるなんて思ったんだろう。

ジュードにあてがわれたゲストルームの上掛けにくるまり、メイは眠ろうとした――でも眠れない。ジュードはなぜわざわざあんな態度を取ったんだろう。まず、彼はわたしを置いてきぼりにした。それはまあ、わからないでもない。ぎゃくの立場でも、やっぱりそうしただろう。みすみす彼を危険にさらそうとは思わない。どうせなら守ってあげたい。

だけどジュードはこちらの心配もどこ吹く風、まるで侮辱のように受け取った。しかもキッチンでは失礼そのものの態度を取った。

言い合いはしたくない。だけどひとりで眠りたくもない。今夜は。朝になれば、ここを出ていく。これでもう彼と夜を過ごすこともない？ああ、どうして出ていくなんて宣言してしまったんだろう。そうするのが正しいと思ったから。わたしは誰とでも寝るような女じゃない。危機が去れば自分の人生は、自分で折り合いをつけるしかない。わたしもティムもジュードには充分迷惑をかけた。ジュードはわたしたちが深い関係になったと言った。でも、それはここにいるあいだだけのこと？　彼はこれからも電話したりデートに誘ってくれる？　わたしを懐しがってくれる？　彼はハリウッドにユマとパーティしに戻る？

メイは枕に頭を押しつけ、体を丸めると、心の痛みをこらえようとした。あなたのせいよ、ジュード・ジャミソン。

心のなかで彼を恨んだそのとき、ひと筋の細い光が床に射し、ベッドから壁を伝った。ゆっくりと部屋のドアが開く。眼鏡がなくても、メイには戸口に現れた背の高い人影がジュードだとわかった。胸が激しく高鳴る。

何も言わず、彼は部屋に入ってきた。

メイはぎゅっと目を閉じた。それでかえってジュードの存在感やドアの閉まる音が意識された。静かな足音がベッドに近づいてくる。彼がベッドのそばに立ち、じっとこちらを見下ろしているのが感じられた。彼の覚悟のほどまで感じられる。

衣ずれの音が耳に届き、彼が服を脱いだのだとわかった。ああ、どうしよう。ジュードに何か言わないと。何でもいいから――。

上掛けが持ち上げられ、ベッドがきしみ、ジュードの大きく温かい体が目の前にあった。体の隅々までが喜びにさざめいている。彼がわたしのもとにやってきてくれた！　でも彼は何も言わない。だからメイも何も言わなかった。

身じろぎひとつせず、目を閉じ、彼女は乱れた呼吸を鎮めようとした。簡単なことじゃない。体毛におおわれた彼の腿がこちらの腿を這い、温かな息が顔にかかる。やさしい手つきで髪を撫でられ、その手が肩から背中を伝った。石けんとシャンプーの匂いがして、シャワーを浴びてきたのだとわかった。

長い時間に感じられたけれど、ほんの数分のことだった。

低く深いささやき声がした。「メイ、なあ、怒鳴ったりしてごめん。エルトンとやり合い、気が立っていたんだ」

気持ちはわかる。なにせ相手はジュードを危機に陥れた男、メイのほうこそ気が立っていた。

「この手で殴りつけてやりたかった。「どれだけそうしたかったことか。だがそんなことをしても問題は解決しない。だからかわりに、やってはいけないことだが、きみにやつあたりしてしまった」

ジュードは彼女の髪を撫で、ものやわらかに語り続けた。

「あれからジムで体を動かしてきたよ。サンドバッグを殴りつけ、きみの弟ともスパーリングしてきた」

弟と？

「きみの言うとおりだ。俺はあいつを侮辱するべきじゃなかった」

そう、ジュードはこれまでさんざんティムを侮辱してきた。でもほんとはそんなことどうでもいい。

「とはいえ、ティムの前ではデニーにおおっぴらな話をしてほしくなかった。俺が隠しだてしているように見えたとすれば、理由はそれだ。俺はティムを信用していない」ジュードはさらに体を押しつけてきた。「だが、きみはべつだよ」

その言葉には特別な意味合いがこもっていた。

「だから、今話しておこう。デニーが信頼のおける人物を雇った。過去にも依頼したことのある人物だ。これでエルトンは二十四時間監視下に置かれる。今夜中にはこっちに到着し、仕事に取りかかる。具体的な証拠をつかみ次第、俺たちは警察に行くことになる」

そういう業務はいったいいくら費用がかかるのか、メイには想像もつかなかった。

「いいか、エルトンがオハイオにいるあいだ、俺はやつの動きを逐一つかんでいる」ジュードはそっと彼女の額に唇をあてた。そしてしゃがれた声で言う。「俺はきみを危ない目に遭わせるつもりはない」

メイは自分がこんなにも大事にされていると思ったことはない。胸が詰まり、体がわなわなと震え、涙がこみ上げそうになった。

「こら、メイ」彼がからかう。「寝たふりしていないで、許してやると言ってくれ」

ため息まじりにメイは目を開けた。彼の顔が間近にあるけれど、眼鏡がないので表情まではわからない。「どうして起きているとわかったの？」

彼の片手が乳房にあてがわれる。「乳首がかたい」微笑まじりの声にメイもつられて笑った。

ジュードがそばにいたら、いやでも体が反応してしまう。メイは彼の胸にすり寄り、顔を上げた。「あなたがそばにいるといつもそうなるみたい」

ジュードは彼女の唇の端にキスし、つぶやいた。「そう言ってもらえるとうれしいよ」

メイは笑った。「あなたに見つめられると、女は誰だってとろけそうになるし、それに……」

彼が満面の笑みを浮かべる。「何？」

自分もそうだと思いつつ、彼女はささやいた。「熱くなる」

「へえ。そうなのか。それは知らなかった。それなら、きみはどうなんだ、メイ。熱くなってる？」と親指で乳首をさする。「俺が自分で確かめてみるか」

ジュードは彼女のTシャツの上から脇腹、腰、腿へと撫で下ろした。そしてまた上へと行き、今度は腿の内側からショーツへと手をやった。五本の指をぴたりと押しつけ、満足げにかすれた声を上げた。「猛烈に熱い」

目を閉じ、メイは彼の指先の感触にひたった。危機はあらかた去った今、わたしがここに来たほんとうの理由をジュードにわかってほしい。彼はこれまで否定的な噂やいわれのない非難にさらされてきた。数多くの試練を堂々と耐え忍んできたのだ。

わたしの気持ちや動機については、一片の疑いも持ってほしくない。今ここで愛しているだの口にするつもりはない。それは不公平というものだ。彼はわたしの想いに報いるか、わたしを追い出すか、そのどちらかしかなくなってしまう。彼がわたしを愛してまではないことはわかっているし、まだここを出ていきたくはない。言葉にできないものは体で示したほうがいい。

誘惑をこめてメイは言った。「今度はこっちの番よ」

ジュードの指がとまった。「つまり？」

メイは微笑み、彼のたくましい胸、ちぢれた胸毛、そして引きしまった下腹へと片手を這わせた。彼の肉体は多くの女性の妄想をかきたててきたことだろう。筋肉質のたくましい体に黒々とした体毛、持ち前の高潔さとくれば、彼の魅力は高まるばかりだ。

メイは彼のしたつややかな体毛を指で撫でた。そこを下へとたどれば、かたくそそり立つものがある。「わたしもあなたに触れたいってこと」

彼女の指がおへその上でとまると、ジュードは息を詰めた。「メイ？」

「あなたの感触が大好き」やにわにメイは手を下にやり、てのひらですっぽりジュードを包んだ。ギリシャ彫刻さながらに、温かな生命にどくどくと脈打っている。ジュードはこわばり、メイの手のなかに体を押しつけると、彼女の肌にあてた指に力をこめた。

メイの全身にじわりと熱いものが広がっていく。「わたしにも同じ効果があったようね」

「きみを思うと、俺はきみのなかに入りたくなる。きみを見ると、俺はかたくなる。きみは確かに効果抜群だ」ジュードは額と額をくっつけた。「もっと強く。もっと強く握ってくれ」じれるような思いで、メイは言われたとおりにした。「こう?」

ジュードの手が彼女の股間で静止し、そのぶんメイの興奮をあおる。「うん。今度は撫でる。そう、でもゆっくり」彼はうめき、呼吸を乱し、熱気を発散させた。「ああ、そうだ」

メイは権力を握ったような気分になった。ますます大胆になり、自分がされたのと同じようにジュードをあおってみたくなった。顔を横向け、彼の口にキスしてささやく。「口のほうがもっといいんじゃない?」

時間がとまったようだった。周囲の空気がぴたりと凪《な》いだ。やがてジュードが彼女にキスしてきた。唇を押しつけ、舌で深くまさぐり、彼女を意のままにする。

このままではいけない。踏みとどまり、興奮の嵐をしのがなきゃいけない。

彼の手がまた動き、メイは思わず彼を握りしめた。ジュードは低いうめき声を漏らし、彼女の手をもぎ取った。そして肩で息をしつつ、彼女ののどに唇をあて、吸い、キスの刻印を残すと、肩や胸の頂にも同じことをした。ところかまわずに唇をあて、彼女をむさぼり尽くす。

ジュードがTシャツの下に片手を入れ、乱暴にめくり上げた。一気に乳房をつかみ、乳首に口をあてがい、強く吸う。メイはたまらずに甲高い興奮の声を上げた。

歯で乳首をつままれると、もうじっとしてはいられなかった。「ジュード、早く」

「まだだ」彼はうなるように言い、もう片方の胸に移った。

「早くったら」

ジュードが両手でTシャツを顔のところまでたくし上げた。メイが頭から脱ごうとすると、彼はまた乳首を吸い、そこからお腹までキスしていった。「脚を開いて」

ああ、どうしよう。ああ、どうしよう。「わたし――」

ジュードがショーツをはぎ取り、メイはショックを受けながらも興奮の度合いがまたひとつ高まった。

彼女の股間に顔をうずめ、ジュードは深々と息を吸った。「何ていい匂いだ」

今まであれこれ夢に描いたことはあるけれど、こんなに生々しいのは想像したこともない。

ジュードは彼女の片脚を自分の肩にかけ、もう片方の脚は脇に押しやった。「何度きみをものにしてやろうと思ったか。ずっと前から。初めて会ったときから。今きみはこうしてここにいる。俺はきみをいかせるまで思う存分堪能させてもらう」

約束、または脅し？

するとまたジュードの口におおわれた。熱く濡れた感触。鋭い快感にメイは首をそらし、背中を弓なりにした。彼の舌がかぶさってきて、なかにもぐり、クリトリスにまつわりつく。ジュードの舌と唇はえもいわれぬ感覚がして、やわらかくやさしいのに、荒々しく燃えるようでもある。彼の手がうごめき、彼女の体を開かせたかと思うと、二本の指を深く押し入れてきた。

メイはこれまでそう簡単にセックスで充足感を得たことはないが、今回は自分でもクライマックスに達するとわかっていた。全身が疼《うず》き、緊迫感がつのっていく。もうじっとしていられない。うめくかあえぐかせずにはいられない。目をかたく閉じ、歯を嚙みしめるうち、強烈な快感が体じゅうを駆けめぐった。彼女は空気を切り裂くような叫び声を上げていた

――だけどかまわない。

ジュードはそのまま愛撫を続けた。メイの興奮が鎮まるにつれ、動きをやわらげ、しまいにはただの軽いキスになった。

「最高だ」彼はつぶやいた。

メイはあおむけになったままぐったりとした。ちょっとだけ恥ずかしいけれど、気にしない。

ジュードが上にのしかかってくると、彼女は「ああ」とため息をつき、彼の得意げな含み笑いを聞いた。

「確かに〝ああ〟だよな」ジュードはメイの唇にキスをした。彼に今しがたされたこと、彼の唇が触れた場所のことを思うと、彼女はひるんだ。だけどやはり気にしないことにした。それもまた興奮をそそることではある。ジュードはメイの唇をなめ、「おいしい」と言って

横に下りた。

メイはまだ息を弾ませながら訊いた。「どこに行くの?」

「コンドーム。お楽しみはこれからだよ」

「ああ、そうね」彼女はまだあおむけになり、目を閉じたままだ。そこでふと思い直した。

「いえ、待って」

「待てない」ホイルの包みを開ける音がした。「したい。今すぐ」

メイは片目を開けたが、部屋は暗いし眼鏡はないし、よく見えない。「だけどわたしもあなたにキスしたい」彼女は唇を舐め、あらためて言い直した。「だから、あそこに」

ジュードは彼女には聞き取れない声で何やらぶつぶつ言った。そのあげく、こう言った。

「とてももたない」

「いいじゃない。わたしもそうだったもの。それに正直言って……あなたのほうもどんな感じかと思って」

「うそだろ」彼が息を呑む。

「どうして?」

「きみがそういうことを言うだけで、俺はいってしまいそうになる」

メイは手を伸ばし、彼の腿に触れた。「ねえ、お願いだから」

「思わせぶりなことを」ジュードはむっくりと起き上がり、ヘッドボードに背中をもたれた。「じゃあ、わかった。やってもらおう」そして覚悟を決めるかのようにゆっくりと深呼吸した。「だが早くしてくれ。でないとその前にいってしまいそうだ」

メイが勢いづく。「眼鏡かけたほうがいい？」

「いらない」彼は短く笑った。「感覚でやってくれ」

「そうね」メイは彼の分厚い腿を這い上がり、両足のあいだにおさまった。腹ばいになり、左のこぶしにあごをつき、そろそろと手を伸ばして彼に触れる。「何かまずかったら言ってね」

「ああ、わかった」ジュードは両足をもぞもぞさせた。「何でも言うとおりに」

ジュードの反応に気をよくし、メイは彼を片手で包み込むと、顔を寄せて頬ずりした。男らしい体臭がして、お腹のあたりがぞわぞわしてくる。オーラルセックスなんてジュードには珍しくもないだろうに、期待にはちきれそうだ。男性がここまで興奮するなんて思ってもみなかった。

待ちきれず、彼のてっぺんに親指をあて、つややかな水の玉をつぶす。ジュードの体がびくりとし、ペニスが手のなかでしなった。今度は舌をあて、しょっぱい水滴を舐めると、荒々しいうめき声がした。

「おいしい」メイはささやき、ジュードを口に含んだ。なにしろ大きいのでそこからどうやって先に進んでいいのかわからない。とりあえずてっぺんを口におさめ、舌をからめては手で撫でた。

ジュードは両手で彼女の髪をまさぐっていたが、その手が急にこわばり、彼女の顔を自分に押しつけた。「そうだ、メイ」すがりつくように言う。「そうだよ」そして腰を持ち上げ、ゆっくりと前に突く。

メイは鼻で息をした。気持ちが昂ぶり、呼吸が荒くなる。彼女は口を大きく開いた。

ジュードは体をかたくし、あえいだ。「メイ……」

少し抜いてはまた入れる。こつをつかむと、口を横に滑らせ、入れ、抜き、深く入れ……。

「それだ」彼の全身におののきが走った。両手でメイの頭をつかみ、自分の好むリズムに彼女を導き、しゃがれた声で訴える。「いかせてくれ」

メイは言われたとおりにした——そして彼は限界に達した。左手は彼女の髪にやったまま、右手は力いっぱい上掛けを握りしめた。腰を浮かし、体を硬直させると、荒々しい勢いで精を放った。

ジュードはしみじみ思った。このメイ・プライスという女性は思わぬ魅力に満ちている。はたして太刀打ちできるだろうか。彼女を理解した、彼女ならこう出ると思うたび、ふいうちをくわされる。

フェラチオ。

彼は頬がゆるんだ。メイがそんなまねをするとは夢にも思わなかった。

だがそれを言うなら、メイにとんだ目に遭わされるとも思っていなかった。または、これほど信用されるとも。または……心配されるとも。

これまでのメイを思えば、わからないでもない。だが今は……あまりにも意外な一面を見せつけられ、どうもよくわからなくなってきた。

すぐそばに寄り添い、メイは満ち足りたようすでうつらうつらしている。ジュードは天井を見つめ、彼女を自分のベッドに運んでいけたらと思った。そのほうが体の大きさに合い、広くて寝心地もいい。それに噴水の音も気に入っている。

だが今はさすがに精根尽き果て、体はだるく、頭も働かない。ふと気づいたときには、メイが上掛けをかけ直し、彼の額に唇をあて、またそばに寄り添ってきた。

彼女はつくづくいとおしい。しかも刺激的。しかもセクシー。

メイならば信用できる。彼女ならば信頼が置ける。彼女ならばたぶん……愛することができる。

我ながらあきれ、ジュードはひそかに自分をののしった。

こっちはもう彼女を愛している。あとは向こうにも自分の気持ちを認めさせるだけだ。そうすればふたりで将来のことを考えることができる。ふたりで一緒に。

それを思うといてもたってもいられなくなる。ジュードは目を閉じ、かたわらのメイの感触に神経を集中させた。彼女は俺のかたわらにいるべきなのだ。どうするかはあとでゆっくり考えればいい。

どうにかして、メイに自分の気持ちを認めさせてやる。

16

家は暗く静かだった。異様に静かだ。時計の音が耳につき、ティムはその音に呼吸を合わせようとした。ほかの三人はとっくにベッドについている。

電話するなら今だ。誰にも気づかれることはない。姉にも、デニーにも。あのおごりたかぶったジュードにも。

でもだめだ。まだ。もうちょっとしたら、と自分に言い聞かせる。もうちょっとしたら、ベッドを下りて、エルトン・パスカルに電話してやる。

酒があれば。ボトルが常備されたバーはこの部屋からそんなに遠くない。二、三杯引っかければ、勇気が出る——必要なのはそれだ。むっくり起き上がるとベッドがきしんだ。鳥肌が立ち、心臓がとまりそうになる。

ちきしょう、いつまでもこんなことやっていられない。自分のベッドで枕を高くして眠りたい。好きなように家を出たり入ったりしたい。少しは楽しい思いもしたい。

パスカルに電話する以外、どうしろと？　何とかしないと、メイは明日には無理やりこの家を出ていく。こっちはまた身の危険にさらされる。メイにはわからない。殴られたり脅されたりしたのは姉さんじゃない。忍び足で歩かなきゃならないのは姉さんじゃない。

　デニーとジュードにもわからない。あのふたりはプロだ。さっき目の前で見せつけられたけど、お互いに気安くスパーリングしていた。あのふたりなら腕の一本や二本へし折るくらい簡単なことだ。あの素早い動きはとめようもない。

　僕も教わりたい。

　だけどジュードの自信、これ見よがしなあの態度を考えると、疎ましさがこみ上げてくる。ジュードはいいやつだと思う。当然だ。あいつは何から何まで恵まれている。容姿、体力。世界でも指折りのトレーナーが、世話係に料理人に掃除人にドアマンまでつとめているのだから。

　しかもデニーはご満悦ときた。

　あれじゃ息子の自慢話をする父親だ——僕は父さんに自慢話なんかしてもらったこともないけど。

　こっちはけなされてばかりだ。情けないやつだと思われている。いやでしようがないのに中古車代理店を継がされた。がんばれとはっぱをかけられ、できもしない期待をかけられる。

　だけど自慢に思うことは？　ない。デニーのような男に自慢に思ってもらえたら、どんな気持ちがするだろう。

あのふたりがスパーリングするところを見ていたら……気が昂ぶった。ふたりともがむしゃらに殴り合っていた。汗がしたたり、力がみなぎり、観ているうちに仲間に加わりたくなった。

だけどとてもそんな勇気はない。

危ない目に遭うのは怖い。

デニーとジュードは言い訳をしない。何か失敗しようが、払いのけ、悪態をつき、もう一度やってみる。

こっちが同じことをしても、どうせ笑われるに決まってる。

といっても、デニーは僕を教えるあいだ笑わなかった。だけどそれはまたべつの話だ。デニーは人を侮辱しておきながら、それがほめ言葉に聞こえることもある。頭をはたかれたときも、痛かったけれど、本気でやったとは思えなかった。失望しているふうでもなかった。

デニーのことはそれなりに好きだ。

でもジュードはべつだ。

完璧人間のあいつは今ごろたぶんメイにまつわりついている。メイには裏切られた。この状況がわかっていながら、ジュードをそそのかした。姉さんは僕のことなんかどうでもいい。僕をひどい目に遭わせ、何をやってもだめだと言いたいんだ。

ジュードも姉さんもくそくらえだ。

ティムは立ち上がった。今度はベッドがきしむ音も怒りで耳に入らなかった。そっとドアを開ける。月光と外の防犯灯の明かりが窓から漏れ入り、廊下を照らす。下着姿で脚を忍ばせ、誰かいないかちらちらとあたりをうかがった。

磨き抜かれたマホガニーのバーにもたれるころには、てのひらと背中がじっとりと汗ばんでいた。酒ほしさに息が上がる。早くも酒の味がする。のどを焦がし、腹へとしみわたっていくあの感覚。匂いまでしてくる。肩で息をしつつ、ティムは唇を舐めた。

バーの奥に回り、おそるおそる棚を探る。と、何もない。

いったいどこにいったんだ？

悔やしまぎれにキャビネットの扉や引き出しも開けてみた。どこかにあるはずだ。

ぱっと明かりがつき、ティムは心臓がとまりそうになった。

「やめとけ、ティム。さっさとベッドに戻れ」

まばゆい光に目をおおい、顔を上げると、向こうにデニーが立っていた。顔は無表情で何を考えているのかわからない。

「何でこんなとこにいるんだよ？　監視してたの？」

デニーは首を振り振り、こちらにやってきた。

ちきしょう。ティムは後ずさりグラスの棚にぶつかった。がちゃがちゃとグラスの鳴る音がした。叫び声を上げるつもりはない。デニーに対しては、絶対に。でも今は酒ほしさに全身がわなないている。この一杯をあてにしていたのに。

デニーはティムの前で足をとめた。「グラスを割る前にそこから出てこい」

ティムは警戒心をみなぎらせた。デニーは怒りを秘めているのか、いないのか。かならずしも怒っているようには見えない。不機嫌、ではあるけれど、寝ていたところを起こされたのだ、機嫌のいいはずはない。

デニーはいらだたしげに手を払った。「おい、びくついてんじゃない。べつに取って食おうってわけじゃなし」

それを聞いてどれだけ安心したことか。

「だが」とデニーが言葉を継ぐ。哀れむような口調だった。「だがな、酒は飲ませてやらない」

「ミネラルウォーターを探してたんだよ」ティムは口からでまかせを言った。

「いや、違う。おまえも困ったやつだ」デニーは無精ひげを撫で、それからあくびした。天気の話でもしているような気安さだ。「だが俺が解決してやる。酒はもう終わったんだ」

酒はもう終わった。ティムはじわじわとパニックに陥った。「いったい何の話？」

「酒は全部なくなった。俺が始末した。家じゅう探しても一滴も残ってない」

信じられない思いで、ティムは笑った。あれだけ高級な酒をわざわざ捨てたりするやつはない。どこかにあるはずだ。たぶん隠してある。そのわりにはデニーはにこりともしない。

「からかってんだろ？」

「いいや」

何てことだ。「メイの差し金なんだろ？」ティムは度を失い、デニーを押しのけた。「姉さんがそそのかしたんだろ？　やることがいつも極端なんだよ。あれでも女か――うっ」髪をがっちりつかまれ、ティムはバランスを崩した。しりもちをつくと、デニーが前にかがみ込み、ティムの首を後ろにそらせた。

デニーはろくに唇も動かさず、うなるように言った。「相手が誰だろうと女性のことをそんなふうに言うもんじゃない。とくにおまえの姉さんのことは。わかったか？」

僕は誰からもいたぶられなきゃならないのか。ティムは手を振りほどこうとしたが、髪が抜けそうなほど強くつかまれた。「痛い。何だよ、やめてよ」

「わかりましたと言え、ティム」

「ああ、何だって言うよ、わかりました」

デニーは手を放した。その場に突っ立ち、腕組みして、見るからに堂々としている。失望したようすもなければ、あきらめたようすもない。一歩も譲らない構えだ。「ベッドに戻れ」

彼はようやく言った。「続きは朝起きてからにしよう」

「朝になったらメイに見捨てられる」

「たぶんそうはならない。賭けてもいいぞ」デニーは片目をつぶってみせ、何事もなかったかのような顔をした。「さあ、もう寝ろ。そしてもう起こすな。今度起こしてみろ、とっちめてやるからな」

デニーはきびすを返し、来たときと同じように音も立てずに去っていった。電気が消え、ティムは暗いなかで床に座り込んだ。

頭を垂れ、こぶしを握り、あわてて立ち上がると、部屋に戻りドアに鍵をかけた。

「ちきしょう」ティムはいきまいた。なんでデニーに姉さんのことで説教されなきゃならない？　デニーはメイにいばり散らされることもない。彼にはわかってない。「どいつもこいつも」

こっちはデニーにとっちめられる筋合いはない。そんなの暴行罪で逮捕だ。あれじゃ生きた凶器も同じだ。

部屋を行きつ戻りつし、ティムは怒りをくすぶらせた。デニーに困ったやつだとなじられたことが腹立たしくてならない。メイにも同じことを言われたことがあるし、自分でもそれはわかっている。姉さんが堅苦しい優等生で友だちもいないからといって……。

ティムは覚悟を決め、薄暗い部屋を椅子のところまで歩いていった。そこにはジーンズが置いてある。ポケットを手探りし、携帯電話を取り出した。電話を開けると、ほんの一瞬ためらったすえ、番号案内にかけた。

かなり手こずった。あちこちのホテルに電話して、ようやくエルトン・パスカルの宿泊先と思われるところをつきとめた。ほかにも同姓同名のやつがいるとは思えない。あんな豪勢なホテルに。このオハイオに。

あとはうまくやるしかない。

何もジュードを痛い目に遭わせようというんじゃない。そうじゃなくて。ちょっとジュードの鼻っ柱を折ってやれば、こっちはそれで気がすむというだけのことだ。僕だって誰も傷つけたくはない。でもほかにどうしようもない。ジュードがあの男を敵に回したのは僕のせいじゃない。ジュードに腹がたつのは僕のせいじゃない。

「もしもし？」

心臓が口から飛び出しそうになり、ティムは黙り込んだ。エルトンが「ばか野郎」とつぶやき、電話を切りそうになった。

「待って」ティムは咳払いした。「悪かった。僕……」

「何の用だ？　こっちも暇じゃないんだ」

「あんたはエルトン・パスカルだろ？」

「おまえはいったい誰だ？」

その声を聞いただけで失禁しそうになった。「ティム・プライス」

「ティム・プライスなんてやつは知らん」エルトンはにべもない。「番号違いだろ」

「いや」ほら、さっさと言うんだ。「僕……その……僕はジュード・ジャミソンの家にいる」

電話の向こうが静まり返った。エルトンの口調がやわらぐ。「で、それと俺に何の関係がある？」

本人であることを確めなきゃ。「どうしても知りたい。エルトン・パスカルなんだろ？」

「だとしたら？」

「あんたの役に立てる」

エルトンが高笑いした。「どうかな」

こいつは真に受けてない。ティムは電話をぎゅっと握りしめた。エルトンを説得してこの計画に引きずり込んでやるしかない。このごたごたから抜け出すしかない。「あんたに情報を提供してやるよ」

「ほお？」エルトンがじっと黙り込む。「どんな情報？」

「ジュードがどこに行くか、何をやるか、僕はつかんでる」エルトンが聞き耳を立てているのを感じ、ティムは突っ込んだ話をした。「たとえば、彼が今日あの店であんたと対決したこと」

「なるほど」また沈黙。「じゃあ、訊こう、ティム。ジュードはどうやって俺の居場所をつかんだ？　そいつを教えてもらおうか？」

全身に安堵感がこみ上げた。「じゃあ、教えてやるよ」

くぐもった話し声がしたかと思うと、複数の笑い声がした。「いいだろう、ティム。話をしようじゃないか。だが電話はよくないな」

「じゃあ、どう――」

「明日。明日会おう。そのうえでおまえの知っていることを残らず聞かせてもらおう」

メイが伸びをして目覚めると、温かな手が背中に添えられ、そばに引き寄せられた。目を開けるなり、うとうととまどろむジュードの姿が飛び込んできた。

くしゃくしゃの髪、うっすらとした無精ひげ、メイは息を呑んだ。眠っているうちに、ジュードが抱きついてきたようだ。頭が胸の近くにあり、乳首のすぐ先に口がある。深く規則正しい寝息が胸をかすめ、彼女は体のなかが疼いた。

ふたりの脚は絡み合っている。ジュードの手は彼女の背に回され、眠っているときですら自分のものだというように、彼女をかたく抱きしめている。

彼を見ているだけで、彼と一緒にいるだけで、メイは満足だった。わざわざ起こす理由はどこにもない。その顔をじっくりと眺める。黒いまつげが高い頬骨に影を落とすさま、男らしい鼻梁《びりょう》、官能的な唇の曲線、頑固そうなあご。格闘家というのはどうしても試合の傷跡が残っているものだが、ジュードはデビュー当時と同じくらいきれいなものだ。それは彼の強さのあかしでもある。

かといって、傷のひとつやふたつで彼の容姿がそこなわれるわけじゃない。彼の魅力は外見だけでなく内面からにじみ出るものでもある。

寝顔はいかにも安らいで見え、起きているときとはどことなく別人のようだ。ふだんは過去の記憶を引きずり、眠っているときだけ解放される？　メイは思わず両手でジュードを抱きしめたくなった。どうにかして守ってあげたい――彼の手腕や意志の強さを思えば、おかしな話ではあるけれど。

ドアをノックする音がしてジュードは目を開けた。真っ先に目に入ったのはメイの胸、そこからじょじょに視線を上げていき、彼女の顔を見る。「おはよう」彼は微笑んだ。

メイもにっこりした。「おはよう」

デニーの声がした。「こら、ねぼすけ。一日がむだに過ぎていくぞ」

ジュードはまた彼女の胸を見た。いちずな表情をして、それもどんどん熱を帯びてくる。彼はメイの頬に手をあてた。「あっちへ行ってろ、デニー」

「荷物が届いたぞ。家の前まで運ばせていいのか？」

「ああ」ジュードは目を伏せ、彼女の乳房にすり寄った。「今日届くことになっていた。だが取り扱いには気をつけてくれ」

「そうする。あと一時間で朝飯の予定だ」

「わかった」ジュードは前かがみになり、乳首を口に含むと、そっと吸った。

熱く濡れた口の感触がメイのお腹のあたりに伝わってきた。息がきれぎれになる。「ジュード」

「うん？」ジュードの手が動きはじめた。

メイはその手を押しのけた。「その前に……ちょっと」

ジュードは彼女をしげしげと見た。そしてバスルームに行きたいのだと気づいた。「ああ」と笑う。「うん、俺も。だが、裸で戻ってくると約束してくれ」

メイにも名案に思えた。「わかったわ」

ジュードがあおむけになると、メイはベッドから飛び出し、一目散にバスルームに向かった。ジュードが後ろ姿を見守っていることはわかっている——彼に注目されるのはうれしい。ものの一分で、顔を洗い、口をゆすぎ、バスルームのドアを開けると、そこにジュードが立っていた。

「俺の番」彼は言い、メイと入れ替わりに入っていった。

メイは急いでベッドに戻り、上掛けの下にもぐると、ヘッドボードにもたれた。ジュードが戻ってきて、お腹を掻きながらあくびするのを見て、純粋にうれしかった。

「こういうのも馴れるものね」彼女が言うと、ジュードは顔を上げ、見られていたのだとわかった。

彼はにやりとした。「それはつまり、男が裸できみの寝室を歩き回るなんてことはそうそうないということか？」

「わかっているくせに。あったとしても、あなたじゃないけどね」

ジュードはベッドの横に立ち、いきなり上掛けをはぎ取った。メイは笑い声を上げ、逃げようとしたが、彼が腰をつかんで元に戻し、彼女の上にのしかかると身動きできなくした。

ふたりは笑い声を上げ、くんずほぐれつした。しまいにはどうなるかわかっている。それでも、メイは簡単には降参しなかった。ジュードも手心を加えたので、しばらくしてようやく彼女を組み敷いた。そして彼女の両手両脚を大きく開かせた。

メイはすっかり気分が昂ぶり、息を弾ませて笑った。「両手をつかまれたら、こっちは襲いようがないじゃない」

「きみは手ごわいからな」ジュードは彼女の首筋、のど、胸へとキスした。「俺はぶん殴られるのはごめんだよ」

「何でわたしがぶん殴ったりするの？」

彼は顔を上げ、何ともいえずやさしい表情になった。彼女の唇に、そして頰に軽くキスする。「映画俳優のいちばんいいところは何だと思う？」

ジュードが真剣なので、メイはあらがうのをやめた。「何なの？」

「贈り物をする金があること」

メイは話がどこに向かっているかわかった。警告をこめて言う。「わたしには必要ないから」

「きみのことを言ったんじゃない。俺は贈り物をするのが楽しい。だいいち、必要なのと受け取るのとでは大違いだ」

「わたしは受け取りもしない」

ジュードはその言葉を彼なりに解釈したようだ。「話したことはあったかな？　俺は前々からきみに感心していたんだ。よだれのこぼれそうな体もさることながら、あっぱれなその生きざま、何より底知れないその強さに」

メイはびっくりし、照れ笑いした。「筋肉隆々の男性に比べたら、わたしなんてか弱いものよ」

「腕力より気の強さのほうがよっぽど大事だ。俺はあの裁判でそれを学んだよ」

彼がどれだけ胸を痛めたかと思うと、メイはやりきれなかった。「つらかったのね」

「物事に対するきみの接し方、逆境をものともしないところ、俺はすばらしいと思う」

彼のこうむった痛手は大々的に知られている。ニュースのネタにはなる、新聞のネタにもなる。それに比べれば、こちらの痛手など微々たるものだ。それでも彼の言葉は心にしみた。ジュードは強い男、その彼に強い女と見なされたかと思うとぞくぞくする。「うれしい」

「そうだろう。俺もうれしい。ところで、話の腰を折らないでくれ。俺は親父に買ってあげた贈り物の話をしようとしたんだ」

「わかった」メイは彼の家族の話が聞きたかったので、望むところだった。

「我が家はそれまでずっと中古車だった。親父がきっちり手入れしていたし、子どもたちがスポーツ大会や映画のレイトショーで持ち込む泥やごみはべつとして、車内はきれいなものだった。大型の車、両親と子ども三人と犬一匹が乗れるだけの広さはある。つまり、ワゴン車かセダン」

「ファミリーカーね」

ジュードが微笑む。「そう、ファミリーカー。だけど、そのファミリーカーの寿命がきたときのことは今でも覚えている。親父とおふくろがダイニングテーブルに座り、どうやりくりすれば代わりの車が買えるのか相談していたものだ」

「それはそれで楽しい光景と言えなくもないわね」

「うん。ふたりでコーヒーをすすり、静かに話していた。そしてうまくやりくりをつけた」

どうして目頭が熱くなるのか、メイにはうまく言えなかった。自分の両親はそんな静かな時間を持ったという覚えがないからかもしれない。口論、それは絶えなかった。自宅に警官が呼ばれたことも一度ならずある。家庭内のもめ事はたえずメイをわずらわせ、自分はその雰囲気に染まらないようにしようと心に決めたものだ。

少なくとも月に一度は離婚の話が出た。そうなることを願った夜もある。絶対にそうはならないとわかっていたけれど。父はだましてばかりいるくせに、不思議と離婚は渋った。母はといえば、いまだかつて自立というものをしたことがない。誰彼となく責めるばかりで、被害者意識にこりかたまっている。

不幸な場面はいくらでも頭に浮かぶけれど、両親が仲良く相談事をしていた場面などまったく記憶にない。

「初めてまとまった金を手にしたとき、親父に真っ赤な大型トラックを買ってあげた。フル装備のね。じつにいい車だった。細部にいたるこだわり、うなるエンジン、粋なホイール。親父は一週間ごねたあげく、やっとのことでもらってくれた。むちゃはしていない、これで破産するわけじゃない、それをわかってもらうため、銀行の預金残高まで見せなきゃならなかったよ」

「あなたのお父さんは贈り物はいらなかったのよ」メイは身をよじり、彼に触れようとした。でも相変わらず彼に押さえつけられたままだ。「彼はあなたを大事に思い、あなたは彼を大事に思う、それで充分だったの」

ジュードの青い瞳が翳《かげ》りを帯びた。彼女をじっと見つめ、その言葉の真実に打たれた。

「親父もまったく同じことを言ったよ」そして咳払いし、さらに話を続ける。「クリスマスのとき、おふくろにはキッチンを新調してあげた」

それを聞いてメイは笑った。「キッチンまるごと？」

「ああ。キャビネット、カウンタートップ、床材、調理機器――いっさいがっさい。親父と違い、おふくろは一日二日大騒ぎしただけだった。その後、いそいそと設計士を迎え入れ、何カ月がかりで納得のいくものにした。何か安いものを注文したり、予算を切り詰めようとすると、設計士に拒否されてね」

「お母さんには最高のものをあげる」

「そのとおり」

「それじゃ、きょうだいには？」彼らにも同じく贈り物をしてあげたことは間違いない。

「ふたりとも今は充分な収入があるが、うん、以前にね。ベスには馬、その後、買おうにも高くて手の出なかった土地。彼女はそこに家を建て、敷地内で馬も何頭か飼っているよ。ニールには最新鋭のオーディオビジュアル機器。スタントマンのわりには、機械に目がないんだ」

「つまり、俳優業でいちばんいいのは、惜しみなく贈り物をできることだというのね？」

「ああ」

メイはせっかくのなごやかな雰囲気をだいなしにしたくはなかった。けれど、彼もそれとなく話したがっているのは見て取れた。「ジュード？」

「ん？」

「いちばん悪いところは？」

ジュードが顔をそむけ、一瞬メイは彼の心まで離れたような気がした。やがてジュードは彼女の両手を放し、腰をつかんだ。それからあおむけになり、彼女を自分の上にのせた。

「本気で知りたい？」

メイは両手で彼の顔を包み、額、鼻、そして口にキスした。「ええ、お願い」

「裏切り」例によって、ジュードの手は彼女のヒップにいった。「うそと知ってか知らずか、俺がたたかれるのを見てほくそ笑んでいる連中」

「あなたがお金で無罪を勝ち取ったなんて思う人がいるのかしら。わたしには想像もつかない」

「ああ、だが、誘いはぴたりとやんだよ。みんなが避けて通る。部屋に入っていくと、小声でひそひそささやかれる」

メイはたまらない気持ちになり、彼の胸に顔をあて、ぎゅっと抱きしめた。「世のなかには救いようのない人たちもいるのよ」

「きみにはわからない……」ジュードは口ごもった。そして静かに、張り詰めた声で言った。「警察が家にやってくるとどういうことになるか、きみには想像もつかないよ。俺は食事の最中だった。警官に挨拶して家に招き入れた。そして何か変わったことでもあったのかと訊いた」そこで軽蔑したように鼻を鳴らす。「その前に会ったのは事情聴取のときだった。

今度はいきなり家に押しかけてきて、おまえにはかくかくしかじかの権利があると読み上げたうえ、手錠を取り出す」

「手錠を？」メイは怒りに体をこわばらせた。

「ああ。向こうは罪状を読み上げ、俺は唖然《あぜん》とした。こっちは何もやってないとわかっている。それでもみんなの顔つきやテレビのニュースを観れば、うしろめたい気持ちになる。そこにパスカルが現れ、噂をあおり、みんなをそそのかした」

「さぞかしつらかったでしょうね。そんな目に遭わされて」

「今もまだ続いているよ」ジュードは言い、このときばかりは苦々しい口調になった。それも当然のことだ。「ああ、そうだ、ハリウッドには復帰を打診されたよ。裁判のおかげで、中途半端な悪役のイメージがついた。ばかなことにそういうのが好きな女もいる。俺は寄ってたかって好奇の目にさらされた。だが得がたい人たちもいるにはいて――」

「ユマとか？」

「うん」とメイの額にキスする。「あとのやつらはどうでもいい。ああいう状況に陥ると、誰が本物で、誰が偽物か、すぐにわかる」

メイは彼の胸を撫で、そして心臓に手をあてた。「怪我の功名ね」

「俺を支えてくれたのは誰だと思う？」

「デニー」

ジュードは笑った。「冗談だろ。デニーのやつときたら怒りまくり、誰かを八つ裂きにしかねなかったよ。もちろん、エルトンを筆頭に。デニーをおとなしくさせるのは大変なんだ」彼はあごを引き、メイの顔を見た。「だが彼だけじゃない。SBCの仲間がこぞって俺の味方になってくれた。リングで倒したやつ、俺がトレーニングしてやったやつ、または一緒にトレーニングしたやつ。それまでは負けたのが悔しいとか、受けを狙うためとか、俺を徹底的にこきおろしたやつもいた。だが、どれだけあしざまに言おうが、彼らは俺のことがわかっていた。本気でわかっていた。だからこそ、ずっと俺の側に立ってくれたんだ」

メイはさりげなく涙をぬぐった。「仲間がいてくれてよかった」

「ああ」とジュードが顔を上げる。「おい、泣いているのか？」

「いいえ」メイの声がとぎれた。

「ほらほら、泣くんじゃない」ジュードは体の位置を変え、彼女をまた下にした。そして髪を撫で、親指で涙を拭いてやる。「どうしたら俺の気が晴れると思う？」

メイはしゃくり上げながら言った。「さあ？」

「俺が買ったものを受け取ってくれ」

彼女はごくりと唾を飲み、ジュードをたたこうとした。ジュードは笑って彼女の両手をつかんだ。

「やっぱりきみはぶん殴るじゃないか！」

「殴ってない」メイは身をよじって抵抗した。

「負け惜しみか」ジュードは笑って彼女の唇に長々とキスをした。「観念して〝はい〟と言え」

「いや」

「いや、というのは〝はい〟と言うのがいやなのか、俺の買った服を受け取るのがいやなのか？」

「自分の服くらい自分で買えるわ」

「そりゃ、きみも買えることは買える。だが問題は、きみが自分で買うべきなのか。きみの服の好み――または好みの欠落――を考えると、いっそ麻袋か鎧兜《よろいかぶと》でもまとうほうがましだ」

「よくも人を侮辱したわね！」

「俺はきみの服のセンスを侮辱したんだよ。なあ、メイ、きみはうるわしい体をしたうるわしい女なんだ。だからこの際、見せびらかしたい」

見せびらかす？　メイは恐れをなし、抵抗をやめた。「やだ、何を買ったの？」

ジュードがにやりとした。「何だろうな？　きわどいの？　革のビスチェにヒョウ柄のタイツ？　ストリッパーが乳首に貼る飾りにフリンジつきのTバック？」

「知らない」

「じゃあ、下世話なことは考えるんじゃない。それよりは、新たな境地に立ち――贈り物を受け取るとか――荷物を部屋に入れる。きみがその目で見てみればいい。気に入らなければ、返品してもいいし」

メイには彼の押しつけがましさが信じられなかった。「商品がもう届いてる？　どうしたらそんなことがありえるの？」

「パソコンをちょっといじって翌日配達便を指定した。簡単だよ」

メイは天を仰ぎ、目を閉じた。「お金がふんだんにある人は違うわね」

ジュードはチャンスとばかり彼女ののどにキスした。「俺は趣味がいいんだ。それにもうじき銀行の担当者もやってくる。俺の買った服を着てお出迎えしたいとは思わないか？」

「それなら、ちょっとわたしのアパートメントに戻ってくる。服なら充分あるもの」

彼が渋い顔をする。「少しは信じてくれよ。俺の買ったやつのほうがいい。せめて見るだけでもいいだろう。頼むよ」

メイはプライドにかけて施しものはいっさい受け取らずにきた。だけどジュードはわくわくした顔をしている。まるで少年のようないちずさだ。頭ごなしにはねつけるのはむごく思える。「そこまで言うなら……見てみる」

「ついでに着てみる？」

サイズ。そこまで考えもしなかったが、服を選ぶにはサイズが必要だ。わたしは人一倍横幅がある。「それは――」

「きみも俺の選んだものが気に入るよ」ジュードはまたキスをした。「俺を幸せ者にしてくれ、メイ。はいと言ってくれ」

まるでプロポーズでもされているみたい。「わかった」

「ありがとう」

メイはいらいらして言った。「贈り物をするのはあなたのほうなのよ。わたしは感謝される筋合いはないわ」

「もらう側が油断も隙もないほど頑固で自立した女の場合は、こっちが感謝していいんだ」そう言ってベッドから飛び降りる。「そのままでいろ、すぐ戻る」彼は裸のまま廊下に出ていった。

メイはどう考えていいのかわからなかった。でもどんな服を買ったにしろ、太りぎみのこの体が目立つものでないことを祈った。お腹は出ているし、腰も張っている。胸も大きいし、お尻はもっと大きい。もしも間抜けに見える服だったら、また彼をぶん殴ってやる。

話し声が聞こえた。デニーとジュードがこちらに向かってやってくる。メイはあわててバスルームに隠れた。だけど声の主がふたりそろって入ってくることはなかった。デニーの声はやみ、ジュードの口笛がしたかと思うと、袋を破る音や箱のこすれる音がした。

「ジュードがバスルームのドアをたたいた。「ほら、試しにまずこの服を着てごらん。今日なんかこれがぴったりだと思うけどな」

メイがおずおずとドアを開け、片手を突き出した。ジュードはドアを広く押し開け、さりげなく彼女を後ろに下がらせた。そしてカウンターの上にクロップドジーンズとピンクのシフォンのキャミを置いた。笑みを浮かべ、同じくピンクの綿飴色をした一インチヒールのサンダルを掲げる。

「全部着替えたら俺に見せると約束してくれ」

メイはほっそりしたトップスとデザイナージーンズにじっと見入った。どちらも……素敵。どこもきわどくなんかない。だけど、これはもっと若くて痩せた女性のためにあるような気がする。

「そんな約束は絶対しない」もしも太って見えたら、誰の目にも触れさせない。この体重が強調されるような服だとしたら、とてもじゃないけれど彼の前には着てでられない。

弁解のしようもなく、メイは彼の胸に手を置き、バスルームから押しやった。「もし大丈夫そうなら、見せてあげる」

「まだあるぞ」ジュードはされるがままになりながら言った。「ショーツも買った。ブラも。でもそのトップスには必要ない――」

メイはジュードの鼻先でドアを閉めた。ブラを買った？　ショーツも？　顔から火が出そう。するとふんわりしたトップスに目がいった。こんな服は着たことがない。買おうとさえ思ったことがない。とても女らしくて、ふんわりして……きれい。

つのる興奮に唇を噛み、キャミに指を触れると、笑みがこぼれた。彼女はさっそく着てみた。

17

しばらくしてバスルームのドアが開くと、ジュードは息をひそめた。どうかサイズが合っていますように、と素早く祈りを唱える。彼女が二度とチャンスをくれなくなることはわかっている。何か窮屈なものでもあれば、こっちは首をはねられかねない。

メイは体重には敏感だが、あえて痩せようとはしない。これまで知り合った女はたいていがりがりに痩せていた。体重の話を延々と繰り返し、ドレッシング抜きのサラダをつつき、ダイエットコーラを飲む。メイはそうじゃない。男も顔負けなほどよく食べ、言い訳するどころか、文句があるなら言ってみろという態度だ。ジュードは笑顔がこぼれた。

彼女の体型には気を遣っているつもりだが、何度か失態を演じたこともある。そのふくよかさがいいのだとメイにわかってほしい。彼女の謙虚さを尊重しつつ、それをわからせるには、あの体を際だたせる服を着せるのがいちばんではないか。

いつになく伏し目がちに両手をもじもじさせ、メイがバスルームから出てきた。

「おー」想像していた以上によかった。シフォンのトップスが豊かな胸にまつわりつき、やわらかな滝のように腰へと落ちていく。クロップドジーンズがセクシーな腰をほどよく包み込んでいる。ヒールつきのサンダルが全体をうまく引きしめ、セクシーで自信にあふれる女性を演出していた。「よく似合う」

メイは頬を染め、おずおずと口元をほころばせた。「サイズはぴったり」

「言わせてもらえば」ジュードは手を差し出し、彼女の手を取って、くるりと一回転させた。「まだほかにも服がなければ」とぶつくさ言う。「このままベッドに引きずり込んでいたところだ」

メイは喜びに顔を輝かせた。「ほんとに似合ってる？」

「俺は男だし、見る目もある。もちろん似合ってる」

彼女はトップスを両手で撫で、そっとつぶやいた。「よかった」

ジュードは大きく息をついた。「よし。今度はこれを着てごらん」

メイは笑い声を上げ、彼の手から服を奪い取ると、またバスルームに駆け込んだ。ジュードはベッドの足下に座り、顔をほころばせた。彼女がうれしそうにしているのがほんとに喜ばしい。メイは今まであまり褒めてもらったことなどないんじゃないか。これからその埋め合わせをしてやりたい。彼女の弾んだ姿は見ていて楽しい。彼女のきれいな姿は見ていてこよなく楽しい。

一着ずつ、メイはジュードの前で服を披露した。キャミ、スカート、Tシャツ、ブラウス、サンドレス、ジーンズ、カジュアルなパンツ。彼は丈の短いパステルカラーのジャケット、それにサマーセーターが気に入った。床には靴が散らばり、それも服に合わせて一足ずつあった。

全部着終わると、メイはうきうきした気分で裸になり、ベッドにくずおれた。「こんなにたくさんあるなんて信じられない」

ジュードは片腕をつき、彼女の上にまたがると、その体を食い入るように見た。きれいな服で飾り立てるのもいいが、裸身のほうがもっといい。「廊下にまだあるぞ」

メイはうめいた。「うそ」

「あとはバッグやら宝石やら服に合わせた小物だよ」

「もうたくさんよ」

彼女の抗議もたんなる形だけのものになっていた。「俺の楽しみを奪わないでくれ」

目を閉じ、口元に微笑をたたえ、メイはしばらく考え込んでいたが、しまいにはこうつぶやいた。「わかった。ありがとう」

彼の手が肋骨から下腹へと移動する。「今俺が何をしたいかわかるか？」

メイの顔がほころんだ。「だいたいは」

「バスタブにつかりたい」

メイがまぶたをひくつかせ、目を開けた。そして肘をついて体を起こす。「バスタブに？」

「うん」

くすくす笑い、彼女はまた寝ころんだ。「あなたの考えることって信じられない」

ジュードはメイのくすくす笑いなど聞いたことがなかったが、なかなかいい。大好きだ。いっそ……いや、そんなことを考えるのはいくら何でも早すぎる。

「理由は単純だ。俺はきみの裸を見るのが楽しい。一緒にバスタブにつかれば、間違いなくきみが裸でいる時間が延びる」とまたキスする。「なあ、単純だろ？」

「朝食はどうするの？」

「朝食は逃げない」

「でもデニーは？」

「たまには待たせてもいいだろう」ジュードはメイを立ち上がらせ、シーツでくるむと、ドアのほうまで引きずっていった。

「だめよ！」

ジュードは廊下をのぞき込んだ。「今だ。それに、この部屋になったのはきみのせいなんだ」そして彼女を外に引っ張り出す。「俺のバスルームを見てほしい。俺の根城を見てほしい。何から何まで見せたい」

片手でシーツをつかみ、メイは後にしたがった。「この廊下に合いそうな絵があれこれ思い浮かぶわ」

「なあ、そうだろう？　だから訪ねてくるように言ったんだ。後で家じゅう見て回ろう。よさそうな作品のリストを作ってくれよ」

メイは遠慮がちに訊いた。「この家を訪ねてくるような友だちっている？」

「いや。家族とデニー以外、この家に来たやつはいない」後ろ向きに歩きながら、ジュードは彼女を自室に入れた。「けど、すべて自分の好きなように手を入れた。建築業者と話し合い、細部にまで目を配った。だから今はどこかよそに住むなんて考えられないね」

メイが無表情を装う。「ハリウッドは？」

ジュードは彼女の不安を察し、ドアを脚で蹴って閉めた。「それがどうした？」

「帰るつもりはないの？」

彼女は俺を失うことを案じているのか、または話のついでなのか。「さあ。だがどっちにしろ、これから出張が多くなるだろうな」SBCも俳優稼業ほどではないにしろ、あちこち飛び回らなければならない。「なぜ？」彼はメイのシーツをはぎ取り、ベッドの上に投げ捨てた。「俺をやっかい払いしようというのか？」

「いえ、そうじゃなくて。わたしはただ……あなたがここにとどまるつもりなのかどうか、聞いたことがなかったから。オハイオはたんなる気晴らしの場所なのかなって」

最初は逃げ場所だった。そこそこ無名でいられる場所。ハリウッドを去るのは、ひとまず問題を棚上げにして、この先どうするか決めるためでもあった。

心は決まったが、メイにはまだ打ち明けるつもりはない。今はまだ。彼女を驚かせたくはないし、どんな返事がかえってくるかと思うと怖い。

「俺はここが気に入っている」と言うにとどめておいた。そしてメイを広々としたバスルームに連れていった。誰が見ても、思いつくかぎりの贅を尽くした空間だった。大理石の広い階段を三段上がると、プールと見まがうほどの巨大なバスタブがあった。メイが驚きに目を瞠《みは》ると、ジュードは真鍮《しんちゅう》の複合水栓を開けた。特殊設計により、強力な水圧でバスタブはみるみるお湯で満杯になった。

壁のビルトイン・キャビネットから厚手のタオルを取り出した後、ジュードはメイの姿を目で追った。洗面ボウルがふたつ並んだ凝ったシンクとイタリア製の大理石の表面を彼女は手で撫でた。唇を薄開きにして、個別のスチームキャビネット、たて十五フィートのシャワー、日光の漏れ入るステンドグラスの窓へと移動していく。

「ヒーターつきのタオルバー？」メイは尋ねた。

「当然」

彼女がふと足をとめた。花崗岩の壁のくぼみを水が滝のように流れている。「ここにも滝が？」

「気に入った？」

蒸気が立ち上り、メイの髪は早くも丸まり、肌がうるおってきた。「こんなの見たこともない」

「でも気に入った？」

「まるでハーレムね。スルタンが住んでいるみたい。こんなの……信じられない」彼女はジュードに流し目をくれた。「しかもあなたがヌードでそこに立っている。女なら気に入らないわけがない」

ジュードは忍び笑いをこらえた。メイはだんだん大胆かつセクシーになっていく。「そんな金があったら貯金しろと言っているのか？」

メイは肩をすくめた。「そのぶんがんばって働いてきたんだもの——これぐらいのことはしてもいい」そして片足を滑らせるようにして彼のほうへと近づいていく。「でもこれがただの水たまりでも、あなたが立てば豪勢に見える」

昨夜からこのかた、楽しくてならない。またとない時間。ジュードはメイにキスせずにはいられなかった。しかもいったんすると、やめるのがいやになる。彼女が首に両手を回し、身をゆだね、キスを返してくる。ふたりの体は隙間もないほど密着していた。

ジュードは片手で彼女の頭を支え、もう片方の手で彼女の腿を上げ、体をぴったりと合わせた。彼女のなかに入りたい、今ここで彼女と愛を交わしたい、あとは自制心の勝負だ。だが、バスルームにコンドームは置いてない。むこうみずなまねは慎まなければならない。

彼は体勢を変え、メイを壁に押しつけると、ひといきに彼女の腿に手を忍ばせた。指を動かし、彼女のやわらかな、熱く濡れた箇所を探りあてる。「俺はもう我慢できないよ、メイ」

「自分でもわからない」メイがあえいだ。すでに興奮に揺らめいている。「どうしてこんなになるのか」

ジュードはやっとのことで自分で抑え、彼女をバスタブにつからせた。「おいで、メイ。背中でも洗ってくれ」

けれどそれよりもまずジュードはメイの背中をこちらに向かせ、両脚のあいだに座らせた。ジェット水流の蛇口を開け、彼女のこめかみにキスし、胸やお腹にゆったりと触れる。足と足を並べ、サイズが三十センチある自分の足と華奢な彼女の足とを見比べた。

「ジュード？」

彼は充足感でいっぱいだった。「うん？」

「昨日の晩、あなたを待っていたとき、わたしもパソコンを使ってみたの」

ジュードは前半しか耳に入らなかった。「じゃあ、きみは俺を待っていてくれたんだ？頭にきてひとりになりたかったわけじゃない？」

「ひとりになりたければ、ベッドから追い出していたわよ」

メイと一緒にいるこの二日で、彼は過去一年分は笑った。「そうだろうな」

「爆弾について調べていたの」

ジュードはうなじの毛が逆立った。理由はどうあれ、そんなことをされるのは気にくわない。「理由を訊こうか？」

メイは身をよじって向かい合わせになると、瞑想でもするように両脚を組んだ。逆巻くお湯のなかで彼女の体が惜しげもなくあらわになり、彼は大いに気が散った。

「あなたははめられたのよ」

ジュードはぱっと顔を上げた。動悸がして、体がこわばる。「はめられた？」わざとらしく驚いてみせる。彼女に見抜かれなかったかと不安だ。彼もデニーもそれは考えたことがある。だが、あえて深追いはしなかった。

メイが意気込む。「はめられたに決まってる。手当たり次第に関連記事を読んでみたの。あなたを有罪に見せるものがあるとすれば、それはただひとつ――」

「ほかには容疑者がいない」ジュードはは らわたが煮えくりかえるようだった。「わかっている」

「だけど爆弾といってもコンタクトボムだったのかもしれない。そうでなければ、導火線かタイマーがなければ爆発しない。文字どおり何かに接触しなければだめなわけで、接触によって爆発する」

「コンタクトボムなら俺だって知っている。それぐらいのことは言わずと知れたことだ。そいつを投げる、何かに接触する、どっかーん。爆発」自分でもなぜこんなに怒りを覚えるのかわからない。まさか彼女がそこまで考えるとは思わなかった。まさかこちらの無実を証明したいとまで思うほど案じてくれるとは。だが、そこまで踏み込めば彼女の身に危険が及ぶ――万一彼女の身に何かあれば、いっそ死んだほうがましだ。

「そう。だから、つじつまが合う――」

「つじつまが合うも何もない。もしそうだったとすれば、誰かがまずあのリムジンに爆弾を投げ込まなきゃならない。そして……」彼は唇を真一文字に結んだ。こぶしをぎゅっとかためる。「調べによると、爆弾はブレアに命中した。つまり誰かが彼女を標的にした――だが周知のごとく、そばにいたのは俺だけだ」

「いえ、あなただけじゃない」

話しても無駄なこと、自分でも何度となく考えたこと、それがわかっていたので、ジュードは姿勢を正した。両手をメイの腿に置き、彼女の体をじっと見る。あきれたことに、メイのそばにいるといつも自分がかたくなる――こんなときでさえ。「それはもうすんだ話だ、メイ。やめよう」

メイは応じなかった。「真犯人を見つけるために私立探偵を雇ったりはしなかったの?」

お湯のなかで彼は指を彼女のお腹へと近づけた。「それは警察のやることだ。俺は自分の窮地から逃れることで精いっぱいだった」

「でも警察はやらなかったじゃない!」メイはジュードの両手を押しのけ、彼をいらだたせた。「警察がやったことといえば、あなたを犯人に仕立て、動機をこじつけようとしただけよ。ほかに犯人がいるなんて考えたとも思えない。爆発したんじゃ、証拠はほとんど残ってないとは思うけど――」

「あとに残ったのは、焼け焦げた、ゆがんだ……グロテスクな残骸」そんな話はしたくもない。

「ごめんなさい、ジュード」メイは両手を差し伸べ、彼の顔を包んだ。「だけどわたしにも持論があるの」

あわてて車に取って返したときの惨状が脳裏をよぎった。割れたガラスを靴で踏む音がまだ耳に残っている。何メートル先まで吹き飛んだ、黒焦げのひしゃげた金属片がまだ目に焼きついている。

胸の動悸が激しくなり、うなじの毛が逆立った。「俺はそう遠くにいたわけじゃない。――せいぜい五十メートルかそこらだ」

「あなたまで怪我をしなくてよかった」

ジュードはうわの空で言葉を継いだ。「自販機から出てきたコークを取ろうとかがみ込んだ」彼女のほうは見ない。見ていられない。「激しい衝撃を感じた。耳をつんざくような轟音と、刺激臭がした。人の声はしない。悲鳴を上げる暇もなかったんだろう。最初、何が起こったのかわからなかった。とっさに思ったのは……わからない。近くで大きな事故でもあったのかと。そんなわけはないのに」

メイが静かになだめた。「ショック状態にあると、ありもしないことを考えるものよ。当然、爆弾だなんて思わない。そんなこと考えるほうがどうかしてる。ふつうはまず起こり得ないことだもの」

それでも誰かがやった。誰か――正体不明の何者か――がリムジンに乗っていたブレアを殺害した。ジュードはいまだに罪悪感にさいなまれていた。あのとき彼女を送っていかなければ。彼女の無駄話や未熟な誘惑にうんざりしなければ。もし車から降りなければ。いくつもの〝もし〟が頭に浮かぶ。

かといって、時間を逆戻りさせるすべはない。

「この目でリムジンを見たあとも、何が起こったのか理解できなかった。あわてて戻ったが、もう遅かった。遺体は……ばらばらだった。どれがどれか……」ジュードは首を振り、口ごもった。すべて再現したところでどうにもならない。「あの瞬間が何度頭をよぎったことか、メイ」

「いやなことを思い出させてしまってごめんなさい。つらかったのよね」

〝つらい〟なんてものではない。悪夢。恐怖。血も凍る。「自分が間接的にでもそういうことに責任がある、それがどういうことか、きみにはわかるはずもない。ブレアはまだ若かった」

「二十一、だったわね？」

ジュードがうなずく。「ハリウッドに見いだされたとはいえ、まだ無邪気なものだった」

「彼女はあなたに熱を上げていた」

そのこともニュースのたびに取り上げられていた。ブレアに夢中になられるのがどれだけ迷惑だったか、ジュードは思い出すのもうんざりした。稚拙なやり方でブレアは彼にまつわりつこうとした。

今から思えば、ブレアにはずいぶん冷淡な態度をとったものだ。

「彼女はびくびくしていた。いまひとつ自信がない。でも未来はあった。彼女は自分の人気に追いつこうとしていた。うまくいけば、成功していただろう」

メイはジュードの髪に手をやり、頭を撫でた。彼は今にも泣きそうな顔になった。

それでもやめてくれとは言わない。

「現場検証によると、爆弾は外から持ち込まれた。爆発は車内で起きたから。そうよね？」

メイは落ち着いた口調で訊いた。「窓は全部閉まっていた。でもドアは？」

ジュードがうなずく。「俺は車を降りたあと、ドアを閉めなかった。理由はわからない。俺はただ……そもそもブレアから逃げるのが後ろめたかっただけで。だが彼女は……」そこで言葉が途切れた。ブレアは死んだ。そして死んだがゆえに、彼は警察に根掘り葉掘り訊かれ、彼女の好ましくない面まで答えさせられることになった。死者に鞭打つ行為に、彼女のファンや友人、家族の怒りを買った。自分の発言を伏せておけるものならば、そうしていた。

ジュードは不当な責めを負い、命がけで闘ってきた。でもそれはついてない。

わかっているというようにメイが微笑んだ。「彼女はあなたにあこがれていたのよ、ジュード。女なら誰だってそう。あなたのことだから、彼女にやさしくしたのね」

「向こうはそれを深い意味に取った。彼女にはすまないことをしたと思っている。俺は友だちになろうとしただけだが、向こうはそれ以上のものを望んだ」

「潔癖なあなたには耐えられなかった」

ジュードは鼻であしらった。潔癖？　あの事件の捜査や裁判のあいだ、自分のが大切に培ってきたものを根こそぎにされた。たとえば潔癖さ。俺は保身のためにブレアの名に泥を塗った。それのどこが潔癖なのか。

「ジュード、もうやめて」

はっとして、彼は顔を上げた。「何を?」

「自分を責めること。相手がどんな気持ちを抱こうとあなたの責任じゃない。何が起ころうとあなたに予測はできない。それを防ぐすべもない。ブレアが生きていたとき、あなたたちはいい友だちだった。それだけでも彼女にとっては大きな意味があったのよ」

「友だちだったから殺された」

「違う。悪いのはあなたじゃない」

「犯人はまだつかまっていない。俺を有罪とする証拠は欠くにもかかわらず、真犯人は見つかっていない」

「じゃあ、わたしが協力するわ。私立探偵を雇いましょう。そして——」

「きみは口をはさむな、メイ」

荒い口調に彼女は驚いたが、それでも引き下がらなかった。「あなたがやったんじゃない。だから誰がやったか、わたしたちで見つけ出さなきゃ」

たとえようのない不安がジュードを襲った。「何がわたしたちだこれはお遊びじゃない。俺は本気で言ってるんだ、メイ。きみが首を突っ込んでいると知れたら、新たにまたひと悶着起きる」

「わたしの出る幕じゃないかもしれない」

冷たい恐怖が彼をとらえて離さなかった。メイはことの重大さがわかってないようだし、こちらがいくら首を突っ込むなと言っても聞く耳を持たない。

「わかっていることから始めましょう」

ジュードはこぶしをかためた。「やめよう」

「事件はあなたが自販機に行くまでの短い時間に起きた。ということは、誰かが車のそばにいて爆弾を投げ込んだとしか思えない。だけど夜も遅く、道路は閑散としていた。休憩所にも誰の姿も見あたらなかった」メイはまっすぐ彼を見た。「だからもしかして……もしかして犯人は車のなかにいた」

18

ジュードが体をぴくりとさせた。メイはいったい何を言いたいんだ？　思っていることがそのまま口に出た。「ばか言うな。ブレアは不幸だったが、自分で自分を吹っ飛ばしたりはしない。罪のない運転手を巻き添えにしたりもしない」

メイはあくまで言い張った。「あなたは運転手と知り合いだったの？」

行き着くところはそこか。ブレアではなく、シド。ジュードは嘲笑した。「ああ、知り合いだったよ。まれに見る逸材というわけじゃない。はっきり言って鈍かった。だが、あれで気のいいやつだった。ＳＢＣに入りたがっていたが、あいにく格闘家としての素質はなかった。すぐにノックアウトは食らう、パンチは空振りする、コントロールは効かない。何度ルールを教えても覚えない、しかも頭に血が上るとルールなどあったものじゃない」

「練習のときとか？」

「そうだ」

「あなたと対戦したことは？」

「冗談だろ。どうがんばっても無理だ。俺と闘うには一定数の試合を勝ち抜かなきゃならない。あいつはとてもその器じゃない」

「だからおもしろくなかった」

「自爆するほどくさっていたわけじゃない。あいつは違う道を歩き出したところだった。俺はコネでSBCに入れてやることはできないと言った。その代わり、俺の運転手になってもらった」

メイはそれだとばかりに飛びついた。「彼はあなたのコネでしかるべき人物を動かして試合に出たいと頼んだ。なのにあなたは運転手として雇ったわけね？」

「ああ。シドも喜んでいたよ。給料は高いし、頭もぶん殴られずにすむ。あいつは格闘家には向いてないという事実を受け入れたんだ」

メイはその言葉を頭のなかで反芻《はんすう》した。「彼はエルトンを知っていた？」

「何で俺がそんなこと知ってなきゃならない？　裁判沙汰になるまで、俺はエルトンのことなどろくに知りもしなかった。やつのクラブに出入りする選手仲間もいたし、やつにスポンサーをつとめてもらっている選手も何人かいたが」

「スポンサーって？」

「トレーニングや用具の費用を負担してもらう見返りに、やつの店のロゴ入りのTシャツやショートパンツを着用する。だがエルトンに因縁をつけられたあと、彼らはきっぱり縁を切った。エルトンが手をつけたものは何でもボイコットする。やつの店に行くのもやめ、試合中も――」ジュードは思い出し笑いをした。「わざわざロゴ入りのTシャツやパンツを破いてみせる選手までいた。テレビカメラやアナウンサーの前でやるわけだから、堂々たる意思表明だな」

メイはそばに寄り、また両手で彼の顔を包んだ。「ジュード、もし運転手がその爆弾は衝撃で爆発することを知らなかったとすれば？ もし後部座席に投げ込んだ後、逃げればいいと思っていたとすれば？」

「やたらと〝もし〟が多いじゃないか。きみは意地でもシドを犯人扱いしたいんだな。彼がブレアに恨みを持っていたと言いたいのか」

「ブレアじゃない、あなたによ」メイはとうとう持論を述べた。「彼には才能がないとあなたは言った。彼は格闘家になりたかったのに、あなたは下働きにした」

「運転手だよ」ジュードが訂正する。「あいつは車が好きだったし、中途半端な格闘家になるよりはよっぽど実入りがよかった」

「わたしにはあなたがよかれと思ってしたことだとわかる――けど、彼はたぶんわかっていなかった。誰かが事実をねじ曲げ、よからぬ考えを吹き込んだのかもしれない」

「エルトンのことか？」

メイは肩をすくめた。「あり得ないことじゃない。あなたは言った。シドは頭のきれるほうじゃない。格闘家仲間がエルトンのクラブに出入りしていた。ブレアが自分でそんなことをするはずはない。そしてあなたが無実であることは、わたしたちふたりともわかっている。となれば、残るは運転手しかいない」

「まさか」

「調べてみる価値はあるわ」

ジュードは認めたくなかった。だけど彼女の言うことにも一理ある。「エルトンがシドのスポンサーでなかったことはまず確実だ。やつは見込みのある選手しか相手にしない、絶対に」

「青田買い」

「うん」ジュードは動揺していた。「デニーに探りを入れさせよう。この手のことは心得たものだ。誰にも怪しまれることはない」

メイがにっこりする。「じゃあ、これで〝わたしたち〟ね?」

「いや」ジュードは両手で彼女の肩をつかんだ。「これは俺。デニー。プロのやつら。きみのようにセクシーなお尻の女は対象外」

メイがふんと鼻であしらう。「何がセクシーよ」

「きみのお尻は完璧だよ。むざむざ危険にさらすつもりはないね。だからこの件は俺に任せると約束するか、さもなければこれにて終わりだ」

メイの顔から表情が消えた。「何が終わりなの?」

「きみの持論」

「ああ」

「何のことだと思ったんだ？」

片方の肩を上げ、メイは目をそらした。「さあ。わたしたちのつきあいとか？」

ジュードは彼女の体を揺すった──強くではないが、不満が伝わる程度には。「俺たちの〝関係〟だろう」

メイの笑顔が浮かんで消えた。「わかった。約束する──あなたも約束してくれるなら。あきらめないこと。手がかりは全部追うこと。どんなに小さなことでももれなく調べること」

「取引成立」と彼女の胸を見下ろす。「その話はこれくらいにして──」

インターホンから声がした。「銀行のやつが来たぞ」

「くそっ」

メイはまた笑い、ジュードの機嫌をやわらげた。

彼は手を伸ばし、インターホンのボタンを押した。「コーヒーを出してくれ、デニー。五分で下りていく」

「了解」

「おい、デニー、おまえひとりか？」

「俺とインターホンだけ」

メイがまばたきしてささやく。「ここの音は聞こえないわよね？」

ジュードがくっと笑う。「ボタンを押さないかぎりは」そしてボタンを押すと、こう言った。「頼みがある。探りを入れてくれ、それとなく。シドが何らかの形でエルトンと知り合いだったかどうか」

一瞬、デニーが黙り込んだ。「シド、あの運転手――」

「ああ」

「何を考えてる?」

「メイに持論があり、俺は調べを入れると約束した」

「持論、か?」デニーが感じ入ったように言う。「ほらな、俺の思ったとおりだ。やはりそうきたか。ジュード?彼女にひとこと礼を言っといてくれ」インターホンが切れた。

ジュードはメイを見た。バスタブに裸でつかり、肌も髪も濡れている。ダークブラウンの瞳は一心にこちらを見つめている。その笑顔を見ると力がわいてきた。ただセクシーなだけじゃない、彼女の関心、信頼、そして気づかいがひしひしと伝わってくる。

彼はささやいた。「ありがとう」そして思い入れたっぷりにキスをした。「さあ、体を洗って服を着て用事を片づけよう。さっさと片づければ、それだけ早くきみに家を見せて回れる。そのあとまたベッドに引っ張り込める」

メイは笑い声を上げた。「素敵な計画」

周到な計画、とジュードが思っていると、メイがモニターをのぞき込んでうろたえた。

「うちの両親だわ」

カメラマンでもなく、荷物の配達人でもなく、暇な野次馬でもなく？　ジュードはがぜん興味をそそられた。「ほんとに？」メイと一緒にモニターをのぞき込む。「デニー、なかに通してくれ」

ついさっき、ティムは憤然と家を出ていったところだ。〝無理やり〟借金の契約書に署名させられた、とさんざん恨みつらみを吐いて。ティムがどう思おうと知ったことではないが、弟のふるまいをメイが恥じていることはわかっている。ジュードはそれが許せなかった。

彼もデニーも生意気な若造の扱いには慣れている。実際、銀行担当者の立ち会いのもと、ティムが契約書に署名するのを見て、デニーは笑顔を隠しきれないようだった。デニーはこれを一歩前進と見なしている。ティムをいっぱしの男に仕立て上げる道程。家族に甘やかされっぱなしの坊やはこれで卒業だ。

今度は両親が現れたとあって、メイは引きつった顔でモニターを見つめている。ジュードはそっと彼女の背中に手を回した。

「ティムが電話したんだわ」

メイは見るからに神経をとがらせていた。ジュードは彼女の肩に垂れたダークブラウンの髪を引っ張った。「なぜそんなことを言う？」

「借金のことで来たのよ」

「ひとり娘が知らない男と暮らしていることで来たのかもしれないぞ」

メイがびっくりして彼のほうを向いた。「わたしはあなたと暮らしているわけじゃない」

ジュードは片方の眉を上げた。彼女は度肝を抜かれたようすだ。「気を悪くした？　長期滞在とでも言うべきだった？」

メイは両手を頬にあてててつぶやいた。「どんどんひどくなる」

「何が？」

「何も言わないで。うちの親のことはわたしに任せて。というか、あなたとデニーは地下室にいてくれたほうが――」とふたりを追い払おうとする。

ジュードは仁王立ちになった。「とんでもない」

デニーに救いの目を向けると、彼は怖い顔をした。「俺も同席する」

メイはふたりを蹴りつけてやりたくなった。「わかったわよ。お好きなように。どんな目に遭うかも知らないで。でもこっちから頼んだわけではないですからね」捨てぜりふを吐き、彼女はふたりの前を素通りして玄関に向かった。

ジュードはデニーと目配せした。彼女の両親はどれぐらいひどいのか。お世辞にも模範的な父母でないことはわかっている。アシュリーも扱いがやっかいなことを匂わせていた。だが、そういうことならこっちも経験がないわけじゃない。人一倍血の気の多い格闘家連中とつきあってきた。スポンサーの機嫌は取る、アナウンサーの歓心は買う。気まぐれなプロデューサーや監督とも渡り合ってきた。

並みの男ならつぶれてしまうような陰湿な裁判も経験してきた。

気むずかしい親くらい、どうってことない。

シルバーのジャガーが進入路の端でキキーッと急ブレーキをかけてとまった。車のドアが乱暴に閉まる。どうも幸先がよくない。

ふたりの人間が車から降りてきた。ごてごてした身なりの小柄な女と偏光サングラスをかけた妙にしゃれっ気のある男。メイがたまらずにうめいた。

少しでも救いになれば、とジュードは彼女の頭にあごをのせた。「落ち着け」と言う。「俺は親の相手は得意なんだ」

「ふん！」

デニーがメイの肩をたたく。「心配するな。うまくいくって」

「はいはい。今のうちにせいぜい自分の胸に言い聞かせておくことね」

敵意もむきだしにメイの両親がこちらに向かってやってきた。ジュードはまず母親のほうに目をやり、たじろぎそうになった。背が低く、でっぷりと太り、髪は不自然な色合いのブロンド、二カ月前に美容院に行っておくべきだった。メイとは似ても似つかない。服はといえば、メイがふだん着ているものとは正反対、着心地いいを通り越してだらしなく、二日は着たまま、寝るときもその格好なのではないかと思うほどだ。くわえ煙草で左手にはトラベルマグか何かを持っている。すがめた瞳は何色かはっきりせず、しばらく太陽を拝んでないかのようだ。その目がなじるようにメイを一瞥《いちべつ》した。

いっぽう、父親のほうは体に合ったカジュアルなスラックスにブランドもののポロシャツを着ていた。背が高く、引きしまり、均整の取れた体つき、〝成金趣味〟を全身にまとわせている。妻とはこれ以上ないほど相容れない。

ふたりがポーチの前まで来て――立ちどまった。

ジュードは胸騒ぎを覚えた。

「お母さん、お父さん」メイはやけにはしゃいでみせ、ふたりを迎えにポーチを下りていった。そしてすぐに他愛もないことをしゃべり出す。ジュードは彼女が心底ぴりぴりしているのがわかった。「ティムのことが心配になったのね。でも、もう戻るころよ。ちょっとお店のほうを見てくるだけだと――」

「やだ」煙草でしゃがれた声で母親がさえぎった。「その趣味の悪い服、どこで買ったの？」

痛烈な嫌みにジュードの厚意は消えた。メイはただ茫然とするばかりだった。

「俺が買ってあげたんです」ジュードは作り笑いを浮かべ、怒りをこらえつつ、メイの前に立った。「はじめまして。ジュード・ジャミソンです」と握手を求める。

父親のほうが偏光サングラスをはずした。「うちのティムにちょっかい出そうっていうのはおまえか？」

どう考えても握手はなさそうだったので、ジュードは父親の顔に目をやった――そして言葉を失った。驚いた。その顔はまさしく……メイに生き写しだった。だが彼女よりもむしろ……。

まさかそんなはずがあるわけない。

「いや、違う」ジュードは低姿勢に徹した。さまざまな憶測が頭をよぎり、ひとつの可能性に結びつく。「俺はティムの手助けをしただけで」

ポーチに煙草の灰を落とし、母親が言う。「あの子を破産に追いやる手助け？」

「いいえ」メイが微笑もうとする。「誤解しないで。ジュードはただ――」

母親が逆上した。「あんたの話なんか聞きたくもない。あたしが好きこのんでこんなところに来たとでも思ってんの？　こんなばか騒ぎを楽しんでるとでも思ってんの？　あんたがわざわざ弟をろくでもない騒動に引っ張り込むから、あたしまで駆り出されなきゃならない」

デニーがジュードににじり寄り、低い声でつぶやいた。「信じらんねえ」

「お母さん、そんなのうそだとわかっているでしょう。ティムがギャンブルでお金をすらなかったら――」

「あの子は病気なの。医者もあんたにそう言ったじゃない。酒を飲むと、判断がつかなくなる」

デニーが腕組みして言った。「ならば、飲むべきじゃない」

父親の矛先がデニーに向かう。「おまえはいったい誰だ？」

ジュードが話を引き取ろうとするまもなく、メイがまたしゃしゃり出てきた。

「まずは自己紹介から始めましょう」

「だいたいの察しはつく」父親が言う。「親はこの男たちとは会ったこともない。なのに娘のほうはこのふたりと同棲してるんだからな」

意味深長なせりふにジュードは動揺した。

「いそうろう」メイが訂正し、失礼な言いぐさもあっさりかわした。

母親がふんと鼻を鳴らす。「どう呼ぼうと勝手だけど、あんたはこのふたりと手を組んで弟を敵に回したのよ」

ジュードはあっけに取られた。メイの両親はひどいなんてものじゃない。常識では考えられない。

メイは微笑んで言った。「お母さん、お父さん、こちらはジュード・ジャミソン。スティルブルックに来て一年ちょっとになるわ。わたしのところで絵を買っていただいているの」

「何でまた」母親がせせら笑う。

「絵が好きだから」ジュードは答えた。

「何かお楽しみがあるんでしょ」

ジュードは口を開こうとしたが、メイがすかさず言った。「そしてこちらはデニー・ズィップ。ジュードの親友よ」

デニーがうなずく。「お会いできてうれしい、ってわけでも――」

ジュードが肘で小突いた。

「ジュード、デニー、父のスチュワート、それに母のオリンピアよ」メイは愛想のいいところを見せようと、玄関のドアを手振りで示した。「なかに入ってゆっくりしない？　コーヒーでも飲んで話をすれば、少しは――」

「ティムにはおまえの書類に署名なんかさせない」父親が言った。「だからその話はなかったことにするんだ」

ジュードは不敵な笑みを浮かべた。「署名ならもうすんでます」こういう場合に無表情を装うのには長《た》けている。誤解のないように説明した。「返済条件は細かく規定されている。銀行担当者も逐一立ち会った。あれは立派な公文書です」

「何てやつ」母親が悪態をつき、火のついた煙草を投げ捨てた。どこに落ちようが、焼け焦げを作ろうが、おかまいなしだ。

ジュードは床に目をやり、カーペットが焦げるのを見守った。跡になるのはわかっている。メイは息を呑み、燃えさしを拾おうと腰をかがめたが、ジュードが腕をつかんでやめさせた。メイがやけどするくらいなら家が丸焼けになるほうがましだ。

「あんた、金に困ってんの？」オリンピアがまくしたてる。次々と繰り出す非難の言葉に彼女の横暴さ、思い込みの激しさがあらわになった。この女がメイを産み育てたかと思うと、ジュードは胸が悪くなった。「よくもティムの隙につけ込んでくれたわね？　何て欲張りなんだろう」

メイは彼の横で体を震わせていたが、その言葉にぴくりとした。

彼女のためでなければ、ジュードは暴走していたところだ。「言っておくが、俺は息子さんの金などほしくはないし、彼の隙につけ込もうとも思わない。これは彼が自分で招いたことなんです。俺はただ目先の問題から彼を救い出す手助けをしたまでだ」

スチュワートが笑った。「苦労に苦労を重ねて開いたあの店を俺たち一家から巻き上げることで？」

「俺はそんな店などほしくもなければ必要でもない」ジュードは似た者夫婦の夫のほうに目を向けた。あのダークブラウンの瞳、そっくりな顔立ちがまた彼の胸をついた。「ティムが契約条項どおりに借金を返済する限り、問題はない。返済条件は不当なものではないし、ティムが苦労するはずもない、それは約束します」

「うまいこと言うじゃないか」

「わざわざ銀行担当者を立ち会わせたのは、借金を返済することでティムが責任というものを学んでくれたらと思ったからです。これを教訓とすれば、性懲りもなく同じ過ちを繰り返すこともない」

「俺に説教するんじゃない！　何が責任だ。金で無罪評決を買ったからって、おまえという人間が変わるわけじゃない」メイの父親はしゃれた身なりとは不釣り合いな暴言を吐いた。「おまえのようなやつには金輪際ティムを近づけたくない」

その言葉がジュードの逆鱗に触れた。いったいどうすればいいのか。これがメイの親でなければ、さっさと家から放り出していたところだ。だがメイのことが気にかかる。ジュードはそもそも彼女を守ってやりたかった。

気づいてみれば、彼女は愛するはずの家族からもっとも守ってほしかったのだ。

「よくもそんなこと言えるわね」

静かな怒りを秘めた口調に誰もがはっとした。つぶやくような声ながら、鬼気迫るものがあった。

ジュードはメイを見下ろし、その言葉が彼女の口から出たものであることに驚いた。顔からはすっかり血の気が失せている。真っ青な唇が震え、眼鏡の奥の目はうつろだ。荒い呼吸に肩で息をしている。

何てことだ。メイをかばいたい一心で、ジュードは彼女の前に立ちはだかろうとした。

「メイ――」

メイは唇もろくに動かさず、父親を見据えたまま、ジュードを脇に押しやった。「大丈夫、ジュード」そして両親に向かって言う。「ふたりとも彼に感謝すべきよ。侮辱するんじゃなくて」

「あの店を巻き上げられたことに感謝しろだと？」

「まさかそこまで愚かなことは考えないわよね」メイがつぶやく。

オリンピアが煙草にむせた。「よくもそんな――」

「ジュードならうちよりもっと繁盛しているお店を十軒は買えるわよ」

「うち、じゃないでしょ。あんたはあの店とは何のかかわりもないんだから」オリンピアがここぞとばかりに念押しする。

「わたしが気にするとでも思ってる?」

メイは声を荒げない。怖いほど穏やかな話しぶりだ。ジュードは彼女の手を取ったが、その手はひんやりと冷たかった。

「わたしには失うものなんてほとんどない。ティムのような浪費癖はないもの。わざわざくだらない言いがかりをつけにくるくらいなら、ちゃんとあの子の行動を見守り、何をしているか目を光らせるべきよ」

スチュワートが怒鳴り声を上げた。「少なくともあいつは努力してる!」

「本気であの子のことが心配なら、大人になる手助けをしていたはずよ。この二日というもの、デニーとジュードのほうがよっぽど親身になってあの子のことを気遣ってくれた。お母さんやお父さんとは比べものにならないほどね」

酒とニコチンに荒れたオリンピアの顔が気色ばんだ。「この小娘が。じつの親に向かってよくもそんなことが言えたもんだ」

ジュードはもう我慢できなかった。「ちょっと待った」

メイがぱっと彼のほうを向き、その目をとらえた。「やめて。口をはさまないで。この件には」

メイの気迫に押され、ジュードは口をつぐんだ。家族に対する義理立てなのか、自分ひとりでことにあたろうというのか、そこのところはよくわからない。

メイはうなずき、それから両親のほうを向いた。軽く前に一歩出ることで、ジュードと距離を置く。

「ギャンブル中にお金を融通してもらったために、ティムは襲われたの。決して少ない額じゃない。五万ドル」

「あのばか」スチュワートが怒鳴った。

「そう、ばかよ。れっきとした銀行から借りたわけじゃない。お金を取り戻すためなら人殺しもいとわないような人物から借りた。ジュードは借金を肩代わりしてくれただけじゃない、この騒ぎがおさまるまで家に連れ込んで守ってくれたのよ」

「そしてまんまと借金の書類に署名させた」

「だから？　彼はティムには何の借りもない。もちろんそっちにもね。お父さんやお母さんだったらぽんと五万ドルくれてやってた？　ジュードの厚意がなければ、ティムは今ごろ自分の愚かさゆえに殺されていたかもしれないのよ」

「こっちはこっちで何とかしていた」スチュワートが虚勢を張った。

「それはよかった」メイは直立不動になり、肩をそびやかした。「じゃあ、今すぐ何とかして。五万ドル用意して、ジュードに返して。そうすれば彼も借金の書類を破り捨ててくれるわ」


オリンピアが憎らしげに目を細めた。「そういうこと、へえ？　破れと言えば破ってくれる？　あんたの言うなりじゃない。あんた、この男といったい何やったの？」

ジュードはオリンピアの発想が信じられなかった。これで女と言えるだろうか。少なくとも母親とは言えない。彼の怒りを察し、メイは背後に手を伸ばし、彼の手をぎゅっと握った。

「ジュードは破いてくれる。それで借金はなくなるわけだし、彼は潔癖な人だもの」

「人殺しのくせして！」

メイがますます手を強く握り、ジュードはひるんだ。

「出ていって」

ジュードが小声でたしなめる。「メイ……」

「今すぐ。帰って。いやなら警察を呼ぶわ」

「呼べばいいじゃない」オリンピアがあざ笑った。「警察も名前を聞いただけですぐわかる」とジュードに指を突きつける。「問題起こしたのはどっちかもすぐわかるわよ」

「もちろん警察も名前は知ってる。映画スターだもの。SBCきっての格闘家だもの」メイはデニーをちらりと見た。「警察に電話して」

デニーは口ごもった。「うーん……」

ジュードが横から言う「まだいい、デニー」

「警察にティムの話をする」とメイ。「あの子がギャンブルをやってお金をすって誰かにめった打ちにされた話をする。警察に行けば命はないと言われたことも」

あの母親はメイを殴りつけたいはずだ。ジュードは見ていてわかった。

過去にもメイを殴ったことがある？　あり得ないことじゃない。この女の異常なふるまいがティムの行動を招き、メイのティムに対する過保護を招いた。そのほうがわかりやすい。そういうごたごたから彼女を守りたいと思うのも当然だ。オリンピアが一歩でもメイのほうに動こうものなら、ジュードは後先考えず止めに入るつもりだった。

「帰るぞ、オリンピア」スチュアートが妻の肘に手をやった。「こいつに身ぐるみはがれて俺たちはすっからかんになりゃいいんだ。そうすりゃメイも喜ぶだろうよ」

「喜ぶわ」メイはささやき、あとは声にならなかった。「ひとことでいい、ティムがどうしてるか、訊いてほしかったのに」

ジュードは胸がまっぷたつに引き裂かれるようだった。メイは涙を浮かべ、嗚咽《おえつ》をこらえている。こんなにむごい思いは死ぬまでしたくない。

それでもこれがメイの両親なのだ。どうりで彼女は男性とつきあわないはずだ。こんな親がいてはとても自分を好きになってくれる男はいないと思うだろう。

「お父さんが心配なのはあの店だけなの」メイが言う。「ついでに教えてあげる。わたしはジュードがティムに返済義務を負わせてくれてよかったと思ってる。ティムのためにね。だってわたしはあの子が大事だから。これでようやくあの子も少しは大人になれる。たぶん、これを教訓にあの子も生き生きと暮らしていけるかもしれない。たぶん、たぶんだけど、ジュードの半分くらいは立派な男になれるかもしれない」

「あんたなんか死んだも同じ」オリンピアが吐き捨てるように言い、メイの口から小さな嗚咽が漏れた。

ジュードはメイを抱きしめたかった。だけど彼女はポーチを下りていき、父親のジャガーがエンジン音をとどろかせて走り去っていくのを見守った。整然とした進入路に醜いタイヤの跡が黒々と残された。

「たまげた」デニーがつぶやく。

「ああ」言いたいことは山ほどある。どれもその中心にあるのはメイだ。ジュードは彼女の背後に歩いていった。そして両手をしっかりと彼女の体に回し、そばに抱き寄せると、左右に揺すった。「ごめんな、メイ」

「あやまらないで」門扉が開き、ジャガーが視界から消えた。「あのふたりにとってわたしは昔から死んだも同じよ。今に始まったことじゃない」

ジュードはためらい、何かいい言葉はないかと探した。どうすればまるくおさまるか。

「契約書を破り捨てようか？」

メイがびくりと全身を震わせた。彼女は上体をよじってジュードの顔を見つめた。

「何ならそうするよ」ジュードはメイの顔を両手で包み込み、そのすさんだ表情、傷ついたまなざしに打ちのめされた。「どうしてほしいか、メイ、何でも言ってくれ。俺はそのとおりにする」

みるみる涙があふれたかと思うと、メイは震える声で笑った。そしてジュードの腕に飛び込み、ぎゅっと抱きついた。彼の胸に顔をうずめ、こう言う。「契約はそのままにして。ティムに返済させて。そんなことより——お願い、お願いだから、あなたは絶対に変わらないで」

ちきしょう。それ以上言われたらこっちまで泣けてしまいそうだ。ジュードもメイを抱きしめ、彼女の息がとまりそうなほどその手に力をこめた。胸がいっぱいで心の抑えがきかない。腕を伸ばし、心から約束しようとした。「メイ、俺は——」

携帯電話が鳴り、ジュードはふと我に返った。出るか出ないか。じっと考えたあげく、「くそっ。出るしかない」と毒づいた。

メイが涙を拭いて微笑んだ。「大丈夫。わたしなら大丈夫。心配しないで」

出端をくじかれ、ジュードはがっかりするやら安心するやらだった。ポケットから携帯電話を取り出し、「もしもし」と言う。

「ちょっとまずいことになった」

ティムのお目付役に雇った私立探偵のライル・エリオットからだった。どうせ聞きたくもない話だ。「どうした？」

ジュードが説明を聞くあいだ、メイはその顔がだんだんと険しくなるのがわかった。「ジュード？」

ジュードがたてつづけに訊く。「あいつはどこに？」「いつから？」そして「あのばか野郎。ちょっと待った」間髪入れずに振り向き、足早に玄関のほうへと歩いていく。「デニー！」

デニーは柱にもたれて微笑んでいたが、姿勢を正した。「何かあったか?」

「車をつけてくれ」ジュードはポーチの階段を二段おきに駆け上がった。「ティムがトレッスル橋の下にいる。北に向かう道路にかかるあの橋」

「やりやがった」デニーは例によって詳しい話を聞くまでもなくすべてを察した。「相手はもう来てるのか?」

メイにはさっぱりわからない。「何の話をしているの? どうしてティムが橋の下にいるの?」あそこにはトレーラーの廃車と涸れた小川しかない」

「今はひとりだ」あれだけつらい思いをした後とはいえ、こうなったらメイの気力を信じるしかない。ジュードはことの次第を話して聞かせた。「ティムがそこで誰かを待っている――おそらくエルトンとその手下を」

「何ですって?」メイは首を横に振った。「まさか。さすがのティムもそこまで愚かじゃない」

「もちろんそこまで愚かだ。だからこそライル・エリオットにこっそり見張らせておいたんだ。ティムがこの家を離れるようなことがあれば、そばについていてくれと。でなければ、契約書に署名したあと勝手に家を飛び出すようなまねはさせなかった。それはあまりにも無謀だ」

「でもティムはそんなことを考えているようには見えなかった」メイが口を手でおおう。「ああ、どうしよう。あの子……あの子、たぶんエルトンと取引しようとしてる」

「あいつはひとりじゃないよ、メイ。ライルがちゃんと目を光らせている」ジュードは彼女の頭の後ろを両手で支え、額に唇を押しあてた。「ティムは大丈夫だ」と約束する。そしてまた電話を耳にあて、そうであることを祈った。

19

メイはずるずると壁にくずおれた。彼女は心底動揺していた。ただでさえ親とのいざこざでまいっている。そこにもってきて今度は最悪のシナリオが現実のものとなってしまった。

三十秒もしないうちにデニーがポルシェを玄関の前に乗りつけた。

「さあ」ジュードが彼女の手を取り、車のほうへと引っ張っていく。

「わたしも行くの？」メイは面食らった。まさかそんなはずはない。昨夜はあれほどかたくなに待っていろと言われたのに。

「ああ。だがとにかく俺の言うとおりにしてもらう」彼は後部座席のドアを開け、せきたてるようにしてメイをなかに押し込んだ。「デニー、おまえが運転してくれ」

「十分で着いてやる」

メイはシートベルトを締め、置いていかれなくてよかったと思った。どうなったのかとひとりでやきもきするのはもうごめんだ。これで少なくともあんなにどうしようもない気持ちになることはない。

彼女の隣にどっかと腰を下ろすと、ジュードはまた電話を耳にあてた。「聞こえるか、ライル？　よかった。何が見える？」聞き耳を立て、うなずくと、メイに話の内容を伝える。「ライルはティムからは見えないが、ティムのようすは見える。今、ティムはトレーラーのまわりを行ったり来たりしている」

「あのばか」デニーが言う。

「こんなの信じられない」

ジュードはメイの腿に手を置き、安心させるようにぎゅっとつかんだ。「ティムから目を離すなよ、ライル。だが必要ないかぎり出ていくな。一分ほど待ってくれ」そして片方の腰を上げ、財布を取り出す。財布から名刺を出すと、運転席のデニーに渡した。「バートンに電話してくれ。あいつにもぜひ立ち会ってもらおう」

メイは話の展開についていけない。「バートンって誰？」

「エド・バートン」ジュードが説明した。「あのカメラマン」

「ああ」もちろんそれならわかる。ごたごたしていてつい忘れていた。

デニーがエドに電話するあいだ、ジュードはメイの手を取った。「あいつの首ねっこを押さえるにはこれが絶好のチャンスかもしれない。みすみすふいにはしたくない」

メイはようやく頭が働いた。「エルトン・パスカルが犯人だという証拠を押さえようというのね？」

「そのとおり。ティムは俺たちに隠れ、エルトンと何らかの裏取引をしようと思った。だがどうやらこっちの有利に働くことになりそうだ。バートンがこっそり写真を撮り、会話を録音する、これできっぱりと片をつけられるかもしれない」

デニーが電話を切った。「バートンはこの辺で撮影中だった。だからもう半分こっちにいるようなもんだ。撮影のほうは中断してこっちに合流するってよ。遅くとも十五分で着く。信号に引っかからなけりゃもっと早い」

メイは不安を覚えずにはいられなかった。ティムはおのずと身の破滅へと向かっているのではないか。

ジュードがその顔をひと目見て、電話を自分の腿に押しあて通話口をふさいだ。「今日はさんざんな一日になってしまったな。ごめん」

「あやまらないで。そうすると決めたのはティムなのよ、あなたじゃない」メイは自分に言い聞かせるように言った。「あなたはあの子を助けるために手を尽くしてくれた。これ以上はないほど。あの子が何をしようとわたしたちの責任じゃない。契約書に署名したあと、かっとなって出ていかなければ……」と言いかけて思い直す。「公の書類だろうとあの子には関係ないわね。どうせ反故《ほご》にするつもりだもの。何事もそう。それに、あなたとの取引をなかったことにするためには、エルトンとどんな取引だってやりかねない。エルトンが話にのれば、借金は消え、契約書もなかったことになる」

「あいつが何かたくらんでいることはわかっていたよ。だが、せいぜい家を抜け出して飲み屋かギャンブルに行くぐらいのことだろうと思っていた」

「わたしたちがそばにいない隙にエルトンか手下に電話して、この場を設定したのかしら？」

「おそらく。いっそ携帯電話を取り上げておけばよかった。そうすればこんなことにはならなかった」

「少なくともこれでエルトンをつかまえるチャンスはできた。それだけでも大きいんじゃない？」

「大きいね」ジュードはまた電話を耳にあてがった。「まもなく着くよ、ライル。正確にはどこにいる？」電話越しの指示にしたがい、古い橋の裏を回り込む狭い泥道に入った。デニーはゆっくりと運転し、泥をはねたり大きな音を立てないよう気を遣う。そのあいだもほかの車や人影に目を凝らした。

ジュードが私立探偵の車を見つけた。「あそこだ。グレーのジープ」と電話を切る。そしてデニーが車をそばに乗りつけた。

温厚そうな年配の男がフロントバンパーから腰を上げた。ブラウンのだぶだぶのパンツにオープンカラーのシャツ、頭は禿げ、眉は白いものがまじり、猫背であまり有能そうには見えない——その目をのぞき込むまでは。知性と隙のなさを秘めた鋭い目だ。

ジュード、デニー、メイがそろって車を降りる。ライルは陽光に目をすがめ、三人をじろりと見たうえで、ひとりひとりと握手した。

「彼はすぐあそこにいる」ライルは木立の隙間を示した。「さっきからしきりと時計を見ている」

「いらいらしてんな」デニーがつぶやく。「ふざけたまねしやがって」

デニーの声には不安と失望の色がありありとうかがわれた。メイには返す言葉もなかった。

「あそこ」ジュードが脇から近づいてくる車を指さした。雑草がぼうぼうに生えた空き地をこちらに向かってやってくる。ジュードには見覚えのない車だったが、そんなことはどうでもいい。エルトンのことだ。きっと何台もの車を使い分けているのだろう。

「あれは誰？」アドレナリン、恐怖、ショックが渾然一体となり、メイは胃がむかむかした。車がとまり、四人の男が降りてくる。「エルトン？」

ジュードは首を横に振った。「いや。あのレストランにいたやつらとも違う。だがやつの手下であることはまず間違いない。エルトンには汚れ仕事をやるごろつき集団がいるんだ。考えてみれば、あの腰抜けが本人みずから出てくるわけはない」そしてデニーに向かって言う。「おまえはどうする？　ここでメイとライルと一緒に待っているか、それとも――」

デニーが脅しをかけた。「俺に来るなと言ってみろ」

「そうくると思った」ジュードはメイのあごに手をかけた。「心配だろうとは思うが、ここでおとなしくしているんだ。何があろうと、大声は上げるんじゃない。助けにいこうなどと思うんじゃない。それに――」

「わたしだってばかじゃない」メイはうつむいて彼のてのひらにキスした。「わたしはあなたを信じてる、ジュード、本気で信じてる。でもお願い、お願いだから気をつけて」

「俺だってばかじゃない」彼も言い、私立探偵のほうを向く。「ライル？」

「ライルはにやりとし、九ミリ口径のピストルを掲げた。「俺はつねに用意周到。心配しなくていい。うまくいくかどうか、俺がちゃんと見ている」

銃！　メイはジュードとライルをかわるがわる見比べた。ふたりとも平然とした顔をしている。

ジュードはウインクまでしてみせた。「さあ、俺たちはこれから偵察にいってくる。エドが来たら、撮れるものは手当たり次第撮るように言ってくれ」

不安でいっぱいになりながらも、メイはうなずくと、ジュードとデニーがティムのそばに忍び寄っていくのを見守った。ふたりが木立の真後ろまでたどり着いたころ、ティムがエルトンの手下に気づいた。

ティムが大声で呼びかける。「おーい！　もう来ないんじゃないかと思ったよ」

「そうか？」先頭の男が顔をにたつかせ、ティムはその場で足をとめた。

遠目にも鳥肌の立つような笑い顔だった。メイはライルが銃を二丁持っていればと思った。いっそ軽機関銃でも持っていれば。

あの愚かな弟がジュードをこんな騒動に巻き込まなければ。あのふたりの身に何かあれば、とてもじゃないけど耐えられない。

ティムは一歩後ずさった。「エルトン・パスカルか?」

「ご冗談を」

「でも……」何から何まで間違っている気がする。ティムは腹の奥底からじわりと恐怖を覚えた。この男にはどこか見覚えがある。顔つきじゃなく……物腰。「あんたは誰なんだ?」

「ヴィクと呼んでもらおう」

この声。何かがとてつもないパニックを呼び起こす。目の前の巨漢から隣の巨漢へと目を移し、ティムは訊いた。「どういうことなんだ。俺はてっきり——」

「おまえとは話さなきゃならんことがたくさんある。その前にまず、ここに来ることは誰にも言ってないだろうな?」

ひょっとしてエルトンは慎重になっているだけかもしれない。本人が出ていって取引の話をする前に大丈夫かどうか確かめたいのかもしれない。「うん」

「確かだろうな? 違うとなれば、ただではすまないからな」

それはそうだろう。エルトン・パスカルほどの立場にあれば、慎重の上にも慎重でなきゃならない。だがこっちだってうまく立ち回れば、勝ち目はまだある。ティムはつのる恐怖を抑えつけた。「確かだ。誰か後を追ってこないか、この目でちゃんと確かめた。誰もついてこなかった」

「上出来だ。さて、ティム、いくつか質問に答えてもらいたい」とヴィクが一歩にじり寄ってきた。

この匂いまでもが記憶を呼び覚ます。ティムは息苦しくなってきた。「質問？」

「手始めにまず、ジャミソンの家にどうやって入るか教えてもらおう」

この男たちの顔つきは……悪者なんてものじゃない。凶悪という言葉を表すなら、こっちをにらみつけるあの目がまさにそうだ。「何で入りたいんだよ？」

鉄拳をみぞおちに食らい、ティムはあやうく戻しそうになった。激痛に体をふたつ折りにする。この前の傷もまだ完全には癒えていないのに……。

この前の傷。どうりでヴィクに見覚えがあったはずだ。こいつはあの車にいたやつ、こいつは僕を――。

頑丈な手が胸ぐらをつかみ、ティムを立ち上がらせた。「さあ、ティム、もう一度言ってみよう」ヴィクの口調はやけに丁寧で、ティムの恐怖は増すばかりだった。「どうやって入る？」

ティムはパニックで頭が真っ白になったが、ふとメイの着ていた服が思い浮かんだ。「荷物の配達」あえぐように言う。

「何だと？　でかい声で言ってみろ。ぶつぶつ言ってもしようがない。どうせ」とティムの頬を軽くたたく。「ここには俺たちしかいないんだ」

吐き気をこらえるうち、ティムの額に脂汗がにじんだ。「彼……ジュードは僕の姉に服を買ってやった」ああ、僕は何て卑怯者なんだ。「それで……配達のやつが……出入りしてた」

「ああ」ヴィクがうなずく。「じゃあ、配達用の車があればそれですむってことだ。または配達用の車に見せかけたもの。そうすりゃ、すいすいなかに入れる。これはいいことを知った」

わざわざ家に入ろうということは、ジュードを殺すつもりか。ティムはかたく目を閉じた。ジュードのことは嫌いだが、殺しは良心が許さない。それに姉さん……メイがかわいそうだ。あんなに健気《けなげ》なのに。あっさり裏切ることなんかできない。せめてやるだけやってみるしかない。

頭がぎりぎりと締めつけられるようだ。それでもティムは無理にヴィクを直視し——うそをついた。「そういえばジュードが何か言ってた……よくわからないけど。明日また服が届くとか何とか。午前中だったかな」少しでも時間稼ぎができれば、みんなに前もって警告できる。まさか自分のせいだとは言えないが、理由は何とでもこじつけられる。

「よくがんばったな、ティム。だけどおまえはとんだうそつき野郎だ。その目を見りゃわかる」ヴィクが薄ら笑いを浮かべる。「しかもそんだけ震えてりゃな」

ティムは胃がどうにかなりそうだった。「違う、僕はそんな——」

「ジャミソンにはいやというほど迷惑をこうむったよ。おまえのおかげでようやくあの男を始末できる」ヴィクは相変わらず薄笑いを浮かべたまま、ポケットに手を入れ、何か金色のものを取り出した。鈍い光を帯び、重さは半ポンドほど——。

ブラスナックル。

ティムは肩を大きく上下させた。冷たい金属製のそれがすでに顔に食い込んだような気になる。

ヴィクはさっそく左手にはめ、指を曲げると、ティムをあざけった。「こっちのもくろみを知られたからには、当然、死んでもらうしかない」

ティムは首を振り、絞り出すような声であらがった。「だめだ」

「当然、やる」

「でも……あんたの言ったように、僕はうそをついた。僕がここに来たことを姉は知ってる。だから何が起こるかも——」

「それはどうかな、ティム。彼女はジャミソンの野郎にのぼせ上がってる。知ってりゃ、おまえをとめたはずだ。だがどっちだってかまわん。あの女についてもこっちは計画があるんだ」

どうしよう、どうしよう、どうしよう。僕は何てことをやらかしたんだ。何でこんなにばかなんだ。僕のせいでみんな死んでしまう。

ヴィクは僕を殴り殺すつもりだ。あの凶器を太い指にはめ、めった打ちにしようというのだ。死体を見ても誰も僕だとわからないんじゃないか。相手がこんな男じゃ手も足も出ない。

ヴィクが訊く。「何てざまだ、ティム。真っ青じゃないか」またポケットに手を入れ、ブラスナックルをもうひとつ取り出すと、今度は右手にはめる。そして両手を自分の前にかざすと、鈍い輝きにほれぼれと見入った。「じっくりと楽しませてもらうよ、ティム。我ながら腕には自信があるんだ」

ティムはだんだんと目の前が薄暗くなってきた。今にも気を失いそうだ。これからなぶりものにされることを思えば、そのほうがむしろありがたい。

すると、デニーやジュードに言われたことがふっと頭に浮かんだ。

闘うときは闘え。口には出すな。

ヴィクはなおもティムをあざけった。「ナックルにこびりついた血はなかなか取れなくてなあ。狙いがうまく定まると、はらわたがずたずたになるんだよなあ」

息は荒く心臓は割れんばかりに鳴っている。ティムはゆっくりと顔を上げた。どうせ死ぬからって、そう簡単にくたばってたまるか。

ティムはヴィクの目をがっちりとらえた。ヴィクが思わずひるむと、ティムはすごんだ。

「触るな、この野郎」

そう言うが早いか、彼はしたたかに蹴りを入れ——足先が見事ヴィクの股間に命中した。甲高い、女のような悲鳴があたりを引き裂いた。ティムはぞくりとし、かつてないほどの自信と勇気を覚えた。

ヴィクが体をふたつ折りにすると、ティムは真後ろにいた男に蹴りを入れた。けれど勝利の反撃もあっというまについえた。

ほかの男たちが地面を蹴り、ティムに襲いかかった。そして、さっき真後ろにいた男があっさりとティムを地面にねじ伏せた。素手とはいえ、こぶしが一発、二発あごを見舞った。頭のなかで星が舞い、意識が遠のいていく。

そのとき、どうしたことか男の体が宙を舞った。

とっさにティムは地面に転がり、自分の血にむせながらあえぐようにして空気を吸った。鈍い殴打の音、うつろなうなり声、周囲が騒々しいが、何が起こったのかよくわからない。鼻血がとまらず、頭は割れるように痛い。

誰かが倒れかかってきて、ますます痛みが増した。顔を上げると、デニーが体勢を立て直しているところだった。

ティムは息をするのも忘れた。

デニーは冷静沈着に闘いを進めていた。殴打の一発一発があらかじめ計算ずみのように瞬時に決まる。

この機会を逃してはなるものかと、ティムは上体を起こし、這うようにしてその場を逃れた。またたくまに、ふたりの男が地面に倒れ、ぴくりとも動かない。ジュードがひとりの男のこめかみを殴り、膝を蹴りつけた。男がくずおれる。デニーがもうひとりの顔面に蹴りを入れ、その場にへなへなとうずくまらせる。ジュードもデニーも呼吸ひとつ乱していない。見事なものだ。

ティムの目の前でフラッシュがたかれ、顔を上げると、風采の上がらない男が写真を撮っていた。

その横には初老の男が銃を抜いて立っていた。さりげない構えと表情が腕のほどを物語っている。

そしてふたりの横にティムの姉が立っていた。幽霊のように真っ青な顔をして、両手で体をしっかりと抱き、その場でさかんに足踏みしている。目は涙でいっぱいだ。それと心の痛みで。

見た目はどこまでも女っぽい。そのじつ、乱闘に加わりたくてうずうずしているんじゃないか。

興奮状態にあるせいか、ティムはなぜか笑いがこみ上げてきた。メイがこぶしを上げて飛びかかっていく姿が目に浮かぶ。万一そうなれば、メイのほうが勝ちそうな気がする。

唇が腫れ上がっていなければ、笑い出していたところだ。

ああ、何てことをしでかしてしまったんだろう。ジュードを売ったばかりか、じつの姉まで殺されていたかもしれない。しかもみんなに警告するまでもなくこっちは命がなかったかもしれない。これなら嫌われてもしようがない。当然のことだ。僕の苦しい立場はわかってもらえない。怖くて命が惜しかっただけだなんて。

いっそこの隙に逃げてしまおうか。彼らも厄介払いができてせいせいするかもしれない。

俺なんかいなくなろうがどうってことない。

だけど……デニーは俺を見殺しにしなかった。彼もジュードももう少し早く来てくれていたら。おかげでこっちは恐怖のあまりに寿命が一年縮まった。しかも顔を殴られたおかげで、あと一週間は痛い思いをするだろう。

だけどふたりとも見捨てなかった。

それどころか、とめに入ってくれたのでそれほどひどく殴られずにすんだ。あの頑丈なブラスナックルで肉を裂かれ、骨を砕かれたかと思うと、また胃がせり上がってくる。ジュードとデニーがすんでのところで助けてくれなければ、今ごろ重傷を負っていたところだ。

我ながら情けないやつだ。情けないじゃすまされない。卑怯者だ。

これじゃみんなに合わせる顔がない。どこか絶対に見つからないような場所に身を隠そうか。そのほうがきっとみんなも喜ぶだろう。メイは僕をかばったことを深く恥じ入り、ジュードはほとほと愛想を尽かし……。

けたたましいサイレンの音が鳴り響き、ティムはぎょっとした。そして逃げ出すチャンスを逸した。

指関節を血に染め、デニーがティムの前に立ちはだかった。ティムは恥ずかしいやら怖いやらで顔を上げることもできない。やがて目の前に手が差し伸べられた。「男が腰抜かしてどうする、このばか。ほら、立て。警察に女々しいやつと思われるぞ」

ティムは驚いて顔を上げた。デニーの目には喧嘩のあとの興奮が宿っている。嫌悪感はない。敵意もない。

デニーに嫌われたわけじゃない？

軽蔑されたはずがこんなにうれしかったことはない。

ティムは差し出された手をおずおずと取った。デニーがその手を引っ張って立ち上がらせ、力任せに泥を払う。殴られたときよりも痛いほどだったが、ティムは文句を言わなかった。

「このばかめが」デニーがぼそりとつぶやく。

ティムは頭を掻いた。怖いやら安心するやらで今にも倒れてしまいそうだ。「ごめん」

「計画どおりには運ばず、あいにくだったな。だが、いいか、坊や、今度やったら、俺がおまえに常識と仁義をたたき込んでやるからな。口先だけだと思うなよ。俺はな、おまえよりもっとたちの悪いやつらを相手にしてきたんだ。SBCに来るやつは、怒ってるか、自分を見失ってる。前科持ちのやつだっている。そいつらに自制心を学ばせる。ゆがんだエネルギーの矛先を変える方法をな。それに比べりゃ」とティムの頭をはたく。「おまえなんかかわいいもんだ」

ティムはずきずきする耳を撫で、自分が反撃に出た瞬間を思った。あれも……ちょっとした自制心が働いたことになる。

命拾いした今だからいえることだが、あのことを思い出すと気分がいい。「そうだね」

デニーはまだしかめ面をしていた。髪は乱れ、地肌のタトゥーがのぞき、あの独特の表情からして危ないやつみたいだ。手のつけようもなく危ないやつ。

やがてデニーがにやりと笑った。

「俺の言ったことが少しは耳に入ってたようだな」ざらついた笑い声が漏れる。「いいか、坊や、おまえがあの野郎に蹴りを入れたときは俺も真剣にうれしかったよ。あいつ、女みたいに泣きわめきやがって」

ティムの胸に小さな希望がともった。これで何とか切り抜けられるんじゃないか。たぶんデニーはこっちの味方についてくれる。「口には出すな、やるならやれ、と言われてたし」言葉が熱を帯びる。「どうせめった打ちにされると思ったし」

デニーがふんと鼻を鳴らす。「殺されるところだった」

そのとおりだとわかっていたので、ティムはごくりと唾を飲んだ。「そう。だから思った、もうどうにでもなれって。どうせならそう簡単にやられてたまるか」

「おまえも少しはえらくなったな」とデニーはティムの肩を抱いた。

その背後では、ジュードが気絶したヴィクの顔をひっぱたいていた。ヴィクが目を覚ますなり、ジュードは訊いた。「エルトンはどこだ?」

ヴィクが顔をしかめる。「エルトンって誰だ?」

「笑える。じつに笑える」

「寄るな、ジャミソン」

ジュードは笑った。それを見てティムはほとほと感心した。ジュードは激しい怒りを抑え、なおかつ笑っている。

「いい加減気づけよ、ヴィク。もう終わったんだ。ああ、俺はおまえの名前ぐらい知ってるよ。おまえがティムにしゃべったことは全部聞いた。エルトンがおまえを送り込んだことはとっくにわかってんだ」

「俺には何の話かわからない」

「あくまでしらを切りたいなら、けっこうだ。あとは警察に任せる。もうすぐ丘の向こうから大挙してやってくるころだ」ジュードの目がらんらんと輝く。「おまえがとっつかまったことが知れたら、エルトンのやつ、どんな顔をするだろうな」

ヴィクはうめき声を上げ、歯を食いしばるとそっぽを向いた。

「どっちに転んでも救いはないよな。警察にしょっぴかれるか、釈放されてエルトンにとっちめられるか。いずれにしろ、俺のほうはこれでやっかい払いができる」

エド・バートンが前に進み出た。「一部始終テープにおさめたよ、ジュード。一言一句。僕が記事を送りつけた朝刊には全部載るはずだ」

「ふざけるな」ヴィクがわめき、よろよろと立ち上がろうとした。「俺は何も言っちゃいない」

ジュードがヴィクの胸にひざをあてがい、動きを封じた。「そうかもな」と笑顔にすごみをきかせる。「だがエドの記事を読んだら、エルトンはその言葉を信じるかな?」

そうか、とティムはジュードがやすやすとヴィクを屈服させるのを見て思った。記者を仲間に引き入れるとはさすがだ。だけど、ジュードはいつもみんなの二歩先を行っているように見える——そこがまたしゃくにさわる。少々しゃくにさわる。

それよりも何よりも、ティムはジュードがうらやましかった。

突然、銃を構えた警官がわらわらと現れた。ティムは魅せられたようにその光景に見入った。ジュードが自分の身元を明かし、ヴィクを警察に引き渡すと、手慣れたようすで質問に答える。警察のしつこい尋問が終わるとすぐ、彼はメイのほうに行った。そしてメイをしっかりと抱きしめると、みんなの面前でキスし、倒れた丸太に座らせた。彼はメイをしきりとなだめている。まるで喧嘩したのは彼女だというかのように。でも血を流しているのはメイじゃない。肋骨が痛むのもメイじゃない。

かっこいいまねをする。そうか、僕はジュードがうらやましいだけじゃない。あこがれてる。あんなふうになれたら。

たぶん、たぶんだけど、デニーがいれば僕もあんなふうになれるかも。

20

メイはやきもきしていた。家まで戻るあいだジュードはやけに静かだった。ティムの車が後ろにいることをことさら意識しているようだ。ほんとはついてくるなと言いたいところなのだろう。

彼を責めるわけにはいかない。ティムはみんなを危険にさらしたのだ。延々と続く尋問で警察も指摘したとおり、一歩間違えばみんなの命がなかったかもしれない。けれど、ジュードもデニーも動揺したそぶりは一度も見せなかった。それにひきかえ、ティムはしどろもどろで筋道立てて話をすることができない。あるときは涙まで浮かべた。デニーには怒鳴られる。ジュードにはいまいましい顔つきをされる。前々からどうしようもない家族だとは思っていた。かといって、ティムがジュードの命を危険にさらすようなまねばかりするとは思わなかった。

メイは彼の腿に手を触れた。「ジュード？」

ジュードは表情をなごませ、メイに微笑みかけた。「うん？」

「大丈夫？」

彼はさっとキスをした。「かすり傷ひとつない」

「わたしが言ったのはそうじゃなくて」

「わかってる。ああ、大丈夫だ。ただ……どうもまだ終わったような気がしないんだ」

「警察はあなたのことを信じたわ。エルトンに話もつけてくれる。監視もしてくれる」

ジュードはうなずいた――が、納得がいったようにはとても見えない。

ため息をつき、メイは言った。「あなたが自分でエルトンに話をつけたいのね」

彼は答えなかったが、メイにはそうだとわかっていた。そこまで大事なことを邪魔だてする権利があるだろうか。ない。彼女は携帯電話を取り出し、弟にかけた。ティムが出ると、こう言う。「エルトンのホテルはどこ？」

ジュードは驚いて彼女を見た。

ティムは困って口ごもっている。

デニーがくっと笑った。

「さあ、ティム」メイがティムに言う。そのあいだも目はジュードを見つめたままだ。「あなたがどうにかして彼と連絡を取ったことはわかっているのよ。ヴィクは白状してないかもしれないけれど、エルトンが彼をあなたのもとに送り込んだのよ。だから、彼はどこに泊まっているの？」

メイがうなずくと、ジュードの顔を妙な表情がよぎった。彼女はティムにそのままついてくるように言い、電話を切った。「エルトンがよそに移ってないかぎり、〈ロイヤル・プラザ〉にいるわ。ずっと先のダウンタウンのほうにある。ここからはけっこうあるわね」

ジュードは新たな緊張感をみなぎらせている。「行ってもかまわないのか？」

遠慮がちな言い方にメイは吹き出しそうになった。ジュードは危険に直面する前にこちらに気を遣ってくれるようになった？

メイは思いやりをこめて言った。「あなたがそうしたいのはわかってる」と笑顔をこしらえる。「わたしはおとなしく車で待っているから」

彼は無表情になった。「だめだ」そして眉をひそめた。「まずきみを家に送っていく」

そうでしょうとも。「あなたの家？」あてつけがましく言う。「違うわよね」

「いや、俺の家」ジュードの顔がますます険しくなった。「ほかにどこに送っていけというんだ？」

「わたしの家とか？」

かっとして言い返そうとした瞬間、携帯電話が鳴った。「ちきしょう」と毒づく。「うるさい電話だ」彼はポケットから電話を取り出すと横柄に言った。「もしもし？」すると両方の眉が上がる。「アシュリー。ごめん。何だって……やつがいる？」

「え？」メイが横で言った。「どうしたの？」

ジュードはシートに座り直した。「ああ、それほど離れたところにはいない。できるだけ急いで行くよ。やつが帰ろうとしたら、教えてくれ。それから、アシュリー？　慎重に。やつには近づくんじゃないぞ。わかったな？　うん、ありがとう」彼は電話を切り、そのあとためらった。

ジュードのまなざしからして、話に出てきたのはエルトンにちがいない。「じゃあ、またあのレストランに来たのね？」

デニーが笑う。「な？　いったん知り合いになりゃ、相手の考えてることはすぐわかる」

メイはデニーにあっさり胸のうちを読まれたことを思い出した。「言われてみれば」

ジュードは緊迫していた。「アシュリーはちょうど勤務が始まったところだ。彼女が着いたときにはもうエルトンはいたそうだ。やつは昼食を終え、コーヒーとデザートを頼んだ」

「警察に言うべきよ。彼にも事情を聞きたいと言っていたじゃない」

「ああ、ちゃんと言おうな」デニーがなだめる。「あとで」

ジュードは両手でこぶしをかためた。「あの野郎、わざわざ人前に出ておこうという魂胆だ。そうすればティムのそばにはいなかったという証拠になる。万一ティムが……」あとは言葉が続かない。

メイが目を閉じた。「ティムが殺されても？」

力強い両手が彼女の顔を包み込んだ。「俺が片をつけてやる、メイ。だが、きみをやつのそばには一歩たりとも近づけたくない」

メイは彼のてのひらに頬を押しつけた。「あなたと一緒なら、それで安全なのに」

彼女の全幅の信頼にジュードは言葉を失った。

「彼女の言うとおりだ」デニーも後押しする。「エドに電話してあそこに行かせよう。警察には、店に入る直前に知らせる。そうすりゃこっちも多少は時間が稼げる」

ジュードは迷ったが、結局はふたりの言うとおりだと思った。レストランへと向かう途中、彼はしきりとメイに言い聞かせた。そばにくっついていること、まずい展開になれば一目散に逃げること——まずあり得ないことだけれど——すべてこちらの指示に従うこと。

十五分後、車はレストランの駐車場に入り、ティムとエドがその横に車をつけた。ジュードはティムには目もくれなかったが、まずエドと、それからデニーと小声で話をした。そのあとようやく警察に電話してエルトンの居場所を告げた。

彼らは一団となり、ジュードとデニーを先頭に粛々と店に入っていった。

メイはすぐにアシュリーが目に入った。厨房の手前で腕組みして待ち構えている。そして片隅のテーブルに、スーツ姿の手下に囲まれたエルトン・パスカルがいた。

その姿に目をとめた瞬間、メイはなるほどと思った。エルトンはまさしく想像どおりの人物だった——全身に邪悪という名の皮膜をまとったようなところまで。

ジュードは薄笑いを浮かべ、確固とした足取りでパスカルに近づいていった。

まず手下のひとりが気づいた。椅子を押して立ち上がろうとしたとき、デニー、そして背後のティムに目がいった。彼はたじろぎ、何が起こったのかという顔をした。ティムはとっくに死んだものと思っていたようだ。

ジュードはエルトンの席まで行くと、両手をテーブルにつき、前にかがみ込んだ。エルトンが背をそらす。

「ヴィクは警察にいるよ」ジュードが言った。

エルトンはせわしなげにあちらこちらを見た。逃げ道でも探しているのか。「ヴィクとは誰だ？」

ジュードはゆったりと首を振り、微笑した。「汗をかいているぞ、エルトン。顔が青いな。おまえもいよいよ潮時だな」

エルトンはかっとなった拍子にむせた。「くたばれ」

「悪いが、そこまで都合よくはいかないさ。おまえに始終つきまとわれたんじゃ、俺も相手をしないわけにはいかない。今後は昼も夜もおまえを監視させてもらうことにしよう。おまえのせいでヴィクのような雑魚が警察にしょっぴかれることもなくなる。これで運転手との密会もできなくなるしな」

エルトンが体をぐらつかせた。メイは彼が図星をつかれたのだとわかった。やっぱりそうだったのだ。シドはエルトンと顔見知りだった。そしてジュードを裏切った。

ジュードはどんな気持ちがしているのだろう。

エルトンの真横に座っていた男が憎々しげに歯ぎしりした。彼はエルトンのほうを見たが、エルトンが黙りこくったままなので、テーブルの上でこぶしをかためた。「引っ込んでろ、ジャミソン。ぐだぐだ言っててんじゃねえ」

ジュードはその男には見覚えがないようだった。「ブレアを殺したのがおまえかどうか、俺には証明のしようがない。だが、二度とそんなまねはできないように思い知らせてやる」

エルトンがしゃがれた声で言う。「おまえの妄想だ」

「おまえが彼女を爆死させたんだ」

エルトンは悲痛な声を上げた。「俺は彼女を愛してた」

「そして彼女はおまえを嫌ってた」

「俺はおまえに彼女を奪われたんだ」

「だからシドにリムジン目がけて爆弾を投げ込ませた。しかもあいつは気の毒に自分まで吹っ飛ぶとは思わなかった」ジュードが嘆かわしげに首を振る。「皮肉なことに俺は彼女を望んでいたわけじゃなかった。彼女のことは気の毒に思う。だが、彼女とつきあいたいとは思ったこともない」

エルトンが勢いよく立ち上がった。はずみで椅子がけたたましい音を立てて倒れた。「この野郎！」客がいっせいに顔を上げる。店内が水を打ったように静まり返った。

手下の男が両側から腕をつかみ、エルトンを制した。目撃者の面前で取り返しのつかないことをしてはならない。

まばゆいフラッシュが焚かれ、エルトンはまばたきした。ようやく気がつくと、真ん前に録音機とカメラを持ったエドが立っていた。エルトンはあわてふためいた。「何やってんだ？　勝手に人のプライバシーを侵害するんじゃない。店長はどこだ？　警察を呼んでやる」

「警察ならもうこっちに向かっている。店に入る前に呼んでやったよ。せいぜい身の潔白が証明できるといいな」

エルトンも手下も黙りこくった。どの顔にもいちように動揺の色が浮かぶ。

ジュードは満足げに一歩下がった。「エドは記者だ。俺は独占記事のネタを提供したんだ。ブレアとシドが爆死させられた日にさかのぼって。取材が完了すれば、たとえヴィクが洗いざらいぶちまけなくとも、全世界がおまえに注目する。俺か、メイ、またはその家族の身に何かあれば、おまえに真っ先に目がいくことになる。こっちはみんなでせいぜい長生きさせてもらうよ」

「勘定！」エルトンはうろたえてウエイトレスを探した。

じきに警察がやってくるだろう。ジュードはあざ笑い、振り向いてメイの肩を抱き、ドアのほうへと向かった。「これで」と言う。「気が晴れた」

メイはエドのシャッター音を聞きながらジュードにぴったりと寄り添った。弟が感服するやら緊張するやらしているのがありありとわかる。

内心、彼女は心臓が破裂してしまいそうなほど動揺していた。けれど、表向きは平然とした顔を装った。ジュードのことがこんなにも誇らしい。

そしてジュードのことをこんなにも愛している。

駐車場に着くなり、ジュードは得意げにエドの肩をたたいた。「ありがとう」

「ご冗談を」エドは片手にカメラを提げ、片手で自分のポニーテールを引っ張った。「こっちこそ胸が躍るよ。こいつは特ダネだ」

「ただし気をつけろ。エルトンを甘く見るんじゃない。万一この場をすり抜けでもすれば、復讐に打って出ることもあり得る。きみには痛い目に遭ってほしくない」

エドは満面の笑みを浮かべた。「僕は根が臆病なんだ。すでに防御策は講じてあるよ。少なくとも、記事が公になるまでは。あとはもう安泰のはずだよ。僕の身に何かあれば、容疑者はわかっているからね」


「あなたのせいで食事抜きが続けば」メイが軽口をたたいた。「これ以上太らずにすみそう」

「誰が太っているなんて言った？　きみは完璧だよ」

メイは笑い、ジュードの胸に倒れ込もうとした。けれどジュードは彼女の胸に両手を突っ張り、上体を起こしたままにさせた。そして両ひざを上げ、メイをもたれかけさせた。もうコンドームはつけているが、まだ彼女のなかには入っていない。

今度はじっくりいきたい。

「しつこいようだけど、わたしは太めのほうなの」

乳首をもてあそびながら、ジュードが言う。「俺はこのふくよかな体に惚れ込んでる」

メイはため息をつき、悩ましげな目で彼を見た。「じゃあ、からかうのはやめて。今のうちに下に降りればまだ夕食に間に合うかもしれない」

「きみが先にいくのを見たい」彼がささやく。

「ジュード……」片手が股間に滑り込んでくると、あえぎ声になった。ジュードはそのようすを食い入るように見つめた。メイが限界点に達するのにさほど時間はかからなかった。表情の微妙な変化、胸のあえぎ、下腹の緊張。やがて彼女は唇を嚙み、長く低いうめき声を漏らした。

「もうだめだ」ジュードはこらえきれずにメイの腰をつかみ、ぐったりした体を持ち上げると、するりとなかに入っていった。「いい具合に濡れてる」彼はつぶやき、その言葉自体になおさら興奮した。これでは二、三度突くだけで終わりだ。そのときメイがぱっと目を開け、こちらに向かって微笑みかけた。悩ましくも満ち足りた笑顔に彼は抵抗をやめた。

ジュードはメイの体を下にして、激しく腰を動かした。そして彼女に背中を撫でられ、肩にキスされるのを堪能しつつ、最後までいった。

ジュードが口をきけるようになるまでしばらくかかった。メイは両手両足をジュードの体にからめ、彼が身を起こして彼女の顔を見ようとしても離そうとはしなかった。

「寝てはいないよな？」ジュードはメイの乱れた髪をそっと顔から払った。彼女はじっとしたままだ。「下に降りて何か食べる？」

メイは彼をしっかりと抱きしめた。必死といってもいいほどに。「いらない、まだ」

ジュードは彼女の気持ちが手に取るようにわかる。すぐに何かおかしいと思った。「メイ？　何を考えている？」

「わたしの人生」

わたしたちの、ではない。ジュードは落ち着かない気分になってきた。声は穏やかなまま、抱擁もやさしいまま、彼は言った。「それはまた深刻だな」

「たぶん」メイは彼の胸に頬をこすりつけた。「このままずっとここにいるわけにはいかないわ。わたしはもう自分の家に帰らなきゃいけない。いつもの生活に戻らなきゃいけないの」

ジュードは両手で彼女の背中を撫で、心を決めた。何があろうと、メイを手放したくはない。「月曜日には仕事に戻るんだったな」

「ということは今夜のうちに家に帰らなきゃいけない。いつもの時間に眠らないと。休んでいたあいだにたまった仕事も片づけないと。そして……あなたのこしらえてくれたおとぎ話の世界から現実に戻らないと」

ジュードは心をかき乱され、どう答えようかと考えた。「夜中に何度も起こされたと言っているわけか？」昨日の晩、彼はメイを二度起こした。一回目は彼女と愛を交わすため、二回目はただ彼女を抱きしめるために。

あのときは悪夢を見たわけでもない。けれどメイを失うかと思うと、血も凍るようだった。これ以上の恐怖はない。彼女に触れることで唯一気持ちがおさまった。

「文句を言ったんじゃないわ」メイは腕組みし、彼の胸に頭をのせた。「あなたに起こしてもらえなくなるかと思うと寂しい」

ジュードは彼女の顔に垂れた髪を押し上げた。メイクをした顔もしてない顔も見たことがある。涙で腫れた目も怒りで燃える目も見たことがある。彼のせいで傷ついた顔も親のせいでむごく傷ついた顔も。快感にとろける顔も何か守ろうと意固地になる顔も。

「まだ終わったわけじゃないんだ、メイ。ヴィクが洗いざらい白状したと警察に聞かされるか、またはエルトンが刑務所にぶちこまれない限り、俺はきみをひとりにするわけにはいかない」

メイは前かがみになりジュードにキスした。「だけどそれは明日になるか、来週になるか、一カ月後になるかわからない。それに、あなたがあそこまで言った以上、エルトンが何かしでかすとは思えないわ」

廊下に足音が響き、ほどなくドアをたたく音がした。「ジュード!」

デニーが急ぎの用事らしい。ジュードはメイを脇にやると、ベッドに起き上がった。「どうした?」そしてドアへと歩いていく。

「今、電話があった。こんなの信じられるかって」

ジュードがちらりと振り返ると、メイはつつましくブランケットに身をくるみ、ナイトスタンドの眼鏡を取ろうとしていた。彼はドアを開け、廊下に出た。「エルトンの件か?」

「おまえに頼まれたとおり、あちこち探りを入れてみた。すると、事件の前日、シドがエルトンと一緒にいたと証言する男がふたりいた」

めったにないことだが、ジュードはひざがわなわなと震えた。「ちきしょう」

「まさしくちきしょうだ！　だが話はそれで終わりじゃない。ヴィクを逮捕した刑事に電話してみたんだ。ヴィクは洗いざらいぶちまけたそうだ。あいつはエルトンより刑務所のほうが怖いようだな。警察はやつをこう説得した。おまえは誰ひとり殺したわけじゃない、警察に協力すれば裁判も有利に働く」デニーは肩をすくめた。「だから寝返った」

「やつは……」ジュードは声がかすれ、咳払いした。事態は急展開を迎えつつある。あまりのめまぐるしさについていけない。これでようやく昔の生活を取り戻せるのか。「ヴィクはエルトンが爆破を仕組んだと言ったのか？　エルトンがわざとブレアを殺したと？」

デニーはうなずいた。「あいにくな、ジュード。だがヴィクによると、あの野郎は自分がブレアをものにできないなら、ほかの誰にも渡してなるものかと考えた」

「だが、やつはいつも俺のせいにした」ジュードが誰にともなく言う。頭のなかがまだ混乱していた。「やつは俺を憎んでいると言ったが、あれはうそじゃない。本気で憎んでいた。あの目を見ればわかった」

デニーが慰めるようにジュードの肩に手を置いた。「ヴィクが言ったそうだ。おまえはエルトンが求めてやまないものを拒絶した。だから憎まれた」

「何てことだ」

ベッドのきしむ音がしたかと思うと、メイが廊下に出てきた。ブランケットを古代ギリシャの衣装のようにしてまとい、髪は背中に垂らしたまま、眼鏡の奥の瞳は真剣そのものだ。

彼女はジュードのそばににじり寄った。「わかるわ、ジュード。あなたを嫉妬の目で見る男性は多いと思う。わたしの弟もそうだけど。陰でどれだけ苦労しているかなんて誰も知らない」

ジュードは彼女を見下ろした。最初からメイには何もかも見抜かれていたのだ。もう絶対に彼女を失うことなどできはしない。

ジュードが黙っているのは事件の真相を知ったからだと思い、メイは彼の肩に頭をのせ、腕をぎゅっとつかんだ。「人はたいていあなたの晴れがましい姿しか目に入らない。しかも楽々と成功を手にしたように見える。並みの人間にはとてもできないことだから」

「いまいましい事件もようやく決着がつくな」デニーが言う。「警察が今エルトンを逮捕に向かってる。明日にはすべて終わってる」彼はメイに微笑んだ。「これで俺たちも枕を高くして寝られる」

デニーは口笛を吹きながら立ち去った。ジュードはデニーも彼女とのことを認めてくれたのだとわかった。

寝室に戻るなり、メイは訊いた。「まだショックが癒えないみたいね。大丈夫？」

「きみが断固出ていくと言わなければ」ジュードは何とか彼女を引き留める口実を探した。「エルトンが脱走でもしたら？　やつはこれで自暴自棄になるかもしれない。俺はきみにここにいてほしい。ここならばきみは無事でいられる」

メイは首を横に振った。「だめよ」

「なぜ？」

彼女はつんとあごを上げ、気の強そうな目で見返した。「両親のこともあるし」

ジュードはきょとんとした。「何で？　彼らはきみとは縁を切ったんだ。もう終わったんだよ」

メイは片手でブランケットを押さえ、片手で彼の言葉を制した。「これが最初じゃないの。最後でもない。ふたりとも本気で言ったわけじゃない。頭にくるとあることないこと言うの。母は飲んでいたし、飲むとよけいに憎らしくなる」

ジュードはオリンピアの血走った目と手にしたトラベルマグを思い出した。忌まわしい女。メイの母親。あきれたものだ。

「父も母には手を焼いている。どっちみち、もう相手もしたくないのよ。ティムは両親には逆らえないし」

「だからきみが全部しょい込むのか？　ばかばかしい」

メイは唇をかたく結んだ。「あなたにわかってもらおうとは思わない。だけど両親も弟もわたしが頼りなの。わたしが必要なのよ」

「信じられない」つまりそういうことか。メイがわざわざ俺のもとを去ろうとするのは、俺にはわからないと思っているからか。それは道理に合わない。彼女の考え違いだ。こっちはすべてわかりすぎるほどわかっている。

彼女は家族に愛されたいのだ。家族に慕われたいのだ。

だが、それはかなわぬ夢ではないのか。

メイは毅然《きぜん》として彼の前に立った。「あれでもわたしの親なの。それは変えようがない。確かに、あのふたりには気に入らないところがある。だけど親は選びようがない。与えられた親を愛するしかない。愛せるように努力するしかないのよ」

「だけど、きみだけが努力することはない」

「いやなところはあるけれど、親とすっぱり縁を切ろうとは思わない」と下唇を震わせた。

「そんなことできない」

「俺はきみに対する彼らの態度が気にくわない」

彼女の目に哀しみがあふれた。「わかってる」

ジュードは彼女のそばに寄った。「だが、俺もそう簡単に縁を切らせるつもりはないよ」

メイは口をぽかんと開けた。「え?」

「きみが彼らとつきあいたいというなら、俺たちでそうしよう。俺たちで。きみだけじゃない。休日をあてるとか。病気や金に困るときやいろいろあるわけだし」彼はその場を行ったり来たりしながら考えた。「もちろん、俺たちだっていつも行ってやれるわけじゃないが」

「何の話をしているの?」メイが声をうわずらせる。

「俺はハリウッドには戻らない。エージェントに例のアクション映画は断ってもらうように言ったんだ。いい話ではあったよ。金だけでなく、出番の面でもね。だがとにかく興味がない」

メイも彼のあとにくっついて歩いた。「ほんと?」

頭を垂れ、両手を腰にあて、ジュードはそのまま歩きながら彼女をちらりと見た。「『ゲット・ショーティ』を観たことは？」メイが答えるまもなく言う。「たいした映画だよ。トラボルタは一流の役者だ」

「ジュード？」

「映画のなかで、トラボルタ演じるチリ・パーマーが誰かにこう言う。俳優というやつはたいてい自分の郵便番号も電話番号も知らない」

メイは足をとめ、彼をじっと見た。

「まんざら誇張ってわけでもない」ジュードが笑う。「役者は言わずと知れたナルシストだ。じつにあさはかなところもある。前に一度デートした女は、足の親指の付け根にコラーゲンを注射していた。レッドカーペットを歩くとき、うんと高いヒールの靴を履けるようにね。ばかげた話だよ。信じられるか？」考えただけで彼は身震いした。

「あなたが何を言いたいのかさっぱりわからない」

「現実問題としての話だよ。ハリウッドは俺のいる場所じゃない。副業としてはよかったし、気分転換にもなった。だが俺には考えていることがある」ジュードは両足を踏ん張り、彼女と向き合った。「じつは、きみの弟を見てひらめいたんだ」

「弟を見て？」メイは腕組みをして片足に体重をかけた。ブランケットをまとった姿が愛らしく見える。「ぜひ聞かせて」

「SBCには問題のあるやつがおおぜいやってきて、出直しをはかろうとする。幼児虐待の犠牲になったやつもいる。孤児だったやつもいる。刑務所に入っていたやつもいる。いったん前科がつくと、仕事を見つけるのは難しい。彼らは怒りを昇華させる方法を求め、家族を求める。支えとなる存在。心配してくれる人間を」

メイはうなずいたが何も言わなかった。

大きく息をつき、ジュードは言った。「それがSBCだ。大家族。頼りになる存在。こっちは向こうを支え、向こうはこっちを支える。トレーナー時代にデニーが更正させた若者はひとりやふたりじゃない。ティムも見違えるようになると俺は信じている」

メイは開いた口がふさがらなかった。「本気で言ってるの？」

「ティムから聞いてないのか？」

メイが無言で首を振る。

あの小心者め。「彼はデニーとサーキット・トレーニングをやることになる。きみの両親は怒りまくるだろうが、言っておこう、これはティムのためになる。あいつもこれで鍛えられ、謙虚さや責任感、おそらくは自立心も学ぶことになる」

メイはただジュードを見つめるばかりだった。

「とにかく、いろいろ考えたんだが、見かけ倒しのハリウッドより古巣のSBCのほうがよっぽど信頼できる」

彼がためらうと、メイは「それで？」と先を促した。

「SBCのいくつかの事業に投資することにした。たとえば、金に困っている若者のスポンサーになる。スポンサーはほかにも獲得して増強をはかるつもりだ。まだ全部決まったわけじゃないが、テレビコマーシャルや紙面広告もやっていきたい……」ジュードは微笑み、両手を広げた。「俺は会社の権利を半分買ったんだ」

「あなたが……」メイが深く息を吸う。「あなたがSBCの権利を半分買った？」

「うん。俺はうれしい。きみもうれしい……よな？」

「うれしいわ」

「よかった。きみにも話そうとは思っていたんだが、きみのそばにいると、どうもセックスのことしか考えられなくなる。今すぐそのブランケットをはぎ取って、床に押し倒し――」

「ジュード」

「な？　とにかく、これからは旅も多くなる。だが考えたら、それも悪くない、ふたりでドイツや日本やブラジルに行っているあいだ、きみは絵を探せばいい。そうだろう？」

メイは目をぱちくりさせた。「わたしも一緒に行くってこと？」

「そりゃ、きみが来てくれなきゃ俺は絶対に行かないよ」

彼女がまた目をぱちくりさせる。「でも……」

「国内にいるときは、俺の親元を訪ねる――もちろん、きみのほうも。大丈夫。俺はきみが思っているほどやわじゃない。ふたりなら何とかなるよ」

メイは胸に手をあてた。「ジュード、うちの親のことはあなたの責任じゃない。わたしにも全面的な責任はない。わたしがあえてそうしたまでのことで。あなたがそこまでしなきゃならない理由はどこにも――」

「夫なら誰でもすることだ」

その言葉がメイの頭のなかで何度も何度もこだました。彼女は足下をよろつかせた。口をぱくぱくさせ〝夫〟と言ってみるが、声にはならない。

ジュードは自分で自分を蹴っ飛ばしたくなった。「ちきしょう、俳優のわりにはいまひとつだったな？」

メイは口を手で押さえ、喜ぶというよりは驚愕している。

ジュードは歯を食いしばり、まだ全裸のまま、彼女の真ん前に立った。そしてひざまずくと、彼女の手を取るのではなく、お腹に頬を押しあて、両手で背中を抱いた。絶望感がこみ上げてきたが、はねのける。

ジュードはメイを強く抱きしめた。

「結婚してくれないか、メイ？」温かくふっくらした体だった。ブランケット越しではなく素肌であってくれればよかったのに。「愛しているんだ。俺はきみがいないと楽しくない、何をやってもだめなんだ。だから頼む、きみも俺を愛していると言ってくれ。そして俺の妻になると」

メイはジュードの髪に手を入れ、お腹を彼に押しつけた。「わたしの……わたしの親はチャンス到来と見なすわよ」

「じゃあ、チャンス到来にすればいい」

「だめ」彼女の指に力が入る。「そんなことはさせない」

「何でも好きなように、メイ」ジュードは本気だった。

「あのふたりは夜中にだって電話してくるんだから。喧嘩したときとか。母は酔っぱらってる。父も……泥酔してる。わたしに仲を取り持てというのよ」

「じゃあ、ふたりで仲裁役になってやろう」

メイは体をこわばらせ、息を詰めた。「ティムは一夜にして立派な男になるわけじゃない」

「言っておくが、俺はきみの弟には何の幻想も抱いてないよ」ジュードは上を向き、彼女のショックを受けた顔を見て微笑んだ。「きみの家族の誰にもいっさい幻想は抱いてない。だが、きみは彼らとは違う」

「わたしにはアシュリーがいてくれた」とメイがささやく。「わたしたちは違うんだとふたりで協定を結んだの。彼女はわたしが持つことのなかった妹なのよ」

ほんとのところはどうなのだろう。彼は疑惑を口にしようかと思ったが、それはまた後で問いただすことにした。今はただ彼を愛しているとメイに認めさせることで手いっぱいだ。

「アシュリーはすばらしい女性だ。きみもすばらしい女性だ。そして俺はきみを愛している。きみを、メイ。きみの弟でもなく母親でもなく父親でもない。きみがいてくれれば、あとは何だって許容できる」

メイの口元におずおずと笑みが浮かんだ。彼女は洟《はな》をすすり、眼鏡を押し上げた。「ええ、わたしもあなたと一緒にドイツやブラジルに行くわ。あなたが望めば、アフリカのティンブクトゥにだって行ってあげる」

「ティンブクトゥもあり得ないわけじゃないが、今のところ、回る予定はないな」

メイは笑い、彼のお尻をぎゅっとつかんだ。

「じゃあ、準備に一年はもらおう。いろいろと計画を練り、それでどうなるかだ」

メイの笑顔が弾ける。「ええ、わたしはあなたのご両親にお会いする。じつを言うと、そのときが待ちきれない」

「これからおふくろに電話しよう。うん……」ジュードはブランケットを取り、彼女の体をじっと見た。「あと一時間ほどしたら」

「ええ――」メイは彼の前にひざまずいた。「わたしもあなたを愛しているし、あなたと結婚するわ」

ジュードは胸のふくらむ思いだった。さっきの絶望感はあとかたもなく消えた。「今すぐハネムーンといこう」

21

アシュリーは信じられなかった。このわたしが花嫁の付き添い役をつとめる。しかもちゃらちゃらしたシフォンのドレスにおそろいの靴まで履く。色はぞっとするようなパステルカラーのグリーンかラベンダー。しかも結婚式まであと一週間もない。そんなものだと慣れる暇もない。

こんなに急なのはジュードもメイもせっかくの華燭の典をパパラッチに嗅ぎつけられたくなかったからだ。エド・バートンをのぞいては、家族と親しい友人以外、目前に迫った婚礼のことは誰も知らない。ジュードのお金と影響力をもってすれば、これだけ短い期間で準備するのも可能なのだ。

アシュリーはタキシード姿のデニーを見るのが待ちきれなかった。彼なら新郎の付き添い役がばっちり決まるだろう。銀歯に頭のタトゥーまで。メイの親が見たら何て言うだろう……考えただけで笑ってしまう。

だけど、デニーとのやりとりを思い出すと笑いも消えた。あれこれ説教したあげく、たまにはデートも必要だなんて。肩の力を抜いて、少しは楽しめ。デニーによれば、わたしならきっと男なんてよりどりみどり。きみみたいにかわいい子なら男がぞろぞろくっついてくるぞ。

かわいい？　ふん。誰にもそんなこと言われたことがない……かわいいだなんて。

こっちはどれだけ選択肢が限られているか、彼が少しでもわかっていれば。

選択肢といえば……アシュリーはドアが開くとエレベータを降りた。まだ勤務時間ではないけれど、クィントンをまず食事に誘い、結婚式でエスコートしてくれないかと頼むつもりだった。きっと彼は気にしないんじゃないか。彼には一度ならずしつこくデートに誘われていた。あの骨までとろけそうなキスで頭をくらくらさせられたことまである。

今まで無視してきたからって何？　気が変わるってこともあるわけじゃない？　これも女の特権ってやつ。とくに、相手の男が頭から離れない場合は。

アシュリーはクィントンのオフィス目指して踊るように歩いていった。そうじゃないかとにらんだとおり、彼はまだオフィスにいた。閉じたドアの下からかすかな明かりが漏れている。

彼がデスクでパソコンに向かっている姿を想像し、アシュリーは微笑んだ。そういえば、デニーにもわたしは働きすぎだと言われたんだった。

二の足を踏む前に、アシュリーはドアをたたこうとした。するとドアが開き、クィントンとあやうく鉢合わせしそうになった。

彼はくつろいだ笑顔を浮かべていた——しかもひとりではない。

ブロンドの女が腕にぶら下がっていた。

アシュリーとクィントン、どちらも負けず劣らず驚いていた。彼の目からじょじょに笑いが消えていく。

このまま消えてなくなりたい。アシュリーは「あら」と言った。

射すようなグリーンの瞳が彼女をとらえた。「アシュリー」

「ああ、えっと、元気？　邪魔してごめん」デニーったら。ただじゃおかない。よくもそそのかしてくれたわね。「失礼」

クィントンが眉をひそめる。

アシュリーはドアを閉めようとした。「そのまま続けて」

クィントンが手でドアを押さえる。「一分でいいから待った」

絶対いや。「だめ」

彼はすぐさまブロンド女の手を放し、廊下に出てきた。「一歩も動くな」

その言葉にかえって励まされた。アシュリーは彼をにらみつけ、あてつけがましく横に一歩踏み出した。そしてまた一歩。

「アシュリー」クィントンが警告するように言う。

彼女は不敵な笑みを浮かべた。「ほんとに、真剣に、邪魔したくないのよ……何だか知らないけどあなたたちのやってたこと。っていうか、わたしもこんなふうにいきなり押しかけるべきじゃなかった。礼儀知らずなのはフィニッシングスクールを出てないからってことにしといて」

「とにかく、少しは俺にも説明させてくれないか？」

アシュリーはちらりとブロンド女を見た。彼女は微笑んでみせ、そしてまたクィントンのほうを見た。「わかった」とアシュリーが眉を上げる。「どうぞ」

彼は両手を腰にあて、口を開け、また閉じた。「弱ったな。どうもやりにくい」

ブロンド女が前に進み出た。「わたしはそろそろ帰ったほうがいいかしら？」

アシュリーとクィントンが口をそろえて言う。「だめ」

アシュリーは愛想のいい顔をしてみせた。「さあどうぞ。あなたは残って。わたしのほうはさっさと帰る」そう言って、歩み去ろうとした。

クィントンが彼女の腕をつかんだ。「せめてなぜ俺に会いにきたのか教えてくれ」

「忘れた。何でもない。後で思い出したら言うわ」

「いい加減なこと言うな、アシュリー。わざわざやってきたのは理由があってのことだ」

「一時の気の迷い？」

ブロンド女が笑う。「わたしってほんとに間の悪いときに来てしまったような気がするんだけれど」

アシュリーには彼女の言っている意味がわからなかったし、間の悪いのはこっちのほうだ。とりあえず肩をすくめた。「ねえ、わたしは仕事に行かなきゃ」

「まだ早い」クィントンが責める。「きみは俺に会いにきたんだろう」

百万年たっても絶対に認めない。「違う。この前遅刻したからその埋め合わせをしようと思っただけ」

「俺の記憶によると」彼がぼそりと言った。「あのときはすんでのところで間に合った」

どうして彼は黙って行かせてくれないんだろう。そのときクィントンの携帯電話が鳴った。よかった、これで逃げ出せる。アシュリーは敬礼した。「じゃあまた」

廊下を半分ほど行ったところで、ブロンド女の言うのが聞こえた。「かわいいお嬢さんだこと。あのジーンズも素敵。どこで買ったのかしら」

アシュリーはターコイズとパープルとブラックの縦縞のジーンズを見下ろした。あの女もなかなかいい趣味してる――だからといってあまり好きにはなれないけど。

とはいえ、一歩間違えばこのわたしがあの女の立場にいたかもしれない。少なくとも、クィントンをデートに誘っていればそうなっていただろう。彼とあのブロンド女は明らかにつきあっているようだし。

よかった、まんまと罠にはまらなくて。

じゃあ、そんなにうれしいなら、どうしてこんなに胸が苦しいんだろう。

ばか、ばか、ばか。

アシュリーは足を踏みならさんばかりにエレベータまで歩いていき、なかに乗り込むと、掃除用具の置いてある階のボタンを押した。デニー・ズィップは好き勝手なこと言ってくれたけれど、もう男性をデートに誘うなんてこりごり。

結婚式にはひとりで行こう――これまでもずっとひとりだったんだから。それじゃみんな困るというなら、おあいにくさま。クィントン・マーフィのことなんかもう忘れてみせる。

リハーサル・ディナーの会場は大仰な高級レストランで、メイの両親は大喜びだった。会場そのものというより、料理の値段に。高価な品をここぞとばかりに頼み、遅れてやってくるティムを待とうともしない。オリンピアはひっきりなしに煙草を吸うので、夫婦ともども喫煙席に隔離された。

メイが危ぶんだとおり、スチュワートもオリンピアもジュードを金づると見なした。いつにも増して礼儀をわきまえず、ジュードをお金のことで質問攻めにしたかと思うと、我が物顔でおねだりしたり、親としてはさも不安だというように事業のことを詮索してくる。メイはふたりを黙らせようとしたが、しょせん無駄だった。

さすがというか、ジュードはしつこい質問もうまくかわし、メイからアシュリー、その父親、そしてまたメイへと視線を躍らせた。メイと目が合えば、彼女の手を握り、指の関節にキスし、いかにも恋する男といったふうに微笑んでみせる。すべてはほぼ順調だった。ただ――。

メイはまた両親に一瞥をくれた。

ゆうに五センチは灰皿をそれたところで、オリンピアは煙草の灰を払い、四杯目のワインを飲み干した。スチュワートは通りすがりのウエイトレスをいちいち眺めるのに忙しく、妻の失態も目に入らない。ティムはもう二十分以上も遅刻している。なのに気を揉んでいるのはメイだけだ。

ジュードが顔を寄せ、彼女の耳元でささやいた。「笑って。みんなからどうしたのかと思われるぞ」

だからメイは笑った。これからようやく人生が花開こうとしている。それを思えば家族の不作法くらい目をつぶることができる。

その笑顔を見て、スチュワートがすかさず文句を言った。「おい、メイ、新郎の付き添い役はおまえの弟にやらせるべきだろう」

「リハーサル・ディナーですら遅刻しておいて」

「ちなみに」とジュードが横から言う。「俺はそれほどティムが好きなわけじゃない」

冗談めかして言ったので、オリンピアはふんと鼻先で笑った。または、たんにワインで笑い上戸になっていただけかもしれない。もう二、三杯飲めば、今度は誰彼かまわず毒を吐き散らすようになるはずだ。

デニーが額を撫でた。「俺に付き添い役をやらせてもらえないんじゃ、タキシードにタトゥーの姿を披露できなくなる」抑えた照明に銀歯が光る。「またとないチャンスだ。ほかの誰にも渡しはしないからな」

男たちはタトゥーや試合の話を始めた。メイはアシュリーを見て、どうしたんだろうと思った。アシュリーはいつものごとくたちの悪い冗談を言っているが、目の輝きは失せている。メイは自分が幸せなぶん、彼女にも幸せでいてほしかった。

メイが声をかけようとすると、アシュリーはぴくりと体をこわばらせた。なかに入ってきた美貌の女性をまじまじと見つめている。

調子よくみんなと話を合わせていたデニーがふいに黙りこくり、じっとアシュリーの視線を目で追った。そして両方の眉を上げた。「デートといえば――」

「してない」アシュリーがぴしゃりと言う。

「――俺の相手が来た」

「えっ？」

アシュリーの驚きをよそに、彼は椅子を押して立ち上がると、テーブルの向こうに行った。誰もがじっと見つめる。とくにアシュリーは。

ジュードだけはべつに驚いたふうでもなかった。デニーがとびきりセクシーでなまめかしい女性とつきあっていたとしても不思議はない。彼女はデニーより数歳下、たぶん四十代前半といったところだろう。完璧に手入れされた髪からペディキュアをほどこした足の爪にいたるまで、あでやかで女らしい。

彼女はにこやかな笑みを浮かべ、デニーの広げた腕のほうへとやってきた。「デニー！遅くなってごめんなさい」

メイとアシュリーがあっけに取られるなか、デニーは彼女を抱きしめ、ハイヒールの足が床から数センチ浮くほど抱き上げ、口紅のほどこされた唇にキスした。

メイがくすくす笑う。

アシュリーは憮然とした顔だ。

ジュードはどちらに対してもあきれた。デニーが並みの父親よりよっぽど愛情こまやかだからといって、男としての機能を失ったわけじゃない。デニーとは長いつきあいだが、彼は規則正しい生活も好きなら、女とのつきあいも好きだ。大いに。

デニーは顔じゅうくしゃくしゃにして笑い、テーブルのほうを向いた。「みんな、こちらはザラ・トリルビー。彼女とはひと月ほど前にスーパーで出会った」そう言って、我が物顔で彼女の華奢な腰に手を回す「驚いただろ？」

「みなさんお食事中よ」ザラがたしなめ、まっすぐにアシュリーを見た。「こんにちは、アシュリー」

ジュードはアシュリーがそのままずるずるとテーブルの下に隠れるのではないかと思った。ところが、彼女はがぜん元気になり、輝くばかりの笑顔を浮かべた。「あら、また会えたわね」

「ふたりとも知り合いなのか？」ジュードはメイがよけいな気を回さなくてすむよう訊いた。

ザラがからからと笑い、みんなの顔がこちらを向く。スチュワートもそのひとりだった。

「わたしが未来のクライアントにおべっか使っている現場をアシュリーに押さえられたの。ずいぶんと浮ついて見えたようだけれど、それはただ……わたしってほしいものがあると決意がかたいから」とザラはデニーの胸に手を触れた。

デニーは顔をにたつかせた。「きみならではの決意のかたさこそ、俺が何より敬服してるものだ」彼はテーブルの椅子を引いた。「さあ」

ザラの登場で店内がざわついたかと思うと、今度はティムが大あわてでなかに駆け込んできた。目を大きく見開き、肩で息をしている。

いったい何事だ、とジュードは思った。すぐにメイの手を取り、立ち上がる。

ティムはスーツを着ていた。いちおうは。白のドレスシャツは裾が垂れたままで、ボタンも半分しかとまってない。ネクタイは首のまわりにだらりと結んである。髪はくしを入れたようすもなく、あごにはうっすらと無精ひげが生えている。

「やつが逃げた」ティムが向こうから叫んだ。

ジュードは小声で悪態をつき、テーブルから離れると、ティムを出迎えた。「声を落とせ」とほかのみんなのほうへ連れていく。

訊くまでもなく、ジュードには誰のことなのかわかっていた。思わず体がこわばる。

「エルトンが」ティムが泣きそうな声で言う。

デニーがティムの両肩をつかんだ。「深呼吸して気を落ち着けろ。大騒ぎするんじゃない」

「でもあいつどっかに逃げたんだ」

いつにも増して、ジュードはティムに分別というものをたたき込んでやりたかった。「警察があのあとすぐ逮捕したんだろう」

デニーににらみつけられ、ティムはふたつ大きく深呼吸した。「あの刑事……あんたと話をしたやつ、ヴィクをつかまえたやつ。彼が家に来たんだ」

「俺の家に？　おまえがなかに入れたのか？」ティムはまだほとんどジュードの家にいた。デニーが彼を庇護のもとに置いた以上、ジュードもそれでかまわなかった。

「違う。僕は家にいた。僕の家に。スーツが要ったんだよ」

デニーがティムの肩をたたく。「ちゃんと息しろ」

ジュードはティムの両親がろくに席を立とうともしないのに気づいた。オリンピアはどんよりした目で息子のほうを見つめ、スチュワートはどことなく不機嫌そうな顔をしている。

ティムはあえぐようにして息を吸った。「エルトンはどこを探してもいない。刑事が言うには、最初はちょっと見失っただけだと思った。ほかの州でも警察が見張ってるとか何とか」

「全米に指名手配か」デニーが言う。

「何でもいい。とにかく見つからなかったんで、警察はやつが高飛びしたと思った。だからハリウッドの当局に問い合わせた。やつはどこも訪れてなかった。家にも帰ってなかった。やつの姿を見た者は誰もいない。やつの声を聞いた者も誰もいない」

「くそっ」ジュードはちらりとメイを見たが、彼女はまったく動じていない。それどころか微笑んでまでみせた。

デニーはティムを椅子に座らせた。「座れ。少しは落ち着け」そのあとジュードに向かって言う。「今すぐ刑事に電話して、何がどうなってるのか訊いてみる」

「頼む」ジュードが見守るなか、デニーはすまなそうにザラの頰に触れ、携帯電話を取り出すと入り口のほうに歩いていった。

「リハーサル・ディナーもこれにておしまいか」ジュードはまたメイの横に行った。「ごめんな」

「いいのよ」メイが彼の顔を見上げる。「何があろうとこの幸せを壊されてなるもんですか」

見上げた女だ、とジュードは思った。しかもそのすべてが俺のもの。

メイの母親がウエイトレスに向かってグラスを振った。スチュワートはザラに寄り添うようにして微笑みかけ、ザラはさりげなく視線をアシュリーに向けている。ティムはぶるぶる震え、まるでランチボックスに蛇がいたと大騒ぎする女の子のようだ。

スチュワートの自堕落な視線には目もくれず、ザラが言った。「わたしはまた大変なときにやってきたようね」

ジュードは口ごもった。「古い話で。申し訳ない。何か飲み物でも頼もうか?」

「ワインのおかわり頼んでくれてもいいけど」オリンピアがしつこくせがむ。

「いや、やめておこう」

ザラは相変わらずアシュリーを見守っていた。「この前はあなたに間違った印象を与えてしまったわね」

アシュリーは首を振った。「ううん」

「あなたはクィントンに話があって来たのに、わたしがいたので帰ってしまった。だけど、ねえ、わたしたちはあなたが考えるような事情で一緒にいたわけじゃないのよ」

メイが聞き耳を立てた。「クィントン？」アシュリーのほうを見ると、彼女は首を振り、メイの想像をことごとく否定した。

「クィントン・マーフィ」ザラが説明する。「アシュリーが怒って帰ったあと、わたしを窓から放り投げそうになった、とっても素敵な男性なの」

「誰がわざわざきみを窓から放り投げたりするものか」スチュワートが低い声で言う。

ジュードはスチュワートを窓から放り投げてやりたくなった——もっとも、このレストランは平屋だが。

「怒ってなんかない」とアシュリーは怒った。メイはショックを受け、ジュードはエルトン失踪の凶報にもかかわらず微笑んだ。つまりアシュリーが恋をした？　すばらしい。

「ほーら、怒った」ザラが言う。「怒ったところがまたかわいいわね。とっても感動した」

「やめて」アシュリーは悔しまぎれに言い返した。

「だけどクィントンはすっかり意気消沈してるのよ。上出来上出来。あらためてチャンスをあげるべきね」

アシュリーは椅子を押して立ち上がった。ジュードは彼女のドレス姿がまだ信じられない。輝くようなオレンジとラベンダーとターコイズのドレスだ。見るからに愛らしい。髪を後ろでアップにしていると、いつにも増してメイによく似ている。

二日後の結婚式で、花嫁の付き添い役のドレスを着れば、ますますメイと似て見えることだろう。

「待って」メイはアシュリーの手に触れた。「どこに行くの？」

「クィントンと連絡を取りに？」ザラが期待をこめて訊く。

アシュリーは細い腰に両手のこぶしをあてた。「いいえ。わたしは彼に連絡したいなんてぜんぜん思わない」

「わたしに会うまでは連絡したかったのよね」ザラが得意げに言う。誰かに嫉妬されるのがうれしいとでも言いたげだ。

アシュリーは目を丸くし、唾でも吐きたくなった。または悪態をつく。彼女は見るからに悔しげな顔をして自分を抑えた。「違う。あのときは一時的に間違った方向に行ったの。それだけ」

「クィントンはものすごく動揺していたわよ」

「へえ、それはそれは」アシュリーは顔を上気させた。「わたしはね、彼に結婚式のエスコート役を頼むつもりだったの。それだけ。それもこれもわたしひとりで行ったらデニーに何言われるかわかんないからよ。言っとくけど、クィントンは誘われなくてよかったと思ってる」

「それはどうも」メイが皮肉をこめて言う。

「あのね、メイ、ほかならぬあなたのためじゃなかったら、誰がひらひらしたピンクのドレスなんか着るもんですか」アシュリーは身震いした。

ティムが横から割り込んだ。咳払いして言う。「ねえ、アシュ、まだエスコート役がいないなら、僕が——」

ジュードが「無理」とはねつけた。ティムとアシュリーが仲良くやるとはまず思えない。考えただけでぞっとする。

それと同時にアシュリーも鼻先であしらった。「死んでもお断り、ティモシー」

デニーがテーブルに戻ってきた。「じきに足がつくはずだってよ。あちこちの管轄区で警戒態勢を敷いてる以上、エルトンは預金に手も出せない、知り合いにも会えない、なじみの場所にも行けない。やつのような臆病者は素手でほっぽり出されたら長くはもたない」

「よかった」アシュリーはバッグを取って肩にかけた。「一件落着して」彼女は身をかがめてメイにキスし、それからジュードに抱きつくと、デニーのほうへと歩いていった。

メイがあわてて立ち上がり、待ってと後を追う。

アシュリーが通りかかるとスチュワートが腕をつかんだ。「きみの言うことならメイも聞く。新郎の付き添い役はティムにしろと言ってやってくれ。この男じゃなくてな」とデニーが真横に立っているのにもかまわず手で払う。

アシュリーがスチュワートのこちら側に立ち、メイが反対側に立った。ジュードの目には、その光景がおもしろく映った。ふたりはまるでブックエンドのようにそっくりだ。当然、こちら側のほうが縦長で細く、反対側のほうは胸の谷間がふたりぶんある。だけどそのほかは……。

「まさか」デニーがつぶやき、ジュードはじきに妻となる女性から目を離した。デニーはメイとアシュリーとスチュワートをかわるがわる見比べている。

ジュードはデニーが勘づいたのだとわかった。「何も言うな」

「だがこの三人は……」

「ああ、そういうことだ」

デニーは珍しく動揺していた。「彼らのほうは知ってるのか?」

「それはどうかな」メイは自分の父親が欠点だらけだということは理解している。そして受け入れてきた。これまでもそうやって数多くのことを受け入れてきた。

ジュードはメイのようすを見守りながら思った。アシュリーが半分血のつながった姉妹だとわかったら、彼女はどう思うだろう。ただの親友ではなく。おもしろいことに、メイは自分たちがこれほど似ていることに気づいていない。確かに、彼女とアシュリーはうりふたつだ。

だが何といっても、ふたりはどちらもスチュワートに似ている。

かといって証明のしようはない。だから今はやり過ごすほうがよさそうだ。

「あの野郎」デニーが小声で毒づく。

メイがちらりと顔を上げた。「心配しないで、デニー。新郎の付き添い役はあなたよ。それで決まりなの」

デニーが微笑む。「ありがとう」

「エルトンの話をしていたところなんだ」ジュードはうそをついた。「今はもう恐れるまでもないとは思うが、やつが発見されるまでは、俺もきみから目を離さないつもりでいるよ」

「それ冗談？」オリンピアがまた煙草に火をつけ、煙越しにジュードを見やる。「とっくにそうじゃない。そこまでべたべたされるとこっちは胸がむかむかしてくる」

メイは真っ赤になったが、父親が待ってましたとばかり話に飛びついてきた。「ティムもおまえのところにいるべきだ。防犯設備も万全だしな。これであいつもおまえの義理の弟になる。少しは大事にしてやってもらおう。何だかんだ言って、おまえがいなきゃ、俺たち一家はそのエルトンとかいうやつに狙われることもなかったんだからな」

デニーがアシュリーに歩み寄った。「お嬢さん、きみも監視をつけたほうがいいか？」

彼女は顔をしかめた。「何のために？」

「エルトン」デニーがいらいらして言う。「あの店で最初にやつの正体を見破ったのはきみだと知られたかもしれない。きみがメイの……親友だと」

たぶん、とジュードも思った。親友どころか姉妹であることまで知られているかもしれない。見る者が見ればすぐわかる。エルトンがこれを利用しない手はない。

「ああもう。いっそみんなでジュードのところに引っ越せばどう？」オリンピアが半分空になったメイのグラスをひったくる。「だって、そのエルトンってやつ、この件にはまったくかかわってないってこともあるわけでしょ」

「ないね」ジュードが言う。

「自分も寄ってたかって犯罪人扱いされたくせに。よその誰かをいじめるくらいなら、動かぬ証拠を見せてほしいもんだわね」

ジュードは無理して平静を装った。「エルトンが逮捕されるまでは動かぬ証拠などない。やつが逃げたということ自体、多くを物語っている。だがヴィクが白状したおかげで、やつに責任があることはわかっている」

アシュリーがいつものごとく小生意気な口をきいた。「GIジョーじゃないけど、知ってるってことは半分戦い」そしてウインクすると、脇目も振らずに立ち去っていった。

ジュードは急いでメイのそばに行き、体に手を回すと耳元でささやいた。「心配するな。それなりの人物に電話して彼女から目を離さないようにさせる」

「監視されているとわかったらアシュリーはいやがると思う」

「わかってる」ジュードはうつむいてメイにキスした。彼女の母親に文句を言われようがかまわない。周囲の視線もいっさい目に入らない。「だが、俺のフィアンセはそれでお気に召すかな？」

メイの顔がぱっと輝いた。「あなたのフィアンセはあなたのことがお気に召しているし、これでますますお気に召したわ。アシュリーはわたしにとってとても大切な存在なんだもの」

　ジュードがうなずく。「姉妹のように」

「姉妹よりも親密」

「じゃあ、この俺が彼女の身を守ってやる」彼はまたキスをした。「きみを幸せにすることが俺にはいちばん大切なことなんだ」

　メイは笑った。「じゃあ、大丈夫。わたしはあなたがそばにいてくれるかぎり、幸せなんだもの」

訳者あとがき

この世が善人ばかりでできていたらどんなにいいだろう。いやなことがあったとき、苦手な人と会ったとき、ため息まじりにふとそう思ったりしませんか。

この本のヒロイン、メイ・プライスも何度そんな夢想を抱いたことでしょう。父親は浮気性、母親はアルコール依存症、彼女が育ったのは典型的な機能不全家庭です。弟のティムは大人になっても自立できず、ギャンブルとお酒に溺れる日々。後始末はすべてメイに回ってきます。

けれど彼女はそれが自分の運命と心得、ひとりで気丈に生きてきました。非常識な家族に終始振り回され、結婚はおろか、男性とつきあうことすら諦めています。

それでもメイの人生はそれなりに充実していました。舞台はオハイオの小さな町、彼女は平日は地元の不動産会社で働いています。これは生活の糧を得るため。そして週末になるともうひとつの仕事が待っています。それはギャラリー・オーナーとしての仕事。

芸術をこよなく愛する彼女にとって、地元の新進アーティストを発掘し売り出す、これほど生き甲斐を覚える仕事もまたありません。家族との軋轢《あつれき》もその喜びがあればこそ耐えられるというものです。ただひとつの問題は商売として成り立つかどうか。

なにしろ小さな町のこと、芸術に関心のある人、または芸術にお金をかけられるほど余力のある人は皆無といっていいほどです。このままでは開店休業の状態になってしまう……。そこに救世主のごとく現れたのが俳優兼格闘家のジュード・ジャミソンでした。新築の家に飾る絵を求めにやってきた彼は、たちまちメイのギャラリーの上得意になります。じつはジュードはある事件で心に深い傷を負い、ひとときの隠れ家を求めてメイの住む町にやってきたのでした。その意味では、彼もまた善人の存在を夢想するひとりだったのです。

ありあまるほどのお金と名声、おまけにうっとりするような風貌、これでは女性のほうがほうっておきません。けれど、容姿端麗な女たちとのつきあいも彼にはただそらぞらしく映るばかりです。それがまた取り返しのつかない災いを招くことにもなったのです。

かたや、ちょっぴり太めで眼鏡と堅苦しいスーツがトレードマークのメイ。一般にはいまいち見栄えがしませんが、ジュードの目にははっとするほど新鮮に映ります。

ふたりには芸術が趣味という共通点がありました。そして、傷ついた経験を持つがゆえの優しさや慈しみ、そして強さを共有していました。

物語はわずか数日のあいだに起こったことですが、登場人物のそれぞれが個性豊かに描かれ、臨場感あふれる話の展開を紡ぎ出してくれます。

メイとジュードが善の象徴として描かれるなら、俗悪の象徴として描かれるのがメイの両親であり、ジュードの宿敵エルトン・パスカルです。詳しくは本文をお読みいただくとして、彼らはそれぞれに理不尽な敵意をメイとジュードに対して抱いています。

敵もいれば味方もいます。メイには親友のアシュリー、ジュードには側近のデニーが頼もしい存在として寄り添っています。メイとジュードはどちらかといえば優等生タイプですが、アシュリーとデニーはまったくの反逆児タイプ。歯に衣着せぬ両者の物言いもまた魅力です。

この物語にはきな臭い話も登場すれば醜い人間模様も登場します。正直言って、読んでいるうちにメイやジュードになりかわって腹立たしさを覚えることもあるかもしれません。けれど最後まで読み終わると、なぜか不思議と爽快感がわいてくるはずです。

この世は善人ばかりではなく、悪事を働く人間もいる……いったい何が彼らをそうさせたのだろう、善と悪の境目には何があるのだろう……メイとジュードのロマンスをたっぷり堪能するいっぽうで、そんなことまで考えさせられてしまう、ローリ・フォスターの筆力にはただ恐れ入るばかりです。

最後になりましたが、美術関連の記述に際して温かいご助言を頂戴しました多田正樹氏に深く感謝を申し上げます。

JUDE'S LAW by Lori Foster

Published by arrangement with Kensington Books,
an imprint of Kensington Publishing Corp.,New York
through Tuttle-Mori Agency, Inc.,Tokyo

願いごとをひとつだけ

著者　ローリ・フォスター

訳者　中村《なかむら》みちえ

2008年8月20日　初版第1刷発行

発行人　鈴木徹也

発行所　株式会社ヴィレッジブックス
〒108-0072 東京都港区白金2-7-16
電話 03-6408-2325（営業） 03-6408-2323（編集）
http://www.villagebooks.co.jp

印刷所　中央精版印刷株式会社

ブックデザイン　鈴木成一デザイン室

定価はカバーに明記してあります。
 ISBN978-4-86332-063-5 Printed in Japan

ヴィレッジブックス好評既刊

「いつの日にか君と 上・下」

ジュディス・マクノート　瓜生知寿子[訳]〈上〉924円(税込)〈下〉924円(税込)

〈上〉ISBN978-4-86332-909-6〈下〉ISBN978-4-86332-910-2

妻殺しの冤罪で投獄され、やがて脱獄したザックは、美しく誠実な女性ジュリーを人質にする。コロラドの山荘に潜伏したふたりは、いつしか強く惹かれ合っていくが……。

「知らず知らずのうちに」

スーザン・ブロックマン　山田久美子[訳]　1040円(税込) ISBN978-4-86332-882-2

ホワイトハウス勤務のキャリアウーマンと、米海軍特殊部隊SEALの若き勇者。互いに心惹かれていく彼らの知らないところでは、恐るべきテロリストの計画が進行していた!

「緑の迷路の果てに」

スーザン・ブロックマン　阿尾正子[訳]　1040円(税込) ISBN978-4-86332-837-2

灼熱の密林で敵に追われるSEAL(米海軍特殊部隊)の男と絶世の美女。アメリカ・ロマンス作家協会の読者人気投票で第1位を獲得した傑作エンターテインメント!

「氷の女王の怒り」

スーザン・ブロックマン　山田久美子[訳]　987円(税込) ISBN978-4-86332-797-9

人質救出のため、死地に向かった男と女。その胸に秘めたのは告白できぬ切ない愛……。『遠い夏の英雄』『沈黙の女を追って』の著者が放つロマンティック・サスペンスの粋!

「沈黙の女を追って」

スーザン・ブロックマン　阿尾正子[訳]　945円(税込) ISBN978-4-86332-742-9

運命の女性メグとの再会——それは、SEAL隊員ジョン・ニルソンにとってキャリアをも失いかねないトラブルの元だった。『遠い夏の英雄』につづく、全米ロングセラー!

「遠い夏の英雄」

スーザン・ブロックマン　山田久美子[訳]　924円(税込) ISBN978-4-86332-702-3

任務遂行中に重傷を負った米海軍特殊部隊SEALのトムは、休暇を取って帰郷した。そこで彼が見たのは、遠い昔の愛の名残と、死んだはずのテロリストの姿……。

ヴィレッジブックス好評既刊

「ハイランドの霧に抱かれて」

カレン・マリー・モニング　上條ひろみ[訳]　924円(税込) ISBN978-4-86332-783-2

16世紀の勇士の花嫁は、彼を絶対に愛そうとしない20世紀の美女……。〈ロマンティック・タイムズ〉批評家賞に輝いた話題のヒストリカル・ロマンス!

「ハイランドの戦士に別れを」

カレン・マリー・モニング　上條ひろみ[訳]　924円(税込) ISBN978-4-86332-825-9

愛しているからこそ、結婚はできない……それが伝説の狂戦士である彼の宿命。ベストセラー『ハイランドの霧に抱かれて』につづくヒストリカル・ロマンスの熱い新風!

「ハイランドの妖精に誓って」

カレン・マリー・モニング　上條ひろみ[訳]　924円(税込) ISBN978-4-86332-899-0

まじないをかけられた遺物に触れたため、14世紀のスコットランドにタイムスリップしてしまった女性リサ。そこで出会った勇猛な戦士に彼女は心惹かれていくが……。

「心すれちがう夜」

ジュード・デヴロー　高橋佳奈子[訳]　798円(税込) ISBN978-4-86332-680-4

彼の花嫁を見つけることが私の役目だけど……。スコットランドの夏に芽生えた誰にも言えない愛を、人気作家が繊細なタッチで綴るロマンス小説の佳編。

「眠れる美女のあやまち」

ジュード・デヴロー　高橋佳奈子[訳]　840円(税込) ISBN978-4-86332-733-7

1913年、若くハンサムな教授モンゴメリーは大農場主の娘アマンダに心惹かれ、無垢な彼女に教えたくなった――ダンスやドライヴの楽しさを、誰かと愛し合う悦びを。

「運命のフォトグラフ」

ジュード・デヴロー　高橋佳奈子[訳]　798円(税込) ISBN978-4-86332-847-1

見合いを斡旋する慈善事業をおこなっていたキャリーは、送られてきた1枚の写真に心を奪われ、この人こそ自分の夫となる運命の人だと信じ、彼の住む町へ旅立つが……。

ローリ・フォスターの好評既刊

聖者の夜は謎めいて

林啓恵＝訳

ある嵐の夜、人助けに日々奔走する
美貌の未亡人シェイは、
盛り場で一人の男に呼び止められる。
男は牧師で、雨のなか通りに立つ彼女を
娼婦と思い込み、自らの運営する
セーフハウスへと強引に連れていくが——。

定価：872円（税込）
ISBN978-4-86332-934-8

さざ波に寄せた願い

白須清美＝訳　定価：903円（税込）ISBN4-7897-2994-X

流浪のヴィーナス

白須清美＝訳　定価：872円（税込）ISBN4-7897-2691-6

一夜だけの約束

石原未奈子＝訳　定価：840円（税込）ISBN4-7897-2479-4

秘めやかな約束

石原未奈子＝訳　定価：819円（税込）ISBN4-7897-2245-7